『十二五』国家重点图书出版规划项目

中國散文通史

郭预衡　郭英德　总主编

两汉卷

尚学锋　著

时代出版传媒股份有限公司
安徽教育出版社

图书在版编目（CIP）数据

中国散文通史. 两汉卷 / 尚学锋著. —合肥：安徽教育出版社，2012.12
ISBN 978-7-5336-7187-7

Ⅰ.①中… Ⅱ.①尚… Ⅲ.①古典散文—文学史—中国—汉代 Ⅳ.①I207.6

中国版本图书馆 CIP 数据核字（2012）第 283858 号

书名：**中国散文通史·两汉卷** 作者：尚学锋

出 版 人：朱智润 策划统筹：张丹飞 张 利 责任编辑：张艺文
版式设计：朱 锦 装帧设计：张鑫坤 技术编辑：王 琳

出版发行：时代出版传媒股份有限公司 http://www.press-mart.com
安徽教育出版社 http://www.ahep.com.cn
（合肥市繁华大道西路 398 号，邮编：230601）
营销部电话：(0551)63683010，63683011，63683015
排 版：安徽创艺彩色制版有限责任公司
印 刷：安徽新华印刷股份有限公司 电话：(0551)65859480
（如发现印装质量问题，影响阅读，请与印刷厂商联系调换）

开本：720×1010 1/16 印张：20.5 字数：295 千字
版次：2013 年 1 月第 1 版 2013 年 1 月第 1 次印刷

ISBN 978-7-5336-7187-7 本卷定价：118.00 元（全套定价：1490.00 元）

目　录

绪　论

第一节　汉代散文的时代特征

大风起兮云飞扬，汉代的历史天空，风起云涌，格外壮丽。中国的散文发展到汉代也揭开了辉煌的篇章。前人说，文必秦汉，先秦和汉代是中国散文的两座高峰。但和先秦相比，汉代散文又有鲜明的时代特点。

首先，汉代散文具有盛世之文的特点。两汉时期从总体上说是中国历史上为数不多的盛世。称之为盛世，是由于它有以下几个基本特征：

首先是国家统一，疆域辽阔。从公元前 206 年刘邦建立汉朝，到公元 220 年汉献帝禅位于曹丕，两汉历时四百余年。其间虽经历了王莽后期及汉末的动乱，但在大多数时间里，国家是统一安定的。这是中华民族的一个重要发展时期。长期困扰中国的匈奴威胁被解除了，其它周边地区也得到了开发，汉朝以辽阔的疆域，雄张的国力出现于世界的东方。

其次是国家繁荣富裕，文明程度大大提高。在生产力不断发展的基础上，社会物质财富持续增长，文化建设盛况空前。

再次是人才辈出，群星璀璨。汉代为各种人才的成长提供了良好的环境，在各个领域都出现了一批杰出人物，人才出现的数量之多，水平之高，是中国历史上罕见的。

另外是中外文化交流盛况空前，中国对人类文明的进程作出了重大贡献；同时也大量吸收外来文化，极大地改变了自身生活。

两汉的盛世从物质和精神两个方面为散文的发展提供了条件。富裕而强盛的大一统局面形成了一种恢宏开阔的时代精神,人们踔厉风发,积极进取,崇尚名节,普遍带有强烈的民族自豪感和历史责任感,有一种雄骏豪迈的气概。这种时代精神赋予汉代散文浑厚朴拙、奇肆雄健的审美特征,使其充满气势和激情。在中国散文史上,汉代的散文就像一个青春期的少年,活力四射,令人过目难忘。

汉代经济的发展带来了城市的繁荣和社会普遍追求娱乐的风气,散体大赋就是这种风气的产物。在经济发展,国家统一的局面下,统治者大规模地进行文化建设,搜集和整理图书。例如汉武帝时,"建藏书之策,置写书之官,下及诸子传说,皆充秘府",使得"天下轶闻旧事,靡不毕集太史公"(《史记》卷一百三十《太史公自序》)。司马迁"网罗天下放佚旧闻"(司马迁《报任安书》),写成《史记》一书,正是当时大规模进行文化建设的产物。

汉代散文不同于先秦散文的另一个地方,是经学对它的影响。汉武帝时从两个方面提倡经学:一是确立儒家思想为国家意识形态的指导思想。据《汉书》卷六《武帝纪》载:建元元年(前 140),"冬十月,诏丞相、御史、列侯、中二千石、二千石诸侯相举贤良方正直言极谏之士。丞相(卫)绾奏所举贤良或治申、商、韩非、张仪、苏秦之言,乱国政,请皆罢,奏可"。武帝元光元年(前 134,王先谦认为当在建元元年)董仲舒在对策中提出:"今师异道,人异论,百家殊方,指意不同。是以上无以持一统,法制数变,下不知所守。臣愚以为不在六艺之科、孔子之术者,皆绝其道,勿使并进,邪辟之说灭息,然后统纪可一而法度可明,民知所从矣。"(《汉书》卷五十六《董仲舒传》)这一建议得到了汉武帝认可。此后儒家学说被作为施政和言行的准则。二是建立制度和机构,培养选拔通经之士。建元五年(前136),汉武帝采纳公孙弘的建议,设立五经博士,为博士设弟子五十名,后经考试合格者,补文学掌故缺,其高第可以为郎中,其他官吏升迁也以通经为标准。公孙弘以儒学由布衣而为丞相,封平津侯,即是一个典型的例子。

上述举措使经学超越了一般的学术研究而成为政治运作的工具,对社会生活的各个方面产生了深刻影响。由于提倡经学,儒家的价值观成为全社会共同信奉的准则,这对于维系社会的稳定乃至形成全民族共同的文化心理,都起到了难以估量的作用。以经学取士在全社会形成了读经和重视文化的风气,官吏队伍的成分大大改观,从此"公卿大夫彬彬多文学之士矣"(《汉书》卷八十八《儒林列传》)。社会文化水平的提高为文学的发展和普及奠定了基础,此外,经学思想、经学的阐释和授受方式都对文人的思想、生活、士林风尚以及文学创作的各个方面,产生了不同程度的影响。

经学之外,礼制建设对汉代散文的影响也不可忽视。西汉初年,百废待兴,朝廷尚未进行大规模的礼制建设,刘邦虽让叔孙通定朝仪,但其他方面的礼制建设并未全面展开,更没有把礼制与文章结合起来。武帝时期开始大兴礼乐,最重要的代表性事件是举行封禅大典,司马相如为此作了《封禅文》,标志着汉代的礼制和文章开始结合。西汉后期,礼制建设进一步发展,相关的各体文章也逐渐活跃。扬雄作《赵充国颂》、《元后诔》和《十二州箴》,在新莽时期又作《剧秦美新》,开了东汉时期礼制之文的先声。东汉建立之后,随着朝廷大力进行礼乐建设,此类文章便蓬勃发展起来。据《后汉书》卷三十五《张曹郑列传》载,"建武初,旧章多阙,每有疑议,辄以访纯,自郊庙婚冠丧纪礼仪义,多所正定。帝甚重之,以纯兼虎贲中郎将,数被引见,一日或至数四"。张纯在光武帝支持下制定了禘、祫之礼。刘秀后期,又去泰山行封禅之礼。明帝时更为重视礼制建设。永平二年"春正月辛未,宗祀光武皇帝于明堂,帝及公卿列侯始服冠冕、衣裳、玉佩、絇屦以行事。礼毕,登灵台"。(《后汉书》卷二《显宗孝明帝纪》)三月,明帝"始帅群臣躬养三老、五更于辟雍。行大射之礼。郡、县、道行乡饮酒于学校,皆祀圣师周公、孔子,牲以犬。于是七郊礼乐三雍之义备矣"。(《后汉书·礼仪志》)"冬十月壬子,幸辟雍,初行养老礼"。(《后汉书》卷二《显宗孝明帝纪》)章帝时,进一步制礼作乐,据《后汉书》卷三十五《张曹郑列传》载,"褒知帝旨欲有兴作,乃上疏曰:'昔者圣人受命而王,莫不制礼作乐,以著功德。功成作乐,化定制礼,所以救世俗,致祯祥,为万姓获福于皇天者也。今皇天降祉,嘉瑞并臻,制作之符,甚于言语。宜定文制,著成汉礼,丕显祖宗盛德之美。'""章和元年正月,乃召褒诣嘉德门,令小黄门持班固所上叔孙通《汉仪》十二篇，敕褒曰：'此制散略，多不合经，今宜依礼条正，使可施行。于南宫、东观尽心集作。'褒既受命，及次序礼事，依准旧典，杂以《五经》谶记之文，撰次天子至于庶人冠婚吉凶终始制度，以为百五十篇，写以二尺四寸简。其年十二月奏上。"后章帝逝世，曹褒所作《汉礼》被搁置不行。

与此同时，朝廷大力提倡礼文的制作。刘秀封禅泰山的刻石，即是一篇封禅专用的礼文。刘秀还令文人为当时的将相作诔，据《后汉书》卷八十《文苑列传》载，杜笃曾因事下狱，"会大司马吴汉薨，光武诏诸儒诔之，笃于狱中为诔，辞最高，帝美之，赐帛免刑"。明帝时，礼文的制作更为兴盛。明帝多次巡狩，都有大臣为之作颂。宫中出现神雀降集，明帝令百官作《神雀颂》。他还令贾逵为东平王刘苍的《光武受命中兴颂》作训诂。章帝之时，继续提倡颂文的写作，崔骃写《四巡颂》称颂汉德，受到章帝赏识。傅毅依《清庙》作《显宗颂》十篇，追美汉明帝之功德，文雅显于朝廷。在朝廷的倡导下，颂文大兴，与此相关的铭、诔、碑等文章也繁盛一时，这种情况是战国时期所未见的。

汉代史学的成就也非常可观。西汉时期，司马迁继承父志，写成《史记》，在他之后，续作者层出不穷。东汉时期，朝廷对修史极为重视，专门设立东观等机构，招集文人在其中编撰史书。这一时期的史书修撰也被纳入礼乐建设的范围，发挥着纪功颂德的功用。明帝曾向东平王刘苍宣示所作《光武本纪》，此文或许就是班固等人所写的《世祖本纪》，据《后汉书·班彪传》载，班固被人告发私改作国史而下狱，"固弟超恐固为郡所核考，不能自明，乃驰诣阙上书，得召见，具言固所著述意，而郡亦上其书。显宗甚奇之，召诣校书部，除兰台令史，与前睢阳令陈宗、长陵令尹敏、司隶从事孟异共成《世祖本纪》"。一篇本纪竟然需要数人共同完成，可见它在朝廷心目中的重要性。明帝以后，东观成为朝廷的主要藏书之处，进入东观的文人兼具校订典籍、撰述史传及礼文的职能。东汉的著名文人，大都有在东观任职的经历，很多人曾奉命修史。据《后汉书》卷十四《宗室四王三侯列传》载："初，临邑侯（刘）复好学，能文章。永平中，每有讲学事，辄令复典掌焉。与班固、贾逵共述汉史，傅毅等皆宗事之。复子騊駼及从兄平望侯毅，并有才学。永宁中，邓太后召毅及騊駼入东观，与谒者仆射刘珍著中兴以下名臣列士传。”安帝时，谏议大夫李尤也曾受诏与谒者仆射刘珍等一起撰《汉记》。东汉后期，高彪、延笃、朱穆、边韶、蔡邕、卢植、韩说等均曾著作东观，邕与卢植、韩说一起撰写《后汉记》。撰史的风气不仅造成史传文的繁荣，同时也促进了碑、诔、铭等文体的发展。东汉后期，碑诔盛行，刘勰《文心雕龙·诔碑》说：“详夫诔之为制，盖选言录行，传体而颂文，荣始而哀终”，又说：“夫属碑之体，资乎史才。其序则传，其文则铭。”东汉时期的诔、碑、铭等文体前面往往有一篇散体长序，用以序事，刘勰认为它颇似传体，究其来源，实为史传文的影响。①

两汉的散文呈现出日益浓厚的文学意识和审美追求。这一时期，人们在观念上开始把带有文学性的文章和学术著作加以区分，出现了“文章”和“文学”两个内涵不同的概念。前者指讲究文采辞藻的作品，后者指学术，特别是儒学。司马相如、司马迁、王褒、刘向等以散文或辞赋著名的作家被看作是文章之士，在人们心目中与公孙弘、董仲舒、萧望之等以儒术进身的人有明显的区别。汉代的某些帝王及贵族非常喜欢文学。他们大力招揽文士，鼓励创作，形成了一些文学创作中心和较早的文人集团。在淮南王刘安门下，有号为“八公”的文人；梁孝王刘武门下聚集了枚乘、邹阳、严忌、司马相如等著名赋家；汉武帝、汉宣帝的宫廷里更是文人云集，东方朔、枚皋、司马相如、严助、王褒、刘向、张子侨、华龙等作家都先后受到任用。这些文人在一起同气相求，交流切磋，促进了创作的繁荣。两汉时期，人们对文学的兴趣空前浓厚，喜爱文章辞赋成为一时的风气，出现了一些以主要精力从事创作的人。例如辞赋家司马相如，景帝时曾任郎官，但对仕途不感兴趣，辞官不做，听说梁孝王喜爱文学，便投其门下，与当时著名文人枚乘、邹阳等人交往，后来因创作《子虚赋》受到武帝赏识。《史记》和《汉书》都曾为西汉著名文人立传。《后汉书》则在《儒林列

① 东汉的某些碑文，实为史家受诏而作，例如《后汉书·窦章传》所载：“顺帝初，章女年十二，能属文，以才貌选入掖庭有宠，与梁皇后并为贵人……贵人早卒，帝追思之无已，诏史官树碑颂德。章自为之辞。”在这种情况下，碑文具有史官记事的性质就非常自然了。

传》外另立《文苑列传》,用以记载重要作家的事迹,可见作家在当时已成为一种重要的社会身份。两汉时期,人们更加重视文章的审美功能,司马相如认为赋的特点是“合綦组以成文,列锦绣而为质,一经一纬,一宫一商”(葛洪《西京杂记》引);汉宣帝认为辞赋“大者与古诗同义,小者辩丽可喜”,并把它比作“女工之有绮縠,音乐之有郑卫”,能够“虞悦耳目”(《汉书》卷六十四下《严朱吾丘主父徐严冬王贾传》下)。他们都不约而同地注意到辞赋形式美的特点。汉宣帝推崇辞赋的审美功能,肯定其“虞悦耳目”的作用。由于社会的广泛喜爱和当权者的提倡,汉代辞赋盛况空前,影响所及,出现了一些用以抒情、议论的赋体杂文乃至游戏之作。汉代散文在应用之外开拓了审美的疆域,这是此前的战国散文所少见的。在辞赋的影响下,汉代的散文越来越讲究形式美,对偶的成分日益增多,到了东汉后期,出现了几乎通篇对偶的文章。这是中国古代散文发展的一种重要趋向。

第二节　汉代散文的发展历程

四百年间,两汉的文章随着时代的发展几经变迁,大致可以分为五个阶段。

(一)西汉前期(高祖元年至景帝后元三年,前206—前141)

汉朝建立之初,民生凋敝,百废待兴。朝廷采取休养生息的政策,实行清静无为的黄老政治。这时,社会的思想文化是多元的,各种学说得以并存。诸侯国的存在也使文人在仕于朝廷之外另有效力于藩国的出路,先秦的游士之风依然盛行。此期的散文作者或身处朝廷,或栖身藩国,他们的文章都带有战国之余响,大汉之新声的特点。

朝廷作者的文章以总结历史经验、探讨治国方略为主,这类文章是从刘邦的提倡开始的。刘邦做皇帝后,早年不喜读书、好侮慢儒生的行为有所改变。据《汉书》卷四十三《郦陆朱刘叔孙传》载:

> 贾时时前说称《诗》、《书》,高祖骂之曰:"乃公居马上得之,安事《诗》、《书》!"贾曰:"马上得之,安可以马上治乎?且汤武逆取而以顺守之,文武并用,长久之术也。……乡使秦以并天下,行仁义、法先圣,陛下安得而有之?"高祖不怿,有惭色,谓贾曰:"试为我著秦所以失天下,吾所以得之者,及古成败之国。"贾凡著十二篇。每奏一篇,高帝未尝不称善,左右呼万岁,称其书曰《新语》。

刘邦不仅鼓励大臣发表政见,而且下诏求贤。其《求贤诏》云:

> 盖闻王者莫高于周文,伯者莫高于齐桓,皆待贤人而成名。今天下贤者智能岂特古之人乎?患在人主不交故也。士奚由进?今吾以天下之灵、贤士大夫定有天下,以为一家,欲其长久,世世奉宗庙亡绝也。贤人已与我共平之矣,而不与吾共安之,可乎?贤士大夫有肯从

我游者，吾能尊显之。布告天下，使明知朕意。（《全汉文》卷一）

他在去世前几个月，在平定英布回朝的途中，特意绕道曲阜，以太牢祠孔子。在临终前，他手敕太子，其中说：

吾遭乱世，当秦禁学，自喜，谓读书无益。洎践祚以来，时方省书，乃使人知作者之意，追思昔所行，多不是。（同上）

刘邦这些言行，表现出重视知识、重视人才的取向；在他之后，文景二帝继续坚持了这种取向，而且在实行黄老之治的前提下，开始容纳儒家学说[①]。在这样的背景下，陆贾、贾山、贾谊、晁错等作者先后著文发表政见。朝廷之文盛于一时。

与此同时，吴王、梁王、淮南王等诸侯王大力招揽文士，一些聚集于其门下的文人如邹阳、枚乘之属上书言事，其文章带有浓厚的纵横游说之风。而淮南王刘安与门客共同著成《淮南子》一书，则成为汉代前期散文创作的盛举。更值得一提的是，在这些诸侯王的鼓励下，文人们开始创作辞赋，汉代的辞赋就在这时走向了成熟。到了汉武帝时期，随着大一统局面的强化，藩国作者的创作也就渐渐消歇了。

（二）西汉中期（建元元年至宣帝黄龙元年，前140—前74）

汉武帝时期，国家的实力达到强盛的顶点。汉武帝外征四夷，开疆拓土，对内采取措施加强国家的统一。这是中华民族空前大发展的时期，也是一个人才辈出、群星灿烂的时期。汉武帝本人雄才大略，同时又求贤若渴。《汉书》卷六《武帝纪》载其元封五年《求贤诏》云：

---

① 据赵岐《孟子题辞》："孝文皇帝欲广游学之路，《论语》、《孝经》、《孟子》、《尔雅》皆置博士。后罢传记博士，独立《五经》而已。"可知其时已有《五经》和传记博士，《诗经》学者韩婴即于此时为博士。文帝又欲征《尚书》学者伏生，伏生老，不能行，于是派掌故晁错往受之（事见《汉书》卷八十八《儒林传》）。景帝时，齐《诗》学者辕固、《春秋》学者胡母生、董仲舒均为博士，鲁《诗》学者王臧为太子少傅。可见儒学已逐渐受到重视。

盖有非常之功，必待非常之人。故马或奔踶而致千里，士或有负俗之累而立功名。夫泛驾之马，跅弛之士，亦在御之而已。其令州郡察吏民有茂材异等可为将相及使绝国者。（《汉书》卷六《武帝纪》）

由于汉武帝不拘一格招揽人才，当时出现了“汉之得人，于兹为盛”的局面，其中包括董仲舒、公孙弘、主父偃、朱买严、严安、徐乐、司马相如、司马迁等一大批作者，散文创作在此时盛况空前。

汉武帝在位时的一个重大举措是提倡经学。武帝即位时，正值年富力强。他雄心勃勃，不满足于文景时期已取得的成就，希望有一番更大的作为。为此，他不再像前辈那样仅仅去借鉴亡秦的教训，而是要探讨历史现象背后的深层原因，想从天道的角度了解治乱兴衰之迹，以便找到一种使国家长治久安的理论。他在征询贤良文学对策的诏书中即明确提出了这一问题：

朕获承至尊休德，传之无穷，而施之罔极，任大而守重，是以夙夜不皇康宁，永惟万事之统，犹惧有阙。故广延四方之豪隽，郡国诸侯公选贤良修絜博习之士，欲闻大道之要，至论之极。……盖闻五帝三王之道，改制作乐而天下洽和，百王同之。当虞氏之乐莫盛于《韶》；于周莫盛于《勺》。圣王已没，钟鼓筦弦之声未衰，而大道微缺，陵夷至乎桀纣之行，王道大坏矣。夫五百年之间，守文之君、当涂之士，欲则先王之法以戴翼其世者甚众，然犹不能反，日以仆灭，至后王而后止，岂其所持操或悖缪而失其统与？固天降命不可复反，必推之于大衰而后息与？乌乎！凡所为屑屑，夙兴夜寐，务法上古者，又将无补与？三代受命，其符安在？灾异之变，何缘而起？性命之情，或夭或寿，或仁或鄙，习闻其号，未烛厥理。伊欲风流而令行，刑轻而奸改，百姓和乐，政事宣昭。何修何饬而膏露降，百谷登，德润四海，泽臻屮木，三光全，寒暑平，受天之祜，享鬼神之灵，德泽洋溢，施乎方外，延及群生？（《汉书》卷五十六《董仲舒传》）

汉武帝考察了三代以来的历史，对治乱兴衰之迹深感迷惑。自东周以来的数百年间为何大乱不止？那些"守文之君、当涂之士"为何无法挽救世道的衰微？在历史表象的背后是否还有未为人知的深层动因？人类的行为如何与天道相协调从而获得更大的合理性？这些问题的实质是寻找一种符合理想精神的理论作为现实政治的原则，追求一种完美的理想政治境界。"岂其所操或悖谬而失其统"即探询以何种"道"进行治理才能上承三代之统，获得上天之命。总之，汉武帝希望找到一种永恒的"道"、一种超越具体方法和策略的形而上的精神或原理，作为处理各种现实关系的准则。董仲舒的"天人三策"就是在这种背景下产生的。他针对汉武帝急于求治的心理，及时地提出了"更化"、行王道、崇儒学的建议。汉武帝采纳了董仲舒的建议，汉代的政治思想于是发生了重大的转变。与此同时，汉武帝要求臣下写文章及发表议论也以儒家学说为准，他在给严助的诏书中明确要求对方"具以《春秋》对，毋以苏、张纵横"(《汉书》卷六十四上《严朱吾丘主父徐严终王贾传》上)。在这一导向之下，汉代的文风发生了明显变化，出现了以董仲舒《天人三策》为代表的带有浓厚经学色彩的文章。这种文章成为西汉后期散文的主流。

汉武帝既盛武功，又长于为文，颇有创作。他尤其喜爱辞赋，即位之后，把当时的著名赋家枚皋、司马相如等人招至朝廷，鼓励他们创作。自此以后，汉赋的创作中心由藩国转向朝廷，其内容与风格也发生了巨大变化。

武帝之后的昭、宣两朝，注意缓解武帝时期积累起来的社会矛盾，政治较为稳定。此期的散文大体沿着武帝时期的方向发展。宣帝喜爱辞赋，辞赋创作仍然盛极一时。

(三)西汉后期及王莽时期(元帝初元元年至王莽地皇四年，前48—23)①

元帝以后，政治开始走下坡路，皇帝腐败，外戚专权，最终导致了王莽

① 王莽建立了新朝，已不属于西汉。但新朝历时短暂，其时的作者皆来自西汉后期，故本书将新朝的散文置于西汉后期一并论述。

代汉。这个时期的皇帝都喜爱经学，儒家学说真正成为社会的统治思想。在日益加剧的社会矛盾面前，一些经学之士以儒家经典为依据，向当权者进言，出现了刘向、匡衡、谷永等人敢于直言的奏议。当时很多人把希望寄托在托古改制的王莽身上，还有人不满经学中的章句之学和迷信风气，希望恢复先秦儒学的传统。在这种复杂的形势下，文风出现明显的变化，代表作家是扬雄。扬雄早年学习司马相如作散体赋，后来认识到这种作品无法发挥讽谏作用而辍笔不为，他曾模仿《周易》而作《太玄》，模仿《论语》而作《法言》，期望以此传名后世。王莽当政时期，他写了诔、颂、箴以及《剧秦美新》等礼制之文，开了东汉礼文创作的先声。扬雄是西汉末年文风转变中的一个重要人物。

（四）东汉前期（光武帝建武元年至安帝延光四年，25—125）

这一时期，社会安定，经济得以发展，国家重新出现了强盛局面。光武帝刘秀、明帝刘庄、章帝刘炟都有很高的经学造诣，他们比西汉的皇帝更重视文治，更自觉地利用经学来进行教化。《后汉书》卷七十九《儒林列传》载："昔王莽、更始之际，天下散乱，礼乐分崩，典文残落。及光武中兴，爱好经术，未及下车，而先访儒雅，采求阙文，补缀漏逸。先是四方学士多怀协图书，遁逃林薮，自是莫不抱负坟策，云会京师……于是立五经博士，各以家法教授。"到了建武五年（29），建立太学，大批儒士进入其中，修习儒家经典和礼仪。明帝即位后，不仅继续扶持经学，而且身体力行，大力弘扬礼乐教化。《后汉书·礼仪志》载："明帝永平二年三月，上始帅群臣躬养三老、五更于辟雍，行大射之礼。郡、县、道行乡饮酒于学校，皆礼圣师周公、孔子，牲以犬。于是七郊礼乐三雍之义备矣。"《后汉书》中的《儒林列传》记载了当时的盛况：

> 明帝即位，亲行其礼。天子始冠通天，衣日月，备法物之驾，盛清道之仪，坐明堂而朝群后，登灵台以望云物，袒割辟雍之上，尊养三老五更。飨射礼毕，帝正坐自讲，诸儒执经问难于前，冠带缙绅之人，圜桥门而观听者盖亿万计。其后复为功臣子孙、四姓末属别立校舍，搜

选高能以受其业，自期门羽林之士，悉令通《孝经》章句，匈奴亦遣子入学。济济乎，洋洋乎，盛于永平矣！（《后汉书》卷七十九《儒林列传》）

此后，章帝在推崇经术的同时，进一步加强礼乐建设和文治教化。据《后汉书》卷三十五《张曹郑列传》载，章和元年，曹褒奉章帝之命起草国宪，“次序礼事，依准旧典，杂以五经谶记之文，撰次天子至于庶人冠婚吉凶终始制度，以为百五十篇”。后因“众论难一”而未颁行。而章帝建初四年(79)召开的白虎观会议，更有统一经义，弘扬教化、规范礼仪制度的意义。

和礼制建设同时进行的，是对儒家经典的搜求整理和各类礼制文章的撰写。整理典籍是发展经学的必要措施，也是制礼作乐的需要。东汉前期各种礼仪的制定，都要从儒家经典乃至谶纬之书中寻找依据。汉光武帝刘秀当初本不欲封禅，但看到纬书中的谶文，就改变了主意，举行了封禅大典，其封禅刻石中多处引用谶文来证明刘秀受命于天。此外，刻石中又说：“秦相李斯燔《诗》、《书》，乐崩礼坏。建武元年已前，文书散亡，旧典不具，不能明经文，以章句细微相况八十一卷，明者为验，又其十卷，皆不昭晰……后有圣人，正失误，刻石记。”（《后汉书》卷一《光武帝纪》）刘秀对“文书散亡，旧典不具”，不能提供详尽的封禅礼仪深以为憾。因此，他在位时大力“采求阙文，补缀漏逸”，特别是对图谶及相关典籍极为重视，曾令尹敏等人专门加以校订。刘秀以后的各朝，校订典籍的工作一直没有中断。与此同时，朝廷大力提倡礼文的制作。礼乐建设和礼文的制作都要以儒家经典为依据，因此，参与其事者必为硕学大儒。例如尹敏由于“博通经记”，受命校订图谶；贾逵由于博学，受命作《神雀颂》并为《光武受命中兴颂》作训诂；班固有很高的经学造诣，故能将白虎观会议的讨论结果整理成《白虎通义》一书。与班固、贾逵一起共述汉史的临邑侯刘复，不仅“能文章”，而且“好学”，深通经术，“永平中，每有讲学事，辄令复典掌焉”（《后汉书》卷十四《宗室四王三侯列传》）。这些通经术又能文章的文人大都在兰台、东观等处任职。特别是明帝以后，东观成为朝廷的主要藏书之处，进入东观的文人兼具校订典籍、撰写史传及礼文的职能。东汉的著名文人，大都有在东观任职的经历。明章之际，班固、傅毅、尹敏、孔僖等，都曾入东观供职。和帝时李尤受贾逵推荐，“召诣东观，受诏作赋，拜兰台令史，稍迁，安帝时为谏议大夫，受诏与谒者仆射刘珍等俱撰《汉记》”。大儒马融也曾在安帝时拜为校书郎中，诣东观典校秘书。

上述情况造成东汉的散文进一步与经学相结合。刘勰的《文心雕龙·时序》论及东汉文学的发展时说：

> 自哀平陵替，光武中兴，深怀图谶，颇略文华，然杜笃献诔以免刑，班彪参奏以补令，虽非旁求，亦不遐弃。及明章叠耀，崇爱儒术，肄礼璧堂，讲文虎观，孟坚珥笔于国史，贾逵给札于瑞颂，东平擅其懿文，沛王振其通论，帝则藩仪，辉光相照矣。自安和以下，迄至顺桓，则有班傅三崔，王马张蔡，磊落鸿儒，才不时乏，而文章之选，存而不论。然中兴之后，群才稍改前辙，华实所附，斟酌经辞，盖历政讲聚，故渐靡儒风者也。

刘勰在这里列举了一些典型事例来说明东汉经学对文学的影响。在他看来，这种影响是与汉代皇帝的提倡密切相关的。在皇帝的提倡下，东汉的文学之士大都具有很高的经学造诣，而经学之士也有相当多的人能文，这种现象确实和西汉有了明显不同。表现在文章之中，就产生了“华实所附，斟酌经辞”的现象。由于经学与礼乐相结合，礼制之文也兴盛起来，颂、铭、诔、碑、箴等文体得到长足的发展。另外，这一时期文人的地位较高，很多著名作者聚集于兰台、东观之中，在皇帝的优礼下潜心著述。他们不仅对现实政治深表认同，而且怀有一种自豪感和使命感，自觉地将自己的人生定位于潜心学术，弘扬文治。崔骃的《达旨》、班固的《答宾戏》等文章都论及此种人生追求。《达旨》在赞美皇帝化育人材，移风易俗的同时，表示乐于“诵上哲之高训，咏太平之清风”。《答宾戏》则在结尾表达了“密尔自娱于斯文”的意愿。其他作者也大都具有类似的思想。在这种情况下，颂扬汉德，成为此期散文的一种重要倾向。王充《论衡·须颂》说：“夫颂言，非徒画文也。如千世之后，读经书不见汉美，后世怪之。故夫古之通经之臣,纪主令功,记于竹帛;颂上令德,刻于鼎铭。文人涉世,以此自勉。”东汉前期的文人确实是把颂扬汉德作为写作上的追求的。

(五)东汉后期(顺帝永建元年至献帝延康元年,126—220)①

这一时期,朝政日益腐败,文化学术和士林风尚也发生了明显变化。其中最突出的是所谓浮华的学风与士风。据《后汉书》卷七十九《儒林列传》载:

> 自安帝览政,薄于艺文,博士倚席不讲,朋徒相视怠散,学舍颓敝,鞠为园蔬,牧儿荛竖,至于薪刈其下。顺帝感翟酺之言,乃更修黉宇,凡所造构二百四十房,千八百五十室。试明经下第补弟子,增甲乙之科史各十人,除郡国耆儒皆补郎、舍人。本初元年,梁太后诏曰:“大将军下至六百石,悉遣子就学,每岁辄于乡射月一飨会之,以此为常。”自是游学增盛,至三万余生。然章句渐疏,而多以浮华相尚,儒者之风盖衰矣。

所谓“浮华”,是当时一些人对士风和学风的贬意评价,它是人们心目中经学衰败的表现,具体来说,主要表现为两个方面:一方面是指经学之士于读经之外进行广泛的交游议论,最终发展为汉末“党人”的清议。据《后汉书》卷六十七《党锢列传》载:

> 逮桓灵之间,主荒政缪,国命委于阉寺。士子羞与为伍,故匹夫抗愤,处士横议,遂乃激扬名声,互相题拂,品核公卿,裁量执政,婞直之风,于斯行矣。

这“匹夫抗愤,处士横议”的对象就是以宦官为代表的腐败势力,同时

① 学界一般将建安时期的文学放在魏晋文学范围之内,故本书虽以朝代断限划分历史时期,将建安归属于东汉后期,但仍依惯例对建安时期的大部分作家未加论述,以留待下册论之。

也旁及公卿大臣及士林人物。当时以太学生为主体的交游议论活动形成极大声势，极大地震慑了当权人物，尤其令宦官切齿侧目。宦官势力寻找机会加以镇压，制造了“党锢之祸”。“浮华”另一方面是指经学之士不守章句而旁骛博通，思想行为自由放任。这两个方面导致了激扬名声、慷慨任气的士风，也促成文人思想、行为的多元化。崇尚个性，自然通脱，追求娱乐，爱好艺文成为时尚。

在上述背景下，东汉后期的散文出现了明显的变化。首先产生了一些抨击时政、揭露社会矛盾的著述，例如王符的《潜夫论》、崔寔的《政论》、仲长统的《昌言》，其内容广泛，议论大胆，思想上不拘一格，和此前带有浓厚经学气的文章有所不同。其次出现了一批危言深论，激切直言，慷慨任气的作品。无论是上疏论政，还是一般的书信往来，都写得犀利尖锐，充满愤世嫉俗之情。再次是出现了一些表达个人生活情趣的作品，这些生活情趣又往往带有浓厚的老庄色彩，由此可以看出作者思想行为的自由通脱，例如仲长统的《乐志论》。还有是出现了一些文人的学术论争之文，这些文章比一般的探讨现实问题的作品更具有概括性、哲理性，带有浓厚的思辨色彩。另外，这一时期的文章更注重对偶和藻采，有的已通篇对偶，颇具骈体文的雏形。凡此种种，都显示出汉末散文的新变化，在某些方面，这些作品已开启魏晋文章之先声。

第一章　汉代论说文

本章所述的论说文，是指《文心雕龙·论说》中所论的论与说两类文章。至于序文、书信等说理之文，各有其体，不在其间。论说之文，肇自先秦，在汉初便兴盛起来。汉代各种文体中，论说之文数量最多，其内容涉及政治、学术、人生等诸多方面，可以作为汉代最有成就的代表性文体之一。本章之论说，包括各种单篇之论和结集之论，后者近于先秦诸子之书，但从文体来看，又与单篇之论性质相近，故依《文心雕龙》，归入论体，合而论之。而说类中的上书，实为奏议，故本章不论。

第一节　西汉前期的论说文

西汉前期的论说文承先秦余绪，普遍带有战国之余响、大汉之新声的特点。所谓战国余响，是说这些作品思想活跃，议论纵横，大都注重形象与文采，不同程度带有战国散文的风格。所谓大汉新声，是说这些作品在思想上体现了兼收并蓄、熔百家于一炉的时代特点，反映了作者对统一的新政权的拥护和为国效力的热情，体现了新兴的大汉王朝的蓬勃生气。此类文章缘起于对历史经验的总结，而开时代新声的第一人，便是陆贾。

陆贾(生卒年不详)，楚人，曾以客的身份随刘邦定天下，汉初曾出使南越，说服南越王尉佗向汉称臣。文帝时官至太中大夫。陆贾在汉初著有《新语》，此书的写作是由陆贾在刘邦面前称引《诗》、《书》而引起的，他和刘邦争论的焦点在于以《诗》、《书》为代表的儒家经典在国家政治中的地位和作用。刘邦由于以武力得天下而蔑视《诗》、《书》，陆贾则针锋相对地提出什么才是治理国家的长久之术,并总结了秦朝灭亡的历史教训。《新语》就是围绕这一问题展开论述的。其首篇《道基》把人类的历史分为先圣、中圣、后圣三个阶段:先圣带领人民告别蒙昧状态,创造物质文明和社会制度;此后,为纠正"民知畏法而无礼义",中圣"乃设辟雍庠序之教,以正上下之仪,明父子之礼、君臣之义,使强不凌弱,众不暴寡,弃贪鄙之心,兴清洁之行";之后,"礼义独行,纲纪不立,后世衰废。于是后圣乃定五经,明六艺,承天统地,穷事(察)微,原情立本,以绪人伦……以匡衰乱"。这里把五经、六艺的作用归结为"原情立本,以绪人伦",即规范、整合人际关系,以建立起和谐稳定的社会秩序,匡救世道之衰乱。所谓"本",也就是儒家所提倡的仁义,文中说:

> 故圣人怀仁仗义,分明纤微,忖度天地,危而不倾,佚而不乱者,仁义之所治也。……仁者道之纪,义者圣之学。学之者明,失之者昏,背之者亡。……《谷梁传》曰:"仁者以治亲,义者以利尊。万世不乱,仁义之所治也。"

五经、六艺就是仁义的载体,提倡五经、六艺,也就是抓住了治国之本。《新语》把经典的作用提到如此之高度,是汉初大力提倡经学的重要文章。书中虽有道家无为思想的成分,但始终把仁义作为治国的最高原则。在汉初,这是最早的倡导儒家的政治理想和价值追求的文章。

《新语》中也有一些道家思想。书中有《无为》篇,提出"道莫大于无为,行莫大于谨敬"。文中总结秦朝灭亡的教训说:

> 秦始皇设刑罚,为车裂之诛,以敛奸邪,筑长城于戎境,以备胡越,征大吞小,威震天下,将帅横行,以服外国,蒙恬讨乱于外,李斯治法于内,事愈烦天下愈乱,法愈滋而天下愈炽,兵马益设而敌人愈多。秦非不欲治也,然失之者,乃举措太众、刑罚太极故也。

这是汉代最早总结历史经验的文章。鉴于亡秦的教训,陆贾提倡无为，但他所列举的无为的典范，又是儒家的圣人，例如“舜弹五弦之琴，歌《南风》之诗”、“周公制礼作乐”。可见陆贾所提倡的，是一种儒道合一的政治主张，与先秦道家所说的无为不尽相同，这又体现了汉初的时代特色。

从写作的角度来看，《新语》带有立言有本，高屋建瓴的特点。全书把《道基》列为首篇，先讲治道的根基——仁义。在讲述这一观点时又先从宇宙论入手：

> 传曰：“天生万物，以地养之，圣人成之。功德参合，而道术生焉。”故曰张日月，列星辰，序四时，调阴阳，布气治性，次置五行。春生夏长，秋收冬藏，阳成雷电，阴成雪霜，养育群生，一茂一亡，润之以风雨，曝之以日光，温之以节气，降之以殒霜。位之以众星，制之以斗衡，苞之以六合，罗之以纪纲，改之以灾变，告之以祯祥，动之以生杀，悟之以文章。故在天者可见，在地者可量，在物者可纪，在人者可相。

陆贾用诗一样的语言描述了宇宙运行的和谐秩序，在此基础上，又讲述先圣、中圣和后圣建制度、设教化、立纲纪、倡仁义的历史作用。这样一来，就把儒家的主张和宇宙法则联系起来，同时，也提出了一种将人的行为、社会的秩序纳入宇宙生命秩序的理想状态。在此基础上，《新语》论述了如何才能达到这一理想状态。《新语》先从大道之根基立论，又将人道与天道相沟通，从自然生命的运行中寻找儒家伦理价值和社会理想的合理性，这种思路与先秦儒家有所不同，显然受到了当时道家和阴阳家的影响。《道基》篇中又称上天对人“改之以灾变，告之以祯祥”，更是开了经学家以天变灾异论人事的先声。另外，陆贾在文中明确地以五经、六艺做为立言的根本，各篇的结尾往往引用“《诗》云”、“孔子曰”以及《春秋》经传以代替结论，增强说服力。这种写法，正是经学文章依经立义的写作原则。

《新语》继承了战国之文富于文采和气势的特点，文中往往铺陈排比，连类譬喻。例如《资质》篇：

质美者以通为贵，才良者以显为能。何以言之？夫楩柟豫章，天下之名木也，生于深山之中，产于溪谷之旁，立则为大山众木之宗，仆则为万世之用，浮于山水之流，出于冥冥之野，因江、河之道而达于京师之下，因斧斤之功，得舒其文色，精捍直理，密致博通，虫蝎不能穿，水湿不能伤，在高柔软，入地坚强，无膏泽而光润生，不刻画而文章成，上为帝王之御物，下则赐公卿，庶贱而得以备器械；闭绝以关梁，及隘于山阪之阻，隔于九岏之堤，仆于嵬崔之山，顿于窅冥之溪，树蒙茏蔓延而无间，石崔嵬崭岩而不开，广者无舟车之通，狭者无步担之蹊，商贾所不至，工商所不窥，知者所不见，见者所不知，功弃而德亡，腐朽而枯伤，转于百仞之壑，惕然而独僵，当斯之时，不如道傍之枯杨。褭褭结屈，委曲不同，然生于大都之广地，近于大匠之名工，材器制断，规矩度量，坚者补朽，短者续长，大者治罇，小者治觞，饰以丹漆，斁以明光，上备太牢，春秋礼庠，褒以文采，立礼矜庄，冠带正容，对酒行觞，卿士列位，而陈官堂，望之者目眩，近之者鼻芳。故事闭之则绝，次之则通，抑之则沈，兴之则扬，处地楩梓，贱于枯杨，德美非不相绝也，才力非不相悬也，彼则枯槁而远弃，此则为宗庙之瑚琏者，通与不通也。

这里以木材为喻，讲士的遇与不遇。文中极尽描写形容之能事，大量运用排比对偶，句尾押韵，读起来铿锵悦耳。陆贾其人有游士的特点，又擅长辞赋，其文章也颇有几分策士之文和散体大赋的特征。

文帝时期，著名的论说文作者还有贾山和贾谊。贾山(生卒年不详)，颍川(今河南禹县一带)人，曾为颍阴侯灌婴给事。他在文帝时多次上书，言多激切，但未被采用，今存者只有《至言》。《至言》借秦为喻，言治乱之道。文中说：

臣闻为人臣者，尽忠竭愚，以直谏主，不避死亡之诛者，臣山是也。臣不敢以久远谕，愿借秦以为谕，唯陛下少加意焉。

夫布衣韦带之士，修身于内，成名于外，而使后世不绝息。至秦则不然。贵为天子，富有天下，赋敛重数，百姓任罢，赭衣半道，群盗满山。使天下之人，戴目而视，倾耳而听，一夫大呼，天下响应者，陈胜是也。秦非徒如此也，起咸阳而西至雍，离宫三百，钟鼓帷帐，不移而具。又为阿房之殿，殿高数十仞，东西五里，南北千步，从车罗骑，四马骛驰，旌旗不挠。为宫室之丽至于此，使其后世曾不得聚庐而托处焉。为驰道于天下，东穷燕齐，南极吴楚，江湖之上，濒海之观毕至。道广五十步，三丈而树，厚筑其外，隐以金椎，树以青松。为驰道之丽至于此，使其后世曾不得邪径而托足焉。死葬乎骊山，吏徒数十万人，旷日十年，下彻三泉，合采金石，冶铜固其内，漆涂其外，被以珠玉，饰以翡翠，中成观游，上成山林。为葬埋之侈至于此，使其后世曾不得蓬颗蔽冢而托葬焉。秦以熊罴之力，虎狼之心，蚕食诸侯，并吞海内，而不笃礼义，故天殃已加矣。臣昧死以闻，愿陛下少留意，而详择其中。(《全汉文》卷十四)

贾山认为，秦之灭亡在于赋敛过重，奢侈无度而不修礼义。他劝诫汉文帝虚心纳谏、敬士礼贤，批评他只是和身边的大臣贤士以射猎为事。从思想倾向来看，这无疑是一篇儒者之文。值得注意的是，他在后面劝汉文帝"定明堂，造太学，修先王之道"。这些言论和贾谊、董仲舒的主张颇为一致，但又比后者提出得更早。在论述方式上，《至言》带有战国散文的特点，例如：

臣闻忠臣之事君也，言切直，则不用而身危；不切直，则不可以明道。故切直之言，明主所欲急闻，忠臣所以蒙死而竭知也。地之硗者，虽有善种，不能生焉；江皋河濒，虽有恶种，无不猥大。昔者夏商之季世，虽关龙逢、箕子、比干之贤，身死亡而道不用。文王之时，豪俊之士，皆得竭其智；刍荛采薪之人，皆得尽其力，此周所以兴也。故地之美者善养禾，君之仁者善养士，雷霆之所击，无不摧折者；万钧之所压，无不糜灭者。今人主之威，非特雷霆也；势重，非特万钧也。开道而求谏，和颜色而受之，用其言而显其身，士犹恐惧而不敢自尽，又乃况于纵欲、恣行暴虐，恶闻其过乎！震之以威，压之以重，则虽有尧舜之智、孟贲之勇，岂有不摧折者哉？如此，则人主不得闻其过失矣。弗闻，则社稷危矣。（同上）

贾山劝人主虚心求谏，接受臣下的“切直之言”，认为不如此，“则社稷危矣”。他在前面还表示，自己愿意“尽忠竭愚，以直谏主，不避死亡之诛”，这些话显然带有战国策士之风。但《至言》更能体现儒者之文的特色，例如在论及敬士与纳谏时，他先历数秦朝之失，然后说：

《诗》曰：“匪言不能，胡此畏忌。听言则对，谮言则退。”此之谓也。又曰：“济济多士，文王以宁。”天下未尝亡士也，然而文王独言以宁者何也？文王好仁则仁兴，得士而敬之则士用。用之有礼义。

故不致其爱敬则不能尽其心，不能尽其心则不能尽其力，不能尽其力则不能成其功。……（同上）

在劝谏文帝节制游猎时，则是先肯定其即位以来的德政，然后说：

今功业方就，名闻方昭，四方乡风，今从豪俊之臣、方正之士，直与之日日射猎，击兔伐狐，以伤大业，绝天下之望，臣窃悼之。《诗》曰：“靡不有初，鲜克有终。”臣不胜大愿，愿少衰射猎，以夏岁二月，定明堂，造太学，修先王之道。风行俗成，万世之基定，然后唯陛下所幸耳。（同上）

像这样引《诗》为据，从中引申发挥，循循诱导地讲述正面道理，是从孟子以来形成的儒者之文的特色。前人论及贾山之文，大都注意到其言辞激切，气势不凡的特点，例如姚鼐《古文辞类纂》称赞《至言》“雄肆之气，喷薄横出”。但从上述两段文字来看，又分明带有依经立义，平实、朴茂的特点，后来从董仲舒到刘向的文章，大都沿袭这条路子。至于其激切、雄肆，则体现了贾山刚正不阿，直言敢谏的人格特征。

贾谊(前200—前168),洛阳人。早年曾随张苍习《左氏春秋》,以博学多才闻名郡中。文帝即位之初,受廷尉吴公推荐,朝廷任以为博士,文帝赏识其才,一年中即提拔为太中大夫。当是时"每诏令议下,诸老先生不能言,贾生尽为之对"。(《史记》卷八十四《屈原贾生列传》),文帝欲任以为公卿,遭到朝中老臣的反对,只好令其离开朝廷去做长沙王的太傅。四年后文帝又将其召回,改任梁怀王太傅。后梁怀王堕马而死,贾谊抑郁失望,经常痛哭,一年后便去世,年仅三十三岁。

贾谊的散文成就比贾山更高。他的文章兼具儒法两家的文风,还带有战国散文重气势、重文采的特点。他常在文中极力铺陈排比,夸张渲染,使作品文辞生动,节奏铿锵,具有强烈的感染力。其《过秦论》总结秦朝灭亡原因。文章分上、中、下三篇,以上篇最负盛名。文中没有采用逻辑推理的方式,而是通过对历史事实的铺叙,向人们展示了一幅幅波澜壮阔的历史画卷:

> 秦孝公据殽函之固,拥雍州之地,君臣固守,以窥周室。有席卷天下,包举宇内、囊括四海之意,并吞八荒之心。当是时也,商君佐之,内立法度,务耕织,修守战之具;外连衡而斗诸侯。于是秦人拱手而取西河之外。
>
> 孝公既没,惠文、武、昭蒙故业,因遗策,南取汉中,西举巴蜀,东割膏腴之地,收要害之郡。诸侯恐惧,会盟而谋弱秦。不爱珍器重宝肥饶之地,以致天下之士,合从缔交,相与为一。当此之时,齐有孟尝,赵有平原,楚有春申,魏有信陵。此四君者皆明智而忠信,宽厚而爱人,尊贤而重士,约从离横,兼韩、魏、燕、赵、宋、卫、中山之众。于是六国之士,有宁越、徐尚、苏秦、杜赫之属为之谋;齐明、周最、陈轸、召滑、楼缓、翟景、苏厉、乐毅之徒通其意;吴起、孙膑、带佗、兒良、王廖、田忌、廉颇、赵奢之伦制其兵。尝以十倍之地、百万之众,叩关而攻秦。秦人开关而延敌,九国之师,遁逃而不敢进。秦无亡矢遗镞之费,而天下诸侯已困矣。于是从散约解,争割地而赂秦。秦有余力而制其弊,追亡逐北,伏尸百万,流血漂橹。因利乘便,宰割天下,分裂

河山。强国请伏，弱国入朝。

施及孝文王、庄襄王，享国之日浅，国家无事。

及至始皇，奋六世之余烈，振长策而御宇内，吞二周而亡诸侯，履至尊而制六合，执敲扑以鞭笞天下，威振四海。南取百越之地，以为桂林、象郡。百越之君，俛首系颈，委命下吏。乃使蒙恬北筑长城而守藩篱，却匈奴七百余里，胡人不敢南下而牧马，士不敢弯弓而抱怨。于是废先王之道，燔百家之言，以愚黔首；隳名城，杀豪俊；收天下之兵，聚之咸阳，销锋鍉，铸以为金人十二，以弱天下之民。然后践华为城，因河为池，据亿丈之城，临不测之谿以为固。良将劲弩，守要害之处，信臣精卒，陈利兵而谁何。天下已定，始皇之心，自以为关中之固，金城千里，子孙帝王万世之业。

始皇既没，余威振于殊俗。然而陈涉瓮牖绳枢之子，甿隶之人，而迁徙之徒也。材能不及中庸，非有仲尼、墨翟之贤，陶朱、猗顿之富。蹑足行伍之间，俛起阡陌之中，率罢散之卒，将数百之众，转而攻秦。斩木为兵，揭竿为旗，天下云集而响应，赢粮而景从。山东豪俊，遂并起而亡秦族矣。

且夫天下非小弱也，雍州之地，殽函之固，自若也。陈涉之位，非尊于齐、楚、燕、赵、韩、魏、宋、卫、中山之君也；锄耰棘矜，非铦于钩戟长铩也；谪戍之众，非抗于九国之师也；深谋远虑，行军用兵之道，非及曩时之士也。然而成败异变，功业相反。试使山东之国与陈涉度长絜大，比权量力，则不可同年而语矣。然秦以区区之地，致万乘之权，招八州而朝同列，百有余年矣。然后以六合为家，殽函为宫。一夫作难，而七庙隳，身死人手，为天下笑者，何也？仁义不施，而攻守之势异也。(《文选》卷五十一)

文章由秦孝公时写起，极力渲染秦国一代比一代强盛的过程，一直写到秦始皇时达到了强盛的顶点；然后笔锋急转，铺叙秦始皇死后农民起义的巨大声势和秦朝的迅速灭亡；最后，经过层层对比、设问，提出结论：“仁义不施，而攻守之势异也”。文中铺张扬厉，纵情挥洒，有一股不可阻挡的气势和力量。由于经过层层铺垫和对比,最后的结论便格外警悚出奇。这样的文风带有战国纵横家的特点,但思想内容又是西汉前期所独有的。

在朝廷作家热心总结历史经验的同时,西汉前期的藩国出现了一部规模宏大的著作《淮南子》。

《淮南子》又名《鸿烈》,是淮南王刘安招集宾客所作。据《汉书》卷四十四《淮南衡山济北王传》载:

> 淮南王安为人好书,鼓琴,不喜弋猎狗马驰骋,亦欲以行阴德拊循百姓,流名誉。招致宾客方术之士数千人,作为《内书》二十一篇,《外书》甚众,又有《中篇》八卷,言神仙黄白之术,亦二十余万言。时武帝方好艺文,以安属为诸父,辩博善为文辞,甚尊重之。每为报书及赐,常召司马相如等视草乃遣。初,安入朝,献所作《内篇》,新出,上爱秘之。

《内书》即《淮南子》,刘安献《淮南子》一事发生于汉武帝建元二年(前139)。那么,此书的创作当于景、武之际。这一时期,汉朝经过几十年的休养生息,逐步达到了强盛的顶点。汉武帝即位后,开始进行大规模的文化建设。出现于这一时期的《淮南子》,也带有一种恢宏阔大的气象,它突出体现在内容的宏博和文风的闳丽。

《淮南子》的内容极其广博,全书二十一篇,形成了一个宏大而完整的结构。首篇《原道训》讲大道化生万物、覆载天地的作用,次篇《俶真训》讲体道的境界,这两篇是道家哲学思想的基础。其后《天文训》、《地形训》、《时则训》三篇,分别从时空分布上描述天地之构成,四时之变化。从《览冥训》到《泰族训》,分论社会人事。《览冥训》讲物类相感、同气相应,以明天人之际;《精神训》论保养精神,虚静无为,使人反其性命之宗。这两篇是治国、养生及处理一切事务的基本依据。以下诸篇则具体论述政治、法令、军事、礼制、风俗等社会生活的各个方面,最后由《泰族训》而归结于修身。第二十一篇《要略》为全书总序,概括全书写作宗旨、特点及各篇旨义。从《要略》来看,这样一个结构出于编者的精心安排,它把几乎无所不包的内容结合成一个有机整体，堪称“牢笼天地，博极古今”(刘知几《史通·自叙》)。因此，梁启超在《中国近三百年学术史》中称：“其书博大而有条贯，汉人著述中第一流也。”

与其论述对象的广博相适应，《淮南子》在思想倾向上则有兼容并包的特点。《要略》在评述先秦各家著述之后，阐明《淮南子》的写作宗旨：“若刘氏之书，观天地之象，通古今之事，权事而立制，度形而施宜，原道之心，合三王之风，以储与扈冶，玄眇之中，精摇靡览，弃其畛挈，斟其淑静，以统天下，理万物，应变化，通殊类，非循一迹之路，守一隅之指，拘系牵连之物，而不与世推移也。故置之寻常而不塞，布之天下而不窕。”作者反对拘泥于一家学说，主张兼收并蓄，融汇百家。《泛论训》说：“百川异源，而毕归于海；百家殊业，而皆务于治。”《齐俗训》说：“百家之言，指凑相反，其合道一体也。譬若丝竹金石之会乐同也，其曲家异而不失于体。”在《淮南子》中，对于儒、墨、法家诸家学说，有所批评，也有所肯定，例如《主术训》和《泛论训》的某些观点都与法家的主张相合，《泰族训》则提倡礼义廉耻，其旨近于儒家。《淮南子》对百家学说的这种态度，恰恰反映了汉初道家学派“因阴阳之大顺，采儒墨之善，撮名法之要”的特点。

战国后期出现的黄老道家学说具有极大的包容性。这种兼容并包的学说在西汉前期被广泛接受，体现了时代的需要，同时也表现出不同于以往的开阔宏放的时代特征。西汉初年，国家甫定，统治者急于总结秦朝灭亡的历史教训，寻找有效的治国安邦之策，尚未顾及全面的思想文化建设。在政治、思想领域，百家之说并存，纵横游说之风仍然盛行。在散文创作方面，便出现了陆贾、贾谊、晁错等人总结历史经验、向朝廷献计献策的文章。到了景、武之际，随着国家强盛，大规模的思想文化建设即将开始，统治者不仅要总结几十年黄老政治的历史经验，而且有志于总结有史以来人类的全部思想文化及其实践活动，同时还要求寻找一种能够统摄和包容各种学说的理论，作为安邦治国乃至一切行为的指南。《淮南子》一书就是为回答这一历史课题而出现的。

《淮南子》的广博，还突出表现在其中有关宇宙论和天人关系的内容。《天文训》首先讲宇宙天地、日月星辰的产生及运行，继而论及天象历法、阴阳五行;《地形训》讲述天地之间九州八极的山川地理、物产风俗,这两篇文章无疑是从起源与构造两个方面讲论宇宙天地之原理。《时则训》则讲述四时之运行,节物之变化以及与之对应的社会人事,实际上是把人类的活动与宇宙自然的节律相沟通,同样包含着宇宙论的成分。在此基础上,《淮南子》用了不少篇幅讲物类相应、天人相感。《天文训》说:“物类相动,本标相应……人主之情,上通于天,故诛暴则多飘风,枉法令则多虫螟,杀不辜由国赤地,令不收则多淫雨。四时者,天之吏也;日月者,天之使也;星辰者,天之期也;虹蜺彗星者,天之忌也。”《览冥训》则进一步讲述精诚感天的道理:“夫物类之相应,玄妙深微,知不能论,辩不能解。……故圣人在位,怀道而不言,泽及万民。君臣乖心,则背谲见于天。神气相应,征矣。故山云草莽,水云鱼鳞,旱云烟火,涔云波水,各象其形类,所以感之。”

宇宙论和天人关系论在西汉前期是一个时代的课题。先秦儒家、墨家和法家都不讲宇宙论,老子和庄子也只是讲大道做为宇宙本根的作用,所谓“道生一,一生二,二生三,三生万物”,而并未论及宇宙的构成。只是到了战国后期,在《易传》、《吕氏春秋》和《黄老帛书》中,才开始出现较为具体的宇宙论。当时随着实践和认识范围的扩大,人们已不再满足于了解身边的具体事物,而渴望探索诸如宇宙起源、天地构造以及四方八极、异国殊类等更为广阔的领域。《淮南子》的宇宙论正是适应了人们的这种需求。它不仅把道家关于大道化生宇宙万物的学说更为具体化,而且借鉴邹衍大九州说等内容,创立了完整而详密的宇宙论,可以说是对前此有关学说和知识的一次全面总结。至于天人关系论,更属于时代的“尖端课题”。它的实质是把社会现象和自然现象相贯通,试图在社会现象自身以外,寻找其发生和变化的更为隐秘的原因。汉武帝即位之后,即明确提出了这一问题,他在征询贤良文学对策的诏书中问道:“三代受命,其符安在? 灾异之变,何缘而起?”董仲舒的天人之学正是在这种背景下出现的。其后司马迁作《史记》,也以探讨这一问题为宗旨,他在《报任安书》中说:“仆窃不逊,近自托于无能之辞。网罗天下放失旧闻,略考其行事,综其终始,稽其成败兴坏之纪……凡百三十篇。亦欲以究天人之际,通古今之变，成一家之言。"《史记》从纵向的角度记载了近三千年的历史变迁，又从横向的角度把政治、经济、军事、文化、风俗乃至天文、地理综合在一起，全面地反映了自然与社会的各个方面。但这一切又是为了"稽其成败兴坏之纪"，其中"究天人之际"又是第一位的创作目的。司马迁和董仲舒对天人关系的具体看法不尽相同，但他们都热衷于探究这一问题，企图从宇宙观的角度解释自然和人类社会的共同规律，为人类行为寻找天道方面的依据。《淮南子》中关于物类相感、天人相应的理论正是在这种历史文化背景下出现的，尽管其中包含着一些神秘乃至不科学的成分，但它无疑是以一种探求真理的精神去回应时代课题，表现出企图解释一切未知事物的宏大气魄。

总之，《淮南子》以道家的道论为哲学基础，以宇宙论和天人关系说为中心，展开对自然与社会现象的全面描述与探索，从而建立了一个庞大的、无所不包的理论体系。这个庞大的体系力图沟通自然与社会，贯穿历史与现实，乃至穷尽各种知识与事物，堪称"苞括宇宙，总览人物"。这种宏富博大的特征，正是当时宏伟开阔，进取有为的时代精神的体现。

和西汉前期的论说文主要探讨政治问题有所不同，《淮南子》用了大量篇幅讨论人生问题，特别是用了很多笔墨去描写理想的人生境界。这些地方同样表现了融会贯通，恢宏阔大的时代特征。

《淮南子》的人生理论有一个根本的出发点，即《要略》中所谓："欲一言而寤，则尊天而保真；欲再言而通，则贱物而贵身；欲叁言而究，则外物而反情。"这些思想显然来自道家。《淮南子》围绕道家的道论展开对人生理想的描述。《原道训》一开始先描写大道无所不包，无所不能，创造一切，主宰一切的奇妙功能，然后描写"泰古二皇，得道之柄，立于中央。神与化游，以抚四方"以及大丈夫体悟大道："乘云陵霄，与造化者俱。纵志舒节，以驰大区。……上游于霄雿之野，下出于无垠之门。"《俶真训》描写"怀瑰玮之道"之人："忘肝胆，遗耳目，独浮游无方之外，不与外物相弊摋，中徙倚无形之域而和以天地"；《精神训》中描述所谓"真人"："芒然仿佯于尘垢之外，而消摇于无事之业"，"大泽焚而不能热，河汉涸而不能寒也，大雷毁山而不能惊也，大风晦日而不能伤也"，"以死生为一化，以万物为一方”,“休息于无委曲之隅,而游敖于无形埒之野”。这些体道者正是作者心中理想人格的化身,他们摆脱了一切束缚,进入独与天地精神相往来的绝对自由的境界。在《淮南子》的作者看来,实现上述精神境界的关键是养神。养神主要是通过去嗜欲,屏杂念,达到内心宁静和谐,与大道冥合的状态。《俶真训》中说:“是故圣人托其神于灵府,而归于万物之初,视于冥冥,听于无声,冥冥之中,独见晓焉;寂漠之中,独有照焉。”又说:“若夫神无所掩,心无所载,通洞条达,恬漠无事,无所凝滞,虚寂以待,势利不能诱也,辩者不能说也,声色不能淫也,美者不能滥也,智者不能动也,勇者不能恐也,此真人之道也。若然者,陶冶万物,与造化者为人,天地之间,宇宙之内,莫能夭遏。”此外,书中还提出一种与此相联系但又更富于现实色彩的人生境界。《修务训》中说:

> 君子有能精摇摩监,砥砺其才,自试神明,览物之博,通物之壅,观始卒之端,见无外之境,以逍遥仿佯于尘埃之外,超然独立,卓然离世,此圣人之所以游心。若此而不能,闭居静思,鼓琴读书,追观上古,及贤大夫,学问讲辩,日以自娱,苏援世事,分白黑利害,筹策得失,以观祸福,设仪立度,可以为法则,穷道本末,究事之性,立是废非,明示后人,死有遗业,生有荣名。

在追求逍遥尘外,超世独立的同时,通过读书鼓琴,讲辩学问,得到“自娱”,并以此建立遗业荣名。这样,作者就把庄子的高妙超远的理想境界与充满感性内容的具体实在的世俗生活联系在一起,把道家对精神自由的追求拉回到现实人间。更重要的是,在这种生活方式中已经包含了儒家设仪立度、立是废非、建立遗业荣名的人生价值观。这种价值观在作者提倡的精神修养方式中表现得更为明显。

在精神修养方面,《淮南子》提出了“通而无为”的观点。书中的《修务训》专门论述学习的重要性,思想近于儒家的《荀子》。作者在《要略》中解释其篇旨说:“《修务》者,所以为人之于道未淹,味论未深,见其文辞,反之以清静为常,恬淡为本,则懈堕分学,纵欲适情,欲以偷自佚,而塞于大道也。今夫狂者无忧,圣人亦无忧。圣人无忧,和以德也;狂者无忧,不知祸福也。故通而无为也,与塞而无为也同(此"同"字据王念孙说为衍文),其无为则同,其所以无为则异。故为之浮称流说其所以能听,所以使学者孳孳以自几也。"所谓"通而无为",是通过学习而把握大道,从而达到理性的自觉;"塞而无为",则出于愚昧无知,浑浑噩噩,这种心灵闭塞的状态,妨碍了对大道的体认,限制了人的自由。而学习知识,接触外部世界,则给人以自由快乐。《泰族训》对此有生动描述:

> 凡人之所以生者,衣与食也。今囚之冥室之中,虽养之以刍豢,衣之以绮绣,不能乐也,以目之无见,耳之无闻。穿穴隙,见雾雨,则快然而叹之,况开户发牖,从冥冥见炤炤乎!从冥冥见炤炤,犹尚肆然而喜,又况出室坐堂,见日月光乎!见日月光,旷然而乐,又况登泰山,履石封,以望八荒,视天都若盖,江河如带,又况万物在其间者乎!其为乐岂不大哉!且聋者,耳形具而无能闻也;盲者,目形存而无能见也。夫言者,所以通己于人也;闻者,所以通人于己也。喑者不言,聋者不闻,既喑且聋,人道不通,故有喑聋之病者,虽破家求医,不顾其费。岂独形骸有瘖聋哉?心志亦有之。夫指之拘也,莫不事申也;心之塞也,莫知务通也,不明于类也。夫观六艺之广崇,穷道德之渊深,达乎无上,至乎无下,运乎无极,翔乎无形,广于四海,崇于太山,富于江河,旷然而通,昭然而明,天地之间无所系戾,其所以监观,岂不大哉!

走出封闭的暗室,来到广阔的外部世界,会感到其乐无穷!作者以此为喻,说明掌握知识对于开阔精神视野,获得心灵自由的重要作用。这种观点是和反对学习知识的老庄所不同的。文中强调"观六艺之广崇,穷道德之渊深",是《淮南子》在思想上兼容并包,融合儒、道的体现。东汉以后,出现了很多博学通览,思想上不拘一格的"通人",由此而导致汉末的崇尚通脱之风。《淮南子》提倡"通而无为",实为这种风气的先声。

与内容的宏博相适应,《淮南子》在文风方面具有闳丽的特点。刘勰

《文心雕龙·诸子》说:"《淮南》泛采而文丽。"刘熙载《艺概·文概》说:"《淮南子》连类譬喻,本诸《易》与《庄子》,而奇伟宏富,又能自用其才。虽使与先秦诸子同时,亦足成一家之作。"《淮南子》的这一特点首先出自道家散文固有的特征。在诸子散文中,道家的艺术成就最高。其文辞之富美、想象之奇特、音韵之铿锵、行文之舒卷变化,都陵轹于众家之上。《淮南子》中有一些篇章从思想到文风都近于老庄,特别是《庄子》书中的奇诡寓言和瑰丽境界,更是常常出现于《淮南子》中。此外,淮南为楚国故地,屈原作品长期在这里流传,淮南王刘安及"小山"等门客都是楚辞的爱好者。因此,《淮南子》中的作品又时而带有楚骚之风韵。道家文辞与楚骚风韵的结合造成《淮南子》独具一格的艺术魅力。例如《原道训》中这段话:

泰古二皇,得道之柄,立于中央,神与化游,以抚四方。是故能天运地滞,轮转而无废,水流而不止,与万物终始。风兴云蒸,事无不应,雷声雨降,并应无穷。鬼出电入,龙兴鸾集,钧旋毂转,辕而复帀。已彫已琢,还反于朴。无为为之而合于道,无为言之而通乎德,恬愉无矜而得于和,有万不同而便于性,神托于秋豪之末,而大宇宙之总。其德优天地而和阴阳,节四时而调五行。呴谕覆育,万物群生,润于草木,浸于金石,禽兽硕大,豪毛润泽,羽翼奋也,角觡生也,兽胎不贕,鸟卵不毈,父无丧子之忧,兄无哭弟之哀,童子不孤,妇人不孀,虹蜺不出,贼星不行,含德之所致也。……昔者冯夷、大丙之御也,乘云车,入云蜺,游微雾,骛恍惚,历远弥高以极往,经霜雪而无迹,照日光而无景,扶摇抮抱羊角而上,经纪山川,蹈腾昆仑,排阊阖,沦天门。末世之御,虽有轻车良马,劲策利锻,不能与之争先。是故大丈夫恬然无思,澹然无虑。以天为盖,以地为舆;四时为马,阴阳为御;乘云陵霄,与造化者俱。纵志舒节,以驰大区。可以步而步,可以骤而骤。令雨师洒道,使风伯扫尘;电以为鞭策,雷以为车轮。上游于霄雿之野,下出于无垠之门。浏览遍照,复守以全。经营四隅,还反于枢。故以天为盖,则无不覆也;以地为舆,则无不载也;四时为马,则无不使也；阴阳为御，则无不备也。是故疾而不摇，远而不劳，四支不动，聪明不损，而知八纮九野之形埒者，何也？执道要之柄，而游于无穷之地。

这段话是讲述大道之威力以及体道的境界。文中极力铺陈排比，句式灵活多变，或韵或散，铿锵悦耳。前半部分描述伏羲、神农治理天下的境界，使人联想起《庄子》中《胠箧》、《马蹄》等篇中对“至德之世”的描写。后半部分展开宏伟的想象，以驾车比喻体悟大道、“神与化游”的境界。其笔下“乘云陵霄与造化者俱”的大丈夫，酷似庄子笔下“乘云气，御飞龙而游于四海之外”的“真人”、“至人”，而“令雨洒道”一段又带有《离骚》的痕迹。《淮南子》熔庄骚为一炉，创造了瑰丽多采的艺术境界。

《淮南子》的宏丽，尤其表现在文中大量铺陈排比，行文繁复。善于铺陈形容本是道家固有的文风特征，而作者采用这种表现手法则出自明确的创作意识。《要略》篇说：

夫道论至深，故多为之辞以抒其情；万物至众，故博为之说以通其意。辞虽坛卷连漫，绞纷远缓，所以洮汰涤荡至意，使之无凝竭底滞，卷握而不散也。夫江河之腐胔不可胜数，然祭者汲焉，大也。一杯酒白，蝇渍其中，匹夫弗尝者，小也。诚通乎二十篇之论，睹凡得要，以通九野，径十门，外天地，捭山川，其于逍遥一世之间，宰匠万物之形，亦优游矣。若然者，挟日月而不烑，润万物而不耗。曼兮洮兮，足以览矣！藐兮浩兮，旷旷兮，可以游矣！

作者认为，道论深奥幽眇，万物浩繁众多，必须“多为之辞”、“博为之说”才可能充分表达，可见其表现手法的特点是由其内容决定的。《淮南子》在论述对象方面追求至深至众、宏大广博，无所不包，在表达方式上也必然力求详尽繁复、连篇累牍、巨细无遗：“所以洮汰荡涤至意，使之无凝竭底滞，卷握而不散也。”此外，这段话还表达了一种崇尚宏大壮阔的审美意识。作者认为，江河正是以其阔大而受人喜爱，因为只有阔大的事物才具有容纳吞吐、荡涤淘汰、生生不已的力量。《淮南子》正是要向人们展示一个宏阔而浩渺的世界，使人遨游观览于其间，获得逍遥自由、无所拘滞的快乐。这种崇尚宏大壮美的审美趣味是秦汉时代精神的体现。秦朝的阿房宫、秦始皇陵的兵马俑，都以其宏伟壮观著称。汉朝所修的宫殿也极其壮丽。据《史记·高祖本纪》载，汉初，"萧丞相(何)营作未央宫，立东阙北阙，前殿武库太仓。高祖还，见宫阙壮，甚怒，谓萧何曰：'天下匈匈苦战数岁，成败未可知，是何治宫室过度也！'萧何曰：'天下方未定，故可因遂就宫室。且夫天子以四海为家，非壮丽无以立威，且无令后世有以加也。'高祖乃说。"秦汉时期的宫殿正是以其宏伟壮丽显示了统一的封建国家的气势和声威。成熟于汉代鼎盛时期的散体大赋更是这种审美意识的代表。汉赋中以"苞括宇宙，总览人物"的气魄展开铺张扬厉的描写，"极靡丽之辞，必欲使人不能加也"，其实质无非是表现人们占有整个世界的愿望和信心，表现那个建立"非常之功"的时代的成就与气概。《淮南子》的铺陈排比的手法和闳衍巨丽的审美特征都与汉大赋极为相似，在《淮南子》中，作者极力"多为之辞"、"博为之说"，力求从空间和时间、深度和广度上穷尽一切事物，涵盖全部世界。就此而言，《淮南子》和汉大赋属于同一种时代精神的产物。

引譬连类是《淮南子》中运用得最多的另一种表达方式。《要略》在交代各篇旨意时反复论及这一点，例如：

> 《览冥》者……乃始揽物引类，览取挢掇，浸想宵类。物之可以喻意象形者，乃以穿通窘滞，决渎壅塞，引人之意，系之无极，乃以明物类之感，同气之应，阴阳之合，形埒之朕。所以令人远观博见者也。
>
> 《精神》者，所以原本人之所由生，而晓寤其形骸九窍，取象与天，合同其血气，与雷霆风雨，比类其喜怒，与昼宵寒暑并明，审死生之分，别同异之迹，节动静之杨，以反其性命之宗。
>
> 《缪称》者……假象取耦，以相譬喻，断短为节，以应小具。所以曲说攻论，应感而不匮者也。
>
> 《诠言》者，所以譬类人事之指，解喻治乱之体也。……

……

《说山》、《说林》者，所以窍窕穿凿百事之壅遏，而通行贯扃万物之窒塞者也。假譬取象，异类殊形，以领理人之意；解堕结细，说捍抟囷，以明事埒事者也。

……

言天地四时而不引譬援类，则不知精微。……言君事而不为称喻，则不知动静之宜。……知大略而不知譬喻，则无以推明事。

由此可见作者对取譬援类是何等重视。假物为象，取譬设喻在先秦散文中是常见的表达方式，论者为使道理讲得通俗、生动，易为人知，往往借助于比喻或寓言。这些比喻和寓言是一种形象化的论证手段。在《淮南子》中，我们也可以看到很多比喻、寓言、神话传说和历史故事，它们出现于文中，大大增强了作品的形象性。特别是作者长于描写，善于铺陈，更使得这些引譬设喻的地方生动精彩，富于感染力。但《淮南子》中的故事与传说在很多情况下已不仅仅作为譬喻，而是成为说理的论据。例如《览冥训》为说明精诚感天的道理，便大量征引此类传说。文章开头先引师旷为晋平公奏《白雪》之音和齐女含冤叫天，致使天降灾异的传说，以说明"上天之诛"无所逃避；又引武王伐纣，叱阳侯之波和鲁阳公挥戈，日反三舍的故事，来论证"全性保真，不亏其身，遭急迫难，精能于天"；后面为说明物类相感应的道理，又列举"东风至而酒湛溢"、"蚕咡丝而商弦绝"、"画随灰而月运阙，鲸鱼死而彗星出"的各种说法。这些传说和说法在文中的作用已不是人们通常所理解的譬喻，而是用来证明某种观点的材料。这些材料在今天看来只不过是一些缺少科学依据的传说，但在作者心中却是一些不争的事实，征引这些材料便足以令人信服其道理。而这种旁征博引、广泛采集即是作者所说的"揽物引类"、"引譬援类"。以事言理即为引譬，引事相证即为援类。值得注意的是，在汉代人看来，世间一切事物都存在某种内在联系，自然、社会和人在其构造、功能和运行规则方面都有某种一致性。在不同事物之间寻找这种一致性，乃至通过简单类比的方式把性质不同的事物一一对应起来，是汉代人的思维习惯。汉代人通过这种比附对应的方式建立起事物间类的关系，又在他们认为同类的事物间广泛征引，互相印证。《淮南子》也常常运用这种思维方式去分析问题，例如《精神训》为阐明以虚静保养精神的思想，便把人体与天地相比：

> 天有四时、五行、九解、三百六十六日，人亦有四支、五脏、九窍、三百六十六节。天有风雨寒暑，人亦有取与喜怒。故胆为云，肺为气，肝为风，肾为雨，脾为雷，以与天地相参也，而心为之主。是故耳目者日月也，血气者风雨也。日中有踆乌，而月中有蟾蜍。日月失其行，薄蚀无光；风雨非其时，毁折生灾；五星失其行，州国受殃。夫天地之道至纮以大，尚犹节其章光，爱其神明，人之耳目曷能久熏劳而不息乎？精神何能久驰骋而不既乎？

这里把人的身体与天地相类比，又从自然界的日月之蚀、风雨之灾、星象之变中引申出人应去除嗜欲，保养精神的道理。今天看来，这些比附和引申并不具备科学性，而在当时却是最为普遍的认知方式。人们通过广泛征引他们认为是同类的事物，以期从中概括出放之四海而皆准的普遍原理；通过将社会人事与自然现象相比附，力图为人类的行为寻找天道方面的依据。《淮南子》的引物援类就是这种认知方式的表现。作者认为只有这样援类而譬，才能阐明深奥精微的道理。《要略》说："言天地四时而不引譬援类，则不知精微。"另外，刘安在《离骚传》中称赞《离骚》"其称物小而其旨极限大，举类迩而见义远"，也足以证明他对这种表达方式的推崇。《淮南子》这种表达方式打破了自然、社会与人的界限，在天地与人事、历史与现实、真实与虚幻的事物之间博采旁搜，纵横驰骋，推类而及，必欲穷尽而后止，造成洋洋洒洒、酣畅淋漓、广博宏富、汪洋纵恣的特征，令人目不暇接，叹为观止。

《淮南子》以其闳丽广博的文风显示了西汉前期的文化气象。此后，随着朝廷文化政策的改变，这种文风便退出了历史舞台，而让位于经术盛行时期的儒者之文。

第二节　西汉中期的论说文

西汉武、昭、宣三朝是汉代的鼎盛时期，也是汉代文章的鼎盛期，但此时的文章之盛，主要表现在奏议和辞赋。属于论体的文章，值得重视的有《论六家要旨》和《盐铁论》。

《论六家要旨》的作者司马谈（？—前110），夏阳（今陕西韩城）人，是司马迁之父，武帝时曾任太史令。其文章仅存《论六家要旨》一篇，见于《史记》卷一百三十《太史公自序》。其文曰：

> 《易大传》："天下一致而百虑，同归而殊涂。"夫阴阳、儒、墨、名、法、道德，此务为治者也，直所从言之异路，有省不省耳。尝窃观阴阳之术，大祥而众忌讳，使人拘而多所畏；然其序四时之大顺，不可失也。儒者博而寡要，劳而少功，是以其事难尽从，然其序君臣父子之礼，列夫妇长幼之别，不可易也。墨者俭而难遵，是以其事不可偏循；然其强本节用，不可废也。法家严而少恩，然其正君臣上下之分，不可改矣。名家使人俭而善失真；然其正名实，不可不察也。道家使人精神专一，动合无形，赡足万物，其为术也。因阴阳之大顺，采儒墨之善，撮名法之要，与时迁徙，应物变化，立俗施事，无所不宜，指约而易操，事少而功多。儒者则不然。以为人主天下之仪表也，主倡而臣和，主先而臣随。如此则主劳而臣逸。至于大道之要，去健羡，绌聪明，释此而任术。夫神大用则竭，形大劳则敝。形神骚动，欲与天地长久，非所闻也。

接下来，就具体阐述前面对各家的评价，分析其优劣得失，最后说到道家：

> 道家无为，又曰无不为，其实易行，其辞难知。其术以虚无为本，以因循为用。无成势，无常形，故能究万物之情。不为物先，不为物

后，故能为万物主。有法无法，因时为业；有度无度，因物与合。故曰“圣人不朽，时变是守。虚者道之常也，因者君之纲”也。群臣并至，使各自明也。其实中其声者谓之端，实不中其声者谓之窾，窾言不听，奸乃不生，贤不肖各自分，白黑乃形。在所欲用耳，何事不成。乃合大道，混混冥冥。光耀天下，复反无名。凡人所生者神也，所托者形也。神大用则竭，形大劳则敝，形神离则死。死者不可复生，离者不可复反，故圣人重之。由是观之，神者生之本也，形者生之具也。不先定其神，而曰“我有以治天下”，何由哉？

司马谈把六家学说加以比较，认为阴阳、儒、墨、法、名五家各有长短，只有道家兼众家之长，能够“与时迁徙，应物变化，立俗施事，无所不宜”。据《太史公自序》的记载，此文作于汉武帝初年。当时独尊儒术的各项措施还在酝酿之中，黄老之学仍在流行，因此，文中表现出鲜明的崇尚黄老的思想倾向。像这样评论天下学术的文章，此前有《庄子·天下》、《荀子·解蔽》、《淮南子·要略》等，但本文从“务为治”的角度立论，评论学术意在探求治国之道，则又与西汉前期总结历史经验的论体文在精神上一脉相承。在写法上，这篇文章不像前期论体文那样铺陈夸张，引譬连类，而是运用分析比较的方法，分别指出各家学派的长短，善于概括，要言不烦。作者虽不刻意追求形象与文采，但由于能够总览各家学说而务求于治国之术，因此，文章便有一种高屋建瓴，恢宏开阔之势。

《盐铁论》一书缘于汉昭帝时召开的盐铁会议。据《汉书》卷六十六《公孙刘田王杨蔡陈郑传》记载：

所谓盐铁议者，起始元中，征文学贤良问以治乱，皆对愿罢郡国盐铁酒榷均输，务本抑末，毋与天下争利，然后教化可兴。御史大夫桑弘羊以为此乃所以安边境，制四夷，国家大业，不可废也。当时相诘难，颇有其议文。至宣帝时，汝南桓宽次公治《公羊春秋》，举为郎，至庐江太守丞，博通善属文，推衍盐铁之议，增广条目，极其论难，著数万言，亦欲以究治乱，成一家之法焉。

桓宽(生卒年不详),字次公,汝南(今属河南)人。他把盐铁会议的文件加以推衍,整理成书。在会上,贤良文学不仅对盐铁、酒榷、均输等经济政策提出批评,而且对朝廷政策的其他方面也有涉及,要求进行改革。桓宽著成此书,就不单纯是编纂历史文献,而是有“以究治乱,成一家之法”的目的。在会上,贤良文学为一方,御史大夫为一方,双方展开了激烈的辩论。《盐铁论》一书也就采用了这种问难的形式,真实记录了论辩双方的观点。例如全书首篇《本议》:

惟始元六年,有诏书使丞相、御史与所举贤良、文学语。问民间所疾苦。

文学对曰:“窃闻治人之道,防淫佚之原,广道德之端,抑末利而开仁义,毋示以利,然后教化可兴,而风俗可移也。今郡国有盐、铁、酒榷、均输,与民争利。散敦厚之朴,成贪鄙之化。是以百姓就本者寡,趋末者众。夫文繁则质衰,末盛则本亏。末修则民淫,本修则民悫。民悫则财用足,民侈则饥寒生。愿罢盐、铁、酒榷、均输,所以进本退末,广利农业,便也。”

大夫曰:“匈奴背叛不臣,数为寇暴于边鄙,备之则劳中国之士,不备则侵盗不止。先帝哀边人之久患,苦为虏所系获也,故修障塞,饬烽燧,屯戍以备之。边用度不足,故兴盐、铁,设酒榷,置均输,蕃货长财,以佐助边费。今议者欲罢之,内空府库之藏,外乏执备之用,使备塞乘城之士饥寒于边,将何以赡之?罢之,不便也。”

文学曰:“孔子曰:‘有国有家者,不患贫而患不均,不患寡而患不安。’故天子不言多少,诸侯不言利害,大夫不言得丧。畜仁义以风之,广德行以怀之。是以近者亲附而远者悦服。故善克者不战,善战者不师,善师者不阵。修之于庙堂,而折冲还师。王者行仁政,无敌于天下,恶用费哉?”

大夫曰:“匈奴桀黠,擅恣入塞,犯厉中国,杀伐郡、县、朔方都尉,甚悖逆不轨,宜诛讨之日久矣。陛下垂大惠,哀元元之未赡,不忍暴士大夫于原野；纵难被坚执锐，有北面复匈奴之志，又欲罢盐、铁、均输，扰边用，损武略，无忧边之心，于其义未便也。”

文学曰：“古者，贵以德而贱用兵。孔子曰：‘远人不服，则修文德以来之。既来之，则安之。’今废道德而任兵革，兴师而伐之，屯戍而备之，暴兵露师，以支久长，转输粮食无已，使边境之士饥寒于外，百姓劳苦于内。立盐、铁，始张利官以给之，非长策也。故以罢之为便也。”

大夫曰：“古之立国家者，开本末之途，通有无之用，市朝以一其求，致士民，聚万货，农商工师各得所欲，交易而退。《易》曰：‘通其变，使民不倦。’故工不出，则农用乏；商不出，则宝货绝。农用乏，则谷不殖；宝货绝，则财用匮。故盐、铁、均输，所以通委财而调缓急。罢之，不便也。”

文学曰：“夫导民以德，则民归厚；示民以利，则民俗薄。俗薄则背义而趋利，趋利则百姓交于道而接于市。老子曰：‘贫国若有余，非多财也，嗜欲众而民躁也。’是以王者崇本退末，以礼义防民欲，实菽粟货财。市、商不通无用之物，工不作无用之器。故商所以通郁滞，工所以备器械，非治国之本务也。”

大夫曰：“管子云：‘国有沃野之饶而民不足于食者，器械不备也。有山海之货而民不足于财者，商工不备也。’陇、蜀之丹漆旄羽，荆、扬之皮革骨象，江南之楠梓竹箭，燕、齐之鱼盐旃裘，兖、豫之漆丝絺纻，养生送终之具也，待商而通，待工而成。故圣人作为舟楫之用，以通川谷，服牛驾马，以达陵陆；致远穷深，所以交庶物而便百姓。是以先帝建铁官以赡农用，开均输以足民财；盐、铁、均输，万民所载仰而取给者，罢之，不便也。”

文学曰：“国有沃野之饶而民不足于食者，工商盛而本业荒也；有山海之货而民不足于财者，不务民用而淫巧众也。故川源不能实漏卮，山海不能赡溪壑。是以盘庚萃居，舜藏黄金，高帝禁商贾不得仕宦，所以遏贪鄙之俗，而醇至诚之风也。排困市井，防塞利门，而民犹为非也，况上之为利乎？《传》曰：‘诸侯好利则大夫鄙，大夫鄙则士贪，士贪则庶人盗。'是开利孔为民罪梯也。"

大夫曰:"往者，郡国诸侯各以其方物贡输，往来烦杂，物多苦恶，或不偿其费。故郡国置输官以相给运，而便远方之贡，故曰均输。开委府于京师，以笼货物。贱即买，贵则卖。是以县官不失实，商贾无所贸利，故曰平准。平准则民不失职，均输则民齐劳逸。故平准、均输，所以平万物而便百姓，非开利孔而为民罪梯者也。"

文学曰:"古者之赋税于民也，因其所工，不求所拙。农人纳其获，女工效其功。今释其所有，责其所无。百姓贱卖货物，以便上求。间者，郡国或令民作布絮，吏恣留难，与之为市。吏之所入，非独齐、阿之缣，蜀、汉之布也，亦民间之所为耳。行奸卖平，农民重苦，女工再税，未见输之均也。县官猥发，阖门擅市，则万物并收。万物并收，则物腾跃。腾跃，则商贾侔利。自市，则吏容奸。豪吏富商积货储物以待其急，轻贾奸吏收贱以取贵，未见准之平也。盖古之均输，所以齐劳逸而便贡输，非以为利而贾万物也。"

"文学"一开始就直入主题，批评朝廷的盐铁、酒榷、均输等政策与民争利。御史大夫则以抗击匈奴为由，说明这些政策的必要性。双方各执己见，互不相让。在其后各篇，双方就朝廷政策的各个方面展开激烈论争。"文学"站在儒家的立场上，以经典和历史为依据，大力弘扬王道仁政的理想，抨击社会弊端。御史大夫一方，也据理力争。就论争的内容来说，双方各有高下。"文学"、"贤良"敢于揭露时弊，但他们对击胡、备边的看法也未免迂腐。御史大夫一方动辄以国家需要为由，完全无视民间疾苦，一味辩解粉饰，难以服人。由于"贤良"、"文学"以为民请命的姿态出现，他们的发言激昂慷慨，咄咄逼人。文中时而出现一些对双方情态的描写，再现了当时激烈辩论的情景。

记言与问难本来是先秦论说文常见的样式，但汉代以来，论体文章多采用个人著述的形式，很少记言之文，论难体更是少见。《盐铁论》的这种形式虽说与所记载的内容有关，但也体现了汉代论体文章的变化，此后的一些论体文中，有意采用问对体的便渐渐多起来了。

《盐铁论》虽采用论难文体，但在“贤良”、“文学”的发言中，又往往引经典，叙历史，用来与现实进行对比，这是汉代儒家之文的基本特征。不过，文中很少讲阴阳灾异，这又与当时的文风颇有不同。大概辩论的双方，都急于压倒对方，故只能从现实出发，摆事实，讲道理。那些阴阳之论，灾异之说，渺茫难论，自然也就很少提起了。

第三节　西汉后期的论说文

西汉后期，朝政日益腐败，于是出现了一些揭露时弊之文。此时提倡儒术已久，经学的文风日益盛行。但这些揭露时弊且带有经学文风之文，主要体现在奏议之中。个人著述中较有名者，有刘向的《说苑》、《新序》和《列女传》，但这三部书中，主要是分类纂辑的故事，正面论述不多，与论体之文尚有区别，故兹不详论。

此期的论说之文，还出现了另一种倾向，就是由发表政见转向创作子书，代表作家是扬雄。扬雄是个淡泊守道的儒家学者，也深受道家思想影响。他为人不合于流俗，为学作文也有独立的品格。他曾仿《周易》而作《太玄》，企图建立一个具有道家倾向的哲学体系。《太玄》深奥难懂，读者不多，影响较大的是《法言》。

《法言》是模仿《论语》而作的，仅此，就能看出扬雄在思想和学术上有很高的追求。不过此书虽曰模仿《论语》，却有自己的特色。在思想上，扬雄继承了先秦儒家之道，但又不拘一格。例如《问道》篇：

> 或问“道”。曰：“道也者，通也，无不通也。”或曰：“可以适它与？”曰：“适尧、舜、文王者为正道，非尧、舜、文王者为它道，君子正而不它。”

这里所提倡的以尧、舜、文王为代表的“正道”，是先秦以来儒家的一贯主张。但该篇又说：“老子之言道德，吾有取焉耳。及搥提仁义，绝灭礼学，吾无取焉耳。”他主张在不违背儒家基本思想的前提下有选择地吸收老子的学说。对庄子、邹衍等人的学说，他也持这种态度。从两汉之际开始，一些儒家学者追求博学多通，开始突破经学思想的藩篱而吸收各家思想，这些人被称为通人，例如桓谭和王充。扬雄即是这些人的先行者。《汉书》卷八十七《扬雄传》说他“少而好学，不为章句，训诂通而已，博览无所不见。”桓谭《新论》称赞他“才智开通，能入圣道”，称之为“通人”。从

《法言》可以看到扬雄对“通”的追求。

《法言》的内容非常广博，涉及哲学、政治、社会、人生、学术、文学等各个领域。全书是一部包罗宏富的学术专著。这样的专著，自独尊儒术之后，就不多见了。扬雄的时代，一般的学者还只是埋头于章句传注中去做学问，只是到了东汉，创作子书的风气才重新盛行。扬雄在这方面也是开风气之先的人物。

《法言》的论述大都采用对话体。这种形式和《论语》的语录体有所不同，它不是人物对话的真实记录，而是有意将个人观点用对话的方式表述出来。在这种对话体中，很少长篇大论，作者只是直接表达自己的见解，而不展开具体论述，直截了当，言简意赅。例如《吾子》篇有云：

> 或问：“吾子少而好赋？”曰：“然。童子雕虫篆刻。”俄而，曰：“壮夫不为也。”或曰：“赋可以讽乎？”曰：“讽乎！讽则已，不已，吾恐不免于劝也。”或曰：“雾縠之组丽。”曰：“女工之蠹也。”

该篇又记：

> 或问：“景差、唐勒、宋玉、枚乘之赋也，益乎？”曰：“必也，淫。”“淫则奈何？”曰：“诗人之赋丽以则，辞人之赋丽以淫。如孔氏之门用赋也，则贾谊升堂，相如入室矣。如其不用何？”

这是扬雄关于辞赋的两段著名论述，虽只有寥寥数语，内容却很丰富，如同一篇赋论。这种简约文风，是扬雄的有意追求。《法言·寡见》篇云：

> 或问：“司马子长有言，曰五经不如《老子》之约也，当年不能极其变，终身不能究其业。”曰：“若是，则周公惑，孔子贼。古者之学耕且养，三年通一。今之学也，非独为之华藻也，又从而绣其鞶帨，恶在《老》不《老》也？”或曰：“学者之说可约邪？”曰：“可约解科。”

司马谈《论六家要旨》，批评儒家"博而寡要，劳而少功"，不如道家学说简约①。到了西汉后期，章句盛行，说经者动辄用数万言解释经典中的一两句话，繁言碎辞，叠文累句，极其烦琐。上面这段话，就是对这种烦琐学风的批评。扬雄治学追求简约，势必影响到文风。《法言》的简约风格正是扬雄的学术追求的反映，这种文风与当时盛行的烦琐的经学章句大相径庭，和此前论体之文喜欢铺陈夸张的风气也截然不同。在汉代的学风和文风转变中，扬雄都是一个重要人物。当然，扬雄的文章在简约之中又追求古奥，个别词句生涩难懂，这也是论者经常诟病的。

① 由于司马迁将此文收入《史记》，世人遂以为司马迁的观点，因此这里说"司马子长有言……"。

第四节　东汉前期的论说文

东汉前期的论说之文,出现了新的特征。这种特征与当时的学术风气以及士人思想的变化有直接关系。

东汉经学,重视辩论。辩论的目的一是辨明学术是非,解决重要的学术问题;二是切磋交流,倡导学术。东汉前期,经学辩论受到皇帝的提倡。光武帝刘秀曾“幸太学,会诸博士论难于前”(《后汉书》卷三十七《桓荣丁鸿列传》)。明帝曾亲自在明堂讲经,“诸儒执经问难于前,冠带缙绅之人,圜桥门而观听者盖亿万计”。(《后汉书》卷七十九《儒林列传》)章帝经常在朝廷上组织经学问难并召集诸儒于白虎观讨论经学问题。各学派间的论争也不断发生,较著名的,有范升与陈元、李育与贾逵等关于《左传》与《公羊传》的争论。在学派内部,也常常为探讨经学问题而发生论争。

经学辩论冲击了当时盛行的章句之学,在辩论中,参与者要对共同的问题发表意见,必须熟悉对方乃至各家的学说,以便辨析同异,批驳对手。这就要求人们在自己的“家法”、“师法”之外,博涉多通。在此种背景下,出现了一些“通人”。这些人在儒家经典之外,博览兼通,思想和行为不拘一格。百家学说特别是老庄的思想渐渐流行起来,极大地影响了当时的士风、学风和文风。由此又产生了崇尚著述的风气。皮锡瑞在《经学历史》中论及两汉经学的不同,指出:“后汉经学盛于前汉者,有二事。一则前汉多专一经,罕能兼通……一则前汉笃守遗经,罕有著述。”独尊儒术后归于沉寂的子书创作在东汉又兴盛起来。在形式方面,这些文章长于辩论,注重问难,有不少采用问难体。在文风方面,这些文章征实求真,在论述中讲究实证,注重理性思辨。其代表作家有桓谭和王充。

桓谭在两汉之际是个著名的通人,他“博学多通,遍习五经,皆训诂大义,不为章句。能文章,尤好古学,数从刘歆、扬雄辩析疑异”。(《后汉书》卷二十八上《桓谭冯衍列传》上)此外,他对老庄也颇感兴趣。他的《新论》,已严重散佚,从现存的残篇来看,书中抨击谶讳和一切虚妄迷信之说,可谓不遗余力。其思想和文风都很有特色,例如《祛蔽》篇云:

余尝过故陈令同郡杜房，见其读老子书，言老子用恬淡养性，致寿数百岁；今行其道，宁能延年却老乎？余应之曰：虽同形名，而质性才干，乃各异度，有强弱坚脆之姿焉。爱养适用之，直差愈耳。譬犹衣履器物，爱之则完，全乃久。余见其旁有麻烛，而灺垂一尺所，则因以喻事，言精神居形体，犹火之燃烛矣；如善扶持，随火而侧之，可毋灭而竟烛。烛无，火亦不能独行于虚空，又不能后燃其灺。灺，犹人之耆老，齿堕发白，肌肉枯腊，而精神弗为之能润泽。内外周遍，则气索而死，如火烛之俱尽矣。人之遭邪伤病，而不遇供养良医者，或强死，死则肌肉筋骨常若火之倾刺风而不获救护，亦道灭，则肤余干长焉。余尝夜坐饮，内中燃麻烛，烛半压欲灭，即自曰敕视，见其皮有剥钝，乃扶持转侧，火遂度而复，则维人身或有亏剥，剧能养慎善持，亦可以得度。

文中通过和杜房的一次谈话，表达对养生的看法。谈话浅显平易，全用口语，其中以烛火为喻，又用自己的亲身经历为证，毫无夸张虚饰。桓谭这种文章，从思想到文风，都有求真务实的特色。

王充曾称赞《新论》“论世间事，辨照然否，虚妄之言，伪饰之辞，莫不证定”。又称桓谭等人“文由胸中而出，心以文为表。观见其文，奇伟俶傥，可谓得论也”。(王充《论衡·超奇》)由王充的推崇我们不难了解桓谭作品的批判精神和独抒己见的风格。

更能代表时代特色的文章，是王充的《论衡》。王充(27—97?)字仲任，会稽上虞(今浙江上虞)人。出身于细族孤门，只做过下层官吏。他早年入洛阳太学，曾拜班彪等著名学者为师，好读书，博览而不守章句，是个不合于流俗而善于独立思考的人，他在《论衡·自纪》中说：

充既疾俗情，作《讥俗》之书。又闵人君之政，徒欲治人，不得其宜，不晓其务，愁精苦思，不睹所趋，故作《政务》之书。又伤伪书俗情，多不实诚，故为《论衡》之书。……其文盛，其辩争，浮华虚伪之语，莫不澄定。没华虚之文，存敦庞之朴，拨流失之风，反宓戏之俗。

《讥俗》和《政务》今已不存。《论衡》是古代思想史和散文史上的一部重要著作，书中对当时流行的迷信、虚妄、庸俗、僵化的思想观点和社会风气作了全面的批判，并且显示了不同于流俗的文风。这种文风同时受到道家思想和经学辩论风气的影响。

在《论衡》中，王充自觉地以道家的自然哲学来批判谶纬迷信、天人感应、灾异祥瑞等虚妄之言。《论衡·自然篇》说："天地合气，万物自生，犹夫妇合气，子自生矣。万物之生，含血之类，知饥知寒：见五谷可食，取而食之；见丝麻可衣，取而衣之。或说以为天生五谷以食人，生丝麻以衣人，此谓天为人作农夫桑女之徒也，不合自然，其义故疑，未可从也。试依道家论之。"《初禀篇》说"自然无为，天之道也"；《寒温篇》说"天道自然，自然无为"；《谴告篇》说"夫天道，自然也，无为。如谴告人，是有为，非自然也。黄老之家，论说天道，得其实矣"。道家的自然学说为《论衡》注入了浓厚的理性精神。王充以这种理性精神去怀疑、批判各种迷信之说，不可避免地与世俗观念及行为产生冲突，《论衡》的写作，就有鲜明的反世俗的目的。书中以"显实诚"，"疾虚妄"的精神，分析百端，独抒己见，甚至"有所发擿，不避上圣"，对汉代的俗儒的揭露，更是尖锐而深刻。例如《正说篇》指出：

儒者说五经，多失其实。前儒不见本末，空生虚说；后儒信前师之言，随旧述故，滑习辞语。苟名一师之学，趋为师教授，及时早仕，汲汲竞进，不暇留精用心，考实根核。故虚说传而不绝，实事没而不见，五经并失其实。

这里不仅批判了俗儒笃信师说，陈陈相因的腐败学风，而且指出其原因在于治经之人为追求利禄而"汲汲竞进，不暇留精用心"，而以经学取士则是造成这种现象的总根源。王充批判的锋芒直接指向了汉代思想文化政策下的士风与社会风气，以及依附于这一政策的整个儒士阶层。这种强烈的批判精神造成《论衡》“违诡于俗”的写作特点。王充明确指出:“论贵是而不务华,事尚然而不高合。论说辩然否,安得不违常心,逆俗耳?众心非而不从,故丧黜其伪而存定其真。如当从众顺人心者,循旧守雅,讽习而已,何辩之有?”(《论衡·超奇篇》)《论衡》从思想观点到文章风格都是与世俗相违的,它的锐利的锋芒和泼辣的文词与当时盛行的文风迥然有异。刘熙载在《艺概·文概》中指出:“王充《论衡》,独抒已见,思力绝人。虽时有激而近僻者,然不掩其卓诣。”

《论衡》一书鲜明地体现了王充崇尚真美的创作思想。《论衡·对作篇》说:“是故《论衡》之造也,起众书并失实,虚妄之言胜真美也。”王充提倡的“真美”,一是指事实之真,二是指主观情感之真。书中对往古以来书传杂说中一切虚诞之辞加以辨诘批驳,即属于恢复事实之真的范围;而力倡主观情感之真,则直接来源于道家“真者,精诚之至也,不精不诚,不能动人”(《庄子·渔父》)的思想。《超奇篇》说,“实诚在胸臆,文墨著竹帛,外内表里,自相符称。意奋而笔纵,故文见而实露也”,“精诚由中,故其文语感动人深”,又称赞桓谭“文由胸中而生,心以文为表”。这种创作思想必然导致反对因袭模仿,追求创作个性。《自纪篇》称“充书既成,或稽合于古,不类前人”,可见此书卓然独创,具有鲜明的个性特征。针对世人“文不与前相似,安得名佳好,称工巧”的诘难,王充指出:“饰貌以强类者失形,调辞以务似者失情……美色不同面,皆佳于目;悲音不共声,皆快于耳。”(《论衡·自纪篇》)同时,《论衡》的写作力求通俗晓畅,不假雕饰,甚至信笔而为,颇伤芜杂。针对别人对《论衡》“不能纯美”的指责,王充指出:“夫养实者不育华,调行者不饰辞。丰草多华英,茂林多枯枝。为文欲显白其为,安能令文而无谴毁?”针对别人对《论衡》“形露易观”的指责,王充又指出:“《论衡》者,论之平也。口则务在明言,笔则务在露文。”“夫笔著者,欲其易晓而难为,不贵难知而易造;口论务解分而可知,不务深迂而难睹。”(《论衡·自纪篇》)《论衡》这种自然浅显的文章风格和追求典雅、艰深的流行文风自有天壤之别。当然,王充虽追求文风的自然平实,但也不排斥文采,文中有不少精妙的比喻,间以灵活多变的偶句和韵语,再加上感情充沛,读起来便显得酣畅流利。

《论衡》又明显受到当时经学论辩风气的影响。在文章形式上，书中大量采用问难的方式。问难体产生于战国时期。西汉时期，随着百家争鸣的结束，论说文大都采用正面立论的方式，极少问难。到了东汉，伴随经学论辩的流行，问难体散文又重新兴盛起来。问难体现了怀疑、思辨、探求真理的精神。王充在《论衡·问孔篇》中说：

> 世儒学者，好信师而是古。以为贤圣所言皆无非，专精讲习，不知问难。夫贤圣下笔造文，用意详审，尚未可谓尽得实，况仓卒吐言，安能皆是？不能皆是，时人不知难；或是，而意沉难见，时人不知问。案贤圣之言，上下多相违；其文，前后多相伐者。世之学者，不能知也。
>
> 论者皆云："孔门之徒，七十子之才，胜今之儒。"此言妄也。彼见孔子为师，圣人传道，必授异才，故谓之殊。夫古人之才，今人之才也。今谓之英杰，古以为圣神，故谓七十子历世希有。使当今有孔子之师，则斯世学者皆颜、闵之徒也；使无孔子，则七十子之徒，今之儒生也。何以验之？以学于孔子，不能极问也。圣人之言，不能尽解。说道陈义，不能辄形。不能辄形，宜问以发之；不能尽解，宜难以极之。皋陶陈道帝舜之前，浅略未极。禹问难之，浅言复深，略指复分。盖起问难，此说激而深切，触而著明也。
>
> ……
>
> 凡学问之法，不为无才，难于距师，核道实义，证定是非也。问难之道，非必对圣人及生时也。世之解说说人者，非必须圣人教告乃敢言也。苟有不晓解之问，迢难孔子，何伤于义？诚有传圣业之知，伐孔子之说，何逆于理？谓问孔子之言，难其不解之文，世间弘才大知，能答问解难之人，必将贤吾世间难问之言。

王充所说的"世儒学者"即迷信成说、固守家法师法的章句之徒，他提倡问难的目的，是要冲击世俗流行的僵化迷信的学风。《论衡》对各种虚妄之说，广泛加以问难，即便是儒家经典中的记载，也提出大胆的怀疑和批驳。例如《问孔篇》，就是逐条列举《论语》中的记载，然后用“问曰”的形式加以问难。又如《感类篇》为揭露天人感应之说的荒谬，以《尚书·金縢》所载成王时大风偃禾拔木之事为例，加以问难。汉代经学家认为，当时周公死，成王不能确定葬周公之礼，“欲以天子礼葬周公，公，人臣也；欲以人臣礼葬周公，公有王功”，当其狐疑之际，“天大雷雨，动怒示变，以彰圣功”。王充针对这一说法，先指出雷雨乃自然现象，与天之喜怒无关，然后说：

> 又问之曰：“成王不以天子礼葬周公，天为雷风，偃禾拔木，成王觉悟，执书泣过，天乃反风，偃禾复起，何不为疾反风以立大木，必须国人起筑之乎？”应曰：“天不能。”曰：“然则天有所不能乎？”应曰：“然。”难曰：“孟贲推人而人仆，接人而人立。天能拔木，不能复起，是则天力不如孟贲也。秦时三山亡，犹谓天所徙也。夫木之轻重，孰与三山？能徙三山，不能起大木，非天用力宜也。如谓三山非天所亡，然则雷雨独天所为乎？”

在后面，又连续用了五个这样的段落，反复辩难。这样的一往一来，反复诘难的方式，很像经学辩论中的情形。在正面表述自己的观点时，王充也往往采用先设问，然后回答的形式，不少篇章都是通过“或问曰”、“或难曰”、“问曰”、“又问曰”以及“答曰”、“应曰”、“曰”这样的往反问答来展开论述的。在以往的论说文中，作者采用问难的形式，基本上都是为了批驳对立的观点，而王充表达自己的观点却先让别人问难，然后再作回答。之所以采用这种方式，显然与当时经学辩论的风气有关。

在论证方式上，《论衡》大量采用举证求实的方法。独尊儒术之后，汉代的论说文多采用依经立义的方式，作者在文中先提出问题，然后征引经典，以代替自己的论断。这种方法不需要广泛列举事实，也不需要深入细致的分析，只要在现实问题和经典之间找到相似点，就自然有了结论。经学辩论改变了这种现象，形成了一种充分举证，求真征实的论说方式。在经学论辩中，不同的学派和观点互相问难，各家学派奉若神明的家法、师说都会遭到质疑，任何学派的权威都有可能成为别人批评的对象，只有充足的证据和严密的说理才能令人折服。和帝时，经师鲁丕因在朝廷论难而受赏赐，他给皇帝上疏说："臣闻说经者，传先师之言，非从己出，不得相让；相让则道不明，若规矩权衡之不可枉也。难者必明其据，说者务立其义，浮华无用之言不陈于前，故精思不劳而道术愈章。"(《后汉书》卷二十五《卓鲁魏刘列传》)经学论辩的双方为了明道而各不相让，为了批驳对手，论者必须"明其据"。这种征实求真的态度直接影响了文章的写法。光武帝时，陈元为《左传》争立博士，博士范升表示反对，在奏疏中列举"《左氏春秋》不可立，及太史公违戾凡四十五事"，以说明"《左氏》不祖孔子，而出于丘明，师徒相传，又无其人，且非先帝所存，无因得立"。(同上卷三十六《郑范陈贾张列传》)于是陈元给光武帝上书，针锋相对地指出："先帝后帝各有所立，不必相因"，还批评对方"沉溺所习，玩守旧闻，固执虚言传受之辞，以非亲见实事之道"(同上卷三十六《郑范陈贾张列传》)。他也以"亲见事实之道"来回击范升。在经学论辩中，怀疑精神日益增长，一些学者不仅对前代经师阐发的义理提出疑问，而且进一步怀疑经典自身的真伪。例如汉初伏生所传的《尚书》只有二十九篇，汉宣帝时，河内女子得《泰誓》一篇，献于朝廷，与其它二十九篇共同立于学官。但马融对此篇的真伪产生了怀疑，他在《泰誓序》中从三个方面来质疑今文《泰誓》："其文似若浅露"；其中记载了一些神怪之事，不符合孔子编修《尚书》的标准；古书中有不少引用《泰誓》的话却不见于此文。通过这三个方面的辨析，他证明今文《泰誓》是一篇伪作。这种举证求真的写法也被《论衡》所采用。书中尖锐批评俗儒的迷信僵固，处处体现出求真征实的精神。书中总是多方面地列举证据，来证明作者的主张。《知实篇》说："凡论事者，违实不引效验，则虽甘义繁说，众不见信。论圣人不能神而先知，先知之间，不能独见，非徒空说虚言，直以才智准况之工也。事有验证，以效实然。"文中为说明圣人不能先知，逐条征引古书上的记载，共引了十六条。又如《雷虚篇》论雷是火，不是天怒，提出了五条证据：

夫雷，火也。火气剡人，人不得无迹。如炙处状似文字，人见之，谓天记书其过，以示百姓。是复虚妄也。使人尽有过，天用雷杀人。杀人当彰其恶，以惩其后，明著其文字，不当暗昧。图出于河，书出于洛。《河图》、《洛书》，天地所为，人读知之。今雷死之书，亦天地所为也，何故难知？如以殪人皮不可书，鲁惠公夫人仲子，宋武公女也，生而有文在掌，曰"为鲁夫人"，文明可知，故仲子归鲁。雷书不著，故难以惩后。夫如是，火剡之迹，非天所刻画也。或颇有而增其语，或无有而空生其言，虚妄之俗，好造怪奇。何以验之？雷者火也，以人中雷而死，即询其身，中头则须发烧焦，中身则皮肤灼燌，临其尸上闻火气，一验也。道术之家，以为雷，烧石色赤，投于井中，石焦并寒，激声大鸣，若雷之状，二验也。人伤于寒，寒气入腹，腹中素温，温寒分争，激气雷鸣，三验也。当雷之时，电光时见，大若火之耀，四验也。当雷之击，时或燔人室屋及地草木，五验也。夫论雷之为火有五验，言雷为天怒无一效，然则雷为天怒，虚妄之言。

这种逐条举证，以效验为据的写法，也是经学家在学术论辩中"难者必明其据"的方式。

另外，王充又非常讲究论辩的逻辑性，特别擅长从对方观点中找出自相矛盾之处，揭示其谬误。文章有理有据，具有无可辨驳的说服力。

《论衡》的缺点是反复辩难，难免繁冗，有失简洁之旨。

第五节 东汉后期的论说文

东汉后期，士人中论辩空气更浓，论辩不仅是探讨学术的手段，而且成了某些人的娱乐方式。这时还兴起了士人交游议政、品评人物之风。这些风气都对论体之文有所影响。此期论体之文更为昌盛，士人热衷于著述，不仅产生了几部有名的子书，而且单篇的论体文也多了起来。这些文章有三个突出特点：

首先由于时政日昏，世风渐腐，批判性的文章开始增多，愤世嫉俗的情绪日益浓厚。

其次这时的论著大都脱离了直接的实用目的，从更高的层次来探讨社会、学术等各种问题，更具概括性、综合性，理论思辨色彩日益浓厚。

另外此期的文章更讲究骈偶和辞藻，骋辞色彩日益浓厚。

理论著作方面，王符著有《潜夫论》，崔寔著有《政论》，荀悦著有《申鉴》、仲长统著有《昌言》，对当时的各种社会问题进行了广泛批评。

王符（生卒年不详），字节信，安定临泾（今甘肃镇原县一带）人，据《后汉书》卷四十九《王充王符仲长统列传》载：

> （符）少好学，有志操，与马融、窦章、张衡、崔瑗等友善。安定俗鄙庶孽，而符无外家，为乡人所贱。自和、安以后，世务游宦，当涂者更相荐引，而符独耿介，不同于俗，以此遂不得升进。志意蕴愤，乃隐居著书三十余篇，以议当时得失，不欲章显其名，故号曰《潜夫论》。其指讦时短，讨谪物情，足以观见当时风政。

可见《潜夫论》是一部指摘时弊的发愤之作。书中对当时的政治、经济、文化及社会风气等诸多方面加以广泛的批评。例如《务本》篇：

> 凡为治之大体，莫善于抑末而务本，莫不善于离本而饰末。夫为国者以富民为本，以正学为基。民富乃可教，学正乃得义，民贫则背

善，学淫则诈伪，入学则不乱，得义则忠孝。故明君之法，务此二者，以为成太平之基，致休征之祥。

夫富民者，以农桑为本，以游业为末；百工者，以致用为本，以巧饰为末；商贾者，以通货为本，以鬻奇为末：三者守本离末则民富，离本守末则民贫，贫则厄而忘善，富则乐而可教。教训者，以道义为本，以巧辩为末；辞语者，以信顺为本，以诡丽为末；列士者，以孝悌为本，以交游为末；孝悌者，以致养为本，以华观为末；人臣者，以忠正为本，以媚爱为末；五者守本离末则仁义兴，离本守末则道德崩。慎本略末犹可也，舍本务末则恶矣。

夫用天之道，分地之利，六畜生于时，百物聚于野，此富国之本也。游业末事，以收民利，此贫邦之原也。忠信谨慎，此德义之基也。虚无谲诡，此乱道之根也。故力田所以富国也。今民去农桑，赴游业，披采众利，聚之一门，虽于私家有富，然公计愈贫矣。百工者，所使备器也。器以便事为善，以胶固为上。今工好造雕琢之器巧伪饬之，以欺民取贿，虽于奸工有利，而国界愈病矣。商贾者，所以通物也，物以任用为要，以坚牢为资。今商竞鬻无用之货、淫侈之币，以惑民取产，虽于淫商有得，然国计愈失矣。此三者，外虽有勤力富家之私名，然内有损民贫国之公实。故为政者，明督工商，勿使淫伪，困辱游业，勿使擅利，宽假本农，而宠遂学士，则民富国平矣。

夫教训者，所以遂道术而崇德义也。今学问之士，好语虚无之事，争着雕丽之文，以求见异于世，品人鲜识，从而高之，此伤道德之实，而或蒙夫之大者也。诗赋者，所以颂善丑之德，泄哀乐之情也，故温雅以广文，兴喻以尽意。今赋颂之徒，苟为饶辩屈蹇之辞，竞陈诬罔无然之事，以索见怪于世，愚夫戆士，从而奇之，此悖孩童之思，而长不诚之言者也。

尽孝悌于父母，正操行于闺门，所以为列士也。今多务交游以结党助，偷世窃名以取济渡，夸末之徒，从而尚之，此逼贞士之节，而眩世俗之心者也。养生顺志，所以为孝也。今多违志俭养，约生以待终，终没之后，乃崇饬丧纪以言孝，盛飨宾旅以求名，诬善之徒，从而称之，此乱孝悌之真行，而误后生之痛者也。忠正以事君，信法以理下，所以居官也。今多奸谀以取媚，挠法以便佞，苟得之徒，从而贤之，此灭贞良之行，而开乱危之原者也：五者，外虽有振贤才之虚誉，内有伤道德之至实。

凡此八者，皆衰世之务，而暗君之所固也。虽未即于篡弑，然亦乱道之渐来也。

夫本末消息之争，皆在于君，非下民之所能移也。夫民固随君之好，从利以生者也。是故务本则虽虚伪之人皆归本，居末则虽笃敬之人皆就末。且冻馁之所在，民不得不去也；温饱之所在，民不得不居也。故衰暗之世，本末之人，未必贤不肖也，祸福之所，势不得无然尔。故明君莅国，必崇本抑末，以遏乱危之萌。此诚治之危渐，不可不察也。

这里讲治国的本末问题，围绕这一问题，对社会上舍本逐末、本末倒置的现象作了分析批判。作者虽系有为而作，但又不事渲染，侃侃而论，文章平易晓畅，有一种儒者之文的味道。值得注意的是，这里提出的本末，并非传统意义上的以农耕为本、工商为末，而是指各种事物皆有本末，作者提出崇本抑末，也就带有方法论的性质。这样的思路，与正始时期探讨的本末问题，也就比较接近了。

《潜夫论》中有些文章假设人物展开论辩，还有的文章即以“难”为题。例如《释难篇》，篇中假设“庚子”和“伯叔子”向“潜夫”问难，再由“潜夫”解释。这种形式，就更像当时经学之士的互相辩难。在这些本来可以直接进行论述的地方，作者也采用问难的形式，故意给自己假设论敌，然后唇枪舌剑，互相交锋。这样一来，显然增加了论述的难度，但也为作品平添了意趣。从这种写作方式可以看出当时的论辩风气对散文的影响。

崔寔(生卒年不详)，字子真，一名台，字元始。涿郡安平(今属河北)人。《后汉书》卷五十二《崔骃列传》说他“少沉静，好典籍……明于政体，吏才有余。论当世便事数十条，名曰《政论》。指切时要，言辩而确，当世称之。仲长统曰：‘凡为人主，宜写一通，置之座侧。’”

《政论》对汉末的各种积弊痛加针砭,针对这些积弊,崔寔主张参用霸道和法术,其中说:

自汉兴以来,三百五十馀岁矣,政令垢玩,上下怠懈,风俗凋敝,人庶巧伪,百姓嚣然,咸复思中兴之救矣!且济时拯世之术,岂必体尧蹈舜然后乃理哉?期于补绽决坏,枝拄邪倾,随形裁割,要措斯世于安宁之域而已。故圣人执权,遭时定制,步骤之差,各有云设,不强人以不能,背急切而慕所闻也……量力度德,《春秋》之义。今既不能纯法八代,故宜参以霸政,则宜重赏深罚以御之,明著法术以检之……故圣人能与世推移,而俗士苦不知变,以为结绳之约,可复理乱秦之绪;干戚之舞,足以解平城之围。

夫熊经鸟伸,虽延历之术,非伤寒之理;呼吸吐纳,虽度纪之道,非续骨之膏。盖为国之法,有似治身,平则致养,疾则攻焉。夫刑罚者,治乱之药石也;德教者,兴平之粱肉也。夫以德教除残,是以粱肉理疾也;以刑罚治平,是以药石供养也。方今承百王之敝,值厄运之会。自数世以来,政多恩贷,驭委其辔,马骀其衔,四牡横奔,皇路险倾。方将柑勒鞬辀以救之,岂暇鸣和銮,清节奏哉?(《全后汉文》卷四十六)

崔寔对形势的认识非常清醒、深刻,因此,他主张改变治国方略,用重赏深罚来矫正积重难返的现状。这种主张与西汉那些儒者之文截然不同,影响到文章风格,也就带有明快斩截"言辩而确"的特点。由于愤世嫉俗,文中有又一种郁郁不平之气。这也是汉末政论文的共同特点。

荀悦(?—209),字仲豫,颍川颍阴(今河南许昌一带)人。《后汉书》卷六十二《荀韩钟陈列传》说:"悦年十二,能说〈春秋〉。家贫无书,每之人间,所见篇牍,一览多能诵记。性沉静,美姿容,尤好著述。帝时阉官用权,士多退身穷处,悦乃托疾隐居,时人莫之识,唯从弟彧特称敬焉……献帝颇好文学,悦与彧及少府孔融侍讲禁中,日夕谈论。累迁秘书监、侍中。时,政移曹氏,天子恭己而已。悦志在献替,而谋无所用,乃作《申鉴》五篇。"

荀悦作《申鉴》的目的是为现实政治申明借鉴,《申鉴·政体》说:"致政之术，先屏四患，乃崇五政。”所谓四患：“一曰伪，二曰私，三曰放，四曰奢。伪乱俗，私坏法，放越轨，奢败制。四者不除，则政末由行矣。”所谓五政，即“兴农桑以养其生，审好恶以正其俗，宣文教以章其化，立武备以秉其威，明赏罚以统其法”。荀悦提出这些主张，建立在他对时弊及史事的深切把握之上，因此《后汉书·荀韩钟陈列传》说：“其所论辩，通见政体。”另外，这些主张，虽以儒家的仁义教化为主，但又吸收了某些刑名法术思想。这种倾向和崔寔也很接近。

《申鉴·杂言》下篇还有一段文字讨论人性问题。这是一个带有形而上性质的哲学问题，前人对此提出过很多观点。荀悦在文中列举了前人的五种看法，逐一加以分析，批驳了前四种看法，基本上肯定了刘向的观点。然后他又进一步分析性和情的关系，以证明“性不独善，情不独恶”。为了说明这一问题，又提出神、气、形等概念。文章带有极强的理论性，分析层层深入，鞭辟入里。这些地方，都能看出汉末作家对哲学问题的兴趣以及当时的论体之文长于思辨的特征。

仲长统(180—220)，山阳高平(今山东邹县一带)人。《后汉书》卷四十九《王充王符仲长统列传》说他：

> 少好学，博涉书记，赡于文辞，年二十余，游学青、徐、并、冀之间，与交友者多异之……尚书令荀彧闻统名，奇之，举为尚书郎。后参丞相曹操军事。每论说古今及时俗行事，恒发愤叹息。因著论名曰《昌言》，凡三十四篇，十余万言。

《昌言》全书已佚，《后汉书·王充王符仲长统列传》收载其中《理乱篇》、《损益篇》、《法戒篇》三篇。其《理乱篇》回顾了历史上治乱循环的现象，然后说：

> 又政之为理者，取一切而已，非能斟酌贤愚之分，以开盛衰之数也。日不如古，弥以远甚，岂不然邪？汉兴以来，相与同为编户齐民，而以财力相君长者，世无数焉。而清洁之士，徒自苦于茨棘之间，无

所益损于风俗也。豪人之室，连栋数百，膏田满野，奴婢千群，徒附万计。船车贾贩，周于四方；废居积贮，满于都城。琦赂宝货，巨室不能容；马牛羊豕，山谷不能受。妖童美妾，填乎绮室；倡讴伎乐，列乎深堂。宾客待见而不敢去，车骑交错而不敢进。三牲之肉，臭而不可食；清醇之酎，败而不可饮。睇盼则人从其目之所视，喜怒则人随其心之所虑。此皆公侯之广乐，君长之厚实也。苟能运智诈者，则得之焉；苟能得之者，人不以为罪焉。源发而横流，路开而四通矣。求士之舍荣乐而居穷苦，弃放逸而赴束缚，夫谁肯为之者邪！夫乱世长而化世短。乱世则小人贵宠，君子困贱。当君子困贱之时，跼高天，蹐厚地，犹恐有镇厌之祸也。逮至清世，则复入于矫枉过正之检。老者耄矣，不能及宽饶之俗；少者方壮，将复困于衰乱之时。是使奸人擅无穷之福利，而善士挂不赦之罪辜。苟目能辩色，耳能辩声，口能辩味，体能辩寒温者，将皆以修洁为讳恶，设智巧以避之焉，况肯有安而乐之者邪？斯下世人主一切之愆也。

昔春秋之时，周氏之乱世也。逮乎战国，则又甚矣。秦政乘并兼之势，放虎狼之心，屠裂天下，吞食生人，暴虐不已，以招楚汉用兵之苦，甚于战国之时也。汉二百年而遭王莽之乱，计其残夷灭亡之数，又复倍乎秦、项矣。以及今日，名都空而不居，百里绝而无民者，不可胜数。此则又甚于亡新之时也。悲夫！不及五百年，大难三起，中闲之乱，尚不数焉。变而弥猜，下而加酷，推此以往，可及于尽矣。嗟乎！不知来世圣人救此之道，将何用也？又不知天若穷此之数，欲何至邪？（《后汉书》卷四十九《王充王符仲长统列传》）

文中揭露当时贤愚不分，致使清洁之士困贱而豪门大族骄奢淫逸，这是汉末社会非常突出的现象。高门大族凭借权势为所欲为，致使仲长统这样的下层士人极为愤闷。值得注意的是，仲长统把造成这种现象的原因归于“下世人主一切之愆”，矛头直指最高统治者。文中还说“昔春秋之时，周室之乱世也。逮乎战国，则又甚矣”。秦政之苦，“甚于战国之时也”，王莽之乱，“又复倍乎秦、项矣”，而汉末之苦，“又甚于亡新之时也”。

这种历史观，很有汉末特色，和赵壹《刺世嫉邪赋》极为相似。赋中说："春秋时祸败之始，战国愈复增其荼毒。秦汉无以相逾越，乃更加其怨酷。"又说："原斯瘼之攸兴，实执政之匪贤。"赋中还猛烈抨击当时"邪夫显进，直士幽藏"，"法禁屈挠于势族，恩泽不逮于单门"。(《全后汉文》卷八十二)看来仲长统和赵壹对汉末的弊政是有共同感受的。正因为这样，《昌言》也带有愤世嫉俗的特征。

《后汉书》中又说："统性俶傥，敢直言，不矜小节，默语无常，时人或谓之狂生。每州郡命召，辄称疾不就。常以为凡游帝王者，欲以立身扬名耳，而名不常存，人生易灭，优游偃仰，可以自娱，欲卜居清旷，以乐其志。"其《乐志论》云：

> 使居有良田广宅，背山临流，沟池环匝，竹林周布，场圃筑前，果园树后。舟车足以代步涉之艰，使令足以息四体之役。养亲有兼珍之膳，妻孥无苦身之劳。良朋萃止，则陈酒肴以娱之；嘉时吉日，则亨羔豚以奉之。蹰躇畦苑，游戏平林，濯清水，追凉风，钓游鲤，弋高鸿。讽于舞雩之下，咏归高堂之上。安神闺房，思老氏之玄虚；呼吸精和，求至人之仿佛。与达者数子，论道讲书，俯仰二仪，错综人物。弹《南风》之雅操，发清商之妙曲。消摇一世之上，睥睨天地之间。不受当时之责，永保性命之期。如是，则可以陵霄汉，出宇宙之外矣。岂羡夫入帝王之门哉！(同上)

这是仲长统所描写的理想的生活方式。他希望在优裕的物质生活基础上，游戏田园，讲道论书，弹琴咏歌，进而达到超世绝俗，与道合一的境界。在这种境界中，作者远离官场的束缚，保持着精神的高远超脱，同时又在富于感性的文化实践中愉悦身心。这是从《淮南子》到张衡的《归田赋》所共同追求的一种生活方式。汉末以后，一些士族文人确实过上了这种生活，不过在仲长统笔下，它仍旧是一种理想而已。

东汉前期的散文已出现了重视骈偶和辞藻的倾向，到了后期，这种倾向更为突出。我们看到，《乐志论》几乎通篇对偶，不仅对偶，而且用韵，还颇多四六句式，例如“安神闺房，思老氏之玄虚；呼吸精和，求至人之仿佛”，“俯仰二仪，错综人物。弹《南风》之雅操，发清商之妙曲”，等等。这种文章，离魏晋以后的骈文，已经距离不远了。

东汉后期，单篇的论体之文也多了起来。这些文章和上面提到的著作在思想和文风上都非常接近。最有特色的有矫世之文、论人之文和析理之文。

矫世之文受当时交游议政风气及老庄思想的影响，文中批评世风，往往慷慨任气、出言激切，带有愤世嫉俗的色彩。朱穆(100—163)有感于世风浇薄，作《崇厚论》，文中指出：“故率性而行谓之道，得其天性谓之德。德性失然后贵仁义，是以仁义起而道德迁，礼法兴而淳朴散，故道德以仁义为薄，淳朴以礼法为贼也。夫中世之所敦，已为上世之所薄，况又薄于此乎！”朱穆认为，仁义礼法破坏了人的淳朴本性，这种看法显然来自老庄，在汉代独尊儒术之后，就很少有人提起了。文中揭露当时世风浇薄的现象：

> 然而时俗或异，风化不敦，而尚相诽谤，谓之臧否。记短则兼折其长，贬恶则并伐其善。悠悠者皆是，其可称乎！凡此之类，岂徒乖为君子之道哉，将有危身累家之祸矣。悲夫，行之者不知忧其然，故害兴而莫之及也。斯既然矣，又有异焉。人皆见之而不能自迁。何则？务进者趋前而不顾后，荣贵者矜己而不待人，智不接愚，富不赈贫，贞士孤而不恤，贤者厄而不存。(《全后汉文》卷二十八)

朱穆由时俗尚相诽谤之风，讲到“智不接愚，富不赈贫”的现象以及“贞士”、“贤者”在这种现实之下的困厄。在上述几部汉末的政论中，也有对此类风气的批评，这是当时作者的共同感受。由于对时俗不满，文章虽题为“崇厚”，但字里行间却难掩怨愤之气。加之文中时用偶句，或间韵语，读起来颇有一点骚体赋的感觉。朱穆还著有《绝交论》，批判背弃朋友的势利行为和以私利相交的世风，他在文中表示，为惩世矫俗宁受世人之疾，颇能体现我行我素，“举世毁之而不加沮”的精神。

据《后汉书》卷八十《文苑列传》，当时又有刘梁(生卒年不详)“常疾世多利交，以邪曲相党，乃作《破群论》。时之览者，以为‘仲尼作《春秋》，乱臣知惧，今此论之作，俗士岂不愧心’。”另外侯瑾(生卒年不详)也作有《矫世论》“以讥刺当时”。

当时还有一种论人之文，对相关的人物进行比较。郭泰(128—169)著有《苏不韦方伍员论》，对伍子胥和汉代苏章这两个替父报仇的人加以比较，得出的结论是苏章“比之于员，不亦优乎”。孔融(153—208)也有《周武王汉高祖论》、《圣人优劣论》、《汝颍优劣论》等。这些比较人物的文章和当时品评人物的风气有关，郭泰就是以评鉴人物而著称的。但论者并未停留在品鉴人物上，而是通过对人物的比较，分析其优劣短长，其中带有很多析理的成分。有些文章是在论争中写成的。例如《圣人优劣论》就是孔融和荀愔间的讨论。

东汉后期，求通的学术风气刺激了学者的理论兴趣，人们崇尚思辨，析理之文应运而生。延笃(？—167)的《仁孝论》辨析仁与孝二者孰为先后，条分缕析，左右逢源。同类文章还有刘梁的《辨和同论》。文中首先指出：“夫事有违而得道，有顺而失义，有爱而为害，有恶而为美。其故何乎？盖明智之所得，暗伪之所失也。是以君子之于事也，无适无莫，必考之以义焉。”然后便进一步分析“得由和兴，失由同起”，“以可济否谓之和，好恶不殊谓之同”；接着又举例说明“违而得道者”、“顺而失义者”、“爱而害之者”、“恶而为美者”等四种不同情形。最后又说：“夫知而违之，伪也；不知而失之，暗也。暗与伪焉，其患一也。患之所在，非徒在智之不及，又在及而违之者矣……故君子之行，动则思义，不为利回，不为义疚，进退周旋，唯道是务。苟失其道，则兄弟不阿；苟得其义，虽仇不废。”(《全后汉文》卷六十四)使话题又回到君子“必考之以义”上来。文章析理之绵密，逻辑之严谨，都是汉代的其它文章所少见的。和与同、仁与孝这些道德和哲学范畴在汉末成为时人最热衷的命题，这些命题虽与现实问题有关，但又超越了具体的现实问题而更具抽象性，作者的论证方式也不再局限于引经立义或举证求真，而是通过对相关概念的界定和比较来分析问题。在对这些命题热烈的讨论中，人们的思维水平和辩说能力得到空前的提高，相关的文章也越来越精彩。这些命题和文章已非常接近魏晋时期的辨析名理之文了。

第二章　汉代奏议文

本章所论奏议文，包括疏、上书、封事、奏记、对策、议、对，等等。《文心雕龙》有《章表》、《奏启》、《议对》三篇，所论均属本章之奏议。蔡邕《独断》云："凡群臣上书于天子者，有四名：一曰章，二曰奏，三曰表，四曰驳议。"但实际上，汉代大臣上奏于天子的文章，还有上疏、封事、对策等名称。另外，汉代的诸侯王与下属亦有君臣关系，其下属上奏诸侯王的文章或称上书，或称奏记，也在本章所论奏议范围之内。奏议之文，起自先秦，李斯《谏逐客书》是此类文体中的名篇。到了汉代，士人参政热情之高，关注范围之广，都是空前的，奏议之文于是得到长足发展。终汉之世，奏议一直长盛不衰，从中可以清晰地看到汉代文章的变化。

第一节　西汉前期的奏议文

可以说，汉代的文章是从奏议开始的。西汉之初，国家甫定，一些有识之士便开始总结历史经验，提出治国之策。陆贾的《新语》、贾山的《至言》都是写给皇帝看的，实为奏疏。但按传统分类，归入子书，故本节不论。两人之后，汉初最重要的奏议作者，当属贾谊。

贾谊曾多次上书朝廷，建议内削诸侯，外抗匈奴，制礼作乐，革新政治，巩固中央集权。他的文章主要是奏疏和单篇的政论，后人将其编为《新书》。

贾谊奏疏的代表作是《陈政事疏》，此文又名《治安策》。在这篇奏疏中，贾谊全面分析了汉朝面临的形势，提出了使国家长治久安的建议。这些分析和建议，体现了高度的政治热情和敏锐的政治洞察力。例如其中论诸侯王的部分：

夫树国固必相疑之势，下数被其殃，上数爽其忧，甚非所以安上而全下也。今或亲弟谋为东帝，亲兄之子西乡而击，今吴又见告矣。天子春秋鼎盛，行义未过，德泽有加焉，犹尚如是，况莫大诸侯，权力且十此者乎！

然而天下少安，何也？大国之王幼弱未壮，汉之所置傅相方握其事。数年之后，诸侯之王大抵皆冠，血气方刚，汉之傅相称病而赐罢，彼自丞尉以上偏置私人，如此，有异淮南、济北之为邪！此时而欲为治安，虽尧、舜不治。

黄帝曰："日中必熭，操刀必割。"今令此道顺而全安，甚易，不肯早为，已乃堕骨肉之属而抗刭之，岂有异秦之季世乎？夫以天子之位，乘今之时，因天之助，尚惮以危为安，以乱为治，假设陛下居齐桓之处，将不合诸侯而匡天下乎？臣又知陛下有所必不能矣。假设天下如曩时，淮阴侯尚王楚，黥布王淮南，彭越王梁，韩信王韩，张敖王赵，贯高为相，卢绾王燕，陈豨在代，令此六、七公者皆亡恙，当是时而陛下即天子位，能自安乎？臣有以知陛下之不能也。天下淆乱，高皇帝与诸公并起，非有仄室之势以豫席之也。诸公幸者，乃为中涓，其次仅得舍人，材之不逮至远也。高皇帝以明圣威武即天子位，割膏腴之地以王诸公，多者百余城，少者乃三四十县，德至渥也。然其后十年之间，反者九起。陛下之与诸公，非亲角材而臣之也，又非身封王之也。自高皇帝不能以是一岁为安，故臣知陛下之不能也。然尚有可诿者，曰疏。臣请试言其亲者。假令悼惠王王齐，元王王楚，中子王赵，幽王王淮阳，共王王梁，灵王王燕，厉王王淮南，六七贵人皆亡恙，当是时陛下即位，能为治乎？臣又知陛下之不能也。若此诸王，虽名为臣，实皆有布衣昆弟之心，虑亡不帝制而天子自为者。擅爵人，赦死罪，甚者或戴黄屋，汉法令非行也。虽行不轨如厉王者，令之不肯听，召之安可致乎！幸而来至，法安可得加！动一亲戚，天下圜视而起，陛下之臣虽有悍如冯敬者，适启其口，匕首已陷其匈矣。陛下虽贤，谁与领此？故疏者必危，亲者必乱，已然之效也。其异姓负强而动者，汉已幸胜之矣，又不易其所以然。同姓袭是迹而动，既有征矣，其势尽又复然。殃祸之变，未知所移，明帝处之尚不能以安，后世将如之何！

屠牛坦一朝解十二牛，而芒刃不顿者，所排击剥割，皆众理解也。至于髋髀之所，非斤则斧。夫仁义恩厚，人主之芒刃也；权势法制，人主之斤斧也。今诸侯王皆众髋髀也，释斤斧之用，而欲婴以芒刃，臣以为不缺则折。胡不用之淮南、济北？势不可也。

臣窃迹前事，大抵强者先反。淮阴王楚，最强，则最先反；韩信倚胡，则又反；贯高因赵资，则又反；陈豨兵精，则又反；彭越用梁，则又反；黥布用淮南，则又反；卢绾最弱，最后反。长沙乃在二万五千户耳，功少而最完，势疏而最忠，非独性异人也，亦形势然也。曩令樊、郦、绛、灌据数十城而王，今虽已残，亡可也。令信、越之伦列为彻侯而居，虽至今存，可也。然则天下之大计可知已。欲诸王之皆忠附，则莫若令如长沙王；欲臣子之勿菹醢，则莫若令如樊、郦等；欲天下之治安，莫若众建诸侯而少其力。力少则易使以义，国小则亡邪心。令海内之势，如身之使臂，臂之使指，莫不制从。诸侯之君不敢有异心，辐凑并进而归命天子。虽在细民，且知其安，故天下咸知陛下之明。割地定制，令齐、赵、楚各为若干国，使悼惠王、幽王、元王之子孙毕以次各受祖之分地，地尽而止，及燕梁他国皆然。其分地众而子孙少者，建以为国，空而置之，须其子孙生者，举使君之。诸侯之地，其削颇入汉者，为徙其侯国及封其子孙也，所以数偿之。一寸之地，一人之众，天子亡所利焉，诚以定治而已，故天下咸知陛下之廉。地制一定，宗室子孙莫虑不王，下无倍畔之心，上无诛伐之志，故天下咸知陛下之仁。法立而不犯，令行而不逆，贯高、利几之谋不生，柴奇、开章之计不萌，细民乡善，大臣致顺，故天下咸知陛下之义。卧赤子天下之上而安；植遗腹，朝委裘，而天下不乱。当时大治，后世诵圣。一动而五业附，陛下谁惮而久不为此？

天下之势方病大肿。一胫之大几如要，一指之大几如股，平居不可屈信，一二指搐，身虑亡聊。失今不治，必为锢疾，后虽有扁鹊，不能为已。病非徒肿也，又苦跖戾。元王之子，帝之从弟也；今之王者，从弟之子也。惠王之子，亲兄子也，今之王者，兄子之子也。亲者或亡分地以安天下，疏者或制大权以逼天子。臣故曰：非徒病肿也，又苦跖戾。可痛哭者，此病是也。（《汉书》卷四十八《贾谊传》）

当初刘邦在平定异姓诸侯王的同时，分封了一批同姓诸侯王。到了文帝时代，其中一些诸侯王渐生不轨之心，在贾谊上疏之前，就发生过淮南王刘长谋反之事。诸侯王势力膨胀，必将对朝廷构成威胁。贾谊清醒地预见到问题的严重性，提醒文帝尽早采取措施。他在此反复分析形势，指出诸侯王的反叛，迟早会发生，“故疏者必危，亲者必乱，已然之效也”，“失今不治，必为锢疾，后虽有扁鹊，不能为已”。在此基础上，他又指出：“臣窃迹前事，大抵强者先反。”针对这种情况，他提出“欲天下之治安，莫若众建诸侯而少其力”。不难看出，贾谊对形势的认识是非常清醒的，故而分析问题能够鞭辟入里，提出的建议也切中肯綮。几十年后，汉武帝用推恩法来削弱诸侯王，也就是一种“众建诸侯而少其力”的措施。贾谊这种透辟的分析，来自他客观务实的精神。他在文中提出“仁义恩厚，人主之芒刃也；权势法制，人主之斤斧也”，他认为对待诸侯王不能用仁义恩厚，只能用权势法制。这样的思想就不同于坐而论道的腐儒之见。另外，文中分析朝廷和诸侯王的关系，一再强调“势”，例如：“夫树国必固相疑之势”、“其势尽又复然”、“势不可也”、“亦形势然也”，而《陈政事疏》的开头即说：“臣窃惟事势。”所谓“势”，就是相互关联的事物间由力量的此消彼长而形成的态势，是由客观情形造成的事物发展的必然趋向。从“势”的角度来分析问题，就能见微知著，把握本质，预见未来。正因为如此，文章便显得深刻中肯，虽然是洋洋洒洒、充满激情，甚至直言无忌，但又和某些战国散文一味铺张夸饰有所不同。

儒家思想对贾谊奏疏的影响也是非常明显的。贾谊以儒家的治世理想来洞察现实，全面分析了当时的形势。在此基础上，他提出了很多解决问题的建议，其中最根本的，还是所谓“定经制”和“审取舍”。他在《陈政事疏》中说：

> 夫移风易俗，使天下回心而乡道，类非俗吏之所能为也。俗吏之所务在于刀笔筐箧，而不知大体。陛下又不自忧，窃为陛下惜之。夫立君臣，等上下，使父子有礼，六亲有纪，此非天之所为，人之所设也。夫人之所设，不为不立，不植则僵，不修则坏。……岂如今定经制，令君君臣臣，上下有差，父子六亲各得其宜，奸人亡所几幸，而群臣众信，上不疑惑！此业壹定，世世常安，而后有所持循矣。……为人主计者，莫如先审取舍；取舍之极定于内，而安危之萌应于外。……以礼义治之者积礼义，以刑罚治之者积刑罚。刑罚积而民怨背，礼义积而民和亲。故人主欲民之善同，而所以使民善者或异。或道之以德教，或殴之以法令。道之以德教者德教洽而民气乐，殴之以法令者法令极而民风哀。哀乐之感，祸福之应也。……今或言礼义之不如法令，教化之不如刑罚，人主胡不引殷、周、秦事以观之也？（同上）

定经制是以儒家的伦理纲常来规范各种社会关系；审取舍即崇礼义而轻刑罚，以德化民。贾谊欲将儒家的政治理念和价值追求确立为国家的指导思想，来改变汉朝建立以来一味因袭秦制的现状。贾谊认为这才是彻底救治时弊，使国家长治久安的治本之策。在此基础上，他根据儒家理想中的古制，对于国家体制及政策的各个方面提出了具体建议，例如立保傅、别亲疏、尊大臣、重民生、增积贮等。刘向说：“贾谊言三代与秦治乱之意，其论甚美，通达国体，虽古之伊、管，未能过也。”（《汉书》卷四十八《贾谊传》）“国体”的核心即关乎国家发展方向的政治理想和治国原则。贾谊从理想出发，抓住治国的指导思想这一根本问题，对现实作全面深入的分析。这和游说之士一味纵横捭阖、法家之士单纯指陈利害明显不同。贾谊要求执政者立国有本，他自己也做到了立言有本。

对理想的追求赋予贾谊之文充沛的感情。他在文中常常憧憬儒家的理想社会状况，以此来劝说、鼓动当权者。例如《陈政事疏》说：

夫射猎之娱与安危之机孰急？使为治，劳智虑，苦身体，乏钟鼓之乐，勿为可也。乐与今同，而加之诸侯轨道，兵革不动，民保首领，匈奴宾服，四夷乡风，百姓素朴，狱讼衰息，大数既得，则天下顺治，海内之气，清和咸理。生为明帝，没为明神，名誉之美，垂于无穷。礼，祖有功而宗有德，使顾成之庙称为太宗，上配太祖，与汉亡极，建久安之势，成长治之业，以承祖庙，以奉六亲，至孝也。以幸天下，以育群生，至仁也。立经陈纪，轻重同得，后可以为万世法程，虽有愚幼不肖之嗣，犹得蒙业而安，至明也。以陛下之明达，因使稍知治体者得佐下风，至此非难也。其具可素陈于前，愿幸无忽。臣谨稽之天地，验之往古，按之当今之务，日夜念此，至孰也。虽使禹舜复生，为陛下计，亡以易此。（同上）

文中用建立长治久安的宏图大业来激励汉文帝，又表达了自己愿为辅佐的热情与自信，激情澎湃，气势恢宏。同时，儒家治世理想与现实的巨大反差又造成贾谊作品中强烈的忧患意识，特别是当他的建议受到朝中元老的排斥时，更流露出难以抑制的悲愤。《陈政事疏》一开头便写道：

臣窃惟事势，可为痛哭者一，可为流涕者二，可为长太息者六，其它背理而伤道者，难遍以疏举。进言者皆曰天下已安已治矣，臣独以为未也。曰安且治者，非愚则谀。（同上）

简直有一种众人皆醉我独醒的意味，令人想起屈原作品中的慨叹。贾谊在赋中引屈原为同调，在他的政论中也能看到与屈原相似的思想和人格特征。他以实现儒家治世理想为人生追求，深切关怀着国计民生，又为理想与现实的冲突而悲愤，这种浓郁的忧世之感与孤愤之情，同样显示了儒学的底蕴。

贾谊的奏疏还有论积贮、请封建子弟、论匈奴等内容，也大都像上文一样，充满感情，直言无忌，其中有些建议例如积贮、备边等，都很有见地。

贾谊稍后，汉初另一个著名的奏疏作者是晁错。

晁错(前 200—前 154)，颍川(今河南禹县一带)人。早年学申商刑名之学，“文帝时以文学为太常掌故，被遣从济南伏生受《尚书》……迁博士，拜太子家令。……举贤良文学，对策高第”。文帝时多次上书，言削藩及更法令、抗匈奴。景帝即位，以为内史，又上疏请削诸侯之地。吴楚七国遂以诛晁错为名发动叛乱。景帝听信袁盎之言，斩错于东市。

晁错主张重农抑商，发展生产，削弱诸侯，抗击匈奴。他的文章不大讲究文采，但思想深刻，说理透辟，带有法家之文的特点。他针对当时国家积蓄不足的现状，提出“广蓄积，以实仓廪”，其《论贵粟疏》云：

> 圣王在上，而民不冻饥者，非能耕而食之，织而衣之也，为开其资财之道也。故尧、禹有九年之水，汤有七年之旱，而国无捐瘠者，以畜积多而备先具也。
>
> 今海内为一，土地人民之众，不避禹、汤，加以亡天灾数年之水旱，而畜积未及者，何也？地有余利，民有余力，生谷之土未尽垦，山泽之利未尽出也，游食之民未尽归农也。民贫则奸邪生。贫生于不足；不足生于不农；不农则不地著；不地著则离乡轻家。民如鸟兽，虽有高城深池，严法重刑，犹不能禁也。
>
> 夫寒之于衣，不待轻暖；饥之于食，不待甘旨；饥寒至身，不顾廉耻。人情一日不再食则饥，终岁不制衣则寒。夫腹饥不得食，肤寒不得衣，虽慈母不能保其子，君安能以有其民哉？明主知其然也，故务民于农桑，薄赋敛，广畜积，以实仓廪、备水旱，故民可得而有也。
>
> 民者，在上所以牧之，趋利如水走下，四方亡择也。夫珠玉金银，饥不可食，寒不可衣，然而众贵之者，以上用之故也。其为物轻微易藏，在于把握，可以周海内而无饥寒之患。此令臣轻背其主，而民易去其乡，盗贼有所劝，亡逃者得轻资也。粟米布帛，生于地，长于时，聚于力，非可一日成也。数石之重，中人弗胜，不为奸邪所利，一日弗得而饥寒至。是故，明君贵五谷而贱金玉。
>
> 今农夫五口之家，其服役者不下二人，其能耕者不过百亩，百亩

之收不过百石。春耕夏耘，秋获冬藏，伐薪樵，治官府，给徭役。春不得避风尘，夏不得避暑热，秋不得避阴雨，冬不得避寒冻，四时之间，亡日休息。又私自送往迎来，吊死问疾，养孤长幼在其中。勤苦如此，尚复被水旱之灾，急征暴虐，赋敛不时，朝令而暮改。当具，有者，半贾而卖；亡者，取倍称之息。于是有卖田宅、鬻子孙以偿债者矣。而商贾大者积贮倍息，小者坐列贩卖，操其奇赢，日游都市，乘上之急，所卖必倍。故其男不耕耘，女不蚕织，衣必文采，食必粱肉，亡农夫之苦，阡陌之得。因其富厚，交通王侯，力过吏势，以利相倾，千里游遨，冠盖相望，乘坚策肥，履丝曳缟。此商人所以兼并农人，农人所以流亡者也。今法律贱商人，商人已富贵矣；尊农夫，农夫已贫贱矣。故俗之所贵，主之所贱也；吏之所卑，法之所尊也。上下相反，好恶乖迕，而欲国富法立，不可得也。

方今之务，莫若使民务农而已矣。欲民务农，在于贵粟，贵粟之道，在于使民以粟为赏罚。今募天下入粟县官，得以拜爵，得以除罪。如此，富人有爵，农民有钱，粟有所渫。夫能入粟以受爵，皆有余者也。取于有余以供上用，则贫民之赋可损，所谓损有余，补不足，令出而民利者也。顺于民心，所补者三：一曰主用足，二曰民赋少，三曰劝农功。

今令民有车骑马匹者，复卒三人。车骑者，天下武备也，故为复卒。神农之教曰："有石城十仞，汤池百步，带甲百万，而亡粟，弗能守也。"以是观之，粟者，王者大用，政之本务。令民入粟受爵，至五大夫以上，乃复一人耳，此其与骑马之功相去远矣。爵者，上之所擅，出于口而亡穷；粟者，民之所种，生于地而不乏。夫得高爵与免罪，人之所甚欲也。使天下人入粟于边，以受爵免罪，不过三岁，塞下之粟必多矣。（《全汉文》卷十八）

文章毫无夸饰之语，但对问题的分析非常透辟，有些话讲得相当实在，例如"夫寒之于衣，不待轻暖；饥之于食，不待甘旨；饥寒至身，不顾廉耻。人情一日不再食则饥，终岁不制衣则寒。夫腹饥不得食，肤寒不得衣，虽慈母不能保其子，君安能以有其民哉?”这样的观点，前人也曾讲过，例如“衣食足而知荣辱，仓廪实而知礼义”，但像晁错讲得这样透彻、这样实在，还是极为少见的。至于文中提出的入粟拜爵、入粟免罪的建议，也都切实可行，在日后的实践中产生了实际效果。晁错还有《贤良文学对策》、《守边劝农疏》、《言兵事疏》等，也都是这样平实恳切的文章。鲁迅在《汉文学史纲要》中曾说，贾谊、晁错“为文皆疏直激切，尽所欲言。惟谊犹有文采，而沉实则少逊”，并称二人之文“皆为西汉鸿文，沾溉后人，其泽甚远。然以二人之论匈奴者相较，则可见贾生之言，乃颇疏阔，不能与晁错之深识为伦比张”。从贾谊、晁错上述文章来看，他们确实做到了尽所欲言。贾谊为革除积弊，竟至痛哭流涕；晁错为巩固刘氏政权，不顾个人安危。他们都怀着极大的热情和忠心，为朝廷出谋划策。由于对皇帝寄予很大的期望，因此能够披肝沥胆，无所不言。虽然无所不言，但又不是一味批评指责，而能从实际出发，提出一些可行的建议。充满热情而又不为空言，是汉初奏议的一大特征。

汉初还有一些身在藩国，给诸侯王上书的作家，代表人物有邹阳和枚乘。作为诸侯王的门客，他们的身份有如战国时代的游士，但时代不同了，他们的文章也就有了新的特点。

邹阳(？—前 129)早年与枚乘同居于吴王刘濞门下，见吴王有反心，上书加以劝谏。吴王不听，他就和枚乘等离开吴国，去做梁孝王门客，因受公孙诡、羊胜等人谗毁而入狱，于是在狱中上书，陈诉冤屈，终于得免。

《上书吴王》劝吴王不要玩火自焚，其中说：

> 今天子新据先帝之遗业，左规山东，右制关中，变权易势，大臣难知。大王弗察，臣恐周鼎复起于汉，新垣过计于朝，则我吴遗嗣不可期于世矣。高皇帝烧栈道，灌章邯，兵不留行，收弊民之倦，东驰函谷，西楚大破。水攻则章邯以亡其城，陆击则荆王以失其地，此皆国家之不几者也。愿大王孰察之。(《全汉文》卷十九)

文中告诫吴王不要和汉朝天子作对，否则后果不堪设想。话讲得直率恳切，虽然文章开头向吴王表白心迹，带有一点战国游士遗风，但核心内容却句句实在，不故作惊人之说。

《上梁王书》首先举古人之事，诉说自己的冤屈：

> 臣闻忠无不报，信不见疑，臣常以为然，徒虚语耳。昔荆轲慕燕丹之义，白虹贯日，太子畏之；卫先生为秦画长平之事，太白食昴，昭王疑之。夫精变天地，而信不谕两主，岂不哀哉！今臣尽忠竭诚，毕议愿知，左右不明，卒从吏讯，为世所疑。是使荆轲、卫先生复起，而燕、秦不寤也。愿大王孰察之。
>
> 昔玉人献宝，楚王诛之；李斯竭忠，胡亥极刑。是以箕子阳狂，接舆避世，恐遭此患也。愿大王察玉人、李斯之意，而后楚王、胡亥之听，勿使臣为箕子、接舆所笑。
>
> 臣闻比干剖心，子胥鸱夷，臣始不信，乃今知之。愿大王孰察，少加怜焉！（同上）

接着又列举古代君臣遇合的事例，劝谏梁王信用贤才，"不牵于卑辞之语，不夺乎众多之口"。文中抒发了正直之士无辜受谤的悲愤，再三致意，反复申说。此文明显带有战国纵横之文的特点。但文中所抒发的悲愤，都是切身遭遇所致，感情真实自然，又与一般的纵横之文不同。

枚乘(？ —前 140)早年曾为吴王刘濞的文学侍从，因见吴王有谋反之意，便写了《谏吴王书》加以规劝。吴王不听，他就离开吴国，去做梁孝王的门客。《谏吴王书》作于吴王反形未完全显露之时，因而写得较为委婉，但态度又十分鲜明。文中说：

> 臣闻得全者昌，失全者全亡。舜无立锥之地，以有天下；禹无十户之聚，以王诸侯。汤、武之土，不过百里，上不绝三光之明，下不伤百姓之心者，有王术也。故父子之道，天性也；忠臣不避重诛以直谏，则事无遗策，功流万世。臣乘愿披腹心而效愚忠，惟大王少加意，念恻怛之心于臣乘言。

夫以一缕之任，系千钧之重，上悬无极之高，下垂不测之渊，虽甚愚之人，犹知哀其将绝也。马方骇，鼓而惊之；系方绝，又重镇之；系绝于天，不可复结，坠入深渊，难以复出。其出不出，间不容发。能听忠臣之言，百举必脱。必若所欲为，危于累卵，难于上天；变所欲为，易于反掌，安于泰山。今欲极天命之上寿，敝无穷之乐，究万乘之势，不出反掌之易，以居泰山之安，而欲乘累卵之危，走上天之难，此愚臣之所以为大王惑也。

人性有畏其景而恶其迹者，却背而走，迹愈多，景愈疾，不知就阴而止，景灭迹绝。欲人勿闻，莫若勿言；欲人勿知，莫若勿为。欲汤之沧，一人炊之，百人扬之，无益也，不如绝薪止火而已。不绝之于彼，而救之于此，譬犹抱薪而救火也。养由基，楚之善射者也，去杨叶百步，百发百中。杨叶之大，加百中焉，可谓善射矣。然其所止，乃百步之内耳，比于臣乘，未知操弓持矢也。

福生有基，祸生有胎；纳其基，绝其胎，祸何自来？泰山之霤穿石，单极之绠断干。水非石之钻，索非木之锯，渐靡使之然也。夫铢铢而称之，至石必差；寸寸而度之，至丈必过。石称丈量，径而寡失。夫十围之木，始生如蘖，足可搔而绝，手可擢而拔，据其未生，先其未形也。磨砻砥砺，不见其损，有时而尽；种树畜养，不见其益，有时而大；积德累行，不知其善，有时而用；弃义背理，不知其恶，有时而亡。臣愿大王孰计而身行之，此百世不易之道也。（《汉书》卷五十一《贾邹枚路传》）

枚乘用历史事实和譬喻反复申说，向吴王晓以利害。他一再表示自己“愿披腹心而效愚忠”，“能听忠臣之言，百举必脱。必若所欲为，危于累卵，难于上天；变所欲为，易于反掌，安于泰山”。这些话也都是发自内心的。从论证方式和语言风格来看，这篇文章也带有战国游士之文的特点，但其内容却是规劝诸侯王不要谋反，文章措辞恳切，有真实感情而不虚张声势，这又是与战国游士之文不同的。

第二节　西汉中期的奏议文

西汉中期是一个大有为的时代，汉武帝“征伐四夷，开置边郡，军旅数发，内改制度，朝廷多事，娄举贤良文学之士”(《汉书》卷六十四《严助传》)。几十年内，汉朝达到了强盛的顶点。此时各种矛盾也逐渐显露，昭、宣时代出现了改革时弊的要求。在这种背景下，大臣、文士或上书自荐，或发表政见，奏议之文纷纷而出。此期的很多奏议之文仍带有纵横之习，但也出现了依托经学以立论的新的文风。

纵横文风的代表有东方朔、司马相如、主父偃、严安、徐乐等人。

东方朔(前154—前93)，字曼倩，平原厌次(今山东惠民县)人。武帝初年，上书自荐，得以待诏金马门，官至太中大夫。东方朔《上书自荐》是一篇奇文，文中说：

> 臣朔少失父母，长养兄嫂。年十三学书，三冬文史足用。十五学击剑。十六学《诗》、《书》，诵二十二万言。十九学孙吴兵法，战阵之具，钲鼓之教，亦诵二十二万言。凡臣朔固已诵四十四万言。又常服子路之言。臣朔年二十二，长九尺三寸，目若悬珠，齿若编贝，勇若孟贲，捷若庆忌，廉若鲍叔，信若尾生。若此，可以为天子大臣矣。臣朔昧死再拜以闻。(《汉书》卷六十五《东方朔传》)

上书自荐，理应实事求是，给天子上书，更是严肃之事，而东方朔却如此“文辞不逊，高自称誉”(同上)，而且语多诙谐。这显然仍是战国游士遗风。这样的文字，虽然观之可喜，但没有多少实用价值。东方朔被武帝以俳优畜之，未予重用，看来事出有因。

司马相如(约前179—前118)，字长卿，蜀郡成都(今四川成都)人。景帝时为武骑常侍，后游梁，为梁孝王门客。梁孝王薨，相如归蜀，后由同乡杨得意推荐给武帝，为郎，又任文园令，以病免。相如在武帝时颇不得志，常称疾避事。他曾给武帝上书谏猎，其文说：

臣闻物有同类而殊能者，故力称乌获，捷言庆忌，勇期贲育。臣之愚，窃以为人诚有之，兽亦宜然。今陛下好凌阻险，射猛兽，卒然遇轶才之兽，骇不存之地，犯属车之清尘，舆不及还辕，人不暇施巧，虽有乌获、逢蒙之伎，力不得用，枯木朽株，尽为难矣。是胡越起于毂下，而羌夷接轸也，岂不殆哉？虽万全无患，然本非天子之所宜近也。且夫清道而后行，中路而后驰，犹时有衔橛之变；况乎涉乎蓬蒿，骋乎丘坟，前有利兽之乐，而内无存变之意，其为害也，不亦难矣！夫轻万乘之重，不以为安，而乐出于万有一危之涂以为娱，臣窃为陛下不取也。盖明者远见于未萌，而知者得避危于无形，祸固多藏于隐微，而发于人之所忽者也。故鄙谚曰："家累千金，坐不垂堂。"此言虽小，可以喻大。臣愿陛下之留意幸察。(《全汉文》卷二十二)

后人谏猎，往往从两个方面立论：人主耽于田猎，必然荒怠国政；为田猎而广开苑囿，靡财废力，危害百姓。而此文只是劝皇帝爱惜自己，注意安全，从内容来说，并未触及要害问题，名为劝谏，实为表白忠心。像这种内容空洞，却又振振有词的文章，也是纵横游说之余习。

主父偃(生卒年不详)，齐国临淄(今山东临淄)人。早年学长短纵横之术，晚乃学《易》、《春秋》百家之言。武帝时上书阙下，所论九事，八事为律令，一事谏伐匈奴。《谏伐匈奴书》开头便说：

臣闻明主不恶切谏以博观，忠臣不敢避重诛以直谏，是故事无遗策而功流万世。今臣不敢隐忠避死，以效愚计，愿陛下幸赦而少察之。

《司马法》曰："国虽大，好战必亡；天下虽平，忘战必危。"天下既平，天子大凯，春蒐秋狝，诸侯春振旅，秋治兵，所以不忘战也。且夫怒者逆德也，兵者凶器也，争者末节也。古之人君一怒必伏尸流血，故圣王重行之。夫务战胜穷武事者，未有不悔者也。

然后便用两大段文字讲历史的教训：秦始皇不听李斯之谏，兴兵伐匈奴，致使天下叛秦；刘邦不听成进之谏，率兵伐匈奴，导致平城受困。接着又总结道：

> 故兵法曰“兴师十万，日费千金”。夫秦常积众暴兵数十万人，虽有覆军杀将系虏单于之功，亦适足以结怨深仇，不足以偿天下之费。夫上虚府库，下敝百姓，甘心于外国，非完事也。夫匈奴难得而制，非一世也。行盗侵驱，所以为业也，天性固然。上及虞夏殷周，固弗程督，禽兽畜之，不属为人。夫上不观虞夏殷周之统，而下循近世之失，此臣之所大忧，百姓之所疾苦也。且夫兵久则变生，事苦则虑易。乃使边境之民敝靡愁苦而有离心，将吏相疑而外市，故尉佗、章邯得以成其私也。夫秦政之所以不行者，权分乎二子，此得失之效也。故《周书》曰：“安危在出令，存亡在所用。”愿陛下孰计之而加察焉。(《史记》卷一百一十二《平津侯主父列传》)

文中讲了很多谏伐匈奴的理由，为了证明自己的观点，又是讲历史，又是引《司马法》和《周书》，论据不少，似无可辩驳。开头提出：“夫务战胜，穷武事，未有不悔者也。”后面讲完历史，又说：“高皇帝盖悔之甚，乃使刘敬往结和亲之约，然后天下忘干戈之事。”这是与前面相照应，以告诉皇帝：不听劝谏，兴兵伐胡，必悔无疑，只有和亲，才是唯一的选择。文中把伐匈奴的危害讲得非常充分，不由人不信服。从写作技巧来看，几乎无懈可击。但作者只讲危害，不论伐匈奴是否必要；只讲历史上的反面教训，不具体分析当时汉朝面临的形势，实为以偏盖全，脱离实际。如此以偏盖全，脱离实际之论，却讲得振振有词，貌似有理，正是纵横之文的特色。另外，文章开头那段夸张性的表白，也是游说之士惯用的手段。

和主父偃同时上书的，还有徐乐和严安。

徐乐(生卒年不详)，燕无终(今河北蓟县附近)人。他给武帝上书说：

> 臣闻天下之患在于土崩，不在瓦解，古今一也。何谓土崩？秦之

末世是也。陈涉无千乘之尊，尺土之地，身非王公大人名族之后，无乡曲之誉，非有孔、墨、曾子之贤，陶朱、猗顿之富也，然起穷巷，奋棘矜，偏袒大呼而天下从风，此其故何也？由民困而主不恤，下怨而上不知，俗已乱而政不修，此三者陈涉之所以为资也。此之谓土崩。故曰天下之患在乎土崩。何谓瓦解？吴、楚、齐、赵之兵是也。七国谋为大逆，号皆称万乘之君，带甲数十万，威足以严其境内，财足以劝其士民，然不能西攘尺寸之地而身为禽于中原者，此其故何也？非权轻于匹夫而兵弱于陈涉也。当是之时，先帝之德未衰而安土乐俗之民众，故诸侯无境外之助。此之谓瓦解。故曰天下之患不在瓦解。

由是观之，天下诚有土崩之势，虽布衣穷处之士或首恶而危海内，陈涉是也。况三晋之君或存乎！天下虽未有大治也，诚能无土崩之势，虽有强国劲兵不得旋踵而身为禽矣，吴、楚、齐、赵是也。况群臣百姓能为乱乎哉！此二体者，安危之明要也，贤主所留意而深察也。

间关东五谷数不登，年岁未复，民多穷困，重之以边境之事，推数循理而观之，则民且有不安其处者矣。不安故易动，易动者，土崩之势也。故贤主独观万化之原，明于安危之机，修之庙堂之上，而销未形之患。其要，期使天下无土崩之势而已矣。故虽有强国劲兵，陛下逐走兽，射飞鸟，弘游燕之囿，淫纵恣之观，极驰骋之乐，自若也。金石丝竹之声不绝于耳，帷帐之私、俳优侏儒之笑不乏于前，而天下无宿忧。名何必汤、武，俗何必成、康！虽然，臣窃以为陛下天然之圣，宽仁之资，而诚以天下为务，则汤、武之名不难侔，而成、康之俗可复兴也。此二体者立，然后处尊安之实，扬名广誉于当世，亲天下而服四夷，余恩遗德为数世隆，南面负扆摄袂而揖王公，此陛下之所服也。臣闻图王不成，其敝足以安。安则陛下何求而不得，何为而不成，何征而不服乎哉！（同上）

徐乐用“土崩”、“瓦解”来比喻国家的危险。他认为，天下之患不在瓦解而在土崩，汉朝正面临土崩之势。具体理由是关东歉收，百姓多贫而国家对外用兵，百姓不安其处。至于更具体的情况，徐乐未作深入分析。事实上，当时汉朝的形势并没有危险到即将土崩的地步，徐乐不过是提醒皇帝“明于安危之机”、“销未形之患”。但他所用的比喻确实新颖而生动，以此来告诫皇帝也能发人深省。能把普通的道理讲得发人深省，这是纵横之文的特长。当然，其中也未免张大其词，务求“语不惊人死不休”。例如文中说，假使天下无土崩之势，虽有强国劲兵，皇帝尽管“淫纵恣之观，极驰骋之乐”，“而天下无忧”，就纯属无稽之谈。

严安（生卒年不详），临菑（今山东淄博附近）人。他在《上书言世务》中说：

> 臣闻《邹子》曰：“政教文质者，所以云救也，当时则用，过则舍之，有易则易之，故守一而不变者，未睹治之至也。”今天下人民用财侈靡，车马衣裘宫室皆竞修饰，调五声使有节族，杂五色使有文章，重五味方丈于前，以观欲天下。彼民之情，见美则愿之，是教民以侈也。侈而无节，则不可赡，民离本而徼末矣。末不可徒得，故搢绅者不惮为诈，带剑者夸杀人以矫夺，而世不知愧，故奸轨浸长。夫佳丽珍怪固顺于耳目，故养失而泰，乐失而淫，礼失而采，教失而伪。伪、采、淫、泰，非所以范民之道也。是以天下人民逐利无已，犯法者众。臣愿为民制度以防其淫，使贫富不相耀以和其心。心既和平，其性恬安。恬安不营，则盗贼销；盗贼销，则刑罚少；刑罚少，则阴阳和，四时正，风雨时，草木畅茂，五谷蕃孰，六畜遂字，民不夭厉，和之至也。（《汉书》卷六十四下《严朱吾丘主父徐严终王贾传》下）

接着讲周、秦两代的历史，特别强调“秦贵为天子，富有天下野，灭世绝祀，穷兵之祸也”。然后就讲到汉朝：

> 今徇南夷，朝夜郎，降羌僰，略薉州，建城邑，深入匈奴，燔其龙城，议者美之。此人臣之利，非天下之长策也。今中国无狗吠之警，而外累于远方之备，靡敝国家，非所以子民也。行无穷之欲，甘心快意，结

怨于匈奴，非所以安边也。祸挐而不解，兵休而复起，近者愁苦，远者惊骇，非所以持久也。今天下锻甲摩剑，矫箭控弦，转输军粮，未见休时，此天下所共忧也。夫兵久而变起，事烦而虑生。今外郡之地或几千里，列城数十，形束壤制，带胁诸侯，非宗室之利也。上观齐晋所以亡，公室卑削，六卿大盛也；下览秦之所以灭，刑严文刻，欲大无穷也。今郡守之权非特六卿之重也，地几千里非特闾巷之资也，甲兵器械非特棘矜之用也，以逢万世之变，则不可胜讳也。（同上）

这段话的核心也是反对汉武帝对外用兵，尤其是反对伐匈奴，但比徐乐说得更尖锐。文中铺陈排比，恢廓声势，文字不可谓不精彩。但奏议之文贵在有识，提出意见要切中时弊、切实可行，以匡国理政，有补于事。汉武帝后期，社会问题确实不少，但前期的情况，却不像文中所言。特别是汉武帝抗击匈奴，更是空前的历史功绩。自西周以来，匈奴不断侵扰华夏，西汉前期，虽然采取和亲政策，却无法防止其入侵。抗击匈奴尽管会付出代价，但事关国家安危、民族存亡，别无选择。严安不顾实际情况，一味夸大伐匈奴之弊，甚至说"今中国无狗吠之惊，而外累于远方之备，靡敝国家，非所以子民也。行无穷之欲，甘心快意，结怨于匈奴，非所以安边也。祸结而不解，兵休而复起，近者愁苦，远者惊骇，非所以持久也"。这种论调不仅违背事实，而且迂腐之极。这种文章，看似精彩，实际上不过是战国策士那一套口若悬河、危言耸听的故伎。

主父偃、徐乐和严安都学纵横之术，他们急于进取，为引起皇帝重视，故作惊人之语。时值武帝年轻，求贤心切，故能容忍此种华而不实之文。到了后来，就感到厌倦，明确指令大臣回答问题时"俱以《春秋》对，毋以苏张纵横"（《汉书》卷六十四上《严朱吾丘主父徐严终王贾传》上）。在这种情况下，纵横之文就难以为继，而出现了董仲舒为代表的带经学色彩的奏议。

董仲舒（前179—前104），广川（今河北枣强一带）人。早年治公羊《春秋》，景帝时为博士，武帝初年，举贤良对策，除江都相，迁胶西相。后罢官家居，从事著述。他的《贤良对策》三篇，以《春秋》公羊派的观点回答皇帝提问。文中说：

陛下发德音，下明诏，求天命与情性，皆非愚臣之所能及也。臣谨案《春秋》之中，视前世已行之事，以观天人相与之际，甚可畏也。国家将有失道之败，而天乃先出灾害以谴告之；不知自省，又出怪异以警惧之；尚不知变，而伤败乃至。以此见天心之仁爱人君而欲止其乱也。自非大无道之世者，天尽欲扶持而全安之，事在强勉而已矣。强勉学问，则闻见博而知益明；强勉行道，则德日起而大有功，此皆可使还至而有效者也。《诗》曰"夙夜匪解"，《书》云："茂哉茂哉！"皆强勉之谓也。

道者，所繇适于之路也，仁义礼乐皆其具也。故圣王已没，而子孙长久安宁数百岁，此皆礼乐教化之功也。……夫人君莫不欲安存而恶危亡，然而政知已国危者甚众，所任者非其人，而所繇者非其道，是以政日以仆灭也。夫周道衰于幽厉，非道亡也，幽厉不繇也。至于宣王，思昔先王之德，兴滞补弊，明文武之功业，周道粲然复兴，诗人美之而作，上天祐之，为生贤佐，后世称诵，至今不绝。此夙夜不解行善之所致也。孔子曰"人能弘道，非道弘人"也。故治乱废兴在于己，非天降命不可得反，其所操持悖谬失其统也。（《汉书》卷五十六《董仲舒传》）

董仲舒在这里苦口婆心地劝导皇帝，希望他能行道不懈。针对皇帝的提问，他分析了当时的政治弊端，提出了改革建议。这些建议的内容非常丰富，首先是任德治而省刑罚，对百姓进行教化。文中指出：

为政而任刑，不顺于天，故先王莫之肯为也。今废先王德教之官，而独任执法之吏治民，毋乃任刑之意与！……是故教化立而奸邪皆止者，其堤防完也；教化废而奸邪并出，刑罚不能胜者，其堤防坏也。古之王者明于此，是故南面而治天下，莫不以教化为大务。立大学以教于国，设庠序以化于邑，渐民以仁，摩民以谊，节民以礼，故其刑罚甚轻而禁不犯者，教化行而习俗美也。

其次是求贤和兴太学以养士。对策中说：

> 今之郡守、县令，民之师帅，所使承流而宣化也；故师帅不贤，则主德不宣，恩泽不流。今吏既无教训于下，或不承用主上之法，暴虐百姓，与奸为市，贫穷孤弱，冤苦失职，甚不称陛下意。是以阴阳错缪，氛气充塞，群生寡遂，黎民未济，皆长吏不明，使至于此也。（同上）

任贤与养士也是为教化与德治服务的，因为只有明习仁义礼乐的贤士才能肩负起上述任务。这一建议的针对性就是汉初以来忽视德教而纯任法治的现实。从刘邦到文、景二帝，他们的政治指导思想中不是没有儒家的仁义、保民等主张，但所缺乏的恰恰是有效的教化，即所谓"废先王德教之官，而独任执法之吏治民"。造成这种情况的原因一方面是由于汉承秦制，未能认真总结和改变秦朝纯任法治的传统；另一方面更是由于汉初将相多"武力有功之臣"，"少文多质"，他们处理政务力求便捷实用，因而多用文法吏。在儒家看来，靠这种人实行德治与教化是不可能的。因此，无论是公孙弘还是董仲舒，其提倡经学的建议都以立太学、选贤养士为核心内容。由此可见，提倡经学是与当时改革政治的要求联系在一起的。

此外，对策中还揭露官僚富豪与民争利，造成百姓穷极愁苦的现象。在对策的结尾，董仲舒提出建议：

> 《春秋》大一统者，天地之常经，古今之通谊也。今师异道，人异论，百家殊方，指意不同，是以上无以持一统；法制数变，下不知所守。臣愚以为不在六艺之科孔子之术者，皆绝其道，勿使并进。邪辟之说灭息，然后统纪可一而法度可明，民知所从矣。（同上）

这就是著名的独尊儒术的建议。董仲舒提出这一建议，是为了改变百家殊方，国家指导思想混乱的局面，使"统纪可一而法度可明，民知所从"。

董仲舒的对策全面阐明了汉代儒家的政治见解，同时也带有儒者之文的特点。文中引经据典，反复陈述，写得温文尔雅，醇厚典重。作者对皇帝不是没有劝告，但这种劝告是温和婉转的，毫无铺陈夸饰、耸人听闻之语。像这种本于经学，侃侃论道的文章，在西汉中期以后便成了散文创作的主流。

在论证方式上，董仲舒的文章有个突出特点，就是引入天人感应、阴阳灾异之说，从宇宙法则中寻找依据。西汉经学同先秦儒学的一个不同之处，就是吸收黄老、阴阳等家的思想，建立起经学的宇宙论，进而从天道的角度来分析现实问题。这一时期，人们非常热衷探讨天人关系，企图从中找出某种规律，作为政治行为的依据。这个话题是由汉武帝在策问中正式提出的。他在策问中说：

> 朕获承至尊休德，传之无穷，而施之罔极，任大而守重，是以夙夜不皇康宁。永惟万事之统，犹惧有阙。……盖闻五帝三王之道，改制作乐而天下洽和，百王同之。当虞氏之乐莫盛于《韶》，于周莫盛于《勺》。圣王已没，钟鼓筦弦之声未衰，而大道微缺，陵夷至乎桀纣之行，王道大坏矣。夫五百年之间，守文之君、当涂之士，欲则先王之法以戴翼其世者甚众，然犹不能反，日以仆灭，至后王而后止，岂其所持操或悖缪而失其统与？固天降命不可复反，必推之于大衰而后息与？乌乎！凡所为屑屑，夙兴夜寐，务法上古者，又将无补与？三代受命，其符安在？灾异之变，何缘而起？性命之情，或夭或寿，或仁或鄙，习闻其号，未烛厥理。伊欲风流而令行，刑轻而奸改，百姓和乐，政事宣昭。何修何饬而膏露降，百谷登，德润四海，泽臻屮木，三光全，寒暑平，受天之祜，享鬼神之灵，德泽洋溢，施乎方外，延及群生？（《汉书》卷五十六《董仲舒传》）

汉武帝即位时，正值年富力强。他雄心勃勃，不满足于文、景时期已取得的成就，希望有一番更大的作为。但他考察三代以来的历史，却又对治乱兴衰之迹深感迷惑。东周以来数百年间为何大乱不止？那些“守文之君、当涂之士”为何无法挽救世道的衰微？仅靠总结秦朝灭亡的教训已不能适应现实政治的需要。在历史表象的背后是否还有未为人知的深层动因？人类的行为如何顺应天道？大有为的时代及其代表人物需要回答这些问题。这些问题的实质是追求一种完美的理想政治境界。为此，必须寻找一种符合理想精神的理论作为现实政治的最高原则，这种理论必须有宇宙论方面的内容作为支持。董仲舒就是在这种背景下来改造传统的儒家思想，大讲天人关系问题的。他在回答武帝的策问中说："然则王者欲有所为，宜求其端于天。""天者，群物之祖也，故遍覆包涵而无所殊，建日月风雨以和之，经阴阳寒暑以成之，故圣人法天而立道"，"道之大原出于天，天不变，道亦不变"（同上）。天是宇宙间一切秩序的本原和依据，道只不过是对宇宙秩序的理论说明，人的行为必须顺应宇宙的根本法则。这种观点已和原始儒家有所不同，而显然从道家学说中汲取了思想材料。但宇宙的法则又该如何把握？董仲舒拿出了公羊学的灾异理论：

> 臣谨案《春秋》之中，视前世已行之事，以观天人相与之际，甚可畏也。国家将有失道之败，而天乃先出灾害以谴告之。不知自省，又出怪异以惊惧之，尚不知变，而伤败乃至。（同上）

董仲舒把灾异说成上天对人间统治者的警告，要求统治者对天意畏惧敬顺。这种观点体现了董仲舒"屈君而伸天"，用天来约束皇权的思想。当然他自己对这些理论也是深信不疑的，绝非假天意以吓唬别人[①]。实际上，汉代人是以探求宇宙法则的目的去讨论灾异问题的。支撑灾异理论的是阴阳五行学说。这种思想在董仲舒以前即已出现，它们反映了当时人们对世界的朴素认识。汉代人把宇宙万物看作一个互相联系、互相影响的大系统，他们用阴阳五行来解释事物的发生和变化，同时，又在事物之间寻找某种相似性、对应性，进而探寻相似的事物之间如何互相联系、互相影响，即所谓物类相感应的规律。在科学知识尚不发达的汉代，人们把这些认识当作宇宙的普遍规律。汉代人认为，宇宙的秩序体现为阴阳

① 董仲舒曾用他的灾异理论求雨止雨，又用来推论辽东高庙、长陵高园殿灾，几乎为此送命。事见《汉书》卷五十六《董仲舒传》。

五行，阴阳失和，五行错乱，必然导致天地失序，这是灾异产生的根本原因；而人的行为同样能影响阴阳五行的协调，从而引起灾异。董仲舒即从这一角度来解释灾异。他说：

> 及至后世，淫佚衰微，不能统理群生。诸侯背畔，残贼良民以争壤土，废德教而任刑罚。刑罚不中，则生邪气；邪气积于下，怨恶畜于上。上下不和，则阴阳谬盭，而妖孽生矣。此灾异所缘而起也。（同上）

他认为，灾异是由于人的行为导致天地间阴阳失和，实际上是社会政治的反映。从这个角度来看，灾异的出现并非取决于天的主观意志，而有其客观必然性。这种必然性体现了宇宙的法则，是人间的君主必须遵循的。灾异理论在今天看起来是如此荒唐，而汉代人却真诚地相信这是放之四海而皆准的真理。在这一点上，西汉经学与先秦儒学有根本的不同。先秦儒学中缺少宇宙论的成分，孔孟都只讲人事，罕言天道。他们只是宣扬自己一家之言的道，因此，常常遭到拒斥。西汉经学家则把天凌驾于道之上，他们从宇宙论的角度去论证问题，以揭示真理的姿态去阐发己见，这就产生了一种无可辩驳的力量。这类文章，虽然难免烦琐、枯燥，但字里行间，也有一种高屋建瓴的气势。

董仲舒的建议被汉武帝采纳，他的文风也产生了广泛的影响。在他之后的奏议之文，大都采用他所运用的论证方式。作者在文中总是针对现实问题讲天道、说阴阳、论灾异，。例如宣帝时魏相(生卒年不详)上疏，其中说：

> 臣闻《易》曰："天地以顺动，故日月不过，四时不忒；圣王以顺动，故刑罚清而民服。"天地变化，必由阴阳，阴阳之分，以日为纪……君动静以道，奉顺阴阳，则日月光明，风雨时节，寒暑调和。三者得叙，则灾害不生，五谷熟，丝麻遂，中木茂，鸟兽蕃，民不夭疾，衣食有余。若是，则君尊民悦，上下亡怨，政教不违，礼让可兴。夫风雨不时，则伤农桑；农桑伤，则民饥寒；饥寒在身，则亡廉耻，寇贼奸宄所由生也。臣愚以

为阴阳者，王事之本，群生之命，自古贤圣未有不由者也。天子之义，必纯取法天地，而观于先圣。(《汉书》卷七十四《魏相丙吉传》)

魏相指出，君主的行为必须取法天地，而阴阳是天地变化的依据，因此，君主必须奉顺阴阳，才能避免灾害。当时大臣上疏，大都以此为据，对皇帝提出要求。

在讲论阴阳灾异的时候，作者习惯于从经典中寻找相似的历史记录，用来和现实中的现象相比附。通过解释经典中的同类现象来表达对现实问题的看法，要求当权者引以为戒。例如宣帝时霍禹、霍山等专权，地节三年(公元 67 年)夏，京师雨雹。萧望之(生卒年不详)乘机上疏，求皇帝召见，口陈灾异之意说：

《春秋》昭公三年大雨雹，是时季氏专权，卒逐昭公。乡使鲁公察于天变，宜亡此害。今陛下以圣德居位，思政求贤，尧舜之用心也。然而善祥未臻，阴阳不和，是大臣任政，一姓擅势之所致也。(《汉书》卷七十八《萧望之传》)

“大雨雹”和季氏专权都是《春秋》记载的史实，二者本来并无内在联系，但经学家却认定前者是后者所致，进而指出现实中的雹灾也出于同类原因。这种论证方式实际上只是引经为证，在历史和现实间进行比附。作者只需在经典中能找到和现实相似的例子，再用经学的理论加以演绎，便不再对现实问题作更多的分析。班固称这种论证方式为“假经设谊，依托象类”(《汉书》卷七十五《眭两夏侯京翼李传》)。董仲舒也曾对这种论证方式加以概括：

《春秋》之道举往以明来，是故天下有物，视《春秋》所举与同比者，精微眇以存其意，通伦类以贯其理，天地之变，国家之事，粲然皆见，亡所疑矣。(《汉书》卷二十七《五行志》上)

所谓“物”就是灾异，要解释现实中的灾异，就到《春秋》中寻找相同的案例。经学家所运用的，就是这种“通伦类以贯其理”的论证方式：先在经典中寻找与现实相似的例子，然后来解释经典，从经典中引申出符合他们的政治见解的道理。这样一来，政论文章就越来越像说经。

受经学影响的奏议还有一个特点，就是用儒家的最高理想来批判现实。作者不仅对具体的政治弊端加以揭露批评，而且以经学所阐发的最高理想来审视现实制度的合理性，从根本上揭示统治者举措之悖谬。西汉经学的最高理想以王道仁政和民本思想为基础，进而上升到《礼记》中所描述的大同之世。它在当时表现为经学家所一再提倡的“官天下”的思想。西汉经学中往往可见此种思想。例如《韩诗外传》说：“五帝官天下，三王家天下，家以传子，官以传贤，故自唐虞以上经传无太子称号，夏殷之王虽则传嗣，其文略矣，至周始见文王世子之制。”又如刘向《说苑·至公》篇载鲍白令之言：“天下官，则让贤是也；天下家，则世继是也。五帝以天下为官，三王以天下为家。”鲍白令即浮丘伯，刘向的祖上刘交曾与申培一起向他学习《鲁诗》。官天下的思想又体现为“革命”或“禅让”的主张。早在景帝时，《齐诗》学派的辕固就曾倡言汤武革命，这种思想在《齐诗》所讲的“四始”、“五际”中也有所体现。又如董仲舒在《春秋繁露》中说：“天之生民，非为王也，而立王以为民也。其德足以安民者天予之，其恶足以贼害民者天夺之。……今桀、纣令天下而不行，禁天下而不止，安在其能臣天下也？果不能臣天下，何谓汤、武弑？”这种看法和辕固如出一辙，都是主张“革命”而提倡官天下。另外，京房《易传》也说：“凡为王者，恶者去之，弱者夺之，易姓改代，天命靡(应)常，人谋鬼谋，百姓与能。”这种易姓改代之说，也就是“革命”的主张。这种议论，在东汉以后的封建社会中，就很少见到了。

西汉经学家正是以这种官天下的最高理想来评判现实，他们不仅深刻揭露现实政治的弊端，而且从根本上怀疑乃至否定现存制度的合理性，进而追求一种理想化的政治原则和社会秩序。发而为文，往往放言高论，无所顾忌。昭帝时，社会矛盾尖锐，董仲舒的再传弟子眭孟(？—78)上书提出建议：

先师董仲舒有言,“虽有继体守文之君,不害圣人之受命”。汉家尧后,有传国之运。汉帝宜谁差天下,求索贤人,禅以帝位,而退自封百里,如殷、周二王后,以承顺天命。(《汉书》卷七十五《眭两夏侯京翼李传》)

竟然要求汉帝让位于贤人。这种主张来自于《春秋》公羊学的思想。眭孟因此被朝廷杀害。宣帝时盖宽饶(生卒年不详)上书批评宣帝刑法严酷,其中引《韩氏易传》说:“五帝官天下,三王家天下。家以传子,官以传贤,若四时之运,功成者去,不得其人则不居其位。”(《汉书》卷七十七《盖诸葛刘郑孙毋将何传》)也表达了要皇帝让贤的主张。宽饶因此而触怒皇帝,被迫自杀。这些议论直率而大胆,文章带有宏放刚正之气。

当时也有虽受经学影响但不讲阴阳灾异之文。例如宣帝时,路温舒(生卒年不详)上书,论尚德缓刑。其辞曰:

臣闻齐有无知之祸,而桓公以兴;晋有骊姬之难,而文公用伯。近世赵王不终,诸吕作乱,而孝文为太宗。由是观之,祸乱之作,将以开圣人也。故桓文扶微兴坏,尊文武之业,泽加百姓,功润诸侯,虽不及三王,天下归仁焉。文帝永思至德,以承天心,崇仁义,省刑罚,通关梁,一远近,敬贤如大宾,爱民如赤子,内恕情之所安,而施之于海内,是以囹圄空虚,天下太平。夫继变化之后,必有异旧之恩,此贤圣所以昭天命也。往者,昭帝即世而无嗣,大臣忧戚,焦心合谋,皆以昌邑尊亲,援而立之。然天不授命,淫乱其心,遂以自亡。深察祸变之故,乃皇天之所以开至圣也。故大将军受命武帝,股肱汉国,披肝胆,决大计,黜亡义,立有德,辅天而行,然后宗庙以安,天下咸宁。

臣闻《春秋》正即位,大一统而慎始也。陛下初登至尊,与天合符,宜改前世之失,正始受命之统,涤烦文,除民疾,存亡继绝,以应天意。

臣闻秦有十失,其一尚存,治狱之吏是也。秦之时,羞文学,好武勇，贱仁义之士，贵治狱之吏，正言者谓之诽谤，遏过者谓之妖言。故盛服先生不用于世，忠良切言皆郁于胸，誉谀之声日满于耳，虚美熏心，实祸蔽塞。此乃秦之所以亡天下也！方今天下赖陛下恩厚，亡金革之危。饥寒之患，父子夫妻，戮力安家，然太平未洽者，狱乱之也。夫狱者，天下之大命也，死者不可复生，绝者不可复属。《书》曰："与其杀不辜，宁失不经。"今治狱吏则不然，上下相驱，以刻为明，深者获公名，平者多后患。故治狱之吏皆欲人死。非憎人也，自安之道在人之死。是以死人之血流离于市，被刑之徒比肩而立，大辟之计岁以万数，此仁圣之所以伤也。太平之未洽，凡以此也。夫人情安则乐生，痛则思死。棰楚之下，何求而不得？故囚人不胜痛，则饰辞以视之；吏治者利其然则指道以明之；上奏畏却，则锻练而周内之。盖奏当之成，虽咎繇听之，犹以为死有余辜。何则？成练者众，文致之罪明也。是以狱吏专为深刻，残贼而亡极，偷为一切，不顾国患，此世之大贼也。故俗语曰："画地为狱，议不入；刻木为吏，期不对。"此皆疾吏之风，悲痛之辞也。故天下之患，莫深于狱；败法乱正，离亲塞道，莫甚乎治狱之吏。此所谓一尚存者也。

臣闻乌鸢之卵不毁，而后凤凰集；诽谤之罪不诛，而后良言进。故古人有言："山薮藏疾，川泽纳污，瑾瑜匿恶，国君含诟。"唯陛下除诽谤以招切言，开天下之口，广箴谏之路，扫亡秦之失，尊文武之德，省法制，宽刑罚，以废治狱。则太平之风可兴于世，永履和乐，与天亡极，天下幸甚！（《全汉文》卷三十二）

宣帝本好刑名之学，治国兼用霸道。文章作于宣帝即位之初，劝他尚德缓刑，可谓有的放矢。温舒做过小吏，官至太守，对社会现实非常了解。文中既回顾历史，又分析现实，道理讲得非常透彻。文章的语言也有特色：不事铺张，简练省净，但大量运用对偶句。这是汉代文章向骈体发展的一种新倾向。和当时一般的奏议不同，本文不讲阴阳灾异。不过文中也用了《春秋》"大一统而慎始"作为论据；这个说法，正是当时公羊学家解释《春秋》的观点。看来在经学文风盛行的时代，要想不受一点影响，也是很难的。

第三节　西汉后期的奏议文

西汉后期的奏议基本上都是董仲舒那样的经学色彩很浓的文章。文中大量引经典，讲灾异，说古论今，抨击时弊。作者个性和学养不同，文风也有差异。代表人物有刘向、匡衡、谷永、翼奉、贡禹、鲍宣等人。

刘向(前77—前6)字子政，本名更生，楚元王刘交之后，早年治《谷梁春秋》，历仕宣、元、成三朝，曾两次下狱，官至中垒大夫。他的散文主要有奏议、叙录、杂著三类。

刘向的奏议都是针对宦官专权、皇帝奢靡等现实问题而作的，这些文章的主要论证方式，不外讲天变灾异和引经据典，二者往往结合在一起。例如元帝时，刘向上《条灾异封事》抨击石显、弘恭等专权，文中首先回顾历史，讲到周朝的历史，便引用《周颂》中《清庙》、《邕》、《执竞》、《思文》等诗，以说明西周政通人和，获得天助；而后又引《小雅》中的《角弓》、《小旻》、《十月之交》、《正月》等篇，以证幽、厉时期朝政失和，引发灾异。讲到东周以降，又引《春秋》为证："至乎平王末年，鲁隐之始即位也，周大夫祭伯乖离不和，出奔于鲁，而《春秋》为讳，不言来奔，伤其祸殃自此始也。是后尹氏世卿而专恣，诸侯背畔而不朝，周室卑微。二百四十二年之间，日食三十六，地震五，山陵崩阤二，彗星三见……"在详细罗列了《春秋》记载的各项灾异之后，又说："当是时，祸乱辄应，弑君三十六，亡国五十二，诸侯奔走，不得保其社稷者，不可胜数也。周室多祸……遂至陵夷不能复兴。"至此，又总结道："由此观之，和气致祥，乖气致异，祥多者其国安，异众者其国危，天地之常经，古今之通义也。"(《汉书》卷三十六《楚元王传》)这段文字完全是依托经典而讲述历史，其中渗透着西汉经学家的解经观点。经过这样一番引证，才转入汉代外戚、宦官专权的话题。而讲到现实，仍然是旁征博引，以经为据。

刘向最著名的奏议是《论起昌陵疏》。汉成帝最初为自己修建延陵，后来又改修昌陵，因昌陵地势低洼，数年不成，于是又重新大修延陵，劳民伤财。刘向因此上疏劝谏。文章开头即出：

臣闻《易》曰:“安不忘危,存不忘亡,是以身安而国家可保也。”故贤圣之君,博观终始,穷极事情,而是非分明。王者必通三统,明天命所授者博,非独一姓也。孔子论《诗》,至于“殷士肤敏,裸将于京”,喟然叹曰:“大哉天命!善不可不传于子孙,是以富贵无常;不如是,则王公其何以戒慎,民萌何以劝勉?”盖伤微子之事周,而痛殷之亡也。虽有尧舜之圣,不能化丹朱之子;虽有禹汤之德,不能训末孙之桀纣。自古及今,未有不亡之国也。昔高皇帝既灭秦,将都雒阳,感寤刘敬之言,自以德不及周,而贤于秦,遂徙都关中,依周之德,因秦之阻。世之长短,以德为效,故常战栗,不敢讳亡。孔子所谓“富贵无常”,盖谓此也。(《汉书》卷三十六《楚元王传》)

这里不仅引经据典,而且以“三统说”为据,说明天命无常,“自古及今,未有不亡之国”,这就把问题上升到关乎国家生死存亡的高度。在此基础上,他又用前代君王正反两方面的例子,告诫成帝借鉴历史教训,戒奢崇俭,然后指出:

是故德弥厚者葬弥薄,知愈深者葬愈微。无德寡知,其葬愈厚,丘陇弥高,宫庙甚丽,发掘必速。由是观之,明暗之效,葬之吉凶,昭然可见矣。……陛下即位,躬亲节俭,始营初陵,其制约小,天下莫不称贤明。及徙昌陵,增埤为高,积土为山,发民坟墓,积以万数,营起邑居,期日迫卒,功费大万百余。死者恨于下,生者愁于上,怨气感动阴阳,因之以饥馑,物故流离以十万数,臣甚愍焉。以死者为有知,发人之墓,其害多矣;若其无知,又安用大?谋之贤知则不说,以示众庶则苦之;若苟以说愚夫淫侈之人,又何为哉!陛下慈仁笃美甚厚,聪明疏达盖世,宜弘汉家之德,崇刘氏之美,光昭五帝、三王,而顾与暴秦乱君竞为奢侈,比方丘陇,说愚夫之目,隆一时之观,违贤知之心,亡万世之安,臣窃为陛下羞之。(同上)

文中对营建昌陵的危害作了大胆的揭露，对汉成帝的批评也非常尖锐，竟说他“与暴秦乱君竞为奢侈”，表示“窃为陛下羞之”，可谓披肝沥胆。但更大胆的是文中提到“天命所授者博，非独一姓也”。这种言论在汉代以后很少有人再讲，在西汉经学中却是盛行的观点，不少经学之士都曾在奏疏中表达这种官天下的思想，要求皇帝改良弊政。刘向在文中援引这种思想，证以历史的经验教训，发而为文，便有高屋建瓴之势。

谷永(? —前 10)本名并，字子云，长安(今属陕西省)人，博通经典，官至大司农。成帝时，他多次上疏抨击时弊，“专攻上身与后宫”。他的《灾异对》针对当时屡屡出现的灾异，杂引《诗》、《书》、《易》、《论语》，批评时政。其中又特别指出：

> 臣闻天生蒸民，不能相治，为立王者以统理之，方制海内非为天子，列土封疆非为诸侯，皆以为民也。垂三统，列三正，去无道，开有德，不私一姓，明天下乃天下之天下，非一人之天下也。王者躬行道德，承顺天地，博爱仁恕，恩及行苇，籍税取民不过常法，宫室车服不逾制度，事节财足，黎庶和睦，则卦气理效，五征时序，百姓寿考，庶屮蕃滋，符瑞并降，以昭保右。失道妄行，逆天暴物，穷奢极欲，湛湎荒淫，妇言是从，诛逐仁贤，离逖骨肉，群小用事，峻刑重赋，百姓愁怨，则卦气悖乱，咎征著邮，上天震怒，灾异娄降，日月薄食，五星失行，山崩川溃，水泉踊出，妖孽并见，茀星耀光，饥馑荐臻，百姓短折，万物夭伤。终不改寤，恶洽变备，不复谴告，更命有德。《诗》云：“乃眷西顾，此惟予宅。”(《汉书》卷八十五《谷永杜邺传》)

谷永用官天下的思想解释灾异的产生。他告诫成帝：上天不私一姓，王者失道妄行，就会降下灾异；“终不改寤”，就“不复遣告，更命有德”。在此基础上，他具体指出成帝的种种失道之处，要求他改正。文中所说的“天下乃天下之天下，非一人之天下也”，在后代大臣的奏疏中，很少有人再说，但在西汉，却是人们经常提起的话语。站在这样的高度来分析问题，也就有了极大的说服力。谷永的文章，也和刘向的奏疏一样，带有汉代经学的批判精神。

翼奉(生卒年不详)字少君,东海下邳(今江苏省邳州市)人,习《齐诗》,好律历阴阳之占,早年好学不仕,后以中郎为博士,谏大夫。元帝时发生大水、地震等灾害,朝廷举直言极谏之士,翼奉上封事曰:

> 臣闻之于师曰:天地设位,悬日月,布星辰,分阴阳,定四时,列五行,以视圣人,名之曰道。圣人见道,然后知王治之象,故画州土,建君臣,立律历,陈成败,以视贤者,名之曰经。贤者见经,然后知人道之务,则《诗》、《书》、《易》、《春秋》、《礼》、《乐》是也。《易》有阴阳,《诗》有五际,《春秋》有灾异,皆列终始,推得失,考天心,以言王道之安危。……
>
> 臣奉窃学《齐诗》,闻五际之要《十月之交》篇,知日蚀地震之效昭然可明,犹巢居知风,穴处知雨,亦不足多,适所习耳。臣闻人气内逆,则感动天地;天变见于星气日蚀,地变见于奇物震动。所以然者,阳用其精,阴用其形,犹人之有五脏六体,五脏象天,六体象地。故脏病则气色发于面,体病则欠申动于貌。(《汉书》卷七十五《眭两夏侯京翼李传》)

接下来他就用《齐诗》学派的理论来分析地震和大水的原因,认为是阴气过盛所致。他说:

> 古者朝廷必有同姓以明亲亲,必有异姓以明贤贤,此圣王所以大通天下也。同姓亲而易近,异姓疏而难通,故同姓一,异姓五,乃为平均。今左右亡同姓,独以舅后之家为亲,异姓之臣又疏。二后之党满朝,非特处位,势尤奢僭过度,吕、霍、上官足以卜之,甚非爱人之道,又非后嗣之长策也。阴气之盛,不亦宜乎?(同上)

翼奉毫不客气地批评皇帝过度倚仗外戚,造成"二后之党满朝"。其议论是非常直率无隐的。但他的论证方式却极为烦琐,先是讲了一大篇阴阳灾异的理论，才后才归结到现实政治。翼奉把政治与灾异之关系比作人体。人体有病，会表现在人的气色和动作上；国家的政治出了问题，就会通过日蚀地震等现象表现出来。因此，灾异只是病症，经学家好比医生。医生不能光用症状去吓唬病人，也不能简单地开个药方了事，他要具体细致地分析病因，使病人心悦诚服，愿意接受治疗。经学家的政论就如同病情分析报告，他要详尽地指出现实政治的问题，说明产生灾异的原因。既要分析病情，就必须运用最有说服力的理论。于是，经学家在奏疏中总是大讲阴阳、五行、四始、五际、六情之类的道理，使人眼花缭乱。翼奉的文章就是这方面的典型。

匡衡（生卒年不详）字稚圭，东海承（今山东峄县西北）人。早年和翼奉、萧望之一起学《齐诗》，历仕宣、元、成三朝，官至丞相。他也曾多次上疏揭露时弊。但其文不像翼奉那样大讲阴阳灾异，而是通过阐释经典来规劝皇帝。成帝时，赵飞燕姊妹专宠荒淫，匡衡上疏，建议皇帝戒妃匹、劝经条、学威仪之则，其中说：

> 陛下秉至考，哀伤思慕不绝于心，未有游虞弋射之宴，诚隆于慎终追远，无穷已也。窃愿陛下虽圣性得之，犹复加圣心焉。《诗》云"茕茕在疚"，言成王丧毕思慕，意气未能平也，盖所以就文武之业，崇大化之本也。
>
> 臣又闻之师曰："妃匹之际，生民之始，万福之原。"婚姻之礼正，然后品物遂而天命全。孔子论《诗》以《关雎》为始，言太上者民之父母，后夫人之行不侔乎天地，则无以奉神灵之统而理万物之宜。故《诗》曰："窈窕淑女，君子好仇。"言能致其贞淑，不贰其操，情欲之感无介乎容仪，宴私之意不形乎动静，夫然后可以配至尊而为宗庙主。此纲纪之首，王教之端也，自上世以来，三代兴废，未有不由此者也。愿陛下详览得失盛衰之效以定大基，采有德，戒声色，近严敬，远技能。
>
> 窃见圣德纯茂，专精《诗》、《书》，好乐无厌。臣衡材驽，无以辅相善义，宣扬德音。臣闻《六经》者，圣人所以统天地之心，着善恶之归，

明吉凶之分，通人道之正，使不悖于其本性者也。故审《六艺》之指，则天人之理可得而和，草木昆虫可得而育，此永永不易之道也。及《论语》、《孝经》，圣人言行之要，宜究其意。

臣又闻圣王之自为动静周旋，奉天承亲，临朝享臣，物有节文，以章人伦。盖钦翼祇栗，事天之容也；温恭敬逊，承亲之礼也；正躬严恪，临众之仪也；嘉惠和说，飨下之颜也。举错动作，物遵其仪，故形为仁义，动为法则。孔子曰："德义可尊，容止可观，进退可度，以临其民，是以其民畏而爱之，则而象之。"《大雅》云："敬慎威仪，惟民之则。"诸侯正月朝觐天子，天子惟道德，昭穆穆以视之，又观以礼乐，飨醴乃归。故万国莫不获赐祉福，蒙化而成俗。今正月初幸路寝，临朝贺，置酒以飨万方，传曰"君子慎始"，愿陛下留神动静之节，使群下得望盛德休光，以立基桢，天下幸甚！（《汉书》卷八十一《匡张孔马传》）

文中多处引用经典，然后加以解释。特别是关于戒妃匹一段，完全围绕对《关雎》的说解而展开，从《关雎》作为《诗经》首篇的地位，到"窈窕淑女，君子好仇"两句的含义，都是当时《齐诗》学派的师说。把说经的文字大段地写入奏疏，正是经学之文的特色。西汉经学特别强调通过阐释经典的方式来发表政见，劝诫人主，有的经师明确提出以《诗》作谏书。① 借说经而谏，靠的是老师的身份；在奏疏中大段地说经，也隐含着是以老师的身份对皇帝进行规诲。因此，这类奏疏不再追求纵横驰骋的议论和铺张扬厉的辞采，而代之以苦口婆心的劝导和反复叮咛的说教。西汉政论博雅醇厚，也与这一特点有关。

贡禹（前 122—前 44）字少翁，琅琊（今山东诸城）人，早年以通经、志行高洁征为博士，元帝时任谏大夫，迁光禄大夫，官终御史大夫。

贡禹在元帝时上疏抨击时弊，其中说：

今大夫僭诸侯，诸侯僭天子，天子过天道，其日久矣。承衰救乱，

① 例如鲁诗经师王式曾以讲授《诗经》劝谏昌邑王刘贺。事见《汉书》卷 88《儒林传》。

矫复古化，在于陛下。臣愚以为尽如太古难，宜少放古以自节焉。《论语》曰："君子乐节礼乐。"方今宫室已定，亡可奈何矣，其余尽可减损。故时齐三服官输物不过十笥，方今齐三服官作工各数千人，一岁费数巨万。蜀广汉主金银器，岁各用五百万。三工官官费五千万，东西织室亦然。厩马食粟将万匹。臣禹尝从之东宫，见赐杯案，尽文画金银饰，非当所以赐食臣下也。东宫之费亦不可胜计。天下之民所为大饥饿死者，是也。今民大饥而死，死又不葬，为犬猪(所)食。人至相食，而厩马食粟，苦其大肥，气甚怒至，乃日步作之。王者受命于天，为民父母，固当若此乎！天不见邪？武帝时又多取好女至数千人，以填后宫。及弃天下，昭帝幼弱，霍光专事，不知礼正，妄多臧金钱财物，鸟、兽、鱼、鳖、牛、马、虎、豹生禽，凡百九十物，尽瘗臧之，又皆以后宫女置于园陵，大失礼，逆天心，又未必称武帝意也。昭帝晏驾，光复行之。至孝宣皇帝时，陛下(恶)有所言，群臣亦随故事，甚可痛也！故使天下承化，取女皆大过度，诸侯妻妾或至数百人，豪富吏民畜歌者至数十人，是以内多怨女，外多旷夫。及众庶葬埋，皆虚地上以实地下。其过自上生，皆在大臣循故事之罪也。

唯陛下深察古道，从其俭者，大减损乘舆服御器物，三分去二。子产多少有命，审察后宫，择其贤者留二十人，余悉归之。及诸陵园女亡子者，宜悉遣。独杜陵宫人数百，诚可哀怜也。厩马可亡过数十匹。独舍长安城南苑地以为田猎之囿，自城西南至山西至鄠皆复其田，以与贫民。方今天下饥馑，可亡大自损减以救之，称天意乎？天生圣人，盖为万民，非独使自娱乐而已也。故《诗》曰："天难谌斯，不易为王"；"上帝临女，毋贰尔心。""当仁不让"，独可以圣心参诸天地，揆之往古，不可与臣下议也。若其阿意顺指，随君上下，臣禹不胜拳拳，不敢不尽愚心。(《汉书》卷七十二《王贡两龚鲍传》)

贡禹对统治阶层的奢侈无度以及由此而造成的普通百姓的痛苦，作了大胆的揭露。他指出："天生圣人，盖为万民，非独使自娱乐而已也。"这些见解也来自西汉经学所阐扬的进步思想。正是有了这些思想，作者敢于慷慨直言,文中感情充沛,字里行间有一股堂堂之气。

鲍宣(前30—3)字子都,渤海高城(今河北盐山东南)人。为人好学,明经,举孝廉为郎,哀帝时为谏大夫,迁豫州牧。其时丁、傅子弟并进,董贤贵幸,鲍宣上书谏,文中有云:

凡民有七亡:阴阳不和,水旱为灾,一亡也;县官重责更赋租税,二亡也;贪吏并公,受取不已,三亡也;豪强大姓蚕食亡厌,四亡也;苛吏徭役,失农桑时,五亡也;部落鼓鸣,男女遮列,六亡也;盗贼劫略,取民财物,七亡也。七亡尚可,又有七死:酷吏殴杀,一死也;治狱深刻,二死也;冤陷亡辜,三死也;盗贼横发,四死也;怨仇相残,五死也;岁恶饥饿,六死也;时气疾疫,七死也。民有七亡而无一得,欲望国安,诚难;民有七死而无一生,欲望刑措,诚难。此非公卿守相贪残成化之所致邪?群臣幸得居尊官,食重禄,岂有肯加恻隐于细民,助陛下流教化者邪?志但在营私家,称宾客,为奸利而已。以苟容曲从为贤。以拱默尸禄为智,谓如臣宣等为愚。陛下擢臣岩穴,诚冀有益毫毛,岂徒欲使臣美食大官,重高门之地哉!

天下乃皇天之天下也,陛下上为皇天子,下为黎庶父母,为天牧养元元,视之当如一,合《尸鸠》之诗。今贫民菜食不厌,衣又穿空,父子夫妇不能相保,诚可为酸鼻。陛下不救,将安所归命乎?奈何独私养外亲与幸臣董贤,多赏赐以大万数,使奴从宾客浆酒霍肉,苍头庐儿皆用致富!非天意也。及汝昌侯傅商亡功而封。夫官爵非陛下之官爵,乃天下之官爵也。陛下取非其官,官非其人,而望天说民服,岂不难哉!

……治天下者当用天下之心为心,不得自专快意而已也。上之皇天见谴,下之黎庶怨恨,次有谏争之臣,陛下苟欲自薄而厚恶臣,天下犹不听也。臣虽愚戆,独不知多受禄赐,美食太官,广田宅,厚妻子,不与恶人结仇怨以安身邪?诚迫大义,官以谏争为职,不敢不竭愚。惟陛下少留神明,览《五经》之文,原圣人之至意,深思天地之戒。臣宣呐钝于辞,不胜惓惓,尽死节而已。(同上)

鲍宣在文中勇敢地为民请命，抨击外戚、小人得势的现实，他把批评的矛头指向造成上述现象的皇帝。文中一再说“天下乃皇天之天下也”，“夫官爵非陛下之官爵，乃天下之官爵也”，“治天下者当用天下之心为心，不得自专快意而已也”，这都是西汉经学所弘扬的天下为公的思想。以这种思想去评议时政，就能站在公众利益和社会正义的立场上，放言高论，无所畏惧。其议论堂堂正正、气势恢宏，绝非就事论事地指摘时弊、分析利害的文章所能企及。西汉经学影响下的这些奏议，大都平实质朴，不像纵横之文那样驰骋辞令，文采飞扬；但这些文章中有进步的思想、有对国计民生的深切的关注、也有作者刚正质朴的人格，千载之下，仍能令人感动。

第四节　东汉前期的奏议文

东汉前期的奏议大致沿袭了西汉后期的特点，带有浓厚的经学气息。这时国家太平，社会矛盾不那么突出，抨击时弊的文章也就不像西汉后期那么显眼。此时士风谨固，发而为文，也有雍容舒缓的特点。但此时也有些特立独行之士，文风不合于流俗，代表人物有东汉初年的桓谭和冯衍。

桓谭(前38?—32)字君山，沛国相(今安徽宿县一带)人，成帝时以父任为郎，王莽时为掌乐大夫，光武时为议郎给事中。他向刘秀上《陈时政疏》曰：

> 臣闻国之废兴，在于政事；政事得失，由乎辅佐。辅佐贤明，则俊士充朝，而理合世务；辅佐不明，则论失时宜，而举多过事。夫有国之君，俱欲兴化建善，然而政道未理者，其所谓贤者异也。昔楚庄王问孙叔敖曰："寡人未得所以为国是也。"叔敖曰："国之有是，众所恶也，恐王不能定也。"王曰："不定独在君，亦在臣乎?"对曰："君骄士曰，士非我无从富贵；士骄君曰，君非士无从安存。人君或至失国而不悟，士或至饥寒而不进。君臣不合，则国是无从定矣。"庄王曰："善。愿相国与诸大夫共定国是也。"盖善政者，视俗而施教，察失而立防，威德更兴，文武迭用，然后政调于时，而躁人可定。昔董仲舒言："理国譬若琴瑟，其不调者则解而更张。"夫更张难行，而拂众者亡，是故贾谊以才逐，而晁错以智死。世虽有殊能而终莫敢谈者，惧于前事也。且设法禁者，非能尽塞天下之奸，皆合众人之所欲也，大抵取便国利事多者，则可矣。夫张官置吏，以理万人，县赏设罚，以别善恶，恶人诛伤，则善人蒙福矣。今人相杀伤，虽已伏法，而私结怨仇，子孙相报，后忿深前，至于灭户殄业，而俗称豪健，故虽有怯弱，犹勉而行之，此为听人自理而无复法禁者也。今宜申明旧令，若已伏官诛而私相伤杀者，虽一身逃亡，皆徙家属于边，其相伤者，加常二等，不得雇山赎罪。如此，则仇怨自解，盗贼息矣。夫理国之道，举本业而抑末利，是以先帝禁人二业，锢商贾不得宦为吏，此所以抑并兼，长廉耻也。

今富商大贾，多放钱货，中家子弟，为之保役，趋走与臣仆等勤，收税与封君比入，是以众人慕效，不耕而食，至乃多通侈靡，以淫耳目。今可令诸商贾自相纠告，若非身力所得，皆以臧畀告者。如此，则专役一已，不敢以货与人，事寡力弱，必归功田亩。田亩修，则谷入多而地力尽矣。又见法令决事，轻重不齐，或一事殊法，同罪异论，奸吏得因缘为市，所欲活则出生议，所欲陷则与死比，是为刑开二门也。今可令通义理明习法律者校定科比，一其法度，班下郡国，蠲除故条。如此，天下知方，而狱无怨滥矣。(《全后汉文》卷十二)

此文作于经学文风盛行之时，但文中不讲阴阳灾异，不引经据典，而是直陈其事，侃侃而谈。为了说明道理，文中引入楚庄王和孙叔敖的对话，此类引用在先秦散文中屡见不鲜，但独尊儒术之后，人们写文章，便很少使用这类不出自经典的例证。在这方面，此文与流行的文风有所不同。另外，此文语无夸饰，文无对偶，言如口语，平实质素，在当时也是独具一格的。

《后汉书》卷二十八上《桓谭冯衍列传》上载："是时，帝方信谶，多以决定嫌疑。又酬赏少薄，天下不时安定。"桓谭于是上《抑谶重赏疏》，疏曰：

臣前献瞽言，未蒙诏报，不胜愤懑，冒死得陈。愚夫策谋，有益于政道者，以合人心而得事理也。凡人情忽于见事而贵于异闻，观先王之所记述，咸以仁义正道为本，非有奇怪虚诞之事。盖天道性命，圣人所难言也。自子贡以下，不得而闻，况后世浅儒，能通之乎！今诸巧慧小才伎数之人，增益图书，矫称谶记，以欺惑贪邪，诖误人主，焉可不抑远之哉！臣谭伏闻陛下穷折方士黄白之术，甚为明矣；而乃欲听纳谶记，又何误也！其事虽有时合，譬犹卜数只偶之类。陛下宜垂明听，发圣意，屏群小之曲说，述五经之正义，略雷同之俗语，详通人之雅谋。

又臣闻安平则尊道术之士，有难则贵介胄之臣。今圣朝兴复祖统，为人臣主，而四方盗贼未尽归伏者，此权谋未得也。臣谭伏观陛下用兵，诸所降下，既无重赏以相恩诱，或至虏掠夺其财物，是以兵长渠率，各生孤疑，党辈连结，岁月不解。古人有言曰："天下皆知取之为取，而莫知与之为取。”陛下诚能轻爵重赏，与士共之，则何招而不至，何说而不释，何向而不开，何征而不克！如此，则能以狭为广，以迟为速，亡者复存，失者复得矣。（《后汉书》卷二十八上《桓谭冯衍传》上）

文中揭露奸邪小人“增益图书，矫称谶记，以欺惑贪邪，诖误人主”，批评刘秀“乃欲听纳谶记，又何误也”；另外还劝告刘秀对臣下施以重赏。在谶纬迷信盛极一时，皇帝对此大加提倡的时候，桓谭敢于公开表示反对，可谓特立独行。文中直截了当地阐明了观点，对刘秀的批评亦直言不讳，这种尖锐明快的风格与雍容温厚的经学文风截然不同。文中也不引经据典，唯一的一处征引是：“古人有言曰：天下皆知取之为取，而莫知与之为取。”这显然是把老子的“将欲夺之，必固与之”加以改造，以适合自己的观点。上谏书、讲道理不引用儒家经典，却改造道家之言以立论，充分显示了其为文的自由疏放，不拘一格。

冯衍（生卒年不详），字敬通，京兆杜陵（今陕西西安东南）人。早年博览群书，王莽时居家不仕，更始帝时，曾投其部将鲍永。后归顺光武刘秀，任曲阳令，迁司隶校尉。冯衍因归顺刘秀较晚，一直未受重用，免官后，抑郁失志，卒于家。建武末年，冯衍给刘秀上书自陈，曰：

臣伏念帝王大体，古今通论，常独慨然。夫以高祖之略而陈平之谋，毁之则疏，誉之则亲。以文帝之明而魏尚之忠，绳之以法则为罪，施之以德则为功。逮至晚世，董仲舒言道德，见妒于公孙弘，李广奋节于匈奴，见排于卫青，此忠臣之常所为流涕也。臣衍自惟微贱之臣，上无无知之荐，下无冯唐之说，乏董生之才，寡李广之势，而欲免谗口，济怨嫌，岂不难哉！臣衍之先祖，以忠贞之故，成私门之祸。而臣衍复遭扰攘之时，值兵革之际，不敢回行苟客以求时之利，事君无倾邪之谋，将帅无虏掠之心。卫尉阴兴，敬慎周密，内自修敕，外远嫌疑，故敢与交通。兴知臣之贫，数欲本业之。臣自惟无三益之才，不敢处三损之地，固让而不受之，昔在更始，太原执货财之柄，居苍卒之间，据位食禄二十余年，而财产岁狭，居处日贫，家无布帛之积，出无舆马之饰。于今遭清明之世，饬躬力行之秋，而怨仇丛兴，讥议横世。盖富贵易为善，贫贱难为工也。疏远垅亩之臣，无望高阙之日，惶恐自陈，以救罪过。（《全后汉文》卷二十）

此文也是不讲灾异，不引经典，只是用汉朝一些贤才不遇的史事，与自己的遭遇相比。文中充满了牢骚不平之气。这样的文章，在西汉中期以后，就很少见了。明代张溥在《汉魏六朝百三家集·题辞》中说："夫西汉之文降而东京，整齐缛密，生气渐少。敬通之文，直达所怀，至今读之，尚想见其扬眉低几，呼天饮酒。诚哉！司马迁、杨恽之徒也。"

东汉前期，朝廷提倡经学，多次发生学派间的论争。论争中产生的奏议，也很有特色。

建武初年，一些学者要求设立《左传》博士，遭到《公羊》学派范升等人反对。范升的理由是"左氏不祖孔子，而出于丘明，师徒相传，又无其人，且非先帝所存，无因得立"。他又给皇帝上疏，"奏左氏之失凡十四事"。由于主张立《左传》的人以司马迁在《史记》中多引《左传》为由，"升又上太史公违戾五经，谬孔子言，及《左氏春秋》不可录三十一事"（《后汉书》卷三十六《郑范陈贾张列传》）。

《左传》学者陈元（生卒年不详）于是给刘秀上疏，批驳范升。其文曰：

陛下拨乱反正，文武并用，深愍经艺谬杂，真伪错乱，每临朝日，辄延群臣讲论圣道。知丘明至贤，亲受孔子，而《公羊》、《谷梁》传闻于后世，故诏立《左氏》，博询可否，示不专己，尽之群下也。今论者沉溺所习，玩守旧闻，固执虚言传受之辞，以非亲见实事之道。左氏孤学少与，遂为异家之所覆冒。夫至音不合众听，故伯牙绝弦；至宝不同众好，故卞和泣血。仲尼圣德，而不容于世，况于竹帛余文，其为雷同者所排，固其宜也。非陛下至明，孰能察之！

臣元窃见博士范升等所议奏《左氏春秋》不可立，及太史公违戾凡四十五事。案升为所言，前后相违，皆断截小文，媟黩微辞，以年数小差，掇为巨谬，遗脱纤微，指为大尤，抉瑕擿衅，掩其弘美，所谓"小辩破言，小言破道”者也。升等又曰：“先帝不以《左氏》为经，故不置博士，后主所宜因袭。”臣愚以为若先帝所行而后主必行者，则盘庚不当迁于殷，周公不当营洛邑，陛下不当都山东也。往者，孝武皇帝好《公羊》，卫太子好《谷梁》，有诏诏太子受《公羊》，不得受《谷梁》。孝宣皇帝在人间时，闻卫太子好《谷梁》，于是独学之。及即位，为石渠论而《谷梁氏》兴，至今与《公羊》并存。此先帝后帝各有所立，不必其相因也。孔子曰，纯，俭，吾从众；至于拜下，则违之。夫明者独见，不惑于朱紫，听者独闻，不谬于清浊，故离朱不为巧眩移目，师旷不为新声易耳。方今干戈少弭，戎事略戢，留思圣艺，眷顾儒雅，采孔子拜下之义，卒渊圣独见之旨，分明白黑，建立《左氏》，解释先圣之积结，洮汰学者之累惑，使基业垂于万世，后进无复狐疑，则天下幸甚。

臣元愚鄙，尝传师言。如得以褐衣召见，俯伏庭下，诵孔氏之正道，理丘明之宿冤；若辞不合经，事不稽古，退就重诛，虽死之日，生之年也。（《后汉书》卷三十六《郑范陈贾张列传》）

陈元针对范升提出的理由，逐项加以反驳。他先指出所谓“《左氏春秋》不可立，及太史公违戾凡四十五事”，都是细微末节的问题，对方抓住这些问题吹毛求疵，是“小辩破言，小言破道”。针对“先帝不以《左氏》为经，故不置博士，后主所宜因袭”的说法，他指出：“先帝后帝各有所立，不必其相因”。他还批评反对立《左传》的人“沉溺所习，玩守旧闻，固执虚言传受之辞，以非亲见实事之道”。作为学术论争的文章，这篇奏疏处处针对对方的论点来讲道理，均有的放矢。文章写得非常平实，但又理充辞畅，很有说明力。

范升和陈元这种争论学术问题的奏疏，在当时是一种新型的文章。它们不像那些抨击时政之文，在文中动辄讲天道，论灾异；也不像为朝廷献计献策之文，一味纵横驰骋，夸大其词。双方都采用“难者必明其据，说者务立其义”的方法，尽量提供充足的理由和证据，供皇帝作出判断。这种论说方式，代表了东汉时期学风和文风的一种趋向。后来王充作《论衡》，书中批判各种虚妄之说，就是采用这种充分举证、逐条批驳的方式。

第五节　东汉后期的奏议文

东汉后期,奏议之文有了显著的变化,但这种变化是到了桓、灵二帝时期才更加明显。顺帝之世,主要还是承前期余风,代表作家有张衡、李固等人。

张衡(78—139),字平子,南阳西鄂(今河南南阳市北)人。和帝时举孝廉,安帝时公车特征,拜郎中,后任太史令。顺帝时,发明候风地动仪,因奏事得罪宦官,出为河间相。三年后,征拜尚书,卒于官。张衡看到当时“政事渐损,权移于下”,多次上疏进谏。此外,张衡深恶当时盛行的图谶,上疏揭露其虚妄不实。其《请禁绝图谶疏》说:

> 臣闻圣人明审律历以定吉凶,重之以卜筮,杂之以九宫,经天验道,本尽于此。或观星辰逆顺,寒燠所由,或察龟策之占,巫觋之言,其所因者,非一术也。立言于前,有征于后,故智者贵焉,谓之谶书。谶书始出,盖知之者寡。自汉取秦,用兵力战,功成业遂,可谓大事,当此之时,莫或称谶。若夏侯胜、眭孟之徒,以道术立名,其所述著,无谶一言。刘向父子领校秘书,阅定九流,亦无谶录。成、哀之后,乃始闻之。《尚书》尧使鲧理洪水,九载绩用不成,鲧则殛死,禹乃嗣兴。而《春秋谶》云“共工理水”。凡谶皆云黄帝伐蚩尤,而《诗谶》独以为“蚩尤败,然后尧受命”。《春秋元命包》中有公输班与墨翟,事见战国,非春秋时也。又言“别有益州”。益州之置,在于汉世。其名三辅诸陵,世数可知。至于图中讫于成帝。一卷之书,互异数事,圣人之言,势无若是,殆必虚伪之徒,以要世取资。往者侍中贾逵摘谶互异三十余事,诸言谶者皆不能说。至于王莽篡位,汉世大祸,八十篇何为不戒?则知图谶成于哀平之际也。且《河洛》、《六艺》,篇录已定,后人皮傅,无所容篡。永元中,清河宋景遂以历纪推言水灾,而伪称洞视玉版。或者至于弃家业,入山林。后皆无效,而复采前世成事,以为证验。至于永建复统,则不能知。此皆欺世罔俗,以昧势位,情

伪较然，莫之纠禁。且律历、封候、九宫、风角，数有征效，世莫肯学，而竞称不占之书。譬犹画工，恶图犬马而好作鬼魅，诚以实事难形，而虚伪不穷也。宜收藏图谶，一禁绝之，则朱紫无所眩，典籍无瑕玷矣。(《后汉书》卷五十九《张衡列传》)

文中回顾了谶书产生的历史，揭示谶书记载的自相矛盾、虚妄不实之处，又用事实证明谶书产生于哀平之际，是"欺世罔俗，以昧势位"之物。文章证据充足，凿凿可信，如同一篇学术论文。这种文章很接近王充的《论衡》。从思想到文风，都体现了作者的求实精神。

李固(95—148)，字子坚，汉中南郑(今陕西汉中市)人。司徒李郃之子。早年改易姓名，不远千里，步行寻师。多次拒绝官府征召。顺帝时，召拜为议郎，历任荆州刺史、太山太守、迁将作大将、大司农，官至太尉。因得罪外戚梁冀，受诬，下狱死。李固为人正直，敢于揭露时弊，不畏权贵，多次上疏进谏。他在阳嘉二年(133)的《对策》中，大胆批评时政，其中写道：

臣闻王者父天母地，宝有山川。王道得则阴阳和穆，政化乖则崩震为灾。斯皆关之天心，效于成事者也。夫化以职成，官由能理。古之进者，有德有命；今之进者，唯才与力。伏闻诏书务求宽博，疾恶严暴。而今长吏多杀伐致声名者，必加迁赏。其存宽和无党援者，辄见斥逐。是以淳厚之风不宣，雕薄之俗未革。虽繁刑重禁，何能有益？(《后汉书》卷六十三《李杜列传》)

接下来就逐项地揭露皇帝宠信保姆宋氏、外戚梁冀专权、宦官任意提拔子弟和亲信等问题，然后说：

今陛下之有尚书，犹天下之有北斗也。斗为天喉舌，尚书亦为陛下喉舌。斗斟酌元气，运平四时。尚书出纳王命，赋政四海，权尊势重，责之所归。若不平心，灾眚必至。诚宜审择其人，以毗圣政。今与陛下共理天下者，外则公卿尚书，内则常侍黄门，譬犹一门之内，一家之事，安则共其福庆，危则通其祸败。刺史、二千石，外统职事，内受法则。夫表曲者景必邪，源清者流必洁，犹叩树本，百枝皆动也。《周颂》曰："薄言振之，莫不震叠。"此言动之于内，而应于外者也。由此言之，本朝号令，岂可蹉跌？间隙一开，则邪人动心；利竞暂启，则仁义道塞。刑罪不能复禁，化导以之浸坏。此天下之纪纲，当今之急务。陛下宜开石室，陈图书，招会群儒，引问失得，指擿变象，以求天意。其言有中理，即时施行，显拔其人，以表能者。则圣听日有所闻，忠臣尽其所知。又宜罢退宦官，去其权重，裁置常侍二人，方直有德者，省事左右；小黄门五人，才智闲雅者，给事殿中。如此，则论者厌塞，升平可致也。臣所以敢陈愚瞽，冒昧自闻者，傥或皇天欲令微臣觉悟陛下。陛下宜熟察臣言，怜赦臣死。（同上）

李固对当时人们最为关注的政治弊端，一一做了揭露，直率无隐，毫不避讳。但同时，他又苦口婆心，反复劝导。文中没有疾言厉色、咄咄逼人之语，也不引天道灾异之说。这样的文章，仍是东汉前期那种雍容舒缓、平实谨厚的文风。

到了桓、灵之世，外戚宦官轮流专政，朝政腐败不堪，抨击时弊成了奏议的主流。这一时期出现的士大夫交游议政之风，极大地影响了当时的文风。

据《后汉书》卷六十七《党锢列传》载：

> 逮桓灵之间，主荒政缪，国命委于阉寺。士子羞与为伍，故匹夫抗愤，处士横议，遂乃激扬名声，互相题拂，品覈公卿，裁量执政，婞直之风，于斯行矣。

士大夫和太学生通过交游结成群体，制造舆论，干预时政。这种行为直接导致了婞直求名的士风，在其影响下又形成了慷慨任气，激切直言的文风。婞直有刚正倔强的一面，但也有故作危言疾行以求声名的一面。

那些怀抱儒家理想的经学之士，大都有一种守道不阿的品质，面对邪恶势力，往往嫉恶如仇。他们之间的交游议论使之成为一个联系广泛的社会群体，进而又形成强大的舆论。在这一背景下，个人的言行无不受到群体的影响和评价，在体现群体意志和舆论力量中凸显出其自身价值。群体的成员互相激励，竞相表现出刚直倔强、绝出于流俗的品质，往往做出一些激烈的行为。《尚书》博士杨伦为清河王太傅，安帝驾崩时，他“弃官奔丧，号泣阙下不绝声”，由于擅离职守而被免官。顺帝时，他又上疏要求在惩治贪官任嘉时“案坐举者”，发言切直，“辞不逊上”，被认为“激以求直”。此后，他任太中大夫、长史，又由于与大将军梁商谏诤不合而改任常山王傅，他托病不赴任，“诏书敕司隶催促发遣，伦乃留河内朝歌，以疾自上，曰：‘有留死一尺，无北行一寸。刎颈不易，九裂不恨。匹夫所执，强于三军。固敢有辞。’”（《后汉书》卷七十九《儒林列传》）其言行之倔强激切，竟然不避诛死。顺帝时，委纵宦官，张纲常感愤慨叹：“秽恶满朝，不能奋身出命扫国家之难，虽生吾不愿也。”于是上书直谏。汉安元年，他被遣巡行风俗，其他使者均受命而行，唯独他埋其车轮于洛阳都亭，说：“豺狼当道，安问狐狸！”于是上书弹劾外戚梁冀、梁不疑，致使“京师震竦”（《后汉书》卷五十六《张王种陈列传》）。桓帝初年，白马令李云上书，竟采取露布不封的方式，并将副本移送三府，书中说：“孔子曰：‘帝者，谛也。’今官位错乱，小人谄进，财货公行，政化日损，尺一拜用不经御省。是帝欲不谛乎？”（《后汉书》卷五十七《杜栾刘李刘谢列传》）桓帝得奏大怒，将李云入狱，使其死于狱中。上述行为固然出于为国事而不避诛死的忠切之心，但其中也难免有故作惊人之举以耸动世俗的成分。到了桓灵之际，在“党人”清议的高潮中，人们更是以危言疾行获取声誉。

在婞直求名的风气下，人们写文章往往任气而发，慷慨陈词，以期收到惊世骇俗的效果。桓帝时，太学生刘陶（生卒年不详）上疏抨击时政，其中说：

> 伏惟陛下年隆德茂，中天称号，袭常存之庆，循不易之制，目不视鸣条之事，耳不闻檀车之声，天灾不有痛于肌肤，震食不即损于圣体，

故蔑三光之谬，轻上天之怒……既不能增明烈考之轨，而忽高祖之勤，妄假利器，委授国柄，使群丑刑隶，芟刈小民，凋敝诸夏，虐流远近，故天降众异，以戒陛下。陛下不悟，竟令虎豹窟于麑场，豺狼乳于春囿。斯岂唐咨禹、稷，益典朕虞，议物赋土蒸民之意哉？又今牧守长吏，上下交竞，封豕长蛇，蚕食天下；货殖者为穷冤之魂，贫馁者作饥寒之鬼；高门获东观之辜，丰室罗妖叛之罪；死者悲于窀穸，生者戚于朝野：是愚臣所为咨嗟长怀叹息者也。（《后汉书》卷五十七《杜栾刘李刘谢列传》）

作者意在揭露时弊，但文中只是笼统地抨击时政的缺失，主要是用激烈的语言对皇帝痛加指责。文章结尾，又说“臣敢吐不时之义于讳言之朝，犹冰霜见日，必至消灭。臣始悲天下之可悲，今天下亦非臣之愚惑也。”文章一反东汉前期雍容舒缓的文风，既称当时为“讳言之朝”，又预言自己“必至消灭”，其议论之激切，前所少见。

桓、灵之世另一个以激切著称的奏疏作者是陈蕃（？—169）。

李膺等人在党锢之祸中下狱，陈蕃作《理李膺等疏》，上疏营救，其文说：

臣闻贤明之君，委心辅佐；亡国之主，讳闻直辞。故汤武虽圣，而兴于伊、吕；桀纣迷惑，亡在失人。由此言之，君为元首，臣为股肱，同体相须，共成美恶者也。伏见前司隶校尉李膺、太仆杜密、太尉掾范滂等，正身无玷，死心社稷。以忠忤旨，横加考案，或禁锢闭隔，或死徙非所。杜塞天下之口，聋盲一世之人。与秦始皇焚书坑儒，何以为异？昔武王克殷，表闾封墓，今陛下临政，先诛忠贤。遇善何薄？待恶何优？夫谗人似实，巧言如簧，使听之者惑，视之者昏。夫吉凶之效，存乎识善；成败之几，在于察言。人君者，摄天地之政，秉四海之维，举动不可以违圣法，进退不可以违道规。谬言出口，则乱及八方，何况髡无罪于狱，杀无辜于市乎！昔禹巡狩苍梧，见市杀人，下车而哭之曰：“万方有罪，在予一人！”故其兴也勃焉。又青、徐炎旱，五谷损伤，民物流迁，茹菽不足。而宫女积于房掖，国用尽于罗纨，外戚私门，贪财受赂，所谓“禄去公室，政在大夫”。昔春秋之末，周德衰微，数十年间无复灾眚者，天所弃也。天之于汉，悢悢无已，故殷勤示变，以悟陛下。除妖去孽，实在修德。臣位列司台，忧责深重，不敢尸禄惜生，坐观成败。如蒙采录，使身首分裂，异门而出，所不恨也。（《后汉书》卷六十六《陈王列传》）

文中也讲到灾异，但并不就灾异现象与时政之间的联系作具体分析；也讲到历史，但也不是总结历史的经验教训以告诫皇帝，而是指出皇帝的做法与历史上的圣君背道而驰，将其比作暴君秦始皇。文中不仅对皇帝直言指斥，而且表示为进忠言而不避诛死。这是典型的慷慨激昂、任气而言的文章。难怪桓帝读后“讳其言切”。灵帝即位，陈蕃再次上疏请诛宦官。疏中说：

臣闻言不直而行不正，则为欺乎天而负乎人。危言极意，则群凶侧目，祸不旋踵。钧此二者，臣宁得祸，不敢欺天也。今京师嚣嚣，道路喧哗，言侯览、曹节、公乘昕、王甫、郑飒等与赵夫人诸女尚书并乱天下。附从者升进，忤逆者中伤。方今一朝群臣，如河中木耳，泛泛东西，耽禄畏害。陛下前始摄位，顺天行诛，苏康、管霸并伏其辜。是时天地清明，人鬼欢喜，奈何数月复纵左右？元恶大奸，莫此之甚。今不急诛，必生变乱，倾危社稷，其祸难量。愿出臣章宣示左右，并令天下诸奸知臣疾之。（同上）

本文实为陈蕃的政治宣言，是他向宦官势力的宣战书。文中并没有具体列举宦官的罪恶，也没有向皇帝详细分析利弊得失，而是直言不讳地表示自己和宦官势不两立，表示宁愿得祸而不肯欺天。可谓危言疾议，不顾利害。《后汉书·陈王列传》说：“蕃自以既从人望而德于太后，必谓其志可申”。他正是凭借着一股忠勇之气，一股自以为必胜的信心，公开地向“群凶”宣战，让天下人都知道自己的态度。此种行为，没有政治家成就大事的深谋远虑,完全凭借意气,任性而为。《后汉书·陈王列传》说,此疏一出,“朝廷闻者莫不震恐”,可见它在政治上的强大震撼力。

汉末这类慷慨任气文章的作者还有孔融。孔融(153—208),字文举,鲁国(今山东曲阜)人,孔子二十世孙。曾任北海相,建安中,征为将作大匠,迁少府,后受诬被杀。他的《荐祢衡疏》,也是慷慨任气的代表作。疏中说:

> 臣闻洪水横流,帝思俾乂,旁求四方,以招贤俊……窃见处士平原祢衡,年二十四,字正平,淑质贞亮,英才卓砾。初涉艺文,升堂睹奥,目所一见,辄诵于口,耳所瞥闻,不忘于心。性与道合,思若有神。弘羊潜计,安世默识,以衡准之,诚不足怪。忠果正直,志怀霜雪,见善若惊,疾恶若仇。任座抗行,史鱼劲节,殆无以过也。鸷鸟累伯,不如一鹗。使衡立朝,必有可观。飞辩骋辞,溢气坌涌,解疑释结,临敌有余。昔贾谊求试属国,诡系单于;终军欲以长缨,牵制劲越。弱冠慷慨,前世美之。近日路粹,严象,亦用异才擢拜台郎,衡宜与为比。如得龙跃天衢,振翼云汉,扬声紫微,垂光虹蜺,足以昭近署之多士,增四门之穆穆。钧天广乐,必有奇丽之观;帝室皇居,必蓄非常之宝。若衡等辈,不可多得。《激楚》、《扬阿》,至妙之容,台牧者之所贪;飞兔、騕褭绝足奔放,良、乐之所急。臣等区区,敢不以闻。(《后汉书》卷八十《文苑列传》)

《后汉书·文苑列传》说,祢衡“少有才辩,而尚气刚傲,好矫时慢物”。正是由于这一点,孔融和他同气相求。这篇荐疏对祢衡的才学和人品极力称赞,不无溢美,文中又用富美的辞藻尽力渲染祢衡对于国家之重要。文中称祢衡“飞辩骋辞,溢气坌涌”,实际上本文也带有此种特点。这种任气而发,驰骋文辞而不无夸饰的文章,正是批评者所谓的“浮华”。这种文章由经学之士交游议论的风气所激扬而成,到了孔融的时代,已经很有魏晋文风的特征了。

第三章　汉代史传文

史传之文在先秦即有可观的成就。汉代史传文继承了先秦史传的传统,但又有长足的发展。《史记》、《汉书》堪称古代史传文的双璧。此外,汉初陆贾作有《楚汉春秋》,东汉的东观文人亦著有大量史传文,可惜多已亡佚。然《史》、《汉》二书,则足以代表汉代史传之成就,而傲视百代。

第一节　司马迁与《史记》的一家之言

一、司马迁与《史记》的创作

司马迁(前 145? —前 87?),字子长,夏阳龙门(今陕西韩城县北)人。司马氏世代为史官,其父司马谈于汉武帝建元年间担任太史令,其思想偏重于黄老,着有《论六家要指》。司马迁少年时生活在故乡,在父亲的指导下,十岁开始诵读古文经传;二十岁时,用几年时间作过一次远游。二十七岁时,入仕为郎中,多次随从汉武帝出游,奉命出使西南夷。司马迁出使西南夷归来时,司马谈病危,他在病榻前向司马迁交代了自已想写成一部历史著作的遗愿,对他说:“……余死,汝必为太史;为太史,无忘吾所欲论着矣。且夫孝始于事亲,中于事君,终于立身。扬名于后世,以显父母,此孝之大者。”又说:“幽厉之后,王道缺,礼乐衰,孔子修旧起废,论《诗》、《书》,作《春秋》,则学者至今则之。自获麟以来,四百有余岁,而诸侯相兼,史记放绝。今汉兴,海内统一,明主贤君忠臣死义之士,余为太史而弗论载,废天下史文,余甚惧焉,汝其念哉!”(《史记》卷一百三十《太史公自序》)司马迁接受了父亲的遗嘱。两年后,他继父职为太史令,首先参与了《太初历》的修订,至太初元年(前104),开始写作《史记》。

天汉二年(前99),李陵随贰师将军李广利出击匈奴,兵败被俘,后来又投降了匈奴。武帝大怒。司马迁当武帝问及对此事的看法时,他"推言陵之功,欲以广上之意,塞睚眦之辞"(司马迁《报任安书》),不料却触怒武帝而下狱,定为"诬上"之罪。家贫无以自赎,交游莫救,最后被处以宫刑。司马迁出狱以后,任中书令,他以顽强的意志,忍受着巨大痛苦,继续撰写《史记》。征和二年(前91),任安犯罪将被处决,给司马迁写信求助,司马迁作《报任安书》,此后不久,即与世长辞。

《史记》记载了自黄帝至汉武帝时期的历史。全书共一百三十篇,包括十表、八书、十二本纪、三十世家,七十列传,共计五十二万六千五百字。

本纪是全书的纲,它以王朝和帝王的更替为线索,按年代记载各个时期所发生的重大事件。世家记载有爵位封地,世代相传的家族的历史。列传是各种人物传记,其中所记载的人物,都是"扶义俶傥,不令已失时,立功名于天下"的人(《史记》卷一百三十《太史公自序》),也就是品行高尚,卓异出群,有志向、有才干,能不失时机地建立功业,在历史上产生了重要影响的人物。表分为世年表和月表,它按年月顺序,提纲挈领地列举历史大事,以便更清楚地展现历史发展,补充本纪、世家和列传的不足。书分门别类地记载典章制度和社会政治、经济、文化等方面的发展变化,具有专门史的性质。

《史记》是我国第一部纪传体通史,它开创了以人物为中心记载历史的先例。司马迁通过上述五种体裁,囊括了上下几千年的历史变迁,记载了社会各阶层人物的事迹。同时,他把政治、经济、文化、法律、军事、道德、宗教、民族、天文、地理、学术等各个方面的内容都包容在《史记》一书之中,极大地开拓了历史学的研究范围。《史记》之后,我国历代的正史基本上都沿用了司马迁开创的体例。凡是研究汉代以前的历史的,不论涉及哪个学科,都不能不参考《史记》。宋代郑樵在《通志》中说:《史记》"使百代之下,史官不能易其法,学者不能舍其书,六经之后,惟有此作。"清代赵翼在《廿二史札记》中说:"司马迁参酌古今,发凡起例,创为全史……自此例一定，历代作史者遂不能出其范围。”这些论断都说明了《史记》在我国史学发展史上的重要地位。

二、《史记》的进步思想

司马迁作《史记》有着明确的创作意图，这就是效法孔子作《春秋》之意，写成一部《春秋》式的伟大著作。他在《太史公自序》中讲到了对《春秋》的看法：

> 余闻董生曰：“周道衰废，孔子为鲁司寇，诸侯害之，大夫壅之。孔子知言之不用，道之不行也，是非二百四十二年之中，以为天下仪表，贬天子，退诸侯，讨大夫，以达王事而已矣。”子曰：“我欲载之空言，不如见之于行事之深切著明也。”夫《春秋》，上明三王之道，下辨人事之纪，别嫌疑，明是非，定犹豫，善善恶恶，贤贤贱不肖，存亡国，继绝世，补敝起废，王道之大者也。（《史记》卷一百三十《太史公自序》）

汉代儒家认为，《春秋》是孔子干预现实，弘扬王道的一部著作，其中包含着孔子的理想和主张。司马迁怀着强烈的历史责任感，自觉地继承汉代儒家所阐扬的孔子作《春秋》的精神。受宫刑之后，他的创作观点又更加明确。在《报任安书》中，他说：

> 古者富贵而名摩灭，不可胜记，唯倜傥非常之人称焉。盖西伯拘而演《周易》；仲尼厄而作《春秋》；屈原放逐，乃赋《离骚》；左丘失明，厥有《国语》；孙子膑脚，《兵法》修列；不韦迁蜀，世传《吕览》；韩非囚秦，《说难》、《孤愤》；《诗》三百篇，大氐贤圣发愤之所为作也。此人皆意有所郁结，不得通其道，故述往事，思来者。乃如左丘无目，孙子断足，终不可用，退而论书策以舒其愤，思垂空文以自见。仆窃不逊，近自托于无能之辞，网罗天下放失旧闻，考之行事，稽其成败兴坏之理，凡百三十篇，亦欲以究天人之际，通古今之变，成一家之言。草创未

就，适会此祸，惜其不成，是以就极刑而无愠色。（《汉书》卷六十二《司马迁传》）

司马迁认为，历史上的优秀著作都是作者在人生困境中发愤所作。《史记》也是这样一部抒愤之作，司马迁希望用这部著作“究天人之际，通古今之变，成一家之言”。他要用《史记》探讨宇宙的根本法则和历史的变迁，表达个人的见解。这些见解自成体系，能够成为与百家学说相并立的一家之言。

司马迁的思想博大深邃，总的来看，他受儒家思想影响较深，非常推崇孔子，但他又广泛地吸收融会了其他思想学说，并且有着自己的独到见解。《史记》多方面地体现了司马迁的进步思想。

司马迁在考察历史发展原因的时候，非常重视人的作用，他认为社会的变动、事业的成败完全取决于人，而不是取决于天。他在《楚元王世家》中指出：“国之将兴，必有祥祯，君子用而小人退。国之将亡，贤人隐，乱人贵……贤人乎，贤人乎！非质有其内，焉能用之哉？甚矣，‘安危在出令，存亡在所任。’诚哉是言也！”认为国之安危在于政令是否正确，用人是否恰当。司马迁在分析刘邦战胜项羽的原因时，也表达了这种思想。《高祖本纪》中记载，刘邦称帝之后，在一次宴会上让臣下总结汉胜楚败的原因，臣下纷纷称颂刘邦的功德，刘邦说：“夫运筹策帷帐之中，决胜于千里之外，吾不如子房。镇国家，抚百姓，给馈饷，不绝粮道，吾不如萧何。连百万之军，战必性，攻必取，吾不如韩信。此三者，皆人杰也。吾能用之，此吾所以取天下也。项羽有一范增而不能用，此其所以为我擒也。”这段话也能代表司马迁的观点。他认为刘、项二人胜负的原因就在于是否善于用人。在《项羽本纪》等篇中，他还记载了项羽坑杀降卒，以及“所过无不残灭”，致使“天下多怨，百姓不亲附”，终于失去民心，走上绝路。在《项羽本纪》篇末的“太史公曰”中，司马迁批评项羽：“自矜功伐，奋其私智而不师古，谓霸王之业，欲以力征，经营天下，身死东城，尚不觉悟，而不自责，过矣。乃引‘天亡我，非战之罪也’，岂不谬哉！”他认为项羽的失败是由自身的过失造成的，不同意项羽所谓“天亡我”的说法，也就是认为成败在人不在天。

司马迁也非常重视经济在历史发展中的作用。在《货殖列传》中,他指出,追求物质财富,满足生活欲望是人的本性:“富者,人之情性,所不学而俱欲者也。”在同一篇传记中,他又指出,正是人们追求财富的欲望,刺激了人们的经济活动,产生了社会的生产和交换。他列举了中国各地不同的物产,然后指出:

> 此其大较也。皆中国人民所喜好,谣俗被服饮食奉生送死之具也。故待农而食之,虞而出之,工而成之,商而通之。此宁有政教发征期会哉?人各任其能,竭其力,以得所欲。故物贱之征贵,贵之征贱,各劝其业,乐其事,若水之趋下,日夜无休时,不召而自来,不求而民出之。岂非道之所符,而自然之验邪?(《史记》卷一百二十九《货殖列传》)

司马迁认为,这种自发的经济活动提供了人民的物质生活需要,使社会赖以存在和发展。这就是“道之所符,自然之验”。在《平准书》中,司马迁用经济的发展来考察历史的变化。他说:

> 禹贡九州,各因其土地所宜,人民所多少而纳职焉。汤武承弊易变,使民不倦,各兢兢所以为治,而稍陵迟衰微。齐桓公用管仲之谋,通轻重之权,徼山海之业,以朝诸侯,用区区之齐显成霸名。魏用李克,尽地力,为强君。自是之后,天下争于战国,贵诈力而贱仁义,先富有而后推让。故庶人之富者或累巨万,而贫者或不厌糟糠,有国强者或并群小以臣诸侯,而弱国或绝祀而灭世。以至于秦,卒并海内。(《史记》卷三十《平准书》)

这里完全从经济的角度来分析历史的发展与国家的兴衰。《平准书》中论及汉代政治变迁,也同样从分析经济问题入手。文中先讲汉初经济凋敝,国家财用匮乏,因此采用与民休息的政策。到了汉武帝时期,经济

得到发展,国家财力雄厚,人民富裕,于是情况发生了变化:

> 至今上即位数岁,汉兴七十余年之间,国家无事,非遇水旱之灾,民则人给家足,都鄙廪庾皆满,而府库余货财。京师之钱累巨万,贯朽而不可校。太仓之粟陈陈相因,充溢露积于外,至腐败不可食。众庶街巷有马,阡陌之间成群,而乘字牝者傧而不得聚会。守闾阎者食粱肉,为吏者长子孙,居官者以为姓号。故人人自爱而重犯法,先行义而后绌耻辱焉。当此之时,网疏而民富,役财骄溢,或至兼并豪党之徒,以武断于乡曲。宗室有土公卿大夫以下,争于奢侈,室庐舆服僭于上,无限度。物盛而衰,固其变也。
>
> 自是之后,严助、朱买臣等招来东瓯,事两越,江淮之间萧然烦费矣。唐蒙、司马相如开路西南夷,凿山通道千余里,以广巴蜀,巴蜀之民罢焉。彭吴贾灭朝鲜,置沧海之郡,则燕齐之间靡然发动。及王恢设谋马邑,匈奴绝和亲,侵扰北边,兵连而不解,天下苦其劳,而干戈日滋。行者赍,居者送,中外骚扰而相奉,百姓抏獘以巧法,财赂衰耗而不赡。入物者补官,出货者除罪,选举陵迟,廉耻相冒,武力进用,法严令具。兴利之臣自此始也。(同上)

这里指出,汉武帝时由于经济实力的强盛,社会上开始滋生奢侈之风,而朝廷开疆拓土,对外用兵,导致了国家财用不足,百姓不得安宁,选举制度和社会风气败坏,于是朝廷任用酷吏和兴利之臣。司马迁深刻揭示了汉代政治变化背后的经济原因,表现了一个史学家的卓越见识。

维护国家的统一是《史记》的一个鲜明的思想倾向。春秋战国以来,中华民族经过几百年的战乱分裂终于走向了统一。到了司马迁的时代,汉朝作为一个统一强盛的大国出现在世界的东方。司马迁以历史学家的深刻见识,热情歌颂这一伟大的历史变迁,衷心拥护国家的统一。同时,他又受董仲舒的《春秋》公羊学影响,主张大一统。司马迁的这种思想倾向鲜明地体现在《史记》的编撰当中。《史记》打破了先秦史书分国记事的形式,代之以纪传体通史。它记载的史实从黄帝时代开始,至汉武帝时期，以王朝的更替为线索，把上下三千年的历史贯穿起来，在每一个历史时期，都有一个正统的政权，书中的十二本纪即以每一时期唯一的正统政权为纲。这种体例安排体现了司马迁维护国家统一和大汉王朝正统的思想。在他看来，中国自古以来就是一个整体，中华民族有着共同的祖先，有一以贯之的历史。这一思想倾向还体现在对周边民族历史的记载上。在《史记》中，司马迁把匈奴、朝鲜、大宛、西南夷、东越、南越等都立为列传，这种安排旨在说明这些地区与汉朝是一个整体，那里的君长也是汉朝的臣民。《史记》通过记载上述民族的祖先告诉人们，他们都是黄帝的子孙，表现出四海一家，天下一统的思想。司马迁认为这些少数民族的发展方向就是与中原地区实现统一。他在《太史公自序》中称赞南越、东越和西南夷的国君能顺应历史潮流，向汉朝称臣，与中原统一。相反，他对那些发动叛乱，搞分裂割据的诸侯王予以猛烈抨击。对晁错的削藩建议，对汉景帝平定七国之乱的功绩和汉武帝的削藩措施，他都给予肯定和赞扬。司马迁认为国家统一有利于国计民生。在《史记·货殖列传》中，他先是叙述汉初由于连年征战导致经济凋敝，民不聊生，然后写道："汉兴，海内为一，开关梁，弛山泽之禁，是以富商大贾周流天下，交易之物莫不通，得其所欲。"他看到统一带来了经济的发展和人民安居乐业，因此，大力维护国家统一，反对分裂。

在政治上，司马迁继承了先秦以来儒家的进步思想，他主张德治仁政，反对暴政，进而提倡儒家官天下的理想政治，颂扬尧舜时代的天下为公。在汉代的皇帝中，司马迁最喜欢的是汉文帝，因为他在位时，轻徭薄赋，与民休息，又能虚心纳谏，仁厚爱民。司马迁不喜欢的皇帝是汉武帝，因为汉武帝"内多欲而外施仁义"，任用酷吏，实行苛酷的法家政治。司马迁在《酷吏列传》的序中写道：

> 孔子曰："导之以政，齐之以刑，民免而无耻。导之以德，齐之以礼，有耻且格。"老氏称："上德不德，是以有德；下德不失德，是以无德。法令滋章，盗贼多有。"太史公曰：信哉斯言也！法令者治之具，而非制治清浊之源也。（《史记》卷一百二十二《酷吏列传》）

他认为，统治者应该用道德礼义教化人民，而不应以严刑峻法来限制人民。与此同时，他还要求统治者能够礼贤下士，任用贤人。《鲁世家》中记载周公教导其子伯禽说："我，文王之子，武王之弟，成王之叔父，我于天下亦不贱矣。然我一沐三握发，一饭三吐哺，起以待士，犹恐失天下之贤人。子之鲁，慎无以国骄人。"他认为统治者不应把自己的地位当作"骄人"之资，而应运用自己的权力为民造福。《五帝本纪》以极大的热情叙述尧、舜、禹等古代圣君的事迹；歌颂他们不辞辛劳，为民造福；赞扬他们大公无私，实行禅让，把天下传给百姓拥护的人。其中写尧决定传位于舜的一段最为感人：

> 尧知子丹朱之不肖，不足授天下，于是乃权授舜。授舜，则天下得其利而丹朱病；授丹朱，则天下病而丹朱得其利。尧曰"终不以天下之病而利一人"，而卒授舜以天下。（《史记》卷一《五帝本纪》）

尧不以天下为私产，为天下人之利而牺牲儿子之利。这正是汉代儒家大力提倡的官天下和禅让的主张。司马迁对此极为推崇。出于这种思想，他极为赞赏后代那些让国的行为。《吴太伯世家》记载古公亶父的长子、次子太伯和仲雍为使弟弟季历继承君位，双双出走，远赴吴地；《伯夷列传》记载孤竹君之子伯夷和叔齐互相让国，一起逃离故国。这两篇作品分别置于世家和列传之首，表现了司马迁对这种行为的高度推崇。相反，司马迁反对杀伐，反对用暴力和阴谋获取政权，即便对儒家所推崇的周武王等圣人，也不是那么赞赏。《伯夷列传》写伯夷叔齐在周武王伐纣时叩马而谏，武王不听；他们便在周朝建立后，不食周粟，逃到首阳山采薇而食，最终饿死。文中特意记载了他们临终前唱的一首歌："登彼西山兮，采其薇矣。以暴易暴兮，不知其非矣。神农、虞、夏，忽焉没兮，我安适归矣？于嗟徂兮，命之衰矣。"这首歌实际上代表了司马迁的思想，包含着他对历史和现实的感受。武王伐纣是儒家所赞扬的革命之举，而司马迁却认为是"以暴易暴"，因为他所向往的是神农、虞、夏那样不以天下为私产的禅让时代，武王伐纣虽有诛恶惩暴之义，但毕竟是以家天下为前提的行为，是以暴力手段为一家一姓夺取权力。以暴力手段推翻暴政，并不能从根本上铲除暴政的根源，甚至还可能导致新的暴政。司马迁在考察汉代取代暴秦之后的种种作为，对此深有感触。在他看来，现实中的酷吏政治，与暴秦没有区别。司马迁歌颂伯夷，反对暴力，提倡禅让，说明他不仅认同儒家王道仁政的一般主张，而且进一步追求天下为公的最高理想。这是一个进步的历史学家深刻反思历史而得出的结论，表现了对社会正义和人类美好前景的执著追求。

三、司马迁的一家之言

司马迁自述其作《史记》“欲以究天人之际，通古今之变，成一家之言”，《史记》多方面体现了司马迁独立思考的精神与独到的见解。

《史记》一书带有鲜明的爱憎，寄托了司马迁的理想。他歌颂胸怀大志，在历史上建立不朽功绩，垂名于后世的人；表彰刚直不阿，坚贞高洁，正道直行，有美好品德的人；赞扬那些仁厚爱人，礼贤下士，虚心纳谏的当权者。与此同时，他无情地批判各种残暴、自私、虚伪、愚妄之人。司马迁在对笔下的人物进行褒贬的时候，能够不囿于传统观念和当权者的是非标准，敢于独立思考，独抒己见。例如游侠这种人，在汉代受到朝廷的限制和打击，因为他们凭借自己的力量在社会上结交同类，为人打抱不平，经常触犯法纪。但司马迁却给游侠立传，对他们给予热情赞扬，特别是对被汉代统治者杀害的游侠郭解深表同情。他在《游侠列传》中说：

> 韩子曰：“儒以文乱法，而侠以武犯禁。”二者皆讥，而学士多称于世云。至如以术取宰相卿大夫，辅翼其世主，功名俱著于春秋，固无可言者。及若季次、原宪，闾巷人也，读书怀独行君子之德，义不苟合当世，当世亦笑之。故季次、原宪终身空室蓬户，褐衣疏食不厌。死而已四百余年，而弟子志之不倦。今游侠，其行虽不轨于正义，然其言必信，其行必果，已诺必诚，不爱其躯，赴士之厄困，既已存亡死生矣，而不矜其能，羞伐其德，盖亦有足多者焉。

且缓急，人之所时有也。太史公曰：昔者虞舜窘于井廪，伊尹负于鼎俎，傅说匿于傅险，吕尚困于棘津，夷吾桎梏，百里饭牛，仲尼畏匡，菜色陈、蔡。此皆学士所谓有道仁人也，犹然遭此灾，况以中材而涉乱世之末流乎？其遇害何可胜道哉！

鄙人有言曰："何知仁义，已飨其利者为有德。"故伯夷丑周，饿死首阳山，而文武不以其故贬王；跖、跃暴戾，其徒诵义无穷。由此观之，"窃钩者诛，窃国者侯，侯之门，仁义存"，非虚言也。

今拘学或抱咫尺之义，久孤于世，岂若卑论侪俗，与世沉浮而取荣名哉！而布衣之徒，设取予然诺，千里诵义，为死不顾世，此亦有所长，非苟而已也。故士穷窘而得委命，此岂非人之所谓贤豪间者邪？诚使乡曲之侠，予季次、原宪比权量力，效功于当世，不同日而论矣。要以功见言信，侠客之义又曷可少哉！

古布衣之侠，靡得而闻已。近世延陵、孟尝、春申、平原、信陵之徒，皆因王者亲属，藉于有土卿相之富厚，招天下贤者，显名诸侯，不可谓不贤者矣。比如顺风而呼，声非加疾，其势激也。至如闾巷之侠，修行砥名，声施于天下，莫不称贤，是为难耳。然儒、墨皆排摈不载。自秦以前，匹夫之侠，湮灭不见，余甚恨之。以余所闻，汉兴有朱家、田仲、王公、剧孟、郭解之徒，虽时扞当世之文罔，然其私义廉洁退让，有足称者。名不虚立，士不虚附。至如朋党宗强，比周设财役贫，豪暴侵凌孤弱，恣欲自快，游侠亦丑之。余悲世俗不察其意，而猥以朱家、郭解等令与暴豪之徒同类而共笑之也。（《史记》卷一百二十四《游侠列传》）

他认为游侠的行为虽不合于统治者的"正义"，但他们讲信义，舍己助人而不自傲，其品行有可称道之处。他还把游侠与孔子的弟子季次、原宪等人相比较，认为"要以功见言信，侠客之义，又曷可少哉"。司马迁这种观点，显然不同于汉代统治者的好恶，也不合于儒家的正统思想。在汉代的游侠中，司马迁最同情的是汉武帝时的郭解。《史记》中写他无辜地受到汉代当权者的打击，乃至含冤而死：

及徙豪富茂陵也，解家贫，不中訾，吏恐，不敢不徙。卫将军为言："郭解家贫不中徙。"上曰："布衣权至使将军为言，此其家不贫。"解家遂徙。（同上）

郭解本来不够迁徙的标准，但官吏畏于朝廷的旨意，不得不让他迁徙。大将军卫青为他说情，却被汉武帝驳回，可见迁徙郭解是皇帝的意图。此后郭解的门客为他报仇杀人，朝廷追究郭解：

解实不知杀者，杀者亦竟绝，莫知为谁。吏奏解无罪。御史大夫公孙弘议曰："解布衣为任侠行权，以睚眦杀人，解虽弗知，此罪甚于解杀之。当大逆无道。"遂族郭解翁伯。（同上）

在司马迁看来，郭解被杀完全是朝廷一手造成的冤案，他们之所以对郭解恨之入骨，就是由于他以"布衣为任侠行权"，对统治者构成了威胁。司马迁对郭解的遇害是充满同情的。他不仅在郭解的传记中记载了郭解"既已振人之命，不矜其功"，为人恭敬，以德报怨等品行，而且在《游侠列传》结尾的"太史公曰"中说：

吾视郭解，状貌不及中人，言语不足采者。然天下无贤与不肖，知与不知，皆慕其声，言侠者皆引以为名。谚曰："人貌荣名，岂有既乎！"于戏，惜哉！（同上）

《游侠列传》记载了多名游侠的事迹，但"太史公曰"却只赞郭解一人。司马迁说"天下无贤与不肖，知与不知，皆慕其声，言侠者皆引以为名"，其评价之高可谓无以复加。文中还对郭解的被杀表达了深深的惋惜。司马迁的这些看法，显然是和汉代当权者的观点截然不同，甚至将矛头指向了诛灭郭解的人。这是司马迁在《史记》中表达的"一家之言"。

司马迁的"一家之言"还体现在对货殖的看法上。在《货殖列传》中，司马迁表达了不合于儒学正统思想的观点，他指出："富者，人之情性，所不学而俱欲者也。"又说："是故本富为上，末富次之，奸富最下。无岩穴处士之行，而长贫贱，好语仁义，亦足羞也。"他公开主张人们去求富，甚至认为长期使自己处于贫贱之中，却高谈仁义的人，是可羞的。这种思想和儒家所提倡的安贫乐道、"正其谊不谋其利"，是大相迳庭的。不仅如此，司马迁还说：

> 夫神农以前，吾不知已。至若《诗》、《书》所述虞夏以来，耳目欲极声色之好，口欲穷刍豢之味，身安逸乐，而心夸矜势能之荣。使俗之渐民久矣，虽户说眇论，终不能化。故善者因之，其次利导之，其次教诲之，其次整齐之，最下者与之争。(《史记》卷一百二十九《殖货列传》)

司马迁认为，统治者对人民求利的本能应当因势利导，而不应与之争。汉武帝时实行盐铁官营等经济政策，被当时很多人批评为与民争利，司马迁提出"最下者与之争"，就是针对汉武帝时的经济政策。他认为这样的政策是"最下者"，明确表达了和当权者相对立的"一家之言"。

司马迁的"一家之言"，更表现在对当代政治的广泛批评。在《伯夷列传》中，他由伯夷、叔齐的遭遇而联想到历史上种种不公正的现象，又说：

> 至若近世，操行不轨，专犯忌讳，而终身逸乐富厚，累世不绝；或择地而蹈之，时然后出言，行不由径，非公正不发愤，而遭遇灾祸者，不可胜数也。余甚惑焉，傥所谓天道，是邪？非邪？(《史记》卷六十一《伯夷列传》)

所谓"近世"就是当代。司马迁怀疑天道，其实就是质问现实。他感到大惑不解的是：为什么现实中总是坏人得志，好人遭殃？这样的质问其意义不仅在于怀疑"天道无亲，常与善人"传统观念，而且直接揭示了现实政治的不合理。在《史记》记载汉武帝时期史实的文章中，多方面地暴露了现实的黑暗面。《今上本纪》记载的是汉武帝的事迹，却一点不讲他的文治武功，专讲他妄想长生不死，迷信神仙方术，一次又一次地被方士欺骗，却毫不醒悟。《酷吏列传》中所记载的酷吏，大都是汉武帝时代的人，文中不仅记载这些人专看皇帝脸色行事，以杀人为快事，而且交代他们如何受到皇帝宠爱，揭示酷吏与汉代政治的关系。例如其中关于张汤的记载：

> 会浑邪等降，汉大兴兵伐匈奴，山东水旱，贫民流徙，皆仰给县官，县官空虚。于是丞上指，请造白金及五铢钱，笼天下盐铁，排富商大贾，出告缗令，锄豪强并兼之家，舞文巧诋以辅法。汤每朝奏事，语国家用，日晏，天子忘食。丞相取充位，天下事皆决于汤。百姓不安其生，骚动，县官所兴，未获其利，奸吏并侵渔，于是痛绳以罪。则自公卿以下，至于庶人，咸指汤。汤尝病，天子至自视病，其隆贵如此。（《史记》卷一百二十二《酷吏列传》）

这里记载，汉武帝时由于国家用度不足，采取了一系列兴利措施，张汤是这些措施的积极拥护者。但朝廷的兴利措施并未收到预期效果，反而导致“百姓不安其生”、“奸吏并侵渔”，于是用苛酷之法“痛绳以罪”。在这种情况下，朝野上下皆指责张汤，但皇帝却对他宠爱有加，使其隆贵无比。又如关于杜周的记载：

> 周为廷尉，其治大放张汤而善候伺。上所欲挤者，因而陷之；上所欲释者，久系待问而微见其冤状。客有让周曰：“君为天子决平，不循三尺法，专以人主意指为狱。狱者固如是乎？”周曰：“三尺安出哉？前主所是着为律，后主所是疏为令，当时为是，何古之法乎！”（同上）

杜周是一个“专以人主意指为狱”的酷吏，而他的做法，又是效法张汤的。可见当时的酷吏大多如此。这些人执法虽然严酷，却并不依法而行。法律在他们手中成了满足人主私意的工具。再如王温舒，他做河内太守时：

> 捕郡中豪猾，郡中豪猾相连坐千余家。上书请，大者至族，小者乃死，家尽没入偿臧。奏行不过二三日，得可事。论报，至流血十余里。河内皆怪其奏，以为神速。尽十二月，郡中毋声，毋敢夜行，野无犬吠之盗。其颇不得失，之旁郡国，黎来，会春，温舒顿足叹曰："嗟乎，令冬月益展一月，足吾事矣！"其好杀伐行威不爱人如此。天子闻之，以为能，迁为中尉。（同上）

就是这样一个"好杀伐行威不爱人"的酷吏，皇帝却以为能。在这里，司马迁的意图再清楚不过了，他认为汉武帝就是这些酷吏的总后台，酷吏的行为适应了汉武帝的政治需要。《酷吏列传》又说：

> 自温舒等以恶为治，而郡守、都尉、诸侯二千石欲为治者，其治大抵尽放温舒，而吏民益轻犯法，盗贼滋起。南阳有梅免、白政，楚有殷中、杜少，齐有徐勃，燕赵之间有坚卢、范生之属。大群至数千人，擅自号，攻城邑，取库兵，释死罪，缚辱郡太守、都尉，杀二千石，为檄告县趣具食；小群以百数，掠卤乡里者，不可胜数也。于是天子始使御史中丞、丞相长史督之。犹弗能禁也，乃使光禄大夫范昆、诸辅都尉及故九卿张德等衣绣衣，持节，虎符发兵以兴击，斩首大部或至万余级，及以法诛通饮食，坐连诸郡，甚者数千人。数岁，乃颇得其渠率。散卒失亡，复聚党阻山川者，往往而群居，无可奈何。于是作"沈命法"，曰群盗起不发觉，发觉而捕弗满品者，二千石以下至小吏主者皆死。其后小吏畏诛，虽有盗不敢发，恐不能得，坐课累府，府亦使其不言。故盗贼浸多，上下相为匿，以文辞避法焉。（同上）

司马迁指出，酷吏的行为在当时产生了恶劣影响，地方官竞相仿效，而造成"吏民益轻犯法，盗贼滋起"。朝廷用武力镇压无济于事，作"沈命法"对官吏加以督责，反而使各级官吏对盗情隐瞒不报，乃至"盗贼浸多，上下相为匿”。司马迁用事实告诉人们,酷吏政治只能收到适得其反的效果,最终造成了社会的动乱和吏治的腐败。

总之,《酷吏列传》通过对酷吏政治的批判,揭露了汉武帝时期政治的弊端以及造成这种弊端的深层原因,其批判的矛头直指最高统治者。《酷吏列传》之外,《史记》记载汉武帝时期史实的作品如《魏其武安侯列传》、《李将军列传》、《平津侯主父列传》等也都从不同角度表现汉武帝时期的官吏、贵族一味阿谀奉承,曲学阿世,互相倾轧陷害的种种劣迹,暴露了当时官场和士风的腐败。司马迁敢于批评当代政治,敢于表达自己的独立见解,真正实现了他以《春秋》为榜样,以《史记》“成一家之言”的创作意图。

《史记》成一家之言的特点受到后代史学家的重视。东汉班固在《汉书·司马迁传》评价司马迁说:

> 又其是非颇谬于圣人,论大道则先黄老而后六经,序游侠则退处士而进奸雄;述货殖则崇势利而羞贱贫,此其所蔽也。然自刘向、扬雄博极群书,皆称迁有良史之材,服其善序事理,辨而不华,质而不俚,其文直,其事核,不虚美,不隐恶,故谓之实录。(《汉书》卷六十二《司马迁传》)

班固是以圣人之是非为标准的,因此他批评司马迁“是非颇谬于圣人”。但这恰恰说明司马迁能够独立思考,独抒己见。而“其文直,其事核,不虚美,不隐恶”则是对《史记》的最高评价。对这一评价,司马迁是受之无愧的。司马迁继承了古代史官的优良传统,又以孔子作《春秋》的精神自励,故能写成这样一部“成一家之言”的“实录”式的作品。

第二节 《史记》的散文成就

《史记》既是优秀的历史著作，也是生动的文学作品。它在人物塑造、情节和场面的安排以及语言的运用方面都取得了令人瞩目的成就；同时，它风格雄肆奇伟，行文有感情，有气势，体现了西汉鼎盛时期的文风。

一、理想化的人物描写

先秦的历史散文大都以记事或记言为主，在记事和记言中兼及人物描写。《史记》则是一部以人物为中心记载历史事件的作品，它开创了我国的传记文学。书中的“本纪”、“世家”、“列传”大都是生动的人物传记。作者集中笔墨叙写一至数人的事迹，主人公的形象相当完整。书中出现了一系列性格鲜明，风姿各异的人物形象，通过他们的活动，构成了一幅幅波澜壮阔的历史画卷。做为一部历史著作，作者不可能采用虚构情节的手法来刻画人物，但司马迁总是精心选择提炼那些最能表现主人公思想性格的材料，写到传记中，而不是简单罗列人物的生平。例如在《廉颇蔺相如列传》中，有关蔺相如的事迹，司马迁重点描写了完璧归赵、渑池会和廉蔺交欢三件事，用以表现他为维护国家利益不顾个人安危和先国家之急而后私仇的崇高品质，而对他晚年的其他事迹，则略去不写。这种处理方法，突出了人物的主要性格，使其形象异常丰满生动。还有些人物的事迹很多，并且都与重大历史事件有关，不好略去不写，司马迁就采用“互见法”，在一篇传记中集中笔墨交代与人物主要性格有关的事迹，而将与此关系不大的材料放到其他有关传记中。如在《项羽本纪》中，他重点叙写了江东起义、巨鹿之战、鸿门宴、东城之战、乌江自刎等事件，突出了项羽叱咤喑呜、气盖一世的特点，而把表现他的主要缺点的材料放到《高祖本纪》、《陈丞相世家》、《淮阴侯列传》等篇中。这样，既客观真实地再现了历史，也保持了每篇作品中人物形象的统一性，使其主要性格更为突出。

司马迁写人物，往往寄托着个人的理想和爱憎，他不仅赋予笔下的人物鲜明的个性，而且对这些人物进行理想化的描写，经过他的艺术处理，

《史记》中的人物在不违背历史真实的前提下被赋予超凡的品质或能力，成为某种理想的化身。例如项羽，作为历史人物，他功过参半：他的身上既有志向远大、才气过人等闪光的品质，又有刚愎自用、无政治头脑、滥行杀伐等缺点。但在司马迁笔下，他的英雄气质被凸显出来，成为一个“力拔山兮气盖世”的霸王，就连他在穷途末路之际，也不失其英雄本色。《项羽本纪》这样写项羽的失败：

项王军壁垓下，兵少食尽，汉军及诸侯兵围之数重。夜闻汉军四面皆楚歌，项王乃大惊曰：“汉皆已得楚乎？是何楚人之多也！”项王则夜起，饮帐中。有美人名虞，常幸从；骏马名骓，常骑之。于是项王乃悲歌慷慨，自为诗曰：“力拔山兮气盖世，时不利兮骓不逝。骓不逝兮可奈何，虞兮虞兮奈若何！”歌数阕，美人和之。项王泣数行下，左右皆泣，莫能仰视。

于是项王乃上马骑，麾下壮士骑从者八百余人，直夜溃围南出，驰走。平明，汉军乃觉之，令骑将灌婴以五千骑追之。项王渡淮，骑能属者百余人耳。项王至阴陵，迷失道，问一田父，田父绐曰“左”。左，乃陷大泽中。以故汉追及之。项王乃复引兵而东，至东城，乃有二十八骑。汉骑追者数千人。项王自度不得脱。谓其骑曰：“吾起兵至今八岁矣，身七十余战，所当者破，所击者服，未尝败北，遂霸有天下。然今卒困于此，此天之亡我，非战之罪也。今日固决死，原为诸君快战，必三胜之，为诸君溃围，斩将，刈旗，令诸君知天亡我，非战之罪也。”乃分其骑以为四队，四向。汉军围之数重。项王谓其骑曰：“吾为公取彼一将。”令四面骑驰下，期山东为三处。于是项王大呼驰下，汉军皆披靡，遂斩汉一将。是时，赤泉侯为骑将，追项王，项王瞋目而叱之，赤泉侯人马俱惊，辟易数里。与其骑会为三处。汉军不知项王所在，乃分军为三，复围之。项王乃驰，复斩汉一都尉，杀数十百人，复聚其骑，亡其两骑耳。乃谓其骑曰：“何如？”骑皆伏曰：“如大王言。”

于是项王乃欲东渡乌江。乌江亭长舣船待，谓项王曰：“江东虽小，地方千里，众数十万人，亦足王也。原大王急渡。今独臣有船，汉军至，无以渡。”项王笑曰：“天之亡我，我何渡为！且籍与江东子弟八千人渡江而西，今无一人还，纵江东父兄怜而王我，我何面目见之？纵彼不言，籍独不愧于心乎？”乃谓亭长曰：“吾知公长者。吾骑此马五岁，所当无敌，尝一日行千里，不忍杀之，以赐公。”乃令骑皆下马步行，持短兵接战。独籍所杀汉军数百人。项王身亦被十余创。顾见汉骑司马吕马童，曰：“若非吾故人乎？”马童面之，指王翳曰：“此项王也。”项王乃曰：“吾闻汉购我头千金，邑万户，吾为若德。”乃自刎而死。王翳取其头，余骑相蹂践争项王，相杀者数十人。最其后，郎中骑杨喜，骑司马吕马童，郎中吕胜、杨武各得其一体。五人共会其体，皆是。故分其地为五：封吕马童为中水侯，封王翳为杜衍侯，封杨喜为赤泉侯，封杨武为吴防侯，封吕胜为涅阳侯。（《史记》卷七《项羽本纪》）

项羽在一筹莫展之际，先是面对美人名马慷慨悲歌，抒发英雄末路的悲凉心情；然后又在东城“快战”，淋漓尽致地展示他的指挥艺术和万夫莫当之勇；最后，以宁折不弯的态度在乌江自刎，甚至把自己的头颅送给故人作礼物。他的气势令人望风披靡。经过司马迁的精心描写，项羽这个历史上的失败者成为虽败犹荣的英雄，使人们“至今思项羽，不肯过江东”。项羽早已超越了其人物原型而成为历久弥新的艺术形象。

司马迁笔下的李广也是一个理想化的艺术形象。《李将军列传》中的李广有两个突出特点：一是勇武善战，精于射艺；二是爱护士兵，与士兵同甘共苦。关于第一个特点，司马迁写了李广三次非凡的经历，第一次是在上郡，李广以百余骑遭遇匈奴数千骑：

匈奴大入上郡，天子使中贵人从广勒习兵击匈奴。中贵人将骑数十纵，见匈奴三人，与战。三人还射，伤中贵人，杀其骑且尽。中贵人走广。广曰：“是必射雕者也。”广乃遂从百骑往驰三人。三人亡马步行，行数十里。广令其骑张左右翼，而广身自射彼三人者，杀其二人，生得一人，果匈奴射雕者也。已缚之上马，望匈奴有数千骑，见广，以为诱骑，皆惊，上山陈。广之百骑皆大恐，欲驰还走。广曰："吾去大军数十里，今如此以百骑走，匈奴追射我立尽。今我留，匈奴必以我为大军诱之，必不敢击我。"广令诸骑曰："前！"前未到匈奴陈二里所，止，令曰："皆下马解鞍！"其骑曰："虏多且近，即有急，奈何？"广曰："彼虏以我为走，今皆解鞍以示不走，用坚其意。"于是胡骑遂不敢击。有白马将出护其兵，李广上马与十余骑奔射杀胡白马将，而复还至其骑中，解鞍，令士皆纵马卧。是时会暮，胡兵终怪之，不敢击。夜半时，胡兵亦以为汉有伏军于旁欲夜取之，胡皆引兵而去。平旦，李广乃归其大军。大军不知广所之，故弗从。（《史记》卷一百零九《李将军列传》）

这一次，李广凭借自己的镇定、勇敢和智慧，平安脱险。第二次是在雁门关外，李广兵败被俘：

后汉以马邑城诱单于，使大军伏马邑旁谷，而广为骁骑将军，领属护军将军。是时，单于觉之，去，汉军皆无功。其后四岁，广以卫尉为将军，出雁门击匈奴。匈奴兵多，破败广军，生得广。单于素闻广贤，令曰："得李广必生致之。"胡骑得广，广时伤病，置广两马间，络而盛卧广。行十余里，广详死，睨其旁有一胡儿骑善马，广暂腾而上胡儿马，因推堕儿，取其弓，鞭马南驰数十里，复得其余军，因引而入塞。匈奴捕者骑数百追之，广行取胡儿弓，射杀追骑，以故得脱。于是至汉，汉下广吏。吏当广所失亡多，为虏所生得，当斩，赎为庶人。（同上）

这一次，李广又以自己的勇敢和高超射艺，从匈奴军中虎口逃生。第三次，李广被数倍于自己的匈奴主力包围：

元朔六年，广复为后将军，从大将军军出定襄，击匈奴。诸将多中首虏率，以功为侯者，而广军无功。后二岁，广以郎中令将四千骑出右北平，博望侯张骞将万骑与广俱，异道。行可数百里，匈奴左贤王将四万骑围广，广军士皆恐，广乃使其子敢往驰之。敢独与数十骑驰，直贯胡骑，出其左右而还，告广曰："胡虏易与耳。"军士乃安。广为圜陈外向，胡急击之，矢下如雨。汉兵死者过半，汉矢且尽。广乃令士持满毋发，而广身自以大黄射其裨将，杀数人，胡虏益解。会日暮，吏士皆无人色，而广意气自如，益治军。军中自是服其勇也。明日，复力战，而博望侯军亦至，匈奴军乃解去。汉军罢，弗能追。是时广军几没，罢归。汉法，博望侯留迟后期，当死，赎为庶人。广军功自如，无赏。（同上）

在万分危急之际，李广和儿子李敢率十余骑直冲敌阵，又亲自用大黄弩射杀匈奴裨将，以稳定军心。"吏士皆无人色"，但李广却意气自如，充分表现了他的勇敢。

以上三次经历，李广都是绝处逢生，他的勇敢和精湛射技，都在这非凡的经历中展现出来。平心而论，这三次经历本来都不是胜仗。作为一名将军，李广在军事指挥方面也有不当之处，例如他身为主将，却离开大军只带少数人去追逐匈奴射雕者，以至身陷险境，这不是一个成熟的指挥官应有的行为。但司马迁淡化这些情节，而用重笔浓墨去渲染李广在危急时的表现，以突显其英雄本色。另外，文中还大力表现李广治军简易、与士卒同甘共苦，深受世人爱戴的情景，又在文后的"太史公曰"极力赞赏他。客观地说，作为历史人物，李广无论是指挥才能还是战功都不能和同时期的卫青、霍去病相比。无论出于何种原因，李广屡战屡败是不争的事实，因此他始终未能实现封侯的愿望。但在司马迁笔下，李广是一个远远高于卫青、霍去病的英雄，他的勇武令人赞叹，他壮志未酬，饮恨而亡的遭遇更是令人同情。千百年来，人们不断咏唱："君不见沙场征战苦，至今长忆李将军"。李广也和项羽一样，成为一个充满理想色彩的符号式的艺术形象。

司马迁继承了先秦历史散文随事写人的传统。他善于在情节发展过程中让各种人物作充分表演，通过他们自身的语言、行动展示其性格特征；善于在激烈紧张的矛盾冲突中通过不同性格的相互碰撞，塑造个性鲜明的人物形象。例如《项羽本纪》中的“鸿门宴”一节，就是安排刘项双方的主要人物同时出场，通过他们的直接交锋，表现各自不同的思想性格。项羽的粗豪轻率、刘邦的灵活机敏，都在其对话和行动中展示得淋漓尽致，此节中对樊哙的刻画也是如此。司马迁安排他在双方冲突最尖锐、形势最紧张的关头出场：

> 于是张良至军门，见樊哙。樊哙曰：“今日之事何如？”良曰：“甚急。今者项庄拔剑舞，其意常在沛公也。”哙曰：“此迫矣，臣请入，与之同命。”哙即带剑拥盾入军门。交戟之卫士欲止不内，樊哙侧其盾以撞，卫士仆地，哙遂入，披帷西向立，瞋目视项王，头发上指，目眦尽裂。项王按剑而跽曰：“客何为者？”张良曰：“沛公之参乘樊哙者也。”项王曰：“壮士，赐之卮酒。”则与斗卮酒。哙拜谢，起，立而饮之。项王曰：“赐之彘肩。”则与一生彘肩。樊哙覆其盾于地，加彘肩上，拔剑切而啖之。项王曰：“壮士，能复饮乎？”樊哙曰：“臣死且不避，卮酒安足辞！夫秦王有虎狼之心，杀人如不能举，刑人如恐不胜，天下皆叛之。怀王与诸将约曰‘先破秦入咸阳者王之’。今沛公先破秦入咸阳，豪毛不敢有所近，封闭宫室，还军霸上，以待大王来。故遣将守关者，备他盗出入与非常也。劳苦而功高如此，未有封侯之赏，而听细说，欲诛有功之人。此亡秦之续耳，窃为大王不取也。”项王未有以应，曰：“坐。”樊哙从良坐。坐须臾，沛公起如厕，因招樊哙出。（《史记》卷七《项羽本纪》）

樊哙一出现，就通过闯营、披帷怒目而立、饮酒吃生肉等行动显示了勇武粗豪的特点；接着又对项羽进行了一番有理有节的责问，说明他很有政治头脑，善于斗争。后来，当他和刘邦离开宴席，刘邦未敢贸然不辞而别时，他又劝刘邦不必拘于礼节，而应尽快脱身：

沛公曰："今者出，未辞也，为之奈何？"樊哙曰："大行不顾细谨，大礼不辞小让。如今人方为刀俎，我为鱼肉，何辞为。"于是遂去。（同上）

樊哙的一番话表现了他对形势的清醒认识和对刘邦的忠诚。司马迁对这个人物没有作任何客观介绍和静止描写，完全通过其行动和语言使其形象血肉丰满，跃然纸上。

司马迁还善于运用一些生活细节和传闻轶事来刻画人物。如《留侯世家》中的张良见圯上老人、《陈丞相世家》中的陈平分肉、《淮阴侯列传》中的韩信受胯下之辱、《李将军列传》中的李广射虎中石、《酷吏列传》中的张汤审鼠，都属此类例子，这些细节和轶事虽与重大历史事件关系不大，但在作品中却如画龙点睛、颊上添毫，成为表现人物性格的传神之笔。司马迁又往往把这类细节和轶事放在一篇传记的开头，其效果如同人物的出场亮相，一开始便给人一个深刻印象，并为其一生的行事埋下伏笔。如《李斯列传》的开头记载了这样一件小事：李斯年轻时做郡小吏，见到厕中鼠食不洁之物，被人犬惊恐；又见到仓中鼠食积粟，居大庑之下，不受惊扰，因而感叹道："人之贤不肖譬如鼠矣，在所自处耳。"于是乃从荀卿学帝王之术。通过这件小事，生动揭示了李斯对权势地位的歆羡，暴露了其灵魂的卑污。读完全篇，人们会越发感到，李斯一生的行为，都是在这种思想支配下，为权势禄位而奋斗，以便做一个"仓鼠"，不做"厕鼠"。在《史记》中，这类细节和趣闻俯拾即是，有些还带有一点儿传奇色彩。它们对表现人物性格，增强作品的文学色彩起了不可忽视的作用。

二、戏剧化的叙事

《史记》的叙事精彩生动，富于传奇性，带有戏剧化的特点。其中很多作品，情节曲折，刻画细致，矛盾冲突紧张激烈，故事性很强。作者围绕情节的展开，运用铺垫、渲染、伏笔、照应等手法，大胆设置悬念，制造波澜，造成了引人入胜的艺术效果。如《魏公子列传》中写信陵君与侯生的交往，就是一段十分生动的故事。

魏有隐士曰侯嬴，年七十，家贫，为大梁夷门监者。公子闻之，往请，欲厚遗之。不肯受，曰："臣修身洁行数十年，终不以监门困故而受公子财。"公子于是乃置酒大会宾客。坐定，公子从车骑，虚左，自迎夷门侯生。侯生摄敝衣冠，直上载公子上坐，不让，欲以观公子。公子执辔愈恭。侯生又谓公子曰："臣有客在市屠中，愿枉车骑过之。"公子引车入市，侯生下见其客朱亥，俾倪，故久立，与其客语，微察公子。公子颜色愈和。当是时，魏将相宗室宾客满堂，待公子举酒。市人皆观公子执辔。从骑皆窃骂侯生。侯生视公子色终不变，乃谢客就车。至家，公子引侯生坐上坐，遍赞宾客，宾客皆惊。酒酣，公子起，为寿侯生前。侯生因谓公子曰："今日嬴之为公子亦足矣。嬴乃夷门抱关者也，而公子亲枉车骑，自迎嬴于众人广坐之中，不宜有所过，今公子故过之。然嬴欲就公子之名，故久立公子车骑市中，过客以观公子，公子愈恭。市人皆以嬴为小人，而以公子为长者能下士也。"于是罢酒，侯生遂为上客。

侯生谓公子曰："臣所过屠者朱亥，此子贤者，世莫能知，故隐屠间耳。"公子往数请之，朱亥故不复谢，公子怪之。

魏安厘王二十年，秦昭王已破赵长平军，又进兵围邯郸。公子姊为赵惠文王弟平原君夫人，数遗魏王及公子书，请救于魏。魏王使将军晋鄙将十万众救赵。秦王使使者告魏王曰："吾攻赵旦暮且下，而诸侯敢救者，已拔赵，必移兵先击之。"魏王恐，使人止晋鄙，留军壁邺，名为救赵，实持两端以观望。平原君使者冠盖相属于魏，让魏公子曰："胜所以自附为婚姻者，以公子之高义，为能急人之困。今邯郸旦暮降秦而魏救不至，安在公子能急人之困也！且公子纵轻胜，弃之降秦，独不怜公子姊邪？"公子患之，数请魏王，及宾客辩士说王万端。魏王畏秦，终不听公子。公子自度终不能得之于王，计不独生而令赵亡，乃请宾客，约车骑百余乘，欲以客往赴秦军，与赵俱死。

行过夷门，见侯生，具告所以欲死秦军状。辞决而行，侯生曰："公子勉之矣，老臣不能从。"公子行数里，心不快，曰："吾所以待侯生者备矣，天下莫不闻，今吾且死而侯生曾无一言半辞送我，我岂有所失哉？”复引车还，问侯生。侯生笑曰：“臣固知公子之还也。”曰：“公子喜士，名闻天下。今有难，无他端而欲赴秦军，譬若以肉投馁虎，何功之有哉？尚安事客？然公子遇臣厚，公子往而臣不送，以是知公子恨之复返也。”公子再拜，因问。侯生乃屏人闲语，曰：“嬴闻晋鄙之兵符常在王卧内，而如姬最幸，出入王卧内，力能窃之。嬴闻如姬父为人所杀，如姬资之三年，自王以下欲求报其父仇，莫能得。如姬为公子泣，公子使客斩其仇头，敬进如姬。如姬之欲为公子死，无所辞，顾未有路耳。公子诚一开口请如姬，如姬必许诺，则得虎符夺晋鄙军，北救赵而西却秦，此五霸之伐也。”公子从其计，请如姬。如姬果盗晋鄙兵符与公子。

公子行，侯生曰：“将在外，主令有所不受，以便国家。公子即合符，而晋鄙不授公子兵而复请之，事必危矣。臣客屠者朱亥可与俱，此人力士。晋鄙听，大善；不听，可使击之。”于是公子泣。侯生曰：“公子畏死邪？何泣也？”公子曰：“晋鄙嚄唶宿将，往恐不听，必当杀之，是以泣耳，岂畏死哉？”于是公子请朱亥。朱亥笑曰：“臣乃市井鼓刀屠者，而公子亲数存之，所以不报谢者，以为小礼无所用。今公子有急，此乃臣效命之秋也。”遂与公子俱。公子过谢侯生。侯生曰：“臣宜从，老不能。请数公子行日，以至晋鄙军之日，北乡自刭，以送公子。”公子遂行。

至邺，矫魏王令代晋鄙。晋鄙合符，疑之，举手视公子曰：“今吾拥十万之众，屯于境上，国之重任，今单车来代之，何如哉？”欲无听。朱亥袖四十斤铁椎，椎杀晋鄙，公子遂将晋鄙军。勒兵下令军中曰：“父子俱在军中，父归；兄弟俱在军中，兄归；独子无兄弟，归养。”得选兵八万人，进兵击秦军。秦军解去，遂救邯郸，存赵。赵王及平原君自迎公子于界，平原君负韊矢为公子先引。赵王再拜曰：“自古贤人未有及公子者也。”当此之时，平原君不敢自比于人。公子与侯生决，至军，侯生果北乡自刭。（《史记》卷七十七《魏公子列传》）

文中先交代信陵君礼贤下士，多次礼聘侯生，他都不受。又写信陵君亲自请侯生赴宴，他却在途中去探望友人朱亥，故意让信陵君久等，暗中观察他的反应。作者又特意交代其他人物的表现，以反衬信陵君的谦恭："当是时，魏将相宗室宾客满堂，待公子举酒；市人皆观公子执辔；从骑皆骂侯生。"而公子却"颜色愈和"，"色终不变"。这时读者都会钦佩信陵君的谦恭下士，而又对侯生的作法有些不解。直到后面，作者才通过侯生之口说出他这样做是为了成就信陵君的好客之名。至此，情节暂告一段落。接着，文中又交代信陵君为救赵率领门客去与秦军决战，临行前向侯生诀别，他却十分冷淡，引起信陵君不快。等到信陵君重又回来讨教时，他才笑道"臣固知公子之还也"，并在信陵君一再请求下，说出了早已成竹在胸的计谋，又向他推荐了朱亥。然后，作者又交待信陵君在朱亥等人的帮助下，完成了窃符救赵之举；并补叙侯生在信陵军到军中后，北向自刎以报答他。到这里，一段曲折的故事才告结束。文章情节紧凑，有伏笔、有照应，波澜起伏，悬念丛生，对人物的情态、心理也刻画入微，如同一篇妙趣横生的短篇小说。

《史记》中还有不少富于戏剧性的场面描写。如《项羽本纪》中写刘项双方在鸿门宴上激烈交锋；《廉颇蔺相如列传》中写蔺相如在章华台上持璧睨柱，呵斥秦王；《魏其武安侯列传》中写灌夫骂座和东朝廷辩；《李将军列传》中写李广面对十倍于己的强敌，神态自若，亲自用大黄弩射杀敌将；《刺客列传》中写易水送别和秦庭行刺，其场面或惊险或悲壮或头绪纷繁或波澜壮阔，都写得细致逼真、有声有色，给人以身临其境之感。《史记》中这类场面描写比先秦历史散文有了长足进展。

《史记》的语言是在当时口语的基础上创造而成的，既平易朴素，又丰富多彩、准确生动。其叙述语言雄浑朴茂，感情色彩浓厚，富于节奏感和气势美。例如《项羽本纪》中写巨鹿之战：

> 项羽已杀卿子冠军，威震楚国，名闻诸侯。乃遣当阳君、蒲将军将卒二万渡河，救巨鹿。战少利，陈余复请兵。项羽乃悉引兵渡河，皆沉船，破釜甑，烧庐舍，持三日粮，以示士卒必死，无一还心。于是至则围王离，与秦军遇，九战，绝其甬道，大破之，杀苏角，虏王离。涉

间不降楚，自烧杀。当是时，楚兵冠诸侯。诸侯军救巨鹿下者十余壁，莫敢纵兵，及楚击秦，诸将皆从壁上观，楚战士无不以一当十，楚兵呼声动天，诸侯军无不人人惴恐。于是已破秦军，项羽召见诸侯将，入辕门，无不膝行而前，莫敢仰视。项羽由是为诸侯上将军，诸侯皆属焉。(《史记》卷七《项羽本纪》)

文章描写战斗过程，用了一系列短促的句子交代在短时间内连续发生的行为，以表现楚军高昂的斗志和势如破竹的气势。然后写诸侯军观战及面见项羽，又用了几个"无不"和"莫敢"，看似重复，实则极好地渲染了楚军强大的震慑力。文章读起来有一种酣畅淋漓的气势。《史记》的人物语言富于个性化，善于表现人物的性格、志趣及在特定情境下的心理和情态。如《张仪列传》中写张仪在楚国游说不成，反被当作窃贼痛打，回家后夫妻间有这样一段对话："其妻曰：'嘻，子毋读书游说，安得此辱乎？'张仪谓其妻曰：'视吾舌尚在不？'其妻笑曰：'舌在也。'仪曰：'足矣！'"寥寥数语，写出了妻子在抱怨中的关心、张仪在幽默中的自信，表现了一个靠口舌取名利的纵横家的坚韧，读起来妙趣无穷。此外，《史记》中还大量吸收了来自民间的俗语、谚语和歌谣，使其语言更加生动活泼，摇曳多姿。这也是先秦历史散文所不及的。

三、激荡不平的情感

《史记》融注了司马迁的审美理想，带有汉武帝时期散文的基本特征。在时代风气的感染下，司马迁怀抱着高度的历史责任感和建功立业的人生理想，他向往奇伟不凡的事物，崇拜英雄。但在汉武帝加强封建专制统治的局面下，他又感到备受压抑。他在《报任安书》中曾深深感慨自己地位低下："文史、星历，近乎卜祝之间，固主上所戏弄，倡优所畜，流俗之所轻也。"因李陵事件受宫刑的遭遇，更使他认识到封建专制的残酷，胸中积满了悲愤。他对悲剧有着深切的内心体验。在逆境中，他效仿古人发愤著书，《史记》就是一部用他的生命和血泪凝成的伟大作品。司马迁在书中刻画了一大批品行卓异、具有英雄性格的人。他们或胸怀大志、发愤进取，或坚守正义、勇于献身，或孤高耿介、不媚流俗，都能够扬名于天下，在历史上产生重要影响，最大限度地实现个体生命的价值。同时，司马迁又写出了这些理想人物的不幸和毁灭，使这些形象带有或多或少的悲剧色彩。他总爱淋漓尽致地渲染主人公们英雄末路、壮志难酬的悲哀，怀才不遇、无所归依的痛苦和信而见疑、忠而受谤的愤懑，以寄托自己的生活感受。在这方面，《史记》表现了西汉中期知识分子的共同心态，其思想情调与当时感慨士之不遇的作品相一致。在表现人物悲剧命运时，司马迁极力展示他们性格与环境的尖锐冲突，展示他们内心的剧烈冲突。他还常在文中夹叙夹议地直抒其情，其感情也带有怨怼愤激、异常强烈的特点，表现了自己激荡不平的内心世界。他的《伯夷列传》被鲁迅称为一篇小品文。文中写道：

夫学者载籍极博，犹考信于六艺。《诗》、《书》虽缺，然虞、夏之文可知也。尧将逊位，让于虞舜。舜禹之间，岳牧咸荐，乃试之于位，典职数十年，功用既兴，然后授政，示天下重器。王者大统，传天下若斯之难也。而说者曰尧让天下于许由，许由不受，耻之逃隐。及夏之时，有卞随、务光者。此何以称焉？太史公曰：余登箕山，其上盖有许由冢云。孔子序列古之仁圣贤人，如吴太伯、伯夷之伦详矣。余以所闻由、光义至高，其文辞不少概见，何哉？

孔子曰："伯夷、叔齐，不念旧恶，怨是用希。""求仁得仁，又何怨乎？"余悲伯夷之意，睹轶诗可异焉。其传曰：伯夷、叔齐，孤竹君之二子也。父欲立叔齐，及父卒，叔齐让伯夷。伯夷曰："父命也。"遂逃去。叔齐亦不肯立而逃之。国人立其中子。于是伯夷、叔齐闻西伯昌善养老，盍往归焉。及至，西伯卒，武王载木主，号为文王，东伐纣。伯夷、叔齐叩马而谏曰："父死不葬，爰及干戈，可谓孝乎？以臣弑君，可谓仁乎？"左右欲兵之。太公曰："此义人也。"扶而去之。武王已平殷乱，天下宗周，而伯夷、叔齐耻之，义不食周粟，隐于首阳山，采薇而食之。及饿且死，作歌，其辞曰："登彼西山兮，采其薇矣。以暴易暴兮，不知其非矣。神农虞夏忽焉没兮，我安适归矣？于嗟徂兮，命之衰矣!”遂饿死于首阳山。由此观之,怨邪非邪?

或曰:“天道无亲,常与善人。”若伯夷、叔齐,可谓善人者非邪?积仁洁行如此而饿死!且七十子之徒,仲尼独荐颜渊为好学。然回也屡空,糟糠不厌,而卒蚤夭。天之报施善人,其何如哉?盗跖日杀不辜,肝人之肉,暴戾恣睢,聚党数千人横行天下,竟以寿终。是遵何德哉?此其尤大彰明较著者也。若至近世,操行不轨,专犯忌讳,而终身逸乐,富厚累世不绝。或择地而蹈之,时然后出言,行不由径,非公正不发愤,而遇祸灾者,不可胜数也。余甚惑焉,傥所谓天道,是邪非邪?

子曰“道不同不相为谋”,亦各从其志也。故曰“富贵如可求,虽执鞭之士,吾亦为之。如不可求,从吾所好”。“岁寒,然后知松柏之后凋”。举世混浊,清士乃见。岂以其重若彼,其轻若此哉?

“君子疾没世而名不称焉”。贾子曰:“贪夫徇财,烈士徇名,夸者死权,众庶冯生。”“同明相照,同类相求。”“云从龙,风从虎,圣人作而万物睹。”伯夷、叔齐虽贤,得夫子而名益彰。颜渊虽笃学,附骥尾而行益显。岩穴之士,趋舍有时若此,类名堙灭而不称,悲夫!闾巷之人,欲砥行立名者,非附青云之士,恶能施于后世哉?(《史记》卷六十一《伯夷列传》)

此文只用少量文字叙述伯夷、叔齐的事迹,其余大部分篇幅都用来咏叹议论。司马迁先说伯夷、叔齐的事迹是孔子所详述的,不像许由那渺茫难信。在叙述伯夷、叔齐的事迹时,记载了一首两人临终前唱的歌,歌中抨击武王伐纣是“以暴易暴兮,不知其非矣”,并感慨“神农虞夏忽焉没兮,我安适归矣”,这首歌虽说出自伯夷、叔齐之口,实际包含了司马迁对汉代现实的感受。文中又对孔子关于伯夷、叔齐“求仁得仁,又何怨乎”的说法表示怀疑,进而列举自古及今好人遇祸、坏人得志的事实,说明世道的不公,对所谓天道发出了质问。文章自始至终充满了愤忿不平。同类作品还有《屈原列传》。在传中,司马迁用充满同情的笔触记载了屈原的遭遇,抒发了强烈的悲愤。当述及屈原因正身直行而被楚怀王疏远时,文中写道：

屈平疾王听之不聪也，谗谄之蔽明也，邪曲之害公也，方正之不容也，故忧愁幽思而作《离骚》。离骚者，犹离忧也。夫天者，人之始也；父母者，人之本也。人穷则反本，故劳苦倦极，未尝不呼天也；疾痛惨怛，未尝不呼父母也。屈平正道直行，竭忠尽智以事其君，谗人间之，可谓穷矣。信而见疑，忠而被谤，能无怨乎？屈平之作《离骚》，盖自怨生也。《国风》好色而不淫，《小雅》怨诽而不乱。若《离骚》者，可谓兼之矣！上称帝喾，下道齐桓，中述汤武，以刺世事。明道德之广崇，治乱之条贯，靡不毕见。其文约，其辞微，其志洁，其行廉，其称文小而其指极大，举类迩而见义远。其志洁，故其称物芳。其行廉，故死而不容自疏。濯淖污泥之中，蝉蜕于浊秽，以浮游尘埃之外，不获世之滋垢，皭然泥而不滓者也。推此志也，虽与日月争光可也。(《史记》卷八十四《屈原贾生列传》)

司马迁对屈原“信而见疑，忠而被谤”的遭遇深表同情，他认为《离骚》带有“穷极反本”的特征，是怨的产物。这些见解，不仅是对屈原的深刻理解，也饱含着司马迁自己的身世之感。接下去，当述及屈原被楚襄王放逐时，文中又写道：

屈平既嫉之，虽放流，睠顾楚国，系心怀王，不忘欲反。冀幸君之一悟，俗之一改也。其存君兴国，而欲反复之，一篇之中三致志焉。然终无可奈何，故不可以反，卒以此见怀王之终不悟也。人君无愚智贤不肖，莫不欲求忠以自为，举贤以自佐，然亡国破家相随属，而圣君治国累世而不见者，其所谓忠者不忠，而所谓贤者不贤也。怀王以不知忠臣之分，故内惑于郑袖，外欺于张仪，疏屈平而信上官大夫、令尹子兰。兵挫地削，亡其六郡，身客死于秦，为天下笑。此不知人之祸也。《易》曰：“井泄不食，为我心恻，可以汲。王明，并受其福。”王之不明，岂足福哉！(同上)

这些议论，不仅是对屈原的同情，也是对“不知忠臣之分”的昏君的批评，司马迁每论及此，都是感慨万端。这类作品，充满了浓郁的感情，它们打破了儒家提倡的“怨而不怒”、“哀而不伤”、“温柔敦厚”的美学风格，是对黑暗现实的控诉，对社会正义的呼唤。鲁迅因此称《史记》为“无韵之离骚”。再加上作品中曲折的情节、紧张的场面和气势充沛的语言，《史记》便带有一种狂飙雷电般的力量，给人以惊心动魄的审美感受。

《史记》为后代的传记文学树立了光辉典范，成了后代散文家写作的圭臬。它直接影响了我国古代小说的形式和表现手法，也成为后代戏曲、小说取材的渊薮。其中体现出的进步理想使历代文人受到了熏陶。《史记》对于后代文学的影响是广大而深远的。

第三节　班固与《汉书》的思想特征

一、班固与《汉书》的写作过程

班固字孟坚，扶风安陵(今陕西省咸阳市)人，生于东汉光武帝建武八年(32)，卒于和帝永元四年(92)。班固出身于仕宦之家。曾祖班况，汉成帝时为越骑校尉。祖父班稚，哀帝时作过广平相，平帝时王莽擅权，归相印，补为延陵园郎。父班彪，是一位正统的儒家学者。著有《王命论》和《北征赋》，曾经续补《史记》，作《后传》数十篇。班固“年九岁，能属文诵诗赋，及长，遂博贯载籍，九流百家之言，无不穷究。所学无常师，不为章句，举大义而已”。二十三岁时，班彪去世，班固回到乡里，潜心研思，决心完成父亲尚未完成的写史工作。既而有人告他私自改作国史，他因此被投入京兆狱中，其弟班超上书汉明帝，说明其写史的意图，汉明帝阅其书稿，大为赏识，遂以班固为兰台令史，令其继续撰写《汉书》。汉章帝即位，班固升为玄武司马。建初四年(79)，班固参加了白虎观会议，事后奉诏将会议文献整理为《白虎通德论》。和帝永元元年(89)，班固随大将军窦宪出击匈奴。汉军大破匈奴，登燕然山(今外蒙古杭爱山)，刻石纪功，班固作《封燕然山铭》。永元四年，窦宪犯罪自杀，班固受牵连而免官，后被洛阳令种兢逮捕入狱，死于狱中，年六十一。班固逝世前基本上写完了《汉书》，剩下一部份“志”和“表”，是他死后由其妹班昭和弟子马续完成的。

《汉书》是《史记》之后又一部杰出的历史著作，是我国第一部纪传体断代史。《史记》的记事止于汉武帝太初年间。司马迁死后，很多人都在缀集时事而续写《史记》，但没有人想到要写一部汉朝的断代史。班固认为：“汉绍尧运，以建帝业，至于六世，史臣乃追述功德，私作本纪编于百王之末，厕于秦项之列，太初以后，阙而不录，故探撰前记，缀集所闻，以为《汉书》。”他不满意司马迁把汉朝统治者列于春秋战国的国君之后，和秦朝、项羽并列，并且只是记载到汉武帝时代为止，因此，他决心要写一部汉代的历史。这样做，有歌颂汉朝功德，维护汉朝正统地位的用意。在编写体例上,《汉书》则是对司马迁开创的纪传体史学的创造性发展。此后,我国封建时代的正史,都沿用了《汉书》的断代史体例。因此,后来人们一直把"班马"、"《史》《汉》"并称。

《汉书》的记事上起汉高祖元年(前 206),下到王莽地皇四年(23),共记载了二百二十九年的历史。全书包括本纪十二篇、表八篇、志十篇、列传七十篇,共一百篇。后人把其中较长的篇目一分为二,分全书为一百二十卷。《汉书》在体制上基本上承袭了《史记》,但又有所改变。首先是取消了"世家",把它们并入"列传"。这反映了汉代的诸侯王已不同于先秦诸侯的现实,也表现了班固维护中央集权的政治态度。其次是根据以大汉王朝为正统的思想,整齐了体例。例如《史记》把项羽列为本纪、陈涉列为世家,《汉书》则合为《陈涉项籍传》。另外,《汉书》改《史记》中的"书"为"志",并增加到十篇。这十篇"志"同《史记》中的"书"一样,是记载典章制度的文化史,但它们在"书"的基础上进一步穷本探源,不少地方较《史记》提供了更完整、更丰富的史料。例如《汉书·食货志》虽主要根据《史记·平准书》,但材料更为系统、更为具体,成为研究秦汉经济制度和社会生产的第一手资料。又如根据刘歆《七略》创立的《艺文志》和根据《尚书·禹贡》等材料创立的《地理志》,都是《史记》中所没有的,是我们研究有关学科的重要资料,也是班固对保存我国古代文化的重要贡献。

二、《汉书》的思想特征

《汉书》是《史记》之后第一部可与之媲美的体大思精的历史著作。但二者产生于不同的时代,作者的思想也有较大差异,这就使《汉书》表现出与《史记》不同的思想特征。

《汉书》不同于《史记》之处,首先表现在对汉朝的歌颂。司马迁作《史记》,也自称有歌颂汉朝的目的,他在《太史公自序》中说:

> 汉兴以来,至明天子,获符瑞,封禅,改正朔,易服色,受命于穆清,泽流罔极,海外殊俗,重译款塞,请来献见者,不可胜道。臣下百官力诵圣德,犹不能宣尽其意。且士贤能而不用,有国者之耻;主上

明圣而德不布闻，有司之过也。且余尝掌其官，废明圣盛德不载，灭功臣世家贤大夫之业不述，堕先人所言，罪莫大焉。（《史记》卷一百三十《太史公自序》）

这里所说的“明天子”即汉武帝，汉武帝时期内修礼乐，外征四夷，开疆拓土，汉朝达到了强盛的顶点。对这一历史变迁，司马迁有清晰而深刻的认识，因此他才有上面这段表述。但在《史记》的写作过程中，西汉儒家的理想主义和批判精神又使司马迁更多地看到了社会的弊端，受宫刑之后，他的心态也发生了变化，对现实中阴暗面的感受更加强烈，这就使《史记》中对汉朝的批评多于颂扬，甚至难免“微文刺讥”之处。而班固生活在东汉的鼎盛时期，这一时期，国家统一，社会安定，朝廷大力提倡儒学，推行德治教化。班固深受时代环境的影响，他由衷地拥护刘氏政权的正统地位，极力维护当时统一安定的局面。在这种思想支配下，《汉书》高度评价了汉朝的历史地位，热情赞颂为汉朝的建立与发展做出了突出贡献的皇帝和大臣。这里仅以对汉代前几个皇帝的评价为例，以见《史记》、《汉书》倾向之异同。

先看对刘邦的评价，刘邦是汉朝的开创者，司马迁对这样一个有重要历史地位的人物并没有多少好感，他在《史记》中对刘邦多有讽刺，在《高祖本纪》的“太史公曰”说：

夏之政忠。忠之敝，小人以野，故殷人承之以敬。敬之敝，小人以鬼，故周人承之以文。文之敝，小人以僿，故救僿莫若以忠。三王之道若循环，终而复始。周秦之间，可谓文敝矣。秦政不改，反酷刑法，岂不缪乎？故汉兴，承敝易变，使人不倦，得天统矣。（《史记》卷八《高祖本纪》）

这里论及汉朝之兴，却对刘邦的作用只字不提，只是说汉朝“承敝易变”，能够因前代之弊而改变治国方略，看来司马迁实在不愿意直接赞美刘邦。而班固在《汉书·高帝纪》中则写道：

> 初，高祖不修文学，而性明达，好谋，能听，自监门戍卒，见之如旧。初顺民心作三章之约。天下既定，命萧何次律令，韩信申军法，张苍定章程，叔孙通制礼仪，陆贾造《新语》。又与功臣剖符作誓，丹书铁契，金匮石室，藏之宗庙。虽日不暇给，规摹弘远矣。（《汉书》卷一下《高帝纪》下）

这里所说的“文学”即儒学。刘邦不喜儒学，但他为人开明豁达，喜欢谋划，能听取别人意见，在汉初百废待兴之时，他让臣下制定各种法令、制度和礼仪，又与功臣剖符作誓，为汉朝的巩固与发展奠定了基础。班固对刘邦的这些评价，显然更加符合事实。当然班固也受到了东汉前期主流思想的影响，他在《高帝纪》后的赞语中列举了前人关于刘氏起源的说法，又说：“由是推之，汉承尧运，德祚已盛，断蛇著符，旗帜上赤，协于火德，自然之应，得天统矣。”关于汉承尧运，属火德，是西汉后期形成的“三统说”和“五行终始说”的观点，在东汉前期，这是官方的思想。班固写汉代的历史，不可能回避这些说法。但他在具体的叙事中并没有过多地渲染这些东西，反而在这段赞语之前写下了评价刘邦的那段话。这说明他对汉朝的颂扬是依据史实，重视历史人物的具体作为的。

关于对汉文帝的评价，《汉书》和《史记》非常一致。《史记·孝文本纪》的“太史公曰”说：

> 孔子言“必世然后仁。善人之治国百年，亦可以胜残去杀”。诚哉是言！汉兴，至孝文四十有余载，德至盛也。廪廪乡改正服封禅矣，谦让未成于今。呜呼，岂不仁哉！（《史记》卷十《孝文本纪》）

文中引孔子之言称赞汉文帝之德，认为他可以称得上“仁”①。《汉书

① 这段话中“廪廪乡改正服封禅矣，谦让未成于今”两句与司马迁所处的汉武帝时期的情况不符，这些事情在汉武帝时都已实现。据此，或以为《孝文本纪》是司马谈所作。但即便如此，司马迁并未加以改动，说明他是认同这些看法的。

·文帝纪》的赞语则说：

> 孝文皇帝即位二十三年，宫室苑囿车骑服御无所增益。有不便，辄弛以利民。尝欲作露台，召匠计之，直百金。上曰："百金，中人十家之产也。吾奉先帝宫室，常恐羞之，何以台为！"身衣弋绨，所幸慎夫人衣不曳地，帷帐无文绣，以示敦朴，为天下先。治霸陵，皆瓦器，不得以金、银、铜、锡为饰，因其山，不起坟。南越尉佗自立为帝，召贵佗兄弟，以德怀之，佗遂称臣。与匈奴结和亲，后而背约入盗，令边备守，不发兵深入，恐烦百姓。吴王诈病不朝，赐以几杖。群臣袁盎等谏说虽切，常假借纳用焉。张武等受赂金钱，觉，更加赏赐，以愧其心。专务以德化民，是以海内殷富，兴于礼义，断狱数百，几致刑措。呜呼，仁哉！（《汉书》卷四《文帝纪》）

这里也用"仁"来赞颂汉文帝，而且列举一系列事实来说明汉文帝为君俭朴和以德化民。这些事实几乎原封不动地照录了《史记》的记载，只是增加了"断狱数百，几致刑措"两句。可见《汉书》和《史记》对汉文帝的评价是完全一致的。关于汉景帝，《史记·景帝本纪》的"太史公曰"说：太史公曰：

> 汉兴，孝文施大德，天下怀安，至孝景，不复忧异姓，而晁错刻削诸侯，遂使七国俱起，合从而西乡，以诸侯太盛，而错为之不以渐也。及主父偃言之，而诸侯以弱，卒以安。安危之机，岂不以谋哉？（《史记》卷十一《景帝本纪》）

司马迁认为，由于汉文帝的德治，汉景帝时天下已安定，但晁错处置失当，致使七国反叛。这里对汉景帝颇有微辞。因为晁错削藩的主张是被汉景帝所采纳的，批评晁错就等于批评汉景帝。而《汉书·景帝纪》的赞语则说：

孔子称"斯民,三代之所以直道而行也",信哉!周秦之敝,罔密文峻,而奸轨不胜。汉兴,扫除烦苛,与民休息。至于孝文,加之以恭俭,孝景遵业,五六十载之间,至于移风易俗,黎民醇厚。周云成、康,汉言文、景,美矣!(《汉书》卷五《景帝纪》)

班固认为,汉景帝能够继承先辈遗业,致使移风易俗,黎民淳厚,他盛赞文、景时期的政治局面堪与西周成、康时期相比。文景之治这一说法即源于此。

至于汉武帝,司马迁对他基本上没说什么好话,《史记》涉及汉武帝时期的各项举措及当时的人物也是批评多于肯定。而班固在《公孙弘卜式儿宽传》的赞语中则盛赞汉武帝时的人才之盛:

公孙弘、卜式、儿宽皆以鸿渐之翼困于燕爵,远迹羊豕之间,非遇其时,焉能致此位乎?是时,汉兴六十余载,海内艾安,府库充实,而四夷未宾,制度多阙。上方欲用文武,求之如弗及,始以蒲轮迎枚生,见主父而叹息。群士慕向,异人并出。卜式拔于刍牧,弘羊擢于贾竖,卫青奋于奴仆,日磾出于降虏,斯亦曩时版筑饭牛之朋已。汉之得人,于兹为盛,儒雅则公孙弘、董仲舒、儿宽,笃行则石建、石庆,质直则汲黯、卜式,推贤则韩安国、郑当时,定令则赵禹、张汤,文章则司马迁、相如,滑稽则东方朔、枚皋,应对则严助、朱买臣,历数则唐都、洛下闳,协律则李延年,运筹则桑弘羊,奉使则张骞、苏武,将率则卫青、霍去病,受遗则霍光、金日磾,其余不可胜纪。是以兴造功业,制度遗文,后世莫及。(《汉书》卷五十八《公孙弘卜式儿宽传》)

汉武帝时期是中华民族大发展的时期,这一时期的汉朝可谓人材济济,这些人材的出现与汉武帝不拘一格地搜求和任用有关,在当时的政治局面下,各种人材脱颖而出,"兴功造业,制度遗文,后世莫及"。这是班固对汉武帝时代的由衷赞美。而汉武帝本人,则是这个时代的杰出代表,是当时各种人材中的佼佼者。《汉书·武帝纪》的赞语说:

> 汉承百王之弊，高祖拨乱反正，文景务在养民，至于稽古礼文之事，犹多阙焉。孝武初立，卓然罢黜百家，表章《六经》。遂畴咨海内，举其俊茂，与之立功。兴太学，修郊祀，改正朔，定历数，协音律，作诗乐，建封禅，礼百神，绍周后，号令文章，焕焉可述。后嗣得遵洪业，而有三代之风。如武帝之雄材大略，不改文景之恭俭以济斯民，虽《诗》、《书》所称，何有加焉！（《汉书》卷六《武帝纪》）

班固用雄材大略来称赞汉武帝，高度评价他在位时期崇儒学、兴礼乐、修制度的各种举措，认为可与三代媲美。这些颂扬，绝不是无原则的歌功颂德，而是班固以史家的目光考察历史变迁而得出的结论。汉朝在秦朝之后又一次实现了国家的统一，经过前后几代人的努力，终于在汉武帝时期出现了空前强盛的局面，这在中华民族的发展史上是有重大意义的。汉武帝本人在这个历史过程中的贡献也是不可抹杀的。班固总结历史，高度评价汉朝的历史地位和汉武帝的贡献，也是有积极意义的。当然，班固对汉武帝也不是一味颂扬，他说“如武帝之雄材大略，不改文景之恭俭以济斯民，虽《诗》、《书》所称，何有加焉！”言外之意是汉武帝不能像文、景二帝那样恭俭。他赞扬武帝，只提其文治，而不讲其武功，也说明他对武帝的对外用兵是有不同意见的。可见班固虽然述颂功德，却有自己的原则和见解。

《汉书》和《史记》的不同，还表现在班固在评价人物和事件时，主要着眼于社会的秩序、国家的统一和人民的安居乐业，因此，书中对当时的皇权、对儒家提倡的伦理纲常，是加以维护的，而绝不去赞美不符合“正义”的人物和行为。例如《汉书·游侠列传》就与《史记·游侠列传》的观点截然相反。司马迁对游侠的看法，前文已有论述。班固的《游侠列传》则表达了不同的见解。文中说：

> 古者天子建国，诸侯立家，自卿大夫以至于庶人各有等差，是以民服事其上，而下无觊觎。孔子曰：“天下有道，政不在大夫。”百官有

司奉法承令，以修所职，失职有诛，侵官有罚。夫然，故上下相顺，而庶事理焉。

周室既微，礼乐征伐自诸侯出。桓文之后；大夫世权，陪臣执命。陵夷至于战国，合从连衡，力政争强。繇是列国公子，魏有信陵，赵有平原，齐有孟尝，楚有春申，皆藉王公之势，竞为游侠，鸡鸣狗盗，无不宾礼。而赵相虞卿弃国捐君，以周穷交魏齐之厄；信陵无忌窃符矫命，戮将专师，以赴平原之急：皆以取重诸侯，显名天下。搤掔而游谈者，以四豪为称首。于是背公死党之议成，守战奉上之义废矣。

及至汉兴，禁网疏阔，未之匡改也。是故代相陈豨从车千乘，而吴濞、淮南皆招宾客以千数。外戚大臣魏其、武安之属竞逐于京师，布衣游侠剧孟、郭解之徒驰骛于闾阎，权行州域，力折公侯。众庶荣其名迹，觊而慕之。虽其陷于刑辟，自与杀身成名，若季路、仇牧，死而不悔也。故曾子曰："上失其道，民散久矣。非明王在上，视之以好恶，齐之以礼法，民曷繇知禁而反正乎！

古之正法：五伯，三王之罪人也；一而六国，五伯之罪人也。夫四豪者，又六国之了罪人也。况于郭解之伦，以匹夫之细，窃杀生之权，其罪已不容于诛矣。观其温良泛爱，振穷周急，谦退不伐，亦皆有绝异之姿。惜乎不入于道德，苟放纵于末流，杀身亡宗，非不幸也！(《汉书》卷九十二《游侠列传》)

班固认为，理想的社会应当是上下尊卑各有等差，人人各安本分，各尽其职，"民服事其上而下无觊觎"，"百官有司奉法承令，以修所职，失职有诛，侵官有罚"，在这种局面下，是没有游侠存在的理由的。他说，郭解这样的游侠"以匹夫之细，窃杀生之权，其罪已不容于诛矣。观其温良泛爱，振穷周急，谦退不伐，亦皆有绝异之姿，惜乎不入于道德，苟放纵于末流，杀身亡宗，非不幸也"。这种看法和司马迁迥然不同，司马迁出于对现实的不满，在游侠身上倾注了强烈的感情。而班固则从维护社会秩序的角度，看到了游侠的危害。即以司马迁最为赞赏的郭解为例，据《史记·游侠列传》，郭解"少时阴贼，慨不快意，身所杀甚众。以躯借交报仇，藏命作奸剽攻，休乃铸钱掘冢，固不可胜数”。后来虽折节为俭，以德报怨，但“其阴贼着于心，卒发于睚眦如故云”。郭解虽在民间，却有很大势力，可以指使官吏为自己做事。一次，有人在遇到郭解时没有避让，反而“箕倨视之”，郭解的门客要杀此人，郭解不许，为了以德报怨，他暗中嘱托尉史，在那人该“践更”时免除他。尉史照办了。后来朝廷迁徙豪富去茂陵，又有大将军卫青在皇帝面前替他说情。由此不难看出，郭解不仅像地方豪强一样交结官府，而且已将触角伸向皇帝身边，他对政治权力的影响力不可谓不大。郭解手下之人，多次替郭解报仇杀人。杨季主之子曾检举郭解，郭解的侄子杀了他，“已又杀杨季主，杨季主家上书，人又杀之阙下”。轵地有一儒生批评郭解“专以奸犯公法，何谓贤”，郭解的门客竟然“杀此生，断其舌”。或许这些杀人者并非郭解所指使，但一个不争的事实是，他们都是郭解的亲属或门客，都是为了郭解而杀人，可见郭解在社会上的影响。由此看来，游侠作为一种特殊的社会群体，有很大的社会影响力，他们在上可以交结权贵，指使官吏；在下则横行不法，恣意杀人。这样一种势力不仅使当权者不能容忍，也使普通民众深受其害。当然，不可否认，确有一些游侠能够以道德自律，专做好事；还有人后来改邪归正了。但这些讲道德或改邪归正的游侠并不能禁止其他游侠的不法行为。作为一个社会群体，游侠的存在已成为社会的不安定因素，就连司马迁也称那些横行不法的游侠为“盗跖居民间者”。班固正是从维护社会安定的角度来评价游侠，否定他们触犯法令，自行杀罚之权的行为。如果说，司马迁对游侠的赞扬寄托了他的道德理想，那么，班固对侠的批评就表现了他对社会秩序和法制的维护。试想，如果对游侠任意杀人的行为不加惩处，普通民众怎能安居乐业？社会还有何公理可言？

《汉书》和《史记》的不同，又表现在对道德名节的提倡。东汉前期，随着儒家思想的流行，社会上出现了崇道德、重名节的风气。受其影响，《汉书》注重表现讲节义操守，品德突出，特立独行的人物，尤其重视那些忠君爱国，气节坚贞，为国家和民族作出了卓越贡献的人物。例如《苏武传》写苏武出使匈奴，被匈奴拘留，历经十九年，经历了种种考验与磨难，威武不能屈，贫贱不能移，富贵不能淫，不惜以生命来维护汉朝的尊严，最后终于回归祖国。文中以对比的手法记述他在匈奴和李陵的接触：

初，武与李陵俱为侍中，武使匈奴明年，陵降，不敢求武。久之，单于使陵至海上，为武置酒设乐，因谓武曰："单于闻陵与子卿素厚，故使陵来说足下，虚心欲相待。终不得归汉，空自苦亡人之地，信义安所见乎？前长君为奉车，从至雍棫阳宫，扶辇下除，触柱折辕，劾大不敬，伏剑自刎，赐钱二百万以葬。孺卿从祠河东后土，宦骑与黄门驸马争船，推堕驸马河中溺死，宦骑亡，诏使孺卿逐捕不得，惶恐饮药而死。来时，大夫人已不幸，陵送葬至阳陵。子卿妇年少，闻已更嫁矣。独有女弟二人，两女一男，今复十余年，存亡不可知。人生如朝露，何久自苦如此！陵始降时，忽忽如狂，自痛负汉，加以老母系保宫，子卿不欲降，何以过陵？且陛下春秋高，法令亡常，大臣亡罪夷灭者数十家，安危不可知，子卿尚复谁为乎？愿听陵计，勿复有云。"武曰："武父子亡功德，皆为陛下所成就，位列将，爵通侯，兄弟亲近，常愿肝脑涂地。今得杀身自效，虽蒙斧钺汤镬，诚甘乐之。臣事君，犹子事父也。子为父死亡所恨。愿勿复再言。"陵与武饮数日，复曰："子卿壹听陵言。"武曰："自分已死久矣！王必欲降武，请毕今日之欢，效死于前！"陵见其至诚，喟然叹曰："嗟乎，义士！陵与卫律之罪上通于天。"因泣下沾衿，与武决去。

陵恶自赐武，使其妻赐武牛羊数十头。后陵复至北海上，语武："区脱捕得云中生口，言太守以下吏民皆白服，曰上崩。"武闻之，南乡号哭，欧血，旦夕临。

数月，昭帝即位数年，匈奴与汉和亲。汉求武等，匈奴诡言武死。后汉使复至匈奴，常惠请其守者与俱，得夜见汉使，具自陈道。教使者谓单于，言天子射上林中，得雁，足有系帛书，言武等在某泽中。使者大喜，如惠语以让单于。单于视左右而惊，谢汉使曰："武等实在。"于是李陵置酒贺武曰："今足下还归，扬名于匈奴，功显于汉室，虽古竹帛所载，丹青所画，何以过子卿！陵虽驽怯，令汉且贳陵罪，全其老母，使得奋大辱之积志，庶几乎曹柯之盟，此陵宿昔之所不忘也。收族陵家，为世大戮，陵尚复何顾乎？已矣！令子卿知吾心耳。异域之人，壹别长绝！”陵起舞，歌曰：“径万里兮度沙幕，为君将兮奋匈奴。路穷绝兮矢刃摧，士众灭兮名已隤。老母已死，虽欲报恩将安归！”陵泣下数行，因与武决。单于召会武官属，前以降及物故，凡随武还者九人。(《汉书》卷五十四《李广苏建传》)

李陵兵败投降，司马迁曾为他辨护，因此而受宫刑。在《史记》和《报任安书》中，司马迁极力描写李陵与匈奴浴血奋战，终因寡不敌众，兵败被俘，字里行间流露出赞扬和同情。当然，司马迁赞扬的并不是李陵的投降行为，他认为，李陵兵败降敌，是为了活下来找机会报答汉朝，这种行为完全是可以理解的。他在《报任安书》中解释自己宁受宫刑也不肯引节自裁时说：“且勇者不必死节”。在他看来，真正的英雄是能够成就功业，垂名后世的人。为了实现这一目的，可以不顾世俗的道德而保全自己，隐忍苟活以就功名。他在《伍子胥列传》中评论伍子胥不肯与父俱死，最终为父报仇的行为说：“向令伍子胥从奢俱死，何异蝼蚁。弃小义，雪大耻，名垂于后世，悲夫……故隐忍就功名，非烈丈夫孰能致此哉？”可以说，司马迁的思想中有轻道德而重功业的成分，这是他容忍李陵投降行为的根本原因。而班固更为重视的是气节和道德。他在《苏武传》的赞语中引孔子“志士仁人，有杀生以成人，无求生以害人”和“使于四方，不辱使命”两段话来赞扬苏武，表达了对苏武崇高气节的敬仰。在班固的笔下，苏武的堂堂正气使李陵羞愧难当。正是由于班固的弘扬，苏武的民族气节在历史上熠熠生辉。《汉书》这样大力歌颂具有忠君爱国思想的人，带有鲜明的时代特征，它反映了国家强盛时期人们的民族自豪感、自信心，以及当时正在形成的忠于一家一姓的观念。班固对忠君爱国思想行为的褒扬，包含着维护国家统一，弘扬民族正气的成分。

和《史记》一样，《汉书》也是一部带有作者独立见解的实录之书。班固非常推崇司马迁的实录精神。他在《汉书》中能够尊重历史事实，在真实记载汉朝历史功绩的同时，也暴露了统治者的种种罪恶，对西汉后期政治的腐败，统治者的荒淫和昏庸，佞幸和外戚的专横跋扈、恣意妄为，都有所揭露和批判。例如《佞幸传》中描写董贤凭借姿色受到哀帝宠幸，不仅个人飞黄腾达，而且亲友也鸡犬升天，一时权倾朝野，而正直的丞相王嘉反被无辜处死。又如《外戚传》描写西汉外戚间残酷的争斗与倾轧，记述了发生在宫闱中的种种秽行，揭露了统治者的残忍狠毒。在这些传记中，班固把批判的矛头指向造成这些罪恶的根源——皇帝。即使对建立了巨大功绩的汉武帝，班固也没有一味歌颂，在记载他的种种事迹时偏偏不讲他的武功，这实际上反映了班固崇尚德治，反对暴力的思想，这种思想在他的《两都赋》中也有明显的表现。反对滥用武力，提倡礼义教化和以德服人，这是儒家的一贯主张，也是东汉前期的社会思潮，班固以此为标准来评价西汉的皇帝，对汉武帝的赫赫武功避而不论，这恰恰说明班固是一个有思想、有胆识的作者。

第四节 《汉书》的写作特点

在二十四史中,《汉书》的成就和影响仅次于《史记》。作为一部历史散文,它有自己的独特之处。

班固继承了司马迁在叙事中注重人物描写的传统,常在传记中通过富于个性特征的行动和语言突现主人公的思想品质,塑造了许多栩栩如生的人物。他特别推崇那些忠君爱国之人、特立独行之士,憎恶荒淫昏暴的帝王、外戚和佞幸,尤其痛恨篡权窃国的"乱臣贼子",每遇这种人物,都要尽全力刻画,使其形象格外鲜明。书中的《李陵传》、《苏武传》、《霍光传》、《外戚传》、《王莽传》等,都写得深具匠心,相当精彩。《苏武传》写苏武被拘匈奴十几年,历尽艰险,终于重返汉朝,生动表现了他坚贞不屈、不惜用生命维护国家尊严的崇高品质。文中写苏武在生死的考验面前,大义凛然,毫不动摇:

> 单于使卫律召武受辞,武谓惠等:"屈节辱命,虽生,何面目以归汉!"引佩刀自刺。卫律惊,自抱持武,驰召医。凿地为坎,置煴火,覆武其上,蹈其背以出血。武气绝,半日复息。惠等哭,舆归营。单于壮其节,朝夕遣人候问武,而收系张胜。
>
> 武益愈,单于使使晓武。会论虞常,欲因此时降武。剑斩虞常已,律曰:"汉使张胜谋杀单于近臣,当死,单于募降者赦罪。"举剑欲击之,胜请降。律谓武曰:"副有罪,当相坐。"武曰:"本无谋,又非亲属,何谓相坐?"复举剑拟之,武不动。律曰:"苏君,律前负汉归匈奴,幸蒙大恩,赐号称王,拥众数万,马畜弥山,富贵如此。苏君今日降,明日复然。空以身膏草野,谁复知之!"武不应。律曰:"君因我降,与君为兄弟,今不听吾计,后虽欲复见我,尚可得乎?"武骂律曰:"女为人臣子,不顾恩义,畔主背亲,为降虏于蛮夷,何以女为见?且单于信女,使决人死生,不平心持正,反欲斗两主,观祸败。南越杀汉使者,屠为九郡;宛王杀汉使者,头县北阙;朝鲜杀汉使者,即时诛灭。独匈

奴未耳。若知我不降明，欲令两国相攻，匈奴之祸从我始矣。”

律知武终不可胁，白单于。单于愈益欲降之，乃幽武置大窖中，绝不饮食。天雨雪，武卧啮雪与旃毛并咽之，数日不死。匈奴以为神，乃徙武北海上无人处，使牧羝，羝乳乃得归。别其官属常惠等，各置他所。(《汉书》卷五十四《李广苏建传》)

班固把苏武置于矛盾冲突的焦点上，通过他威武不屈的行为，表现其崇高气节。此外还运用细节描写来展现苏武的精神面貌，写卫律举剑刺苏武，用“武不动”一个细节，就表现了苏武的勇敢镇定和作为一个大国使者的威严。文中人物的语言也经过精心设计，十分准确地表现了人物的个性和精神世界。卫律之言作威作福，凶恶而无耻；苏武之言则义正辞严，掷地有声，生动地表现了他的堂堂正气。

但像《苏武传》这样绘声绘色，尽力渲染的作品在《汉书》中毕竟不多，作为东汉前期的散文，《汉书》不像《史记》那样雄肆奇崛，骀荡疏宕，而带有典雅浑厚、细密详赡的特点。班固在叙事中往往不动声色，侃侃而谈，但通过具体而微的描写、生动传神的细节，把人物的个性、神情、心理惟妙惟肖地再现出来。如《陈万年传》中为了刻画陈万年的谄媚，便安排了一段他在病中训子的细节：

万年尝病，召(其子)咸教戒于床下，语至夜半，咸睡，头触屏风。万年大怒，欲杖之，曰：‘乃公教戒汝，汝反睡，不听吾言，何也?’咸叩头谢曰：‘具晓所言，大要教咸谄也。’万年乃不复言。(《汉书》卷六十六《公孙刘田王杨蔡陈郑传》)

作者没有直接发表议论，也没有故意夸张声势，完全是在平静客观的叙述中，活画出一副专以谄媚为事的封建官僚的嘴脸。陈万年父子的一怒一答，写得一本正经，读之却令人哑然失笑。像这样的文章，最能体现《汉书》的风格。

在叙事方面，《汉书》不像《史记》那样追求情节的奇异，也不像《史记》

那样带有较多的主观色彩，而是在平实细密的叙述中再现历史的风貌，班固特别善于以史家的目光洞察历史的发展，在叙事中准确地交代关乎历史发展的重要事件、人物和文献资料。因此，《汉书》的文章不像《史记》那样铺张渲染，但却自有一种平实富赡、娓娓而谈的风格，比《史记》带有更多的学术性。例如贾谊在《史记》中和屈原同传，司马迁从怀才不遇的角度把这两个不同时期的人物放在一起来写，在《贾谊传》中又收录了他在人生困境中所写的《吊屈原赋》和《鹏鸟赋》，这样，贾谊在司马迁笔下就成了一个怀才不遇的落魄文人，《贾谊传》成了司马迁寄寓人生感慨的作品，又像一篇文学家的评传。但《汉书》中，则突出贾谊作为一个杰出政治家的特点，文中收录贾谊的《治安策》，以表现他在政治上的见识，同时也使人从中了解汉初政治的特点。这就比《史记》的《贾谊传》更具历史文献的特色。又如《史记》把董仲舒放在《儒林列传》中，给他一个不太显眼的地位，而《汉书》则专门给他立传，并在传中全文收录了他的三篇对策，这样，就突出了董仲舒在汉代儒学发展中的地位和贡献，同时也为研究汉代学术和董仲舒的思想提供了宝贵的资料。在这一点上，班固比司马迁显然更具史家的见识。《汉书》的《扬雄传》也是一篇善于叙事、学术性很强的作品。文中记载了扬雄一生的学术活动及文学创作，对其成就和价值给予高度评价。为了表现扬雄的学术及创作经历，文中收录了扬雄在各个不同时期的代表作品，在作品之前，都要交代创作背景和动机。扬雄论赋一段，表现其创作思想的变化；《解嘲》和《解难》两篇作品，则交代扬雄的人生及艺术旨趣。由此使人看到扬雄一生文化活动的各个方面。全文大部分内容是直录扬雄的自传，这是由于班固完全赞同扬雄的自我评价。传后的赞语又补充说：

> 雄之自序云尔。初，雄年四十余，自蜀来至游京师，大司马车骑将军王音奇其文雅，召以为门下史，荐雄待诏，岁余，奏《羽猎赋》，除为郎，给事黄门，与王莽、刘歆并。哀帝之初，又与董贤同官。当成、哀、平间，莽、贤皆为三公，权倾人主，所荐莫不拔擢，而雄三世不徙官。及莽篡位，谈说之士用符命称功德获封爵者甚众，雄复不侯，以

耆老久次转为大夫，恬于势利乃如是。实好古而乐道，其意欲求文章成名于后世，以为经莫大于《易》，故作《太玄》；传莫大于《论语》，作《法言》；史篇莫善于《仓颉》，作《训纂》；箴莫善于《虞箴》，作《州箴》；赋莫深于《离骚》，反而广之；辞莫丽于相如，作四赋：皆斟酌其本，相与放依而驰骋云。用心于内，不求于外，于时人皆曶之；唯刘歆及范逡敬焉，而桓谭以为绝伦。

……

雄以病免，复召为大夫。家素贫，耆酒，人希至其门。时有好事者载酒肴从游学，而巨鹿侯芭常从雄居，受其《太玄》、《法言》焉。刘歆亦尝观之，谓雄曰："空自苦！今学者有禄利，然尚不能明《易》，又如《玄》何？吾恐后人用覆酱瓿也。"雄笑而不应。年七十一，天凤五年卒，侯芭为起坟，丧之三年。

时大司空王邑、纳言严尤闻雄死，谓桓谭曰："子尝称扬雄书，岂能传于后世乎？"谭曰："必传。顾君与谭不及见也。凡人贱近而贵远，亲见扬子云禄位容貌不能动人，故轻其书。昔老聃着虚无之言两篇，薄仁义，非礼学，然后世好之者尚以为过于五经，自汉文景之君及司马迁皆有是言。今扬子之书文义至深，而论不诡于圣人，若使遭遇时君，更阅贤知，为所称善，则必度越诸子矣。"诸儒或讥以为雄非圣人而作经，犹春秋吴楚之君僭号称王，盖诛绝之罪也。自雄之没至今四十余年，其《法言》大行，而《玄》终不显，然篇籍具存。(《汉书》卷八十七下《扬雄传》下)

班固非常赞赏扬雄的为人。他在赞语中主要强调两点：一是扬雄恬于势利，好古乐道，欲求文章成名于后世的人生追求；二是扬雄生前寂寞，其文章不为人所重，而身后以文章成名。但对这两点班固也未作直接评论，而是引述当时名人刘歆、桓谭的看法，以增强说服力。文中还有一些大有深意的细节。例如扬雄听了刘歆之言"笑而不应"，只一个动作就显露出他的自信，他相信自己的著述必能传于后世，故能不顾世俗之议而我行我素。文中又写扬雄生前寂寞，只有侯芭经常跟随他，他死后，"侯芭为起坟,丧之三年”。这不禁令人想起孔子死后弟子为他守丧的情形。扬雄生前一直模仿孔子等人,班固这样写,实际上是把他暗中和孔子相比。结尾又写扬雄在生前被诸儒非议,但死后《法言》终于大行,也相当于为世人的议论作了一个结论。《扬雄传》始终围绕扬雄孜孜不倦的学术追求和不合于流俗的人格特征进行叙述,在平实的叙事中流露观点,以事实服人。文中既突出了人物的主要思想性格,又带有很强的学术性。《汉书》之叙事特点,于此可见一斑。

《汉书》的语言比《史记》更为简洁整饬。书中有些传记袭用了《史记》的原文,但行文更为简洁,大大缩短了篇幅。班固又爱用古字和骈句,使文章显得富丽典雅,读起来虽不如《史记》浅豁生动,但也别具风味。范晔在《后汉书·班固传赞》中说:“迁文值而事核,固文赡而事详。若固之序事,不激诡,不抑抗,赡而不秽,详而有体,使读者娓娓而不厌,信哉其能成名也。”这句话比较准确地概括了《汉书》的文章风格。

第五节　汉代其他史传文

除了《史记》和《汉书》，汉代还有一些颇有成就的史传散文，对后世有一定影响。

西汉后期，刘向著有《新序》、《说苑》和《列女传》，这是三部分类编撰的历史故事集，所收多为先秦旧事，但经过作者的加工润色。刘向编辑此书，本为劝诫人主，正纲纪，迪造化，因而书中有不少伦理说教，但也有很多能给人启迪的内容。如《新序》中的“叶公好龙”、《说苑》中的“螳螂捕蝉”、《列女传》中的“孟母三迁”、“鲁黔娄妻”，都很有教益。这几部书叙事简练传神，并注意在叙事中刻画人物，有些故事颇具小说色彩。如《列女传·珠崖二义》写珠崖令后妻和前妻之女临难时竞相承担罪责，争死让生，其语言、心理、神态及周围人的反应都写得历历如现。又如《说苑·立节》中写杞梁妻痛哭杞梁，“城为之圮，而隅为之崩”，更富于浪漫色彩。这些作品开了魏晋小说的先声。

东汉时期的历史散文还有范晔的《吴越春秋》和袁康的《越绝书》。前者主要记叙春秋时吴越争霸史事，其中附益了较多的传闻，并加以虚构、夸张。书中记叙、描写细致入微，情节生动离奇，人物刻画也颇见功力。后者主要叙吴越两国历史，间及楚国史事。其中也有不少轶闻传说，有的故事颇富浪漫气息。其文章博丽奥衍，纵横排宕，不乏精彩片断，如书中胡风子向楚王论剑一节，采用主客问答方式，极力铺陈排比，夸张藻饰，很像一篇辞赋。这两部作品在写法上都更近于小说，表现了历史散文向小说过渡的趋势。后世不少小说、戏曲都是根据其内容改编的。

东汉时期，还出现了一些对后代有影响的记叙文。马第伯的《封禅仪记》记光武帝刘秀封泰山的经过。其中对登山经过及沿途所见作了细致描写，对泰山景物的刻画相当生动逼真，此文被看作古代山水游记的滥觞。本文属于记体，记体出自解经活动，常用来记录与礼有关的事项和言论。本文即是记载封禅之礼的，但从其叙述描写来看，则又带有一些史传文的特征。

第四章　汉代体物赋

赋作为一种文体，出现于战国后期。《汉书·艺文志》中论及赋体，说："传曰：'不歌而诵谓之赋，登高能赋，可以为大夫。'"赋本来是一种"不歌而诵"的诵读方式，后来发展为用于诵读的文学体裁。它有骚体和散体两种基本样式。骚体赋直接由楚辞发展而来。它采用骚体句式，一般不用主客问答的形式，结尾往往有"乱"、"讯"、"歌"等更富于音乐性的部分，显示了它原来的音乐背景。散体赋是由隐语和战国散文演变而成的。它采用主客问答的形式，句式灵活，韵散相间；在段落的开头常用"于是乎"、"尔乃"、"若夫"等标志性的词语，显示出它的散文化的特点。一般来说，散体赋以体物为主，骚体赋以抒情为主，但也有少量体物大赋采用骚体。在汉赋的发展过程中，骚体与散体互相渗透，出现了一些中间样态的作品。古今关于汉赋的分类方法有很多种，各有利弊。为更好地把握汉赋的发展脉络，本书将其分为体物赋和抒情赋两大类，分而述之。本章先讲体物赋。

第一节　西汉前期的体物赋

赋在汉初即已出现。《汉书·艺文志》著录陆贾赋三篇，其文虽不传，但可知此时已有赋的创作。其后贾谊也有赋传世。但由于文、景二帝皆不喜辞赋，故西汉前期赋的创作主要集中在藩国。吴王刘濞、梁孝王刘武、淮南王刘安的门客中都有一些赋家，而梁孝王门下的赋家最多①。梁孝王喜爱辞赋，枚乘、邹阳、路乔如以及后来的司马相如都曾聚集在梁国，形成了一个彬彬称盛的辞赋创作中心。在梁孝王君臣的赋作中，枚乘的《七发》成就最为突出。赋的开头写楚太子有病，吴客为他分析病情：

楚太子有疾，而吴客往问之曰："伏闻太子玉体不安，亦少间乎？"太子曰："惫！谨谢客。"客因称曰："今时天下安宁，四宇和平。太子方富于年，意者久耽安乐，日夜无极。邪气袭逆，中若结轖。纷屯澹淡，嘘唏烦酲。惕惕怵怵，卧不得瞑。虚中重听，恶闻人声。精神越渫，百病咸生。聪明眩曜，悦怒不平。久执不废，大命乃倾。太子岂有是乎？"太子曰："谨谢客。赖君之力，时时有之，然未至于是也。"

客曰："今夫贵人之子，必宫居而闺处，内有保母，外有傅父，欲交无所。饮食则温淳甘膬，脭醲肥厚。衣裳则杂遝曼暖，燂烁热暑。虽有金石之坚，犹将销铄而挺解也，况其在筋骨之间乎哉！故曰：纵耳目之欲，恣支体之安者，伤血脉之和。且夫出舆入辇，命曰蹶痿之机；洞房清宫，命曰寒热之媒；皓齿蛾眉，命曰伐性之斧；甘脆肥醲，命曰腐肠之药。今太子肤色靡曼，四支委随，筋骨挺解；血脉淫濯，手足惰窳。越女侍前，齐姬奉后，往来游宴，纵恣乎曲房隐间之中。此甘餐毒药，戏猛兽之爪牙也。所从来者至深远，淹滞永久而不废，虽令扁鹊治内，巫咸治外，尚何及哉！今如太子之病者，独宜世之君子，博见强识，承间语事，变度易意，常无离侧，以为羽翼。淹沉之乐，浩唐之心，遁佚之志，其奚由至哉！"太子曰："诺。病已，请事此事。"客曰："今太子之病，可无药石针刺灸疗而已，可以要言妙道说而去也，不欲闻之乎？"太子曰："仆愿闻之。"（《全汉文》卷二十）

吴客向楚太子指出：他的病因在于生活过于安逸，此病非药石针灸可治，

① 《汉书·艺文志》著录"淮南王赋八十二篇"、"淮南王群臣赋四十四篇"。《西京杂记》卷四亦有梁孝王众门客在忘忧馆作赋的记载，尽管所录之赋曾遭后人质疑，但当时作赋的盛况当是可信的。

但"可以要言妙道说而去之"。于是,便向太子描述音乐、饮食、车马、游乐、田猎等事,都未能打动太子。接着,吴客又描写另外两件事:

客曰:"将以八月之望,与诸侯远方交游兄弟,并往观涛乎广陵之曲江。至则未见涛之形也,徒观水力之所到,则恤然足以骇矣。观其所驾轶者,所擢拔者,所扬汩者,所温汾者,所涤汔者,虽有心略辞给,固未能缕形其所由然也。怳兮忽兮,聊兮栗兮,混汩汩兮。忽兮慌兮,俶兮傥兮,浩瀇瀁兮,慌旷旷兮。秉意乎南山,通望乎东海。虹洞兮苍天,极虑乎崖涘。流揽无穷,归神日母。汩乘流而下降兮,或不知其所止。或纷纭其流折兮,忽缪往而不来。临朱汜而远逝兮,中虚烦而益怠。莫离散而发曙兮,内存心而自持。于是澡概胸中,洒练五藏,澹澉手足,颒濯发齿。揄弃恬怠,输写淟浊。分决狐疑,发皇耳目。当是之时,虽有淹病滞疾,犹将伸伛起躄,发瞽披聋而观望之也,况直眇小烦懑、酲醲病酒之徒哉!故曰发蒙解惑,不足以言也。"太子曰:"善。然则涛何气哉?"

客曰:"不记也。然闻于师曰,似神而非者三:疾雷闻百里;江水逆流,海水上潮;山出内云,日夜不止。衍溢漂疾,波涌而涛起。其始起也,洪淋淋焉,若白鹭之下翔。其少进也,浩浩溰溰,如素车白马帷盖之张。其波涌而云乱,扰扰焉如三军之腾装。其旁作而奔起也,飘飘焉如轻车之勒兵。六驾蛟龙,附从太白。纯驰浩霓,前后骆驿。颙颙昂昂,椐椐强强,莘莘将将。壁垒重坚,沓杂似军行。訇隐匈礚,轧盘涌裔,原不可当。观其两傍,则滂渤怫郁,暗漠感突,上击下律。有似勇壮之卒,突怒而无畏。蹈壁冲津,穷曲随隈,逾岸出追。遇者死,当者坏。初发乎或围之津涯,荄轸谷分。回翔青篾,衔枚檀桓。弭节伍子之山,通厉胥母之场。凌赤岸,彗扶桑,横奔似雷行。诚奋厥武,如振如怒。沌沌浑浑,状如奔马。混混庉庉,声如雷鼓。发怒庢沓,清升逾跇。侯波奋振,合战于藉藉之口。鸟不及飞,鱼不及回,兽不及走。纷纷翼翼,波涌云乱。荡取南山,背击北岸。覆亏丘陵,平夷西畔。险险戏戏,崩坏陂池,决胜乃罢。瀄汩潺湲,披扬流洒。横暴之极，鱼鳖失势，颠倒偃侧。沉沉湲湲，蒲伏连延。神物怪疑，不可胜言。直使人踣焉，洄暗凄怆焉。此天下怪异诡观也，太子能强起观之乎？”太子曰：“仆病未能也。”

客曰：“将为太子奏方术之士有资略者，若庄周、魏牟、杨朱、墨翟、便蜎、詹何之伦，使之论天下之精微，理万物之是非。孔、老览观，孟子筹之，万不失一。此亦天下要言妙道也。太子岂欲闻之乎？”于是太子据几而起，曰：“涣乎若一听圣人辩士之言。”涊然汗出，霍然病已。（同上）

前面所描写的五件事都属于物质享乐，未能打动太子；观涛一事使太子心有所动，但仍不能从根本上解决问题，只有方术之士的论辩才使太子产生了兴趣，最终治愈了他的病。这里显然包含着抬高士的地位的思想。枚乘和汉初很多赋家即属于游士，而《七发》本身也如同游说之士所讲的“要言妙道”。从这里不难看出散体赋和战国散文的联系。

《七发》对王公贵族的腐朽生活有所揭露，但主要还是通过赋中的描写而制造娱悦耳目的效果。在写法上，《七发》采用主客问答的方式，层层展开铺叙，结构宏阔，辞采绚丽。通篇以散句为主，间有骚句。其中有不少精彩的描写，例如写广陵观涛的一段，从不同角度写出了江涛的壮观景象，令人荡胸涤臆，耳目一新。刘勰在《文心雕龙·杂文》中说：“枚乘摛艳，首制《七发》，腴辞云构，夸丽风骇。”《七发》开创了汉代散体赋铺采摛文、夸饰渲染的传统，后来司马相如等人的作品都是沿着这个路子发展的。后代还有很多赋家，模仿《七发》的形式，用七大段文字进行铺陈描写，后人将这类作品称为“七体”。

第二节　西汉中期的体物赋

从汉武帝时期开始，体物赋的创作出现了繁荣局面。这一时期，汉王朝空前统一强盛的现实极大地开阔了文人的胸襟和视野，为他们提供了创作素材；统治者非常喜爱辞赋，他们大力鼓励创作，招揽作家，汉武帝因喜爱枚乘之赋，用安车蒲轮征他入京；又因司马相如善作赋，把他召至朝廷，拜为郎官。在这种情况下，文学侍从之臣“朝夕论思，日夜献纳”，公卿大夫也“时时间作”，赋的创作空前兴盛。这一时期，朝廷开始提倡经学，经学的文学观影响到赋家的思想，增强了他们的讽谏意识。由于经学的提倡，通经之士受到重视，而赋家的地位却如同俳优。他们感到内心不平衡，力图在赋中表达更多的政治见解，以期引起重视。这种情况也影响到赋的内容和表现方式。

汉武帝时最著名的赋家是司马相如。相如早年“以赀为郎，事孝景帝，为武骑常侍”。(《史记》卷一百一十六《司马相如列传》)但他并不喜欢这个职务，却对辞赋创作有极高的兴趣。“是时梁孝王来朝，从游说之士齐人邹阳、淮阴枚乘、吴庄忌夫子之徒，相如见而悦之，因病免，客游梁。”(同上)在梁孝王门下，他与邹阳、枚乘等人交游，创作了《子虚赋》。赋中借子虚和乌有先生的对话展开描写，子虚代表楚国，乌有先生代表齐国，双方互相夸耀齐、楚两国的苑囿田猎之盛，极力压倒对方。数年之后，汉武帝即位，相如又回到朝廷，他为汉武帝所作的《上林赋》，就与《子虚赋》有了明显的不同。据司马迁的记载，当汉武帝向他问及《子虚赋》时，他回答说：“此诸侯之事，不足观也。请为天子游猎赋。”于是写《天子游猎赋》奏上，天子大悦。《天子游猎赋》即《上林赋》，在赋的开头，他借亡是公之口对子虚和乌有先生加以批评：

> 楚则失矣，齐亦未为得也，夫使诸侯纳贡者，非为财币，所以述职也；封疆划界者，非为守御，所以禁淫也。今齐列为东藩，而外私肃慎，捐国逾限，越海而田，其于义固未可也。且二君之论，不务明君臣

之义而正诸侯之礼，徒事争游猎之乐，苑囿之大，欲以奢侈相胜，荒淫相越，此不可以扬名发誉，而适足以贬君自损也。（《史记》卷一百一十七《司马相如列传》）

接下去就极力描写天子的苑囿之大、游戏之乐，使之压倒齐楚二国。但就在这时，作者却将笔锋一转，写道：

于是酒中乐酣，天子芒然而思，似若有亡。曰："嗟乎，此太奢侈！朕以览听余闲，无事弃日，顺天道以杀伐，时休息于此，恐后世靡丽，遂往而不返，非所以为继嗣创业垂统也。"于是乃解酒罢猎，而命有司曰："地可垦辟，悉为农郊，以赡萌隶；隤墙填堑，使山泽之民得至焉。实陂池而勿禁，虚宫观而勿仞。发仓廪以救贫穷，补不足，恤鳏寡，存孤独。出德号，省刑罚，改制度，易服色，革正朔，与天下为始。"

于是历吉日以斋戒，袭朝服，乘法驾，建华旗，鸣玉鸾，游乎六艺之囿，骛乎仁义之涂，览观《春秋》之林，射狸首，兼驺虞，弋玄鹤，建干戚，载云罕，掩群雅，悲《伐檀》，乐乐胥；修容乎礼园，翱翔乎书圃，述易道，放怪兽，登明堂，坐清庙；恣群臣，奏得失，四海之内，靡不受获。于斯之时，天下大说，向风而听，随流而化，喟然兴道而迁义，刑错而不用，德隆乎三皇，功羡于五帝。若此，故猎乃可喜也。（同上）

这篇赋给人最突出的印象就是它的扬天子、贬诸侯的思想倾向。作者不仅以天子苑囿田猎的盛况压倒诸侯，而且更让天子在思想境界上胜过诸侯。诸侯只知以奢侈相胜，荒淫相越，而天子却能主动解酒罢猎，实行德政。这样，天子就给诸侯树立了正面的榜样。文中又批评齐国"外私肃慎，捐国逾限，越海而田"，指责子虚和乌有先生"不务明君臣之义，正诸侯之礼"，这就不仅仅是反对诸侯的奢侈，而且包含着限制诸侯，维护天子权威和国家大一统的要求。

赋中还提出"改制度，易服色，革正朔，与天下为更始"以及尊崇儒学的主张，这是当时最流行的思想。从汉初的贾谊到汉武帝时的很多人都一再提出这些要求，当时朝廷提倡经学，就与这种改制更化的需求有关。可以说，赋中这些主张迎合了汉武帝的心理。在此基础上，相如进一步提出“游乎六艺之囿，骛乎仁义之涂，览观《春秋》之林。……登明堂，坐清庙；恣群臣，奏得失”，他要求以儒家思想治国，以游心于经典为乐，最终做到“德隆于三王，而功羡于五帝”。这也正是当时朝廷正在实行的政治上的转变，而汉武帝本人就是这一转变的推动者。如果我们把相如这些话和和汉武帝的策问及董仲舒的对策加以比较，就不难看出，这些主张自觉迎合了当时独尊儒术的呼声，甚至连使用的语言都与策问和对策极其相似。由此可见，在社会意识发生巨大变化之时，赋家开始调整自己，自觉地向主流意识形态靠拢，以便重新确立自己的位置。

《上林赋》中也多少带出一些讽谏意味，那就是对于驰骋田猎的反对。相如曾跟随汉武帝至长杨宫射猎，武帝喜自击熊彘，驰逐野兽，相如曾上疏加以劝谏。可见《上林赋》中的相关内容并非无的放矢。但赋中只是对齐楚两国的驰骋田猎加以批评，对于天子，则写他主动解酒罢猎，并没有直接的非议。这种委婉含蓄的表达方式并非相如的发明，而是赋的传统写法，在宋玉和枚乘的作品中都能找到它的影子。

《子虚》、《上林》二赋比此前的《七发》，辞采更为富丽，气势也更加宏大。例如赋中关于歌舞的这段描写：

> 于是乎游戏懈怠，置酒乎昊天之台，张乐乎轇輵之宇；撞千石之钟，立万石之虡，建翠华之旗，树灵龟之鼓；奏陶唐氏之舞，听葛天氏之歌；千人唱，万人和；山陵为之震动，川谷为之荡波；巴、渝、宋、蔡、淮南、干遮、文成、滇歌。族居递奏，金鼓迭起，铿锵铛鼞，洞心骇耳。（同上）

这宏伟壮观的场面，极其震撼人心，它生动体现了西汉鼎盛时期的强大气势，使后人难以追攀。《西京杂记》卷二曾记载司马相如介绍自己作赋的经验：

合綦组以成文，列锦绣而为质，一经一纬，一宫一商，此赋之迹也。赋家之心，苞括宇宙，总览人物，斯乃得之于内，不可得而传。

这是对散体赋的艺术特征和赋家创作心理的生动概括。相如正是按照“苞括宇宙，总览人物”的要求，在赋中驰骋想象，铺采摛文，创造出包罗万象、涵盖天地古今的极其宏大繁多的艺术形象。

《上林赋》带有很浓的政论色彩。赋的开头，亡是公用一大段议论来教训子虚和乌有。赋的结尾，又说：

若此，故猎乃可喜也。若夫终日暴露驰骋，劳神苦形，罢车马之用，抏士卒之精，费府库之财，而无德厚之恩。务在独乐，不顾众庶，忘国家之政，而贪雉菟之获，则仁者不繇也。从此观之，齐楚之事，岂不哀哉！地方不过千里，而囿居九百，是草木不得垦辟，而民无所食也。夫以诸侯之细，而乐万乘之所侈，仆恐百姓被其尤也。（《史记》卷一百一十七《司马相如列传》）

这两段议论出现遥相呼应，构成了赋的结构框架。在表述功能方面，它们使赋中的大段描写成为从属和论据，借以说明作者所提倡的正面的行为。全赋于是形成了“批评－正面举例（写天子之事）－再批评”这样一种架构。这是和仅仅以议论做引子的《七发》有所不同的。

为适应表达政治观点的需要，《上林赋》在主客问答的体制上也有所创新。此前散体赋中的主客问答，主要是在君王、太子等权贵人物和臣下之间展开，其作用是构成一定的情节性，趣味性，以引出后面的大段描写。但《上林赋》却设计了相互对立的双方人物，一方是代表正确意见的亡是公，另一方是受到批评的子虚和乌有先生。之所以这样安排，就是为了让正面的一方作为作者的代言人来充分表达见解。相如还作有《难蜀父老》一文，文中也是通过“使者”对蜀父老的批评来发表政治见解。如果将《上林赋》和《难蜀父老》加以对照，我们就不难发现，《上林赋》通过设置对立面而展开主客问答的方式，完全是出于表达政见的需要，这种体制比此前散体赋中的主客问答，显然增加了政论的色彩。这样，司马相如就在散体赋中创立了一种表述政见的新形式。此后的赋家，当他们需要在赋中表达政见时，就会采用这种设置对立双方，由一方对另一方展开批评的主客问答方式。例如扬雄的《长杨赋》、班固的《两都赋》、张衡的《二京赋》。而当他们只是用赋来进行描写，不表达政见的时候，就会采用宋玉、枚乘所用的主客问答方式，通过权贵人物和臣下的对话来展开描写，例如傅毅的《舞赋》。

相如还作有《大人赋》，写神仙之事。据《史记·司马相如列传》载：

> 天子既美子虚之事，相如见上好仙道，因曰："上林之事未足美也，尚有靡者。臣尝为《大人赋》，未就，请具而奏之。"相如以为列仙之传居山泽间，形容甚臞，此非帝王之仙意也，乃遂就《大人赋》。（同上）

可见此赋也是为迎合皇帝作的。赋中极力描写仙界的绚丽美好，使人心驰神往，只是在描写西王母时写道："吾乃今目睹西王母皬然白首，载胜而穴处兮，亦幸有三足乌为之使。必长生若此而不死兮，虽济万世而不足以喜。"（同上）相如欲以此来讽谏汉武帝，但其讽谏的意味也过于微弱了。《史记·司马相如传》说："相如既奏《大人之颂》，天子大悦，飘飘有凌云之气，似游天地之间意。"这篇作品也就成了欲讽反劝的典型。

相如之后，随着经学的提倡，赋家的讽谏意识日益强化。武帝时太常博士孔臧作有《谏格虎赋》，此赋直接以"谏"为题，赋中先写亡诸大夫受命去存问下国，下国之君大事田猎，向其夸耀格虎之术，自称"斯亦田猎之至乐也。"亡诸大夫则说：

> 顺君之心乐矣，然非乐之至也。乐至者，与百姓同之之谓也。夫兕虎之生，与天地偕，山林泽薮，又其宅也。被有德之君，则不为害。今君荒于游猎，莫恤国政，驱民入山林，格虎于其廷，妨害农业，残夭民命。国政其必乱，民命其必散。国乱民散，君谁与处？以此为至

乐，所未闻也。(《全汉赋》)

这篇作品和《上林赋》一样，也是虚构主客对话，通过对诸侯的批评来规劝现实中的统治者，所以仍然属于微婉讽谏的旧模式。但赋的篇幅很短，因而亡诸大夫的批评便显得更为突出。除了这些批评，赋中也不像《上林赋》那样还有很多颂扬天子的内容。从这些方面都能看出赋家讽谏意识的强化。

自汉武帝至宣帝时期，以《子虚》、《上林》为代表的散体大赋盛极一时，著名赋家还有吾丘寿王、东方朔、枚皋、王褒等人。但他们的传世作品已经不多，在今天能见到的作品中，王褒的《洞箫赋》最为有名，这是较早的描写音乐的赋作，对后来的同类作品有较大的影响。

王褒(生卒年不详)，字子渊，蜀郡成都(今四川成都)人，宣帝时因作颂而被召至京师。“上令褒与张子侨等并待诏，数从褒等放猎，所幸宫馆，辄为歌颂，第其高下，经差赐帛。”(《汉书》卷六十四下《王褒传》下)可见王褒的身份不过是一个待从文人。他作有《甘泉》和《洞箫赋》(又名《洞箫颂》)。“其后太子体不安，苦忽忽善忘，不乐。诏使褒等皆之太子宫虞侍太子，朝夕诵读奇文及所自造作。疾平复，乃归。太子喜褒所为《甘泉》及《洞箫颂》，令后宫贵人左右皆诵读之。”(同上)又可见王褒之地位等同俳优。在这种情况下写成的《洞箫赋》，也就没有什么讽谏的意味而专以供人娱悦为事。但此赋作为专门描写音乐的作品，在题材方面还是有所开拓的。《汉书·王褒传》又载，汉宣帝过于沉迷辞赋：

议者多以为淫靡不急，上曰：“不有博弈者乎，为之犹贤乎已！辞赋大者与古诗同义，小者辩丽可喜。辟如女工有绮縠，音乐有郑卫，今世俗犹皆以此虞悦耳目，辞赋比之，尚有仁义风谕，鸟兽草木多闻之观，贤于倡优博弈远矣。”

从汉宣帝的话不难看出，辞赋在他们心中不过是娱乐之具而已，而制造这些娱乐之具的人，地位也就等同俳优。从枚皋、东方朔到后来的扬雄，都曾有这种感慨。其实,这是由体物大赋的文体性质决定的。作为一种以铺陈描写为能事的文体,体物赋主要用来满足帝王贵族的娱乐需求,尽管有些赋家苦心孤诣地在赋中寄寓一点儿讽谏,但接受者的关注却并不在此。因此也就产生了一些赋家的"悔赋"。这种情况在后来的扬雄身上,最为突出。

第三节 西汉后期的体物赋

西汉后期,散体大赋仍然是赋坛的主要样式,成就较高的作家有扬雄。扬雄早年作有《蜀都赋》,此赋开了后世京都大赋的先河。他模仿相如赋而作的《甘泉》、《羽猎》、《长杨》、《河东》四赋,都有明确的讽劝目的。据《汉书·扬雄传》载:“孝成帝时,客有荐雄文似相如者,上方郊祠甘泉泰畤、汾阴后土,经求继嗣,诏雄待诏承明之庭。正月,从上甘泉,还奏《甘泉赋》以风。”关于此赋的写法,《扬雄传》又说:

> 甘泉本因秦离宫,既奢泰,而武帝复增通天、高光、迎风……且为其已久矣,非成帝所造,欲谏则非时,欲默则不能已,故遂推而隆之,乃上比于帝室紫宫,若曰此非人力之所(为),党鬼神可也。又是时赵昭仪方大幸,每上甘泉,常法从,在属车间豹尾中。故雄聊盛言车骑之众,参丽之驾,非所以感动天地,逆厘三神。又言“屏玉女,却宓妃”以微戒齐肃之事。(《汉书》卷八十七上《扬雄传》上)

这篇赋的文辞之富丽、想象之奇伟、形象之缤纷绚丽,都有超越前人之处。赋中没有采用传统的主客问答的形式,而是直接进行铺叙描写。作者虽以讽谏为目的,但赋中却并未对甘泉宫的奢华提出非议,只是一味渲染其豪华壮丽,好像在告诉人们:这不是人力所能建成的,以使皇帝感悟。赋中又写道:“想西王母欣然而上寿兮,屏玉女而却宓妃,玉女无所眺其清卢兮,宓妃曾不得施其蛾眉。方揽道德之精刚兮,侔神明与之为资。”李善《文选注》解释这几句说:“乃悟好色之败德,故屏除玉女而及宓妃。亦以此微谏也。”(《文选》卷七)显然这几句是针对汉成帝宠爱赵飞燕姐妹而发,但它的讽谏意义也实在过于微弱,简直令人难以看出。

《河东赋》是扬雄跟随汉成帝去汾阴祭祀后土之后,成帝沿途游观,过殷、周之墟,思唐、虞之风,扬雄以为“临川羡鱼,不如归而结网”,因上《河东赋》以劝。赋的结尾勉励皇帝励精图治:“轶五帝之遐迹兮,蹑三皇之高踪，既发轫于平盈兮，谁谓路远而不能从。”（《汉书》卷八十七上《扬雄传》上）这种主旨和写法，虽名为劝，却是与讽谏异曲同工的。

此后，扬雄又因随成帝羽猎而作《羽猎赋》。他认为：

> 昔在二帝、三王，宫馆台榭沼池苑囿林麓薮泽财足以奉郊庙，御宾客，充庖厨而已，不夺百姓膏腴谷土桑柘之地。女有余布，男有余粟，国家殷富，上下交足……武帝广开上林……游观侈靡，穷妙极丽，虽颇割其三垂以赡齐民，然至羽猎，田车戎马，器械储偫禁区御所营，尚泰奢丽夸诩，非尧、舜、成汤、文王三驱之意也。又恐后世复修前好，不折中以泉台，故聊因《校猎赋》以风。（同上）

在《羽猎赋》中，除了对射猎活动的描写，就是对皇帝的颂扬，结尾虽曲终奏雅，但也只是写皇帝自己放弃游观，勤政爱民。这种写法和《上林赋》几乎如出一辙。但《上林赋》毕竟还借亡是公之口对诸侯进行了批评，企图使皇帝感悟，因而不失“主文而谲谏”之旨。而《羽猎赋》不用主客问答的形式，连对诸侯的一点儿批评也取消了。那些充斥于篇中的颂扬之辞，充其量也不过是给皇帝树立了一个榜样。像这样的写法，与其说是讽，不如说是劝。

《长杨赋》的讽谏目的也非常明确。据《汉书·扬雄传》说，在扬雄写《羽猎赋》的第二年，成帝为了“大夸胡人以多禽兽”，发动百姓张网捕猎，将捕获的野兽送往长杨射熊馆，“令胡人手搏之，自取其获，上亲临观焉。是时，农民不得收敛。雄从至射熊馆，还，上《长杨赋》，聊因笔墨之成文章，故藉翰林以为主人，子墨为客卿以风”。（《汉书》卷八十七下《扬雄传》下）赋中先通过子墨客卿之口批评朝廷：

> 子墨客卿问于翰林主人曰：“盖闻圣主之养民也，仁沾而恩洽，动不为身。今年猎长杨，先命右扶风，左太华而右褒斜，椓嶻嶭而为弋，纡南山以为罝，罗千乘于林莽，列万骑于山隅，帅军踤阹，锡戎获胡。扼熊罴，拕豪猪，木雍枪累，以为储胥，此天下之穷览极观也。虽然，

亦颇扰于农民。三旬有余，其廑至矣，而功不图，恐不识者，外之则以为娱乐之游，内之则不以为乾豆之事，岂为民乎哉！且人君以玄默为神，淡泊为德，今乐远出以露威灵，数摇动以罢车甲，本非人主之急务也，蒙窃或焉。"

于是翰林主人出来反驳他："吁，谓之兹邪！若客，所谓知其一未睹其二，见其外不识其内者也。仆尝倦谈，不能一二其详，请略举凡，而客自览其切焉。"接着他就回顾汉朝的历史，由汉高祖起兵反秦讲到文、武二帝的功绩，然后说：

今朝廷纯仁，遵道显义，并包书林，圣风云靡；英华沉浮，洋溢八区，普天所覆，莫不沾濡；士有不谈王道者则樵夫笑之。故意者以为事罔隆而不杀，物靡盛而不亏，故平不肆险，安不忘危。乃时以有年出兵，整舆竦戎，振师五莋，习马长杨，简力狡兽，校武票禽。乃萃然登南山，瞰乌弋，西厌月𩇯，东震日域。又恐后世迷于一时之事，常以此取国家之大务，淫荒田猎，陵夷而不御也，是以车不安轫，日未靡旃，从者仿佛，骩属而还；亦所以奉太宗之烈，遵文武之度，复三王之田，反五帝之虞；使农不辍耰，工不下机，婚姻以时，男女莫违；出恺弟，行简易，矜劬劳，休力役；见百年，存孤弱，帅与之同苦乐。然后陈钟鼓之乐，鸣鞀磬之和，建碣磍之虡，拮隔鸣球，掉八列之舞；酌允铄，肴乐胥，听庙中之雍雍，受神人之福祜；歌投颂，吹合雅。其勤若此，故真神之所劳也。方将俟元符，以禅梁甫之基，增泰山之高，延光于将来，比荣乎往号，岂徒欲淫览浮观，驰骋秔稻之地，周流梨栗之林，蹂践刍荛，夸诩众庶，盛狖玃之收，多麋鹿之获哉！且盲不见咫尺，而离娄烛千里之隅；客徒爱胡人之获我禽兽，曾不知我亦已获其王侯。

受到这番教诲，子墨客卿幡然醒悟，降席再拜稽首曰："大哉体乎！允非小子之所能及也。乃今日发蒙，廓然已昭矣！"（《汉书》卷八十七下《扬雄传》下）

在赋中，子墨客卿的话本来代表了扬雄的真实思想，可他又偏偏把翰林主人为皇帝辩解的话作为正面言论。这种写法很像司马相如的《难蜀父老》和东方朔的《答客难》。扬雄后来也用这种方法写过《解嘲》。《难蜀父老》、《答客难》和《解嘲》都是赋体的论说文，《长杨赋》的这种写法也使它像一篇论说文。《长杨赋》的政论色彩还突出表现在翰林主人的说辞上。这段话是为批驳子墨客卿而发的，但与《上林赋》中亡是公的话有了明显不同。亡是公只是在开头结尾批评了子虚乌有二人，中间用大段描写来表现天子田猎游宴的盛况，虽说这种描写也包含着讽谏的意味，但毕竟全赋仍以描写为主。而翰林主人的话却以议论贯穿始终，中间不再描写天子射猎的具体场面，只是讲述射猎的目的和意义。从内容上看，它已不是一篇以描写射猎为主的作品，而成为有关射猎问题的对话。

扬雄每篇赋作都有明确的现实针对性。但赋的讽谏手法却比前人更加委婉，讽谏效果也更加微弱，在这些作品中，讽和劝的界限越来越模糊了。扬雄后来对此有一个总结，《汉书·扬雄传》说：

> 雄以为赋者，将以风也，必推类而言，极靡丽之辞，闳侈巨衍，竞于使人不能加也，既乃归之于正，然览者已过矣。往时武帝好神仙，相如上《大人赋》，欲以风，帝反缥缥有凌云之志。繇是言之，赋劝而不止，明矣。又颇似俳优淳于髡、优孟之徒，非法度所存，贤人君子诗赋之正也，于是辍不复为。

他在《法言·吾子》中也表达了相似的观点：

> 或问："吾子少而好赋。"曰："然。童子雕虫篆刻。"俄而，曰："壮夫不为也。"或曰："赋可以讽乎？"曰："讽乎！讽则已，不已，吾恐不免于劝也。"

扬雄认为：赋家的讽谏意图只是收到适得其反的效果。究其原因，首先在于赋这种文体的性质。作为一种娱乐性的文体，赋首先用来满足接受者的享乐需求，由此而形成了接受者阅读期待和作者创作心理的定势。作者总是希望用华丽辞藻和铺张描写造成愉悦耳目的效果，以引起接受者的欣赏兴趣。作为特定接受者的帝王又总是出于娱乐目的来欣赏这些作品，当他们让自己沉浸于赋中的铺陈夸饰所造成的艺术效果时，早已忘记了其中还包含着讽谏意义。尽管赋家苦心孤诣地不断变化讽谏手法，却始终难以达到满意的效果。由此看来，赋这种文体所能容纳的讽谕空间实在是太有限了。赋欲讽反劝的另一个原因是讽谏这种方式本身的局限。讽谏是古代进谏方式中的一种，其特点是含蓄委婉而不直露，只适用于那些尚未彰显的小过失。因此，揭露时弊的广度和力度都是有限的。面对西汉后期日益严重的社会问题，扬雄虽有补裨时阙之心，但其作品只是围绕和皇帝个人生活有关的问题，说一些不疼不痒的话。这些所谓讽谏，和当时的经学之士抨击时弊的奏书，实在无法同日而语。正因为这样，扬雄本人才深愧这些作品“非法度所存，贤人君子诗赋之正也”。

第四节　东汉前期的体物赋

东汉前期,散体赋的创作仍呈现发展态势。此期赋家政治热情高涨,往往在赋中发表政见,以期讽谏。杜笃(?—78)《论都赋》是以赋表达政见的代表作。据《后汉书》卷八十上《文苑列传》上载:光武定都洛阳,笃"以关中表里山河,先帝旧京,不宜改营洛阳,乃上奏《论都赋》"。其奏书说:

> 臣闻知而复知,是谓重知,臣所欲言,陛下已知,故略其梗概,不敢具陈。……窃见司马相如、扬子云作辞赋以讽主上,臣诚慕之,伏作书一篇,名曰《论都》,谨并封奏如左。

可见此赋有明确的讽谏目的,是用以弥补奏书之不足的。赋中写道:

> 皇帝以建武十八年二月甲辰,升舆洛邑,巡于西岳。推天时,顺斗极,排阊阖,入函谷,观厄于崤、黾,图险于陇、蜀。其三月丁酉,行至长安。经营宫室,伤愍旧京,即诏京兆,乃命扶风,斋肃致敬,告覲园陵。凄然有怀祖之思,喟乎以思诸夏之隆。遂天旋云游,造舟于渭,北杭泾流。千乘方毂,万骑骈罗,衍陈于岐、梁,东横乎大河。瘗后土,礼邠郊。其岁四月,反于洛都。明年,有诏复函谷关,作大驾官、六王邸、高车厩于长安,修理东都城门,桥泾、渭。往往缮离观,东临霸、浐,西望昆明,北登长平,规龙首,抚未央,覛平乐,仪建章。
>
> 是时山东翕然狐疑,意圣朝之西都,惧关门之反拒也。客有为笃言:"彼埳井之潢污,固不容夫吞舟;且洛邑之渟瀯,曷足以居乎万乘哉?咸阳守国利器,不可久虚,以示奸萌。"笃未甚然其言也,故因为述大汉之崇,世据雍州之利,而今国家未暇之故,以喻客意。曰:
>
> 昔在强秦,爰初开畔,霸自岐、雍,国富人衍,卒以并兼,桀虐作乱。天命有圣,托之大汉。大汉开基,高祖有勋。斩白蛇,屯黑云,聚五星于东井,提干将而呵暴秦。蹈沧海,跨昆仑,奋彗光,扫项军,遂

济人难，荡涤于泗、沂。刘敬建策，初都长安。太宗承流，守之以文。躬履节俭，侧身行仁，食不二味，衣无异采。赈人以农桑，率下以约己，曼丽之容不悦于目，郑卫之声不过于耳，佞邪之臣不列于朝，巧伪之物不鬻于市，故能理升平而刑几措。富衍于孝景，功传于后嗣。

是时，孝武因其余财府帑之蓄，始有钩深图远之意，探冒顿之罪，校平城之仇。遂命票骑，勤任卫青，勇惟鹰扬，军如流星，深之匈奴，割裂王庭，席卷漠北，叩勒祁连，横分单于，屠裂百蛮。烧罽帐，系阏氏，燔康居，灰珍奇，椎鸣镝，钉鹿蠡，驰阬岸，获昆弥，虏儌侲，驱骡驴，御宛马，鞭駃騠。拓地万里，威震八荒。肇置四郡，据守敦煌。并域属国，一郡领方。立侯隅北，建护西羌。捶驱氐、僰，寥狼邛、莋。东攡乌桓，蹂辚濊貊。南羁钩町，水剑强越。残夷文身，海波沫血。郡县日南，漂概朱崖。部尉东南，兼有黄支。连缓耳，琐雕题，摧天督，牵象犀，椎蚌蛤，碎琉璃，甲玳瑁，戕觜觿。于是同穴裘褐之域，共川鼻饮之国，莫不袒跣稽颡，失气虏伏。非夫大汉之盛，世借雍土之饶，得御外理内之术，孰能致功若斯！故创业于高祖，嗣传于孝惠，德隆于太宗，财衍于孝景，威盛于圣武，政行于宣、元，侈极于成、哀，祚缺于孝平。传世十一，历载三百，德衰而复盈，道微而复章，皆莫能迁于雍州，而背于咸阳。宫室寝庙，山陵相望，高显弘丽，可思可荣，羲、农已来，无兹著明。

夫雍州本帝皇所以育业、霸王所以衍功，战士角难之场也。《禹贡》所载，厥田惟上。沃野千里，原隰弥望。保殖五谷，桑麻条畅。滨据南山，带以泾、渭，号曰陆海，蠢生万类。楩楠檀柘，蔬果成实。畎渎润淤，水泉灌溉，渐泽成川，粳稻陶遂。厥土之膏，亩价一金。田田相如，鐇钁株林。火耕流种，功浅得深。既有蓄积，厄塞四临：四被陇、蜀，南通汉中，北据谷口，东阻嵚岩。关函守峣，山东道穷；置列汧、陇，壅偃西戎；拒守褒斜，岭南不通；杜口绝津，朔方无从。鸿、渭之流，径入于河；大船万艘，转漕相过；东综沧海，西纲流纱；朔南暨声，诸夏是和。城池百尺，厄塞要害。关梁之险，多所衿带。一卒举礌，千夫沉滞；一人奋戟，三军沮败。地势便利，介胄剽悍，可与守近，利以攻远。士卒易保,人不肉袒。肇十有二,是为赡腴。用霸则兼并,先据则功殊;修文则财衍,行武则士要;为政则化上,篡逆则难诛;进攻则百剋,退守则有余:斯固帝王之渊囿,而守国之利器也。(《后汉书》卷八十上《文苑列传》上)

下面又叙刘秀复兴汉室之功,然后说:

今天下之新定,矢石之勤始瘳,而主上方以边垂为忧,忿葭萌之不柔,未遑于论都而遗思雍州也。方躬劳圣思,以率海内,厉抚名将,略地疆外,信威于征伐,展武乎荒裔。若夫文身鼻饮缓耳之主,椎结左衽鐻锅之君,东南殊俗不羁之国,西北绝域难制之邻,靡不重译纳贡,请为藩臣。上犹谦让而不伐勤。意以为获无用之虏,不如安有益之民;略荒裔之地,不如保殖五谷之渊;远救于已亡,不若近而存存也。今国家躬修道德,吐惠含仁,湛恩沾洽,时风显宣。徒垂意于持平守实,务在爱育元元,苟有便于王政者,圣主纳焉。何则?物罔挹而不损,道无隆而不移,阳盛则运,阴满则亏,故存不忘亡,安不讳危。虽有仁义,犹设城池也。(同上)

最后,再次点明主旨:“客以利器不可久虚,而国家亦不忘乎西都,何必去洛邑之渟瀯与?”此赋堪称一篇赋体政论文。首先,作者有明确的政论目的,赋的开头即交代了写作背景,说明赋的主旨在于表达对建都问题的看法。其次,赋中虽假客之口提出见解,但接着又说“笃未甚然其言也。故因为述大汉之崇,世雍州之利,而今国家未暇之故,以喻客意”。然后直接从正面阐明作者的主张。这就改变了以往的体物赋以主要篇幅进行描写,只是在在结尾发表一点议论,加以委婉讽谏的写法;而代之以用全篇从正面讲道理。与此相联系,赋的表现手法也由铺陈描写变为分析论证,赋中先回顾历史,历数自高祖至平帝十一帝政治之隆污、国势之兴衰;然后又分析关中的地理形势,说明都关中之利:“夫雍州本帝皇所以育业、霸王所以衍功,战士所以角难之场也。……斯固帝王之渊囿,而守国之利器也。”最后又以议论表明自己的态度。全文完全是一篇讨论建都问题的议论文，赋名《论都》，是非常贴切的。

东汉前期，政治稳定，经济发展，朝廷提倡文治教化，文人中滋生了一种颂汉的思潮。一些赋家开始写作歌颂之赋。班固的《两都赋》即是明确地以颂美为创作目的的作品。

《两都赋》前有一段较长的序，表达了班固的辞赋观和创作宗旨。序中说：

> 或曰："赋者，古诗之流也。"昔成、康没而颂声寝，王泽竭而诗不作。大汉初定，日不暇给。至于武、宣之世，乃崇礼官、考文章，内设金马、石渠之署，外兴乐府、协律之事，以兴废继绝，润色鸿业……故言语侍从之臣，若司马相如、虞丘寿王、东方朔、枚皋、王褒、刘向之属，朝夕论思，日月献纳。而公卿大臣：御史大夫倪宽、太常孔臧、太中大夫董仲舒、宗正刘德、太子太傅萧望之等，时时间作。或以抒下情而通讽谕，或以宣上德而尽忠孝，雍容揄扬，著于后嗣，抑亦雅颂之亚也……且夫道有夷隆，学有粗密，因时而建德者，不以远近易则，故皋陶歌虞，奚斯颂鲁，同见采于孔氏，列于《诗》、《书》，其义一也。稽之上古则如彼，考之汉室又如此，斯事虽细，然先臣之旧式，国家之遗美，不可阙也。臣窃见海内清平，朝廷无事，京师修宫室，浚城隍，起苑囿，以备制度。西土耆老，咸怀怨思，冀上睠顾，而盛称长安旧制，有陋雒邑之议。故臣作《两都赋》，以极众人之所眩耀，折以今之法度。（《文选》卷一）

这段话充分肯定了赋的颂美作用，甚至将它们与《诗经》的《雅》、《颂》等而论之。它反映了东汉赋家对赋的重新定位。他们希望把赋纳入国家的礼乐典章之中，使之成为文治教化之具。出于此种目的，东汉前期的赋家以极大的热情颂扬朝廷的礼乐典章和文治教化之美，《两都赋》就是从这一角度下笔的。这两篇赋的创作与东汉初年关于建都问题的争论有关。光武帝刘秀定都洛阳，曾遭到一些朝野人士的反对，到了永平年间，仍有《两都赋》中所说的"西都耆老"盛称西都的繁盛而鄙陋东都洛阳。《两都赋》即针对这一现象而作。但班固在赋中并没有就西都和东都的优劣展开评议，而是通过赋中的描写"以极众人之眩曜，折以今之法度"。在《西都赋》中，西都宾向东都主人盛称长安之制，淋漓尽致地铺陈其位置之重要，宫殿之壮丽，城市之繁华。《东都赋》中，东都主人首先批评西都宾只知"矜夸宫室，保界河山，信识昭襄而知始皇矣，恶睹大汉之云为乎"，然后就向他述说"建武之理、永平之事"。关于建武之理，讲的是光武帝中兴汉室，功德可比前代圣王："案六经而校德，妙古昔而论功，仁圣之事既该，帝王之道备矣。"关于永平之事，是作者铺叙的重点，文中用大量篇幅写永平之际，国家隆盛，于是增修洛邑，蒐狩习武，但又无不合乎经典之制；这时，国威远扬，四夷来朝，朝廷兴礼乐，劝农桑，办学校：

于是百姓涤瑕荡秽而镜至清，形神寂漠，耳目不营，嗜欲之原灭，廉正之心生，莫不优游而自得，玉润而金声，是以四海之内，学校如林，庠序盈门，献酬交错，俎豆莘莘，下舞上歌，蹈德咏仁。登降饫宴之礼既毕，因相与嗟叹玄德，谠言弘说，咸含和而吐气，颂曰：盛哉乎斯世！（同上）

然后，东都主人批评西都宾只知诵读《五经》，却"罕能精古今之清浊，究汉德之所由"。东都主人的话都是围绕"大汉之云为"、"汉德之所由"这个话题而展开。中间部分的叙写，也是为说明作者的观点服务的。值得注意的是，东都主人的话不是委婉地寄寓讽谏，而是直截了当地表明作者的观点。这是和以往的散体赋不同的。在这段话的最后，东都主人又明确表示：

且夫辟界西戎，险阻四塞，修其防御，孰与处乎土中，平夷洞达，万方辐凑。秦岭九嵕，泾渭之川，曷若四渎五岳，带河泝洛，图书之渊。建章甘泉，馆御列仙，孰与灵台、明堂，统和天人。太液、昆明，鸟兽之囿，曷若辟雍海流，道德之富。游侠逾侈，犯义侵礼，孰与同履法度，翼翼济济也。子徒习秦阿房之造天，而不知京洛之有制也；识函

谷之可关，而不知王者之无外也。（同上）

这段议论实为全赋的点睛之笔。它不仅是对长安、洛阳两地的比较，而且提出了一个发人深省的问题，即用什么原则来治理国家。作者通过比较，弘扬了儒家所提倡的德治和礼治的原则。赋的中间大力颂扬建武、永平两个时期的政治局面，这种局面实际就是作者心中的王道政治。《东都赋》也就是班固这种政治理想的形象阐释。从这个意义上说，它也就更像一篇政论了。

《两都赋》对东汉的颂美是毫不掩饰的，尤其是对作者生活的永平时期，其赞颂更是无以复加。但这种赞颂既不是以东汉的繁荣富强去压倒西汉，也不是停留在对帝王功业的讴歌，而是集中在东汉的德治之美和礼乐教化之隆，所谓“折之以今之法度”，也主要是以儒家思想为依据，宣扬王道德治和礼义教化的思想。与这种思想倾向相适应，赋的风格也是雍容典雅的，赋的结尾又特意安排几首四言诗，把这种颂美倾向和典雅风格推向了极致。

东汉前期还有一些赋家也表现出同样的创作倾向。傅毅（约35—约90）作有《洛都赋》，其中先颂刘秀之功，然后写洛阳的宫殿：“桑宫茧馆，区制有矩。后帅九嫔，躬敕工女。近则明堂辟雍灵。录台之列，宗祀扬化，云物是察”，赋虽不全，但从残存的部分可以看出，它完全是一篇颂扬东汉功德的作品。据《后汉书》卷八十上《文苑列传》上：“傅毅字仲武，扶风茂陵人也。少博学。永平（和帝）中，于平陵习章句，因作《迪志诗》曰：‘……于戏君子，无恒自逸。徂年如流，鲜兹暇日。行迈屡税，胡能有迄。密勿朝夕，聿同始卒。’毅以显宗求贤不笃，士多隐处，故作《七激》以为讽。”其诗道德色彩很浓。而《七激》名为讽，却看不出有何讽谏色彩。此赋学《七发》，假托“浮华公子，托病幽处，游心于玄妙，清思乎黄老。”于是玄通子批评他“何图身之谬也。”然后向他“论天下之至妙，列耳目之通好，原情心之性理，综道德之弥奥”。接着便依次描写音乐、美食、车马、田猎、游观等娱乐，最后说：

汉之盛世，存乎永平，太和协畅，万机穆清。于是群俊学士，云集辟雍，含咏圣术，文质发朦，达牺农之妙旨，照虞夏之典坟。遵孔氏之宪则，投颜闵之高迹。推义穷类，靡不博观。光润嘉美，世宗其言。(《全汉赋》)

于是，浮华公子瞿然而兴曰："至乎，主得圣道，天基允臧。明哲用思，君子所常。自知沉溺，久蔽不悟，请诵斯语，仰子法度。"赋中颂美永平时期文治之盛，批评道家式的人生态度，表达儒家的人生追求。从赋的思想主旨与实际效果来看，它并非讽谏当政者，而是勉励别人遵循道德，潜心学术。与这种主旨相适应，赋中并未像《七发》那样展开淋漓尽致的铺陈，前几段关于娱乐活动的描写篇幅较短，以突出其正面表达的内容。

崔骃(？—92)作有《反都赋》，赋前有序，云："汉历中绝，京师为墟，光武受命，始迁洛都，客有陈西土之富，云洛邑褊小，故略陈祸败之机，不在险也。"可见其创作意图与《两都赋》颇为一致。赋中赞美刘秀定都洛阳，"兴四郊，建三雍，禅梁父，封岱宗"(《全后汉文》卷四十四)，仍着眼于当时礼乐之兴和文教之盛。稍后于此的赋家李尤(约44—126)，其《函谷关赋》不仅颂美东汉的中兴之德，而且重点赞扬永平时期的盛况。李尤又有《辟雍赋》、《东观赋》、《德阳殿赋》、《平乐观赋》等，也都重在描写礼制之隆、教化之美和四夷宾服之盛况，以赞美东汉的中兴和德治。总之，东汉前期的文治教化给赋家留下极为深刻的印象，成为他们颂美的主要对象，同时他们也把辞赋当作文治教化的一个组成部分，使之堂而皇之地走进了礼乐的殿堂。在这方面，赋家提高赋的文化地位的努力和经学的政治诉求终于找到了契合点，赋这种文体也彰显出其雍容揄扬、义尚光大的本色。

第五节　东汉后期的体物赋

东汉后期,朝政日衰,前期那种颂美之作便难以为继。一些有社会责任感的赋家又尝试用赋来讽谏。张衡的《二京赋》即是又一次讽谏的尝试。

《后汉书》卷五十九《张衡列传》说:“衡少善属文。游于三辅,因入京师,观太学,遂通五经,贯六艺。……时天下承平日久,自王侯以下莫不逾侈,衡乃拟班固《两都》,作《二京赋》,因以讽谏。精思傅会,十年乃成。”赋中假设凭虚公子和安处先生的问答。《西京赋》先让凭虚公子夸耀长安及西汉的豪侈富强,从长安的城池、宫殿、苑囿到街市以及游猎、歌舞、杂技等各种娱乐活动展开层层铺陈描写。最后批评东汉“独俭啬以龌龊”,这些话等于为《东京赋》中的议论树立了一个靶子。《东京赋》即针对上述观点而展开。赋中先批评对方是“末学肤受,贵耳而贱目”,又以秦汉之历史说明西汉之兴盛由于高、文诸帝之节俭,批评对方“舍纯懿而论爽德,以春秋所讳莫如深而为美谈”。然后便描写洛阳之城市,从宫殿建筑到朝政、祭典、礼仪乃至于娱乐莫不合于礼制:“仁风衍而外流,谊方激而遐骛”,“文德既昭,武节是宣”,以至于“惠风广被,泽洎幽荒”。在此基础上展开大段议论,指出崇尚奢侈之害:

> 今公子苟好剿民以婾乐,忘民怨之为仇也,好殚物以穷宠,忽下叛而生忧也。
>
> 夫水所以载舟,亦所以覆舟。坚冰作于履霜,寻木起于蘖栽。昧旦丕显,后世犹怠。况初制于甚泰,服者焉能改裁?故相如壮上林之观,杨雄骋羽猎之辞,虽系以隤墙填堑,乱以收罝解罘,卒无补于风规,只以招其愆尤。臣济奓以陵君,忘经国之长基。故函谷击柝于东,西朝颠覆而莫持。(《文选》卷二)

结尾这些话,才是全文的核心,其用意在告诫当权者,不要重蹈前代骄奢误国的覆辙。不过作者用心虽然良若,却很难引起当权者的重视。

在体式上,《二京赋》是直接学习《两都赋》的。但《两都赋》的主旨在于颂美东汉,而《二京赋》则寄寓讽谏。另外,二者的议论方式也有所不同。张衡认为,司马相如的《上林赋》和扬雄的《羽猎赋》,虽有心讽谏,但文中的过度描写,形成劝百讽一,“卒无补于风规”。为了收到讽谏效果,他在文中加强了议论。和《两都赋》相比,《二京赋》的议论有两个突出特点:

首先是《二京赋》中的两个虚构人物互相问难,大大增强了论辩性。《两都赋》的议论主要出现在《东都赋》中,西都宾作为批判的对象,只是在《西都赋》中大力描写“长安旧制”,基本上没有发表什么见解。而《二京赋》的议论却贯穿于前后两赋之中。在《西京赋》的开头,凭虚公子就出来振振有词地教训安处先生,先向他讲了一通风土移人的大道理,又说:“秦据雍而强,周即豫而弱,高祖西而泰,光武处东而约”,然后就向他讲述西京之事。在讲述中,又时而插入议论,例如讲到秦国居雍时,说道:“是时也,并为强国者有六,然而四海同宅西秦,岂不诡哉?”讲到汉高祖建都长安时,又说:“岂伊不虔思于天衢?岂伊不怀归于枌榆?天命不滔,畴敢以渝!”这些地方,都显得雄辩滔滔,颇具逼人之势。在赋的结尾,他又质问安处先生:当今圣上富有四海,却一味俭啬,“岂欲之而不能,将能之而不欲欤?蒙窃惑焉,愿闻所以辩之之说也。”(《文选》卷二)这简直就是向对方挑战。在《东京赋》中,安处先生随即起来应战,他先是批评对方末学肤受,荣古陋今,而后就讲述光武定都洛阳的意义,铺陈东京的礼乐教化之美。在赋的结尾,用了几大段文字从不同角度批驳凭虚公子。单是结尾这几段议论,就如同一篇政论文。此前散体赋中的议论,主要由代表作者意见的正面人物发出,另一方只是处于接受批判的位置。而在《二京赋》中,代表反面意见的人物却滔滔不绝地发表议论,并向正面人物发起挑战,双方你来我往,唇枪舌剑,展开针锋相对的论争,这种情形,使人想起《盐铁论》中贤良文学和御史大夫间的辩论,也很像汉代经学家之间的学术论争。这种强烈的论辩性是此前的散体赋中所没有的。

其次是双方都在论辩中引经据典。西都宾为了说明西汉皇帝奢侈享乐的生活合乎经典，引《诗》以为证："尔乃逞志究欲，穷身极娱，鉴戒唐《诗》，他人是偷。自君作故，何礼之拘？"这里所说的"唐诗"，是《诗经·唐风》中的《山有枢》，诗中讽刺了一个悭吝之人，宣扬及时行乐，其首章说："山有枢，隰有榆。子有衣裳，弗曳弗娄。子有车马，弗驰弗驱。宛其死矣，他人是愉。"汉代毛诗学派认为此诗是刺晋昭公，三家诗派认为是刺晋僖公"不能及时以自娱乐"（《文选》卷二）。西都宾引用此诗，是为了给西汉皇帝的及时行乐寻找借口。在赋的结尾，他又一次以《诗》为据来批评东汉皇帝：

方今圣上同天号于帝皇，掩四海而为家，富有之业，莫我大也。徒恨不能以靡丽为国华，独俭啬以龌龊，忘《蟋蟀》之谓何。

这里所说的《蟋蟀》，是《诗经·唐风》的首篇，毛诗《小序》认为此诗"刺僖公也，俭不中礼，故作是诗以闵之。欲其及时以礼自娱乐也。"西都宾以此为据，批评东汉皇帝一味节俭，忘记了《蟋蟀》一诗的旨意。

为了回应西都宾的观点，东都主人也引经据典。他先是批评西都宾"以《春秋》所讳而为美谈""《春秋》所讳"即是国之大恶。《公羊传》认为，《春秋》的记事体例是大恶则讳之，小恶则书之。东都主人称西都宾的话为"《春秋》所讳"，就等于说西汉统治者的奢侈行为是大恶。他针锋相对地指出，东汉皇帝的行为，无不合经典，有先例可循。"是以论其迁邑易京，则同规乎殷盘，改奢即俭，则合美乎《斯干》，登封降禅，则齐德乎黄轩。""殷盘"即《尚书》中的《盘庚》篇，篇中记载盘庚关于迁都的讲话；黄轩即黄帝轩辕氏，相传黄帝曾封泰山。而《斯干》是《诗经·小雅》篇名，诗中描写新宫室落成。《毛诗序》认为此诗的主旨是"宣王考室也"，今文经学家则认为这是歌颂周宣王宫室俭约之诗。东都主人正是取今文经学之意，以证明东汉皇帝弃奢就俭有经典的依据。汉代独尊儒术之后，人们写文章，发议论，无不引经据典，在儒者心中，《五经》成于圣人之手，代表了治国立身的最高原则。论者只要在经典中找出相关的论述，就可以轻而易举地证明自己正确。我们看到，西都宾和东都主人，或提倡奢，或主张俭，但都从《诗经》中寻找佐证。这种情形，就使《二京赋》更像当时的政论文了。

张衡之后，这种以讽谏为目的的体物大赋便很少有人问津。偶有作者，也是为了褒美颂扬。较著名者，有王延寿（生卒年不详）的《鲁灵光殿赋》。赋前的序说："诗人之兴，感物而作。故奚斯颂僖，歌其路寝，而功绩存乎辞，德音昭乎声。物以赋显，事以颂宣。匪赋匪颂，将何述焉。"（《〈全后汉文》卷58）此赋纯用骚体，洋洋洒洒地展开铺陈描写，但赋中找不到一点讽谏的影子。

描写建筑的赋，在王延寿之后，又有边让（？—208）作《章华台赋》。与《鲁灵光殿赋》不同的是，此赋有明确的讽谏意图。赋的开头假设了一个写作背景：

楚灵王既游云梦之泽，息于荆台之上。前方淮之水，左洞庭之波，右顾彭蠡之隩，南眺巫山之阿。延目广望，骋观终日。顾谓左史倚相曰："盛哉斯乐，可以遗老而忘死也！"于是遂作章华之台，筑乾谿之室，穷木土之技，单珍府之实，举国营之，数年乃成。设长夜之淫宴，作北里之新声。于是伍举知夫陈、蔡之将生谋也。乃作斯赋以讽之：

边让假托伍举为讽谏楚灵王而作此赋。接下来，在赋的正文中，就极力描写章华台的华丽壮观：

胄高阳之苗胤兮，承圣祖之洪泽。建列藩于南楚兮，等威灵于二伯。超有商之大彭兮，越隆周之两虢。达皇佐之高勋兮，驰仁声之显赫。惠风春施，神武电断，华夏肃清，五服攸乱。旦垂精于万机兮，夕回辇于门馆。设长夜之欢饮兮，展中情之嬿婉。竭四海之妙珍兮，尽生人之秘玩。

尔乃携窈窕，从好仇，径肉林，登糟丘，兰肴山竦，椒酒渊流。激玄醴于清池兮，靡微风而行舟。登瑶台以回望兮，冀弥日而消忧。于

> 是招宓妃，命湘娥，齐倡列，郑女罗。扬《激楚》之清宫兮，展新声而长歌。繁手超于北里，妙舞丽于《阳阿》。金石类聚，丝竹群分。被轻袿，曳华文，罗衣飘飖，组绮缤纷。纵轻躯以迅赴，若孤鹄之失群；振华袂以逶迤，若游龙之登云。于是欢嬿既洽，长夜向半，琴瑟易调，繁手改弹。清声发而响激，微音逝而流散。振弱支而纡绕兮，若绿繁之垂干；忽飘飖以轻逝兮，似鸾飞于天汉。舞无常态，鼓无定节，寻声响应，修短靡跌。长袖奋而生风，清气激而绕结。尔乃妍媚递进，巧弄相加，俯仰异容，忽兮神化。体迅轻鸿，荣曜春华，进如浮云，退如激波。虽复柳惠，能不咨嗟！于是天河既回，淫乐未终，清籥发征，《激楚》扬风。于是音气发于丝竹兮，飞响轶于云中。比目应节而双跃兮，孤雌感声而鸣雄。美繁手之轻妙兮，嘉新声之弥隆。于是众变已尽，群乐既考。归乎生风之广夏兮，修黄轩之要道。携西子之弱腕兮，援毛嫔之素肘。形便娟以婵媛兮，若流风之靡草。美仪操之姣丽兮，忽遗生而忘老。

在这些绘声绘色的描写中，看不到什么讽谏的影子，反而使人心驰神往，陶醉其中。只是在赋的结尾，才写道：

> 尔乃清夜晨，妙技单，收尊俎，彻鼓盘。惘焉若酲，抚剑而叹。虑理国之须才，悟稼穑之艰难。美吕尚之佐周，善管仲之辅桓。将超世而作理，焉沈湎于此欢！于是罢女乐，堕瑶台。思夏禹之卑宫，慕有虞之土阶。举英奇于仄陋，拔髦秀于蓬莱。君明哲以知人，官随任而处能。百揆时叙，庶绩咸熙。诸侯慕义，不召同期。继高阳之绝轨，崇成、庄之洪基。虽齐桓之一匡，岂足方于大持？尔乃育之以仁，临之以明。致虔报于鬼神，尽肃恭乎上京。驰淳化于黎元，永历世而太平。（《后汉书》卷八十下《文苑列传》下）

《后汉书·文苑传》在收录此赋时说：此赋“虽多淫丽之辞，而终之以正，亦如相如之讽也。”这种驰骋“淫丽之辞”，而在篇末寄讽的写法，确实与相如的作品如出一辙，但相如的作品早已被人批评为欲讽反劝，边让此作也是如此。

东汉后期，国是日非，驰骋“淫丽之辞”的体物赋，又开始受到批评。王符在《潜夫论·务本》中说：

> 诗赋者，所以颂善丑之德，泄哀乐之情也。故温雅以广文，兴喻以尽意。今赋颂之徒，苟为饶辩屈蹇之辞，竞陈诬罔无然之事，以索见怪于世，愚无戆士，从而奇之，此悖孩童之思，而长不诚之言者也。（《潜夫论笺》卷一）

他认为赋颂之徒在文中竞相铺陈夸饰，虚妄不实，无补于世。此后，蔡邕在奏疏中也表达了类似的观点，他说：

> 夫书画辞赋，才之小者，匡国理政，未有其能。陛下即位之间初，先涉经术，听政之余，观省篇章，聊以游意，当代博弈，非以教化取士之本。而诸生竞利，作者鼎沸。其高者颇引经训风喻之言；下则连偶俗语，有类俳优；或窃成文，虚冒名氏……若乃小能小善，虽有可观，孔子以为“致远恐泥”，君子故当志其大者。（《后汉书》卷六十下《蔡邕列传》下）

汉灵帝好辞赋，他即位之后，设立鸿都门学，其中招引了一批辞赋之士，待以不次之位，于是出现了蔡邕在奏疏中所说的现象。蔡邕本是赋家，但他却认为辞赋无匡国理政之能，并且猛烈抨击靠辞赋骗取利禄之人。他的观点比扬雄悔赋，实有过之。在这种情况下，贤人君子不愿涉足此道，汉代的体物大赋也就走到尽头了。

第五章　汉代抒情赋

汉代的抒情赋是直接从楚辞发展而来的。在发展过程中,它们仍保持楚辞的精神,以抒发哀怨之情为主。其作者或在政治上遭受挫折,或长期处于低下地位,大都有生不逢时之感。和那些“体国经野,义尚光大”的散体大赋不同,汉代抒情赋所反映的主要是作者与社会现实的冲突。赋家个人的现实感受及其对人生出路的思索,成为这些作品的核心内容。围绕这一核心,儒道两家的思想渗透于赋家的情感体验、理性思索和艺术选择之中,赋予作品不同的审美特征。从大体上看,抒情赋与体物大赋在不同的时期往往互为消长。当体物赋盛行之时,抒情赋的创作往往处于低谷,反之亦然。

第一节　西汉前期的抒情赋

西汉的抒情赋由贾谊首开其端。贾谊受朝中元老排挤,被迫离开长安去做长沙王的太傅。在楚地,他听到屈原的事迹,满怀伤感与同情,遂作《吊屈原赋》,既悼屈原,又以自喻。其辞曰:

恭承嘉惠兮,俟罪长沙;侧闻屈原兮,自沉汨罗。造讬湘流兮,敬吊先生。遭世罔极兮,乃殒厥身。呜呼哀哉,逢时不祥!鸾凤伏窜兮,鸱枭翱翔。阘茸尊显兮,谗谀得志;贤圣逆曳兮,方正倒植。世谓伯夷贪兮,谓盗跖廉;莫邪为钝兮,铅刀为铦。吁嗟嚜嚜兮,生之无故!斡弃周鼎兮宝康瓠,腾驾罢牛兮骖蹇驴,骥垂两耳兮服盐车。章甫荐屦兮，渐不可久；嗟苦先生兮，独离此咎！

讯曰：已矣！国其莫我知，独堙郁兮其谁语？凤漂漂其高逝兮，夫固自缩而远去。袭九渊之神龙兮，沕深潜以自珍；弥融爚以隐处兮，夫岂从蚁与蛭螾？所贵圣人之神德兮，远浊世而自藏；使骐骥可得系羁兮，岂云异夫犬羊？般纷纷其离此尤兮，亦夫子之辜也。瞝九州而相君兮，何必怀此都也？凤凰翔于千仞之上兮，览德辉而下之；见细德之险征兮，摇增翮逝而去之。彼寻常之污渎兮，岂能容吞舟之鱼！横江湖之鳣鲟兮，固将制于蚁蝼。（《史记》卷八十四《屈原贾生列传》）

此赋纯用骚体，在形式上与屈原的作品没有多少差别。赋中对屈原的遭遇深表同情，猛烈抨击贤愚不分的现实，字里行间也流露出自己无辜遭贬的悲愤。这种思想情调也是与《离骚》一脉相承的。但赋的结尾又表达了一些隐处自珍的思想，赋中还说："瞝九州而相君兮，何必怀此都也。"这种思想与屈原更不相同，它实际上反映了作者在西汉大一统的时代，被皇帝疏远之后就再也难以找到出路的苦闷。

贾谊在长沙，又作有《鵩鵩鸟赋》。据《史记·屈原贾生列传》说："贾生为长沙王太傅三年，有鸮飞入贾生舍，止于坐隅。楚人命鸮曰'服'。贾生既以谪居长沙，长沙卑湿，自以为寿不得长，伤悼之，乃为赋以自广。"葛洪《西京杂记》卷五亦有类似记载："贾谊在长沙，鵩鸟集其承尘。长沙俗以鵩鸟至人家，主人死。谊作《鵩鸟赋》，齐生死，等荣辱，以遣忧累焉。"鵩鸟被认为不祥之物，贾谊在失意中又遭逢此不祥之物，陷于极大的悲忧困惑，此赋即用以消解内心矛盾而作。赋中说：

单阏之岁兮，四月孟夏，庚子日施兮，服集予舍，止于坐隅，貌甚闲暇。异物来集兮，私怪其故，发书占之兮，策言其度。曰"野鸟入处兮，主人将去"。请问于服兮："予去何之？吉乎告我，凶言其灾。淹数之度兮，语予其期。"服乃叹息，举首奋翼，口不能言，请对以意。

万物变化兮，固无休息。斡流而迁兮，或推而还。形气转续兮，变化而嬗。沕穆无穷兮，胡可胜言！祸兮福所倚，福兮祸所伏；忧喜聚门兮，吉凶同域。彼吴强大兮，夫差以败；越栖会稽兮，句践霸世。斯游遂成兮，卒被五刑；傅说胥靡兮，乃相武丁。夫祸之与福兮，何异纠纆。命不可说兮，孰知其极？水激则旱兮，矢激则远。万物回薄兮，振荡相转。云蒸雨降兮，错缪相纷。大专盘物兮，坱轧无垠。天不可与虑兮，道不可与谋。迟数有命兮，恶识其时？（同上）

赋中用“祸兮福所倚，福兮祸所伏；忧喜聚门兮，吉凶同域”的观点作自我宽慰，在黄老思想盛行的汉初，这些说法并无新奇之处。但赋中又说：

且夫天地为炉兮，造化为工；阴阳为炭兮，万物为铜。合散消息兮，安有常则；千变万化兮，未始有极。忽然为人兮，何足控抟；化为异物兮，又何足患！小智自私兮，贱彼贵我；通人大观兮，物无不可。……拘士系俗兮，攌如囚居；至人遗物兮，独与道俱。众人或或兮，好恶积意；真人淡漠兮，独与道息。释知遗形兮，超然自丧；寥廓忽荒兮，与道翱翔。乘流则逝兮，得坻则止；纵躯委命兮，不私与己。其生若浮兮，其死若休；澹乎若深渊之静，泛乎若不系之舟。不以生故自宝兮，养空而浮；德人无累兮，知命不忧。细故蒂葪兮，何足以疑！（同上）

这就完全是庄子的思想。其中包括相互联系的三个层次：一是万物合散消息，变化无穷的宇宙观；二是建立在这一基础之上的等生死，齐物我，任运随化的人生观，三是以“至人”、“真人”为代表的“释智遗形兮，超然自丧；廖廓忽荒兮，与道翱翔”的人生境界。宇宙观和人生观最终都落实到对人生境界的追求上面。在汉初，像这样集中地引入庄子思想的作品是极为罕见的。庄子思想的引入，使作品不再停留在发牢骚、抒忧愤的情绪宣泄上，也不仅局限于福祸同门、吉凶同域式的自我安慰，而是进入探讨宇宙人生真谛的哲学层次。作品的意蕴由忧戚怅惘的情感体验到死生一体、物我同化的理性思考，进而上升到遗落尘俗，超然物外的精神境界。由于与作者对人生困境的深切感受紧密相联，作品虽大量引用庄子之言，却并无抽象说教之感，而始终有一种意绪缠绵而又缥缈脱俗的感染力。诚如司马迁所说："读《鵩鸟赋》，一死生，轻去就，又爽然自失矣。"

《鵩鸟赋》在形式上仍采用骚体，但其句式较短，其间还有一些散文化的句子，特别是其语言材料几乎全都来自道家的作品，因此，它读起来颇富老庄之风神。

西汉中期，赋家专注于体物赋的创作，抒情之作数量不多，较为突出的有董仲舒的《士不遇赋》、司马迁的《悲士不遇赋》等。

董仲舒是西汉大儒，他提出的崇尚儒学的建议被汉武帝采纳，但他本人却并不得志，只做过两次诸侯王的太傅。他的《士不遇赋》写道：

> 呜呼嗟乎，遐哉邈矣。时来曷迟，去之速矣。屈意从人，悲吾族矣。正身俟时，将就木矣。悠悠偕时，岂能觉矣。心之忧欤，不期禄矣。遑遑匪宁，秪增辱矣。努力触藩，徒摧角矣。不出户庭，庶无过矣。重曰："生不丁三代之盛隆兮，而丁三季之末俗。以辩诈而期通兮，贞士耿介而自束，虽日三省于吾身，繇怀进退之惟谷。彼寔繁之有徒兮，指其白以为黑。目信嫮而言眇兮，口信辩而言讷。鬼神不能正人事之变戾兮，圣贤亦不能开愚夫之违惑。出门则不可与偕往兮，藏器又蚩其不容。退洗心而内讼兮，亦未知其所从也。观上古之清浊兮，廉士亦茕茕而靡归。殷汤有卞随与务光兮，周武有伯夷与叔齐。卞随务光遁迹于深渊兮，伯夷、叔齐登山而采薇。使彼圣贤其繇周遑兮，矧举世而同迷。若伍员与屈原兮，固亦无所复顾。亦不能同彼数子兮，将远游而终慕。于吾侪之云远兮，疑荒涂而难践。惮君子之于行兮，诚三日而不饭。嗟天下之偕违兮，怅无与之偕返。孰若返身于素业兮，莫随世而输转。虽矫情而获百利兮，复不如正心而归一善。纷既迫而后动兮，岂云禀性之惟褊。昭同人而大有兮，明谦光而务展。遵幽昧于默足兮，岂舒采而蕲显。苟肝胆之可同兮，奚须发之足辨也。(《全汉赋》)

赋中写正直之士在现实中进退维谷，寸步难行；而世俗之人，颠倒是非，“指其白以为黑”，“口信辩而言讷”。董仲舒悲愤地指出：“鬼神不能正人事之变戾兮，圣贤亦不能开愚夫之违惑。”他对此种不合理的现实极度失望，但最后又表示，将返身素业，而不“随世而输转”。全赋充满了怨伤之情，但又不失儒者守道正身之旨。

司马迁的《悲士不遇赋》写作时间不详，从赋的内容来看，有可能作于他受宫刑之后。赋中说：

> 悲夫！士生之不辰，愧顾影而独存。恒克己而复礼，惧志行而无闻。谅才韪而世戾，将逮死而长勤。虽有形而不彰，徒有能而不陈。何穷达之易惑，信美恶之难分。时悠悠而荡荡，将遂屈而不伸。
>
> 使公于公者，彼我同兮；私于私者，自相悲兮。天道微哉，吁嗟阔兮；人理显然，相倾夺兮。好生恶死，才之鄙也；好贵夷贱，哲之乱也。昭昭洞达，胸中豁也；昏昏罔觉，内生毒也。
>
> 我之心矣，哲已能忖；我之言矣，哲已能选。没世无闻，古人唯耻；朝闻夕死，孰云其否！逆顺还周，乍没乍起。无造福先，无触祸始。委之自然，终归一矣！（《全汉赋》）

赋中一再强调“惧志行而无闻”，“没世无闻，古人惟耻”，表现了他垂名后世的人生追求。而其中抒发的幽愤，也表现了与现实的冲突。和董仲舒不同的是，司马迁最终选择了富于道家色彩的人生出路：“无造福先，无触祸始。委之自然，终归一矣。”这种选择，使作品更带有浓厚的悲凉之气。

董仲舒和司马迁，都是特立独行，不合于俗的人，因此他们写出这样的作品。在西汉中期追求入世、进取的时代，这样的声音确是与世不合的。

西汉中期，太常博士孔臧作有《鸮赋》，其中表达了达观的人生态度。赋中写道：

季夏庚子，思道静居。爰有飞鸮，集我屋隅。异物之来，吉凶之符。观之欢然，览考经书。在德为祥，弃常为妖。寻气而应，天道不渝。昔在贾生，有识之士，忌兹服鸟，卒用丧己。咨我令考，信道秉真。变怪生家，谓之天神。修德灭邪，化及其邻，祸福无门，唯人所求，听天任命，慎厥所修。愐迟养志，老氏之畴。禄爵之来，只增我忧。时去不索，时来不逆，庶几中庸，仁义之宅。何思何虑，自令勤剧。（《全汉赋》）

此赋的创作缘由类似于贾谊的《鵩鸟赋》，也是由于鸮鸟落于屋顶而作，但赋中已没有对人生困境的悲忧与怅惘，更没有庄子那种超脱的人生态度和遗世独往的境界。作者虽认为异物之来是吉凶的征兆，但又把鸮之降临看作天神，对此持听天任命的态度，这种态度把儒道两家之旨沟通起来，在自我宽慰中不失温柔敦厚。因此，此赋虽模仿《鵩鸟赋》，却未能产生前者那种超拔旷远的审美效果。在形式上，此赋纯用四言，用以说理，更使此赋远离楚辞而近乎散文。

第三节　西汉后期的抒情赋

西汉后期，抒情赋的作者仍然不多，但出现了一些有特色的作品。代表作家有扬雄和刘歆。

扬雄早年政治热情颇高，写了一些体物赋，用以表达政见。但他终于发现，这些作品无法发挥讽谏作用，于是就辍而不为。他淡泊名利，为官数十年，地位一直很低，只是甘守贫贱，默然著述。他的抒情之赋都与这种生活境遇有关。

扬雄的抒情赋有《太玄赋》、《逐贫赋》、《酒赋》等，它们与《解嘲》、《解难》等赋体杂文都作于扬雄创作的后期，都有穷困抒情的意味。《太玄赋》与他的哲学著作《太玄》有关。《太玄》是在融合《周易》与《老子》的哲学思想的基础上创作而成的。其中所说的"玄"相当于老子的"道"，它包容天、地和人，无所不在，无所不能。《太玄》即以玄为核心，建立了一个天地人合一的宇宙图式。赋以"太玄"为题，足见与其哲学思想的密切关系。赋一开始便说：

> 观大易之损益兮，览老氏之倚伏。省忧喜之共门兮，察吉凶之同域。皎皎著乎日月兮，何俗圣之暗烛。岂愒宠以冒灾兮，将噬脐之不及。若飘风不终朝兮，骤雨不终日。雷隆隆而辄息兮，火猶炽而速灭。自夫物有盛衰兮，况人事之所极。

扬雄以《周易》和《老子》的思想考察社会人事，得出忧喜同门、吉凶同域的观点，继而由自然现象的盛极而衰推衍到人事。单纯地看待这些观点，似乎并不新奇。但作者一改以往骚赋中抒愤刺时的模式，转而从哲学的角度表达对社会人生的认识，在写法上不能不说是另辟蹊径。在思想上，作者指出富贵名誉危宗害身，是祸患之根源："奚贪婪于富贵兮，迄丧宗而危族。丰盈祸所栖兮，名誉怨所集。熏以芳而致烧兮，膏含肥而见焫。翠羽媺而殃身兮，蚌含珠而擘裂。"由此又对法令、道德以及选举制度重新加以反思："圣作典以济时兮，驱蒸民而入甲。张仁义以为纲兮，怀忠贞以矫俗。指尊选以诱世兮，疾身殁而名灭。"扬雄认为，统治者制订典章制度将百姓驱入法网，提倡仁义道德，以忠贞之行矫正时俗，设立官爵劝诱世人，使人们以不能身死留名为耻，这些做法都会使人陷于祸患而伤害生命。作为一名儒者，扬雄对仁义道德是极力维护的，他并不像老庄那样主张绝圣弃智。但从人生追求的角度，他对上述现象持否定态度，赋末的"乱"辞说：

甘饵含毒，难数尝兮。麟而可羁，近犬羊兮。鸾凤高翔，戾青云兮。不挂网罗，固足珍兮。斯、错位极，离大戮兮。屈子慕清，葬鱼腹兮。伯姬曜名，焚厥身兮，孤竹二子，饿首阳兮。断迹属娄，何足称兮。辟此数子，智若渊兮。我异于此，执太玄兮。荡然肆志，不拘挛兮。

扬雄在这里不仅对李斯、晁错为禄位而杀身持批评态度，而且也不赞成屈原、伯姬、伯夷、叔齐和伍子胥为履践道德、坚持操守而牺牲性命。这种态度与庄子非常接近。《庄子·骈拇》中说："自三代以下者，天下莫不以物易其性矣。小人则以身殉利，士则以身殉名，大夫则以身殉家，圣人则以身殉天下。故此数子者，事业不同，名声异号，其于伤性以身为殉，一也。"在扬雄看来，屈原等人都是这样一些以身为殉的人，他们智若渊深，但最终却导致伤生害性。相反，他主张以玄自守，荡然肆志，高飞远举，而不挂于世网，赋中具体描写了这种人生追求：

岂若师由、聃兮，执玄静于中谷。纳偽禄于江淮兮，揖松、乔于华岳。升昆仑以散发兮，距弱水以濯足。朝发轫于流沙兮，夕翱翔乎碣石。忽万里而一顿兮，过列仙以托宿。役青要与承戈兮，舞冯夷以作乐。听素女之清声兮，观宓妃之妙曲。茹芝英以御饿兮，饮玉醴以解渴。排阊阖以窥天庭兮，骑骍騩以踟蹰。载羡门以俪游兮，永览周乎八极。（《全汉赋》）

"执玄静于中谷"即以玄默虚静之态度处低下不争之地,由此便进入幻想中的太玄境界。扬雄以列仙为伴,散发昆仑,濯足弱水,在广阔的空间自由往来,尽情欢娱。这种描写酷似《离骚》,但与《离骚》又有本质的不同。在《离骚》中,作者以想象和幻想的方式展开神游,是为了寻找人生出路,无论是陈辞重华还是叩天阍、求佚女,都不过是其精神探索的形象化、象征化;那绚丽缤纷的天国,只是做为精神探索的背景,并未给作者苦闷的心灵带来任何慰藉,作者为自己安排的归宿仍在现实人间。构成这种神游境界的文化背景是楚地巫文化中人神沟通的观念,文中呈现的作者的主观心态则是积极入世,是对现实人生目标的执著追求。而在扬雄笔下,游仙的境界是"荡然肆志,不拘挛兮"的生活态度的形象写照,其中充满了自由自在,无拘无束的情趣。这种境界更接近庄子笔下"乘云气,御飞龙,而游于四海之外","独与天地精神往来而不敖睨于万物"的境界。

《太玄赋》从三个方面突破了骚体悲士不遇赋的固有程式:首先,它变抒写忧愤,发泄牢骚为阐发人生哲理,把对社会现实中不合理现象的抨击变为对自然与社会规律的总结,在沉重的忧患之情中融入深刻的理性。其次,赋中变失志之哀怨为道家的人生追求,由老子式的玄静寂寞到庄子式的荡然肆志,最终摆脱了世俗功利的束缚而达于人生自由的境界。另外,它把秦汉以来的神仙思想和道家自由超拔的精神特征结合起来,创造了一种带有游仙色彩的"太玄"境界。这种境界与《远游》一脉相承,但又淡化了其中养生求仙的内容,加强了追求人生自由的成分。这是对楚辞的发展,也是对游仙文学的创新。由上述三个方面构成了《太玄赋》情理兼备,深邃邈远,奇丽脱俗的审美特征。至此,悲士不遇的骚体赋进一步与楚辞分疆划界,展现了它的新面貌。

《逐贫赋》是一篇发牢骚的作品。赋中写扬子穷愁潦倒,怪罪于贫,乃呼贫而逐之,借以抒发不遇之悲:

> 扬子遁居,离俗独处。左邻崇山,右接旷野,邻垣乞儿,终贫且窭。礼薄义弊,相与群聚,惆怅失志,呼贫与语:"汝在六极,投弃荒

遐。好为庸卒，刑戮是加。匪惟幼稚，嬉戏土沙。居非近邻，接屋连家。恩轻毛羽，义薄轻罗。进不由德，退不受呵。久为滞客，其意谓何？人皆文绣，余褐不完；人皆稻粱，我独藜飧。贫无宝玩，何以接欢？宗室之燕，为乐不槃。徒行负笈，出处易衣。身服百役，手足胼胝。或耘或耔，沾体露肌。朋友道绝，进官凌迟。厥咎安在？职汝为之！舍汝远窜，昆仑之颠；尔复我随，翰飞戾天。舍尔登山，岩穴隐藏；尔复我随，陟彼高冈。舍尔入海，泛彼柏舟；尔复我随，载沉载浮。我行尔动，我静尔休。岂无他人，从我何求？今汝去矣，勿复久留！"

赋中生动再现了坎懔之士的生活状况，这是此前的作品中所少现的。赋的后半部分，由人格化的贫为自己辩解：

贫曰："唯唯。主人见逐，多言益嗤。心有所怀，愿得尽辞。昔我乃祖，宣其明德，克佐帝尧，誓为典则。土阶茅茨，匪雕匪饰。爰及世季，纵其昏惑。饕餮之群，贪富苟得。鄙我先人，乃傲乃骄。瑶台琼榭，室屋崇高；流酒为池，积肉为崤。是用鹄逝，不践其朝。三省吾身，谓予无諐。处君之家，福禄如山。忘我大德，思我小怨。堪寒能暑，少而习焉；寒暑不忒，等寿神仙。桀跖不顾，贪类不干。人皆重蔽，予独露居；人皆怵惕，予独无虞！"言辞既磬，色厉目张，摄齐而兴，降阶下堂。"誓将去汝，适彼首阳。孤竹二子，与我连行。"（《全汉赋》）

于是作者幡然醒悟，表示："请不贰过，闻义则服。长与汝居，终无厌极！"不难看出，贫的辩解实为作者的自我宽慰，同时也表明了他的生活态度。这种写法虽与《鹏鸟赋》和《鸮赋》不同，但用意却是一样的。

《逐贫赋》中的思想明显来自道家。老子说"金玉满堂，莫之能守；富贵而骄，自遗其咎"（《老子》第九章），又说："知其荣，守其辱，为天下谷。为天下谷，常德乃足，复归于朴。"（《老子》第二十八章）扬雄即深得其旨。他在《太玄赋》中说："观大易之损易兮，览老氏之倚伏，省忧喜之共门兮，察吉凶之同域。”其《解嘲》又云:“高明之家,鬼瞰其室。攫挐者亡,默默者存;位极者守危,自守者身全。”这些观点正是《逐贫赋》的思想主旨。此赋开头又称“扬子遁居,离俗独处”,此即《太玄赋》中“执玄静于中谷”和《解嘲》中“默然独守吾太玄”的生活态度。其中有儒家的独善其身之旨,更有道家荡然肆志,不拘于俗的独立人格精神。

《逐贫赋》把表示生活状况的“贫”人格化,以问答形式表达生活感受和思想见解。这种写法在汉代的说理赋中是一个创新。它可能受到《鹏鸟赋》中代鸟发言的启发,但与庄子寓言的关系也是不容忽视的。庄子认为“天下沉浊,不可与庄语”,常常用诙奇俶诡的寓言故事来表达见解。在庄子的寓言中,不仅经常以人物问答来进行说理,而且把动植物人格化,同时赋予无生命的事物乃至抽象概念以人的生命、个性和情感,通过它们之间或它们与人的对话表达思想见解,例如“罔两问景”、“云将与鸿蒙”、“淳芒遇苑风”“知北游”、以及“庄子见空髑髅”等,均属此类。《逐贫赋》的构思与庄子的这些寓言极其相似,它可以称之为汉代最早的寓言赋。

《酒赋》又作《酒箴》,是一篇讽刺之作。据《汉书》卷九十二《游侠传》载:

> 黄门郎扬雄作《酒箴》以讽谏成帝,其文为酒客难法度士,譬之于物,曰:“子犹瓶矣。观瓶之居,居井之眉,处高临深,动常近危。酒醪不入口,臧水满怀,不得左右,牵于纆徽。一旦叀碍,为甇所轠,身提黄泉,骨肉为泥。自用如此,不如鸱夷。鸱夷滑稽,腹如大壶,尽日盛酒,人复借酤。常为国器,托于属车,出入两宫,经营公家。繇是言之,酒何过乎?

赋中比喻的方式将酒客和法度之士的生活加以对比:法度之士如瓶,悬在井壁,用以盛水,临深处危,有性命之虞;酒客如鸱夷,尽日盛酒,常为国器,地位显赫。通过这种对比,让人看到社会现实的不合理。瓶和鸱夷都是器具,为人所用,本身并无贵贱之分,用以喻人,也带有寓言的性质。此赋用滑稽的方式来进行讽谏,在当时也是别具一格的。

刘歆(前53—23)字子骏,后改名刘秀,字颖叔,是学者刘向之子。他在汉末曾任奉车光禄大夫、太守等职,王莽当政时因与王莽关系密切,被封为红休侯,王莽代汉自立,又封为国师。后因参与密谋劫持王莽的计划,事泄自杀。刘歆博通经典,好古文经学,他主张将古文经典《左传》、《毛诗》、《逸礼》和《古文尚书》立于学官,遭到今文博士的反对,他要求与对方辩论,对方拒不理睬。为此,他作了《移书让太常博士》一文。文中言辞激烈,触怒了今文博士。刘歆担心在朝中作官遇祸,主动要求外任。他的《遂初赋》作于自河内太守改任五原时,赋中先自叙由侍从之臣而遭排斥,出守河内徙官五原;然后以行程为线索,叙述当地掌故,描写旅途风光。叙故实,能够感今思古,讽谕时事;写风景,则包含了苍凉悲郁的人生感受。例如下面这段文字:

> 夓美不必为偶兮,时有差而不相及。虽韫宝而求贾兮,嗟千载其焉合?昔仲尼之淑圣兮,竟隘穷乎蔡陈。彼屈原之贞专兮,卒放沉于湘渊。何方直之难容兮,柳下黜出而三辱。蘧瑗抑而再奔兮,岂材知之不足。扬蛾眉而见妒兮,固丑女之情也。曲木恶直绳兮,亦小人之诚也。以夫子之博观兮,何此道之必然。空下时而矔世兮,自命己之取患。悲积习之生常兮,固明智之所别。叔群既在皂隶兮,六卿兴而为桀。荀寅肆而颛恣兮,吉射叛而擅兵。憎人臣之若兹兮,责赵鞅于晋阳。轶中国之都邑兮,登句注以陵厉。历雁门而入云中兮,超绝辙而远逝。济临沃而遥思兮,垂意兮边都。野萧条以寥廓兮,陵谷错以盘纡。飘寂寥以荒昒兮,沙埃起之杳冥。回风育其飘忽兮,回飐飐之泠泠。薄涸冻之凝滞兮,茀溪谷之清凉。漂积雪之皑皑兮,涉凝露之降霜。扬雹霰之复陆兮,慨原泉之凌阴。激流澌之漻泪兮,窥九渊之潜淋。飒凄怆以惨怛兮,慽风漻以冽寒。兽望浪以穴窜兮,乌胁翼之浚浚。山萧瑟以鹍鸣兮,树木坏而哇吟。地坼裂而愤忽急兮,石捌破之岩岩。天烈烈以厉高兮,廫埒窗以枭窂。雁邕邕以迟迟兮,野鹳鸣而嘈嘈。望亭隧之皦皦兮,飞旗帜之翩翩。迥百里之无家兮,路修远而绵绵。(《全汉赋》)

赋中把抒情、怀古和写景结合起来，一唱三叹，悲慨淋漓。像这样“叹征事而寄己意”的作品，对汉代的抒情赋来说，具有创新意义。从题材来说，它和屈原的《哀郢》有一定联系，而赋中借景抒情的手法，又与宋玉《九辩》相似。赋的末尾表示：

> 攸潜温之玄室兮，涤浊秽于太清。反情愫于寂寞兮，居华体之冥冥。玩书琴以条畅兮，考性命之变态。运四时而览阴阳兮，总万物之珍怪。虽穷天地之极变兮，曾何足乎留意，长恬淡以欢娱兮，固圣贤之所喜。（同上）

其“乱辞”又云：“大人之度，品物齐兮。舍位之过，忽若遗兮。求位得位，固其常兮。守信保己，比老彭兮。”在人生失意之时，刘歆采取道家恬淡寂寞的态度，这种态度不是引导他遗世独立，游神于虚幻的神仙境界；而是在现实生活中以琴书自娱，获取自由快乐。这也是汉末文人生活态度的一种新趋向。刘歆并没有对此展开具体描写。此后，在冯衍、张衡等人的赋中，这种生活追求就写得更加具体了，由此而逐渐形成了述行和归田题材的作品系列。

第四节　东汉前期的抒情赋

东汉前期的赋坛，仍以体物大赋为主。抒情赋的作家，主要有冯衍和班固。

冯衍为官不得志，于是辞官返乡，作《显志赋》以明志。赋前有序，序中说："显志者，言光明风化之情，昭章玄妙之思也。"此赋学习刘歆的《遂初赋》，通过写行程来怀古伤今，抒写不遇之情。赋的开头由"开岁发春兮，百卉含英，甲子之朝兮，汩吾西征"写起；先述自己耿介劲直，为时俗所忌，决定"赴原野而穷处"；次叙途中所见所感，意在借吊古以抒忧愤。其中写道：

忽道德之珍丽兮，务富贵之乐耽。遵大路而裵回兮，履孔德之窈冥；固众夫之所眩兮，孰能观于无形？行劲直以离尤兮，羌前人之所有；内自省而不惭兮，遂定志而弗改。欣吾党之唐虞兮，愍吾生之愁勤；聊发愤而扬情兮，将以荡夫忧心。往者不可攀援兮，来者不可与期；病没世之不称兮，愿横逝而无由。

陟雍畤而消摇兮，超略阳而不反。念人生之不再兮，悲六亲之日远。陟九嵕而临嶻嶭兮，听泾渭之波声。顾鸿门而歔欷兮，哀吾孤之早零。何天命之不纯兮，信吾罪之所生；伤诚善之无辜兮，赍此恨而入冥。嗟我思之不远兮，岂败事之可悔？虽九死而不眠兮，恐余殃之有再。泪汍澜而雨集兮，气滂浡而云披；心怫郁而纡结兮，意沉抑而内悲。（《后汉书》卷二十八下《冯衍传》下）

冯衍回顾平生，为过去的遭遇而悲伤，又感慨人生短暂，担心自己赍志而亡。这反复的唏嘘咏叹，也如同一篇《悲士不遇赋》。最后，赋中又写想象中的家居生活：

览天地之幽奥兮，统万物之维纲；究阴阳之变化兮，昭五德之精光。跃青龙于沧海兮，豢白虎于金山；凿岩石而为室兮，托高阳以养仙。神雀翔于鸿崖兮，玄武潜于婴冥；伏朱楼而四望兮，采三秀之华英。纂前修之夸节兮，曜往昔之光勋；披绮季之丽服兮，扬屈原之灵芬。高吾冠之岌岌兮，长吾佩之洋洋；饮六醴之清液兮，食五芝之茂英。（同上）

作者隐居避世，求仙养生，这种超然世外的隐士生活刻有道家思想的印记，但其具体描写又散发着楚骚的气息。在这里，他把道与骚的审美趣味结合在一起，创造了一种自由超拔而又光怪陆离的艺术境界。最后，作者表述自己的人生志愿：

游精神于大宅兮，抗玄妙之常操；处清静以养志兮，实吾心之所乐。山峨峨而造天兮，林冥冥而畅茂；鸾回翔索其群兮，鹿哀鸣而求其友。诵古今以散思兮，览圣贤以自镇；嘉孔丘之知命兮，大老聃之贵玄。德与道其孰宝兮？名与身其孰亲？陂山谷而闲处兮，守寂寞而存神。夫庄周之钓鱼兮，辞卿相之显位；於陵子之灌园兮，似至人之仿佛。盖隐约而得道兮，羌穷悟而入术；离尘垢之窈冥兮，配乔松之妙节。惟吾志之所庶兮，固与俗其不同；既俶傥而高引兮，愿观其从容。（同上）

冯衍自称"常务道德之实，而不求当世之名；阔略杪小之节，荡佚人间之事。正身直行，恬然肆志。"（同上）这段文字生动体现了他的这种自由超拔的人格特征。就其精神实质而言，它与《遂初赋》都表现了对道家人生理想的追求。但与《遂初赋》相比，这里对人生志向的描写就显得具体多了。赋中不仅有寄心玄妙、清静养志的精神追求，更有对归隐生活的具体描绘。幽深茂畅的山林、读书闲处、学道求仙的生活情趣，使作者感到"似至人之仿佛"、"盖隐约而得道"。如果单纯地看这段作品，除了其骚体句式之外，与楚辞已没有多少共同之处，而处处带有老庄之神韵。赋的结尾也不再采用源于楚骚的"系辞"，表现出脱离楚辞而自成一体的趋向。

冯衍之后，表现人生志趣的抒情赋有班固的《幽通赋》。班固在《汉书·叙传》中未收自己的《两都赋》，却收了《幽通赋》和《答宾戏》，可见他对此赋的重视。《叙传》载录此赋时说"作《幽通》之赋，以致命遂志。"（《汉书》卷一百上《叙传》上）可见此赋和刘歆的《遂初》、冯衍的《显志》主旨都是相同的。但《幽通赋》在写法上却能另辟蹊径。赋中首先回顾家族的历史，表示不敢忘本："岂余身之足殉兮，违世业之可怀。"接着就写自己由精诚所致，进入梦境：

> 靖潜处以永思兮，经日月而弥远，匪党人之敢拾兮，庶斯言之不玷。魂茕茕与神交兮，精诚发于宵寐，梦登山而迥眺兮，觌幽人之仿佛，揽葛藟而授余兮，眷峻谷曰勿隧。吻昕寤而仰思兮，心蒙蒙犹未察，黄神邈而靡质兮，仪遗谶以臆对。曰乘高而逻神兮，道遐通而不迷。葛绵绵于樛木兮，咏《南风》以为绥。盖惴惴之临深兮，乃二《雅》之所祇。既谇尔以吉象兮，又申之以炯戒。盍孟晋以迨群兮，辰倏忽其不再。

在梦中，他遇到"幽人"，进入《诗经》中的境界。接着，就回顾历史，通过大量的历史事实，讲述修身俟命的道理。在赋的结尾，总结道：

> 乱曰：天造屮昧，立性命兮。复心弘道，惟贤圣兮。浑元运物，流不处兮。保身遗名，民之表兮。舍生取谊，亦道用兮，忧伤夭物，忝莫痛兮！吴尔太素，曷渝色兮？尚粤其几，沦神域兮！（《汉书》卷一百上《叙传》上）

这里表达的人生追求，既有保身遗名，也有舍生取义，合于儒道二家之旨。由于这种人生追求，赋中便没有了《述行》、《显志》两赋中的牢骚和幽愤。又由于赋中大量铺陈史实以讲道理，显得冗长枯燥，此赋也就缺少了《遂初》、《显志》两赋的感慨淋漓的韵致。但《幽通赋》作为东汉前期文人生活追求的写照，还是有一定特色的。

第五节　东汉后期的抒情赋

东汉后期，赋家对体物大赋感到失望，抒情之作日渐增多。其中最能体现这种转变的赋家是张衡。张衡的创作道路与扬雄相似。他早年做《二京赋》欲以讽谏，之后便转入抒情赋的创作。时值东汉中叶，国事日非，宦官专权，他因立身正直而遭宦官忌恨，“常思图身之事，以为吉凶倚伏，幽微难明，乃作《思玄赋》以宣寄情志”。(《后汉书》卷五十九《张衡列传》)赋中首先抒发了深重的人生忧患：

> 何孤行之茕茕兮，孑不群而介立。感鸾鹥之特栖兮，悲淑人之稀合。……行陂僻而获志兮，循法度而离殃。惟天地之无穷兮，何遭遇之无常！不抑操而苟容兮，譬临河而无航。欲巧笑以干媚兮，非余心之所尝。

在浓重的现实黑暗面前，作者深感孤立无援，但又不肯逐波随俗，于是产生神游尘外之想。赋中以大段的文字描写作者高飞远举，在神仙境界中获取极大的快乐。但经过一番驰骋古今、纵横天外的遨游，作者还是返回了人间：

> 收畴昔之逸豫兮，卷淫放之遐心。修初服之娑娑兮，长余佩之参参。文章焕以粲烂兮，美纷纭以从风。御六艺之珍驾兮，游道德之平林。结典籍而为罟兮，欧儒、墨而为禽。玩阴阳之变化兮，咏《雅》、《颂》之徽音。嘉曾氏之《归耕》兮，慕历陵之钦崟。……苟中情之端直兮，莫吾知而不恧。墨无为以凝志兮，与仁义乎消摇。不出户而知天下兮，何必历远以劬劳。

从结构上看，《思玄赋》比《太玄赋》更接近《离骚》。作者由现实中深广的忧愤写起，继而进入天外逸游的境界，又由天上返还人间。中间的游仙境界，是苦闷心灵的自我解脱，是人生理想的形象展现，也是对现实黑暗的彻底否定。在作者心中，这神话般的境界无比美好，给人以人间不具备的自由快乐，但它又是虚幻难寻的。结尾的“系辞”说：

> 天长地久岁不留，俟河之清只怀忧。愿得远度以自娱，上下无常穷六区。超逾腾跃绝世俗，飘飖神举逞所欲。天不可阶仙夫稀，柏舟悄悄吝不飞。松乔高跱谁能离？结精远游使心携。回志朅来从玄諆，获我所求夫何思。（《后汉书》卷五十九《张衡列传》）

作者对远度自娱，超世绝俗的境界心驰神往，但他最终又把人生归宿安顿在现实人间。既然在人间也可以获得心灵自由，“不出户而知天下兮，又何必历远以劬劳”。《文选》卷15李善注说：张衡“意不得志，欲游六合之外，势既不能，义又不可。但思玄远之道而赋之，以申其志耳”。“势既不能”，是这种境界虚幻缥缈而难以自致；“义又不可”，是说它有违儒家入世之旨。在这一创作动机影响下，赋中的思想及游仙境界和《太玄赋》大为不同，它不是作为现实人生的对立面，而只是作为一种绝对自由的理想境界显示出无穷的魅力。对理想境界的向往并不否定现实生活中的价值追求，这是张衡和扬雄的明显区别。

纵观《思玄赋》中的思想，一方面在游仙的境界中表现出“绝世俗”、“逞所欲”的自由超拔的精神，它与赋的开头所表现的忧患意识和耿介人格相呼应，深契于楚骚的浪漫精神；一方面是在“御六艺之珍驾兮，游道德之平林”的文化实践中，把道家的逍遥自适与儒家的孔颜乐处结合起来，这种境界在后来的《归田赋》中表现得更为生动具体。而这两个方面都深深得益于庄子的“游”的精神。所谓“玄”，也正是这样一种遗落世俗而游神娱心的境界。

《显志赋》之后，更为生动地表现归隐情趣的作品是张衡的《归田赋》。这是作者对现实感到失望而决意离开官场时的作品，赋中说：

> 游都邑以永久，无明略以佐时；徒临川而羡鱼，俟河清乎未期。

感蔡子之慷慨，从唐生以决疑。谅天道之微昧，追渔父以同嬉；超尘埃以遐逝，与世事乎长辞。

于是仲春令月，时和气清；原隰郁茂，百草滋荣。王雎鼓翼，鸧鹒偕鸣；交颈颉颃，关关嘤嘤。于焉逍遥，聊以娱情。

尔乃龙吟方泽，虎啸山丘；仰飞纤缴，俯钓长流；触矢而毙，贪饵吞钩；落云间之逸禽，悬渊沈之魦鰡。

于时曜灵俄景，系以望舒；极般游之至乐，虽日夕而忘劬。感老氏之遗诫，将回驾乎蓬庐。弹五弦之妙指，咏周孔之图书；挥翰墨以奋藻，陈三皇之轨模。苟纵心于物外，安知荣辱之所如？(《全汉赋》)

从此赋的结构仍能看到由《遂初赋》和《显志赋》演进而来的痕迹：作者先述归田的选择，次写离开官场后的生活，最后表达人生志愿。但其篇幅却比前两篇作品大大缩短了。作者略去了感今思古和抒写不遇之悲的内容，而集中笔墨描写归田之乐。从其审美特征来看，楚骚的影响已被老庄崇尚自然的旨趣所取代，这种变化突出表现在两个方面：首先是在作品表现的人生情调方面，楚骚式的悲愤与哀怨消失了；代之以老庄式的纵心物外，忘怀荣辱的生活态度。这种生活态度已不是人生失意时的聊以自慰，而成为自觉的人生追求。因此，在作品中，作者与现实的冲突及其内心的剧烈冲突都被淡化了，处处表现出一种恬淡寂寞、宁静和谐的心境，一种逍遥自适、悠然自得的情趣。其次是在作品的艺术表现方面，楚骚式的华美辞藻和超现实的描写被清新朴素的自然风光和田园生活所代替。作者笔下的景物与生活都是那么平凡普通而又具体真实，毫无雕饰与造作。客观景物与作者的主观心境浑然融会，其中表现出的审美趣味深合老庄自然之旨。从赋体渊源来看，这篇作品完全是从借纪行而抒情述志的骚赋演变而来的，但中间的两段又完全是散体赋的形式，它把骚散二体熔于一炉，变华美奇丽的长篇骚赋为清新明丽的抒情短诗。像这种内容和风格的作品，在赋史上有开创意义。

由《遂初》到《显志》再到《归田》，纪行述志赋由骚体长篇之作向抒情化、小品化以及描写山水之情、田园之趣演变，后来陶渊明的《归去来兮辞》就是这种演变的产物。

张衡还有一篇《髑髅赋》。此赋是根据《庄子·至乐》中庄周遇空髑髅的故事演化而来。赋中写作者路遇髑髅，问之知其为庄周，作者欲使之复生，髑髅却加以拒绝说：

> 公子之言殊难也。死为休息，生为役劳。冬冰之凝，何如春冰之销。荣位在身，不亦轻于尘毛。巢许所耻，伯成所逃。况我已化，与道逍遥。离朱不能见，子野不能听；尧舜不能赏，桀纣不能刑；虎豹不能害，剑戟不能伤。与阴阳同其流，与元气合其朴；以造化为父母，以天地为床褥；以雷电为鼓扇，以日月为灯烛；以云汉为川池，以星宿为珠玉。合体自然，无情无欲。澄之不清，浑之不浊。不行而至，不疾而速。

于是作者深深感悟，“顾盼发轸，乃命仆夫，假之以缟巾，衾之以玄尘。为之伤涕，酬于路滨。”(《全汉赋》)赋中虽没有直接抒发不遇之悲，但与悲士不遇赋的情调是完全一致的。作者认为“死为休息，生为役劳”，可见其内心负载着何等沉重的现实苦闷，不是面临难以摆脱的人生困境，不会对生死问题如此关注。当初庄子只是写髑髅在梦中向他描述死之快乐：“死，无君于上，无臣于下，亦无四时之事，纵然以天地为春秋，虽南面王，乐不能过也。”(《庄子·至乐》)而张衡则就此生发出一大段洋洋洒洒的文字。这段话与其说是赞美死之乐趣，不如说是描述作者的生活理想。其主旨由轻荣位于尘毛的生活态度，直至与道逍遥、合体自然的境界，都是对庄子人生哲学的生动阐发。《髑髅赋》所描述的自由超脱的人生境界，与作者《思玄》和《归田》两赋的精神实质完全一致，在东汉作家中，张衡是较早地在作品中大量引入庄子思想的人，他的这些作品已开了魏晋以后沐玄风之作的先声。

张衡还有一篇《定情赋》。此赋仅存下面数句：“夫何妖女之淑丽，光华艳而秀荣。断当时而呈美，冠朋匹而无双。叹曰：大火流兮草虫鸣，繁霜降兮草木零。秋为期兮时已征，思美人兮愁屏营。”“思在面为铅华兮，患离尘而无光。”(《全汉赋》)由这几句可以看出,赋中描写了女主人公的美丽姿容,更表现了对她的爱慕与思恋。这种题材和思想倾向在当时也首开风气,后来蔡邕和一些建安作家以及东晋的陶渊明,都有模仿之作。

东汉末年,骚体抒情赋日渐增多,代表作家有赵壹、蔡邕、祢衡等人。

赵壹(生卒年不详),字符叔,汉阳西县(今湖北宜城)人。为人恃才倨傲,灵帝光和元年(168),举郡上计,十辟公府,皆不就,终身位不过郡吏。他一生多入狱,幸赖友人营救,得以免死,故作《穷鸟赋》以谢恩。其辞曰:

> 有一穷鸟,戢翼原野。罼网加上,机阱在下,前见苍隼,后见驱者,缴弹张右,羿子彀左,飞丸缴矢,交集于我。思飞不得,欲鸣不可,举头畏触,摇足恐堕。内独怖急,乍冰乍火。幸赖大贤,我矜我怜,昔济我南,今振我西。鸟也虽顽,犹识密恩,内以书心,外用告天。天乎祚贤,归贤永年,且公且侯,子子孙孙。(《后汉书》卷八十下《文苑列传》下)

赋中以鸟自喻,穷鸟的遭遇正是汉末赵壹一类正直之士的真实处境。

赵壹的《刺世讥邪赋》是一篇猛烈抨击现实的作品,赋中说:

> 伊五帝之不同礼,三王亦又不同乐,数极自然变化,非是故相反驳。德政不能救世溷乱,赏罚岂足惩时清浊?春秋时祸败之始,战国愈复增其荼毒。秦、汉无以相逾越,乃更加其怨酷。宁计生民之命,唯利己而自足。
>
> 于兹迄今,情伪万方,佞谄日炽,刚克消亡。舐痔结驷,正色徒行。妪媀名势,抚拍豪强。偃蹇反俗,立致咎殃。捷慑逐物,日富月昌。浑然同惑,孰温孰凉。邪夫显进,直士幽藏。
>
> 原斯瘼之修兴,实执政之匪贤。女谒掩其视听兮,近习秉其威权。所好则钻皮出其毛羽,所恶则洗垢求其斑痕。虽欲竭诚而尽忠,路绝险而靡缘。九重既不可启,又群吠之狺狺。安危亡于旦夕,肆嗜欲于目前。奚异涉海之失柂,积薪而待燃。荣纳由于闪榆,孰知辨其

蚩妍。故法禁屈挠于势族，恩泽不逮于单门。宁饥寒于尧舜之荒岁兮，不饱暖于当今之丰年。乘理虽死而非亡，违义虽生而匪存。

有秦客者，乃为诗曰：河清不可俟，人命不可延。顺风激靡草，富贵者称贤。文籍虽满腹，不如一囊钱。伊优北堂上，抗脏倚门边。

鲁生闻此辞，系而作歌曰：势家多所宜，咳唾自成珠。被褐怀金玉，兰蕙化为刍。贤者虽独悟，所困在群愚。且各守尔分，勿复空驰驱。哀哉复哀哉，此是命矣夫！（《后汉书》卷八十下《文苑列传》下）

赋中深刻揭露了“佞谄日炽，刚克消亡”，“邪夫显进，直士幽藏”的黑暗局面，进而又对“法禁屈挠于势族，恩泽不逮于单门”的现象深致愤慨。这种现象是汉末的一大政治弊端，是广大下层文士最为不满的。值得注意的是，赵壹把造成上述现象的原因应归结为“实执政之匪贤”，揭露了他们“宁计生民之命，唯利己而自足”，并且认为“德政”和“赏罚”都无法改变当前的局面，这种批判也是非常深刻的。赋的结尾表示了不与邪恶势力共存的态度，从中不难看到汉末士人嫉恶如仇的品质。在悲士不遇题材的作品中，此赋批判现实的深度和激烈程度是前所未有的。在内容和风格上，它和《离骚》的精神大相契合。

蔡邕（133—192），字伯喈，陈留圉（今河南杞县西南圉镇）人。少博学，好辞章、数术、天文，妙操音律。灵帝时为郎中，校书东观，迁为议郎，因纠弹宦官而被流放朔方，后遇赦，亡命江海。董卓为司空，征他为祭酒，累迁为中郎将。董卓被诛，他闻讯叹息，下狱，死于狱中。

蔡邕虽以学问见称，但又是一个有血性的人。他的《述行赋》做于年轻之时，充满了愤世之情。赋前的序说：

延熹二年秋，霖雨逾月。是时梁冀新诛，而徐璜、左悺等五侯擅贵于其处，又起显明苑于城西。人徒冻饿不得其命者甚众。白马令李云以直言死，鸿胪陈君以救云抵罪。璜以余能鼓琴，自朝廷敕陈留太守，发遣余到偃师。病不前，得归。心愤此事，遂托所过述而成赋。

可见这是一篇抒发愤懑之作。此赋在形式上学习刘歆的《遂初赋》,在记述行程的同时吊古伤今,和前者相比,赋中对现实的批判更为直接,感情也更为激愤,其中说:

余有行于京洛兮,遘淫雨之经时。涂屯邅其蹇连兮,潦汙滞而为灾。乘马蹯而不进兮,心郁悒而愤思。聊弘虑以存古兮,宣幽情而属词。

……寻修轨以增举兮,邈悠悠之未央。山风汩以飙涌兮,气燿燿而厉凉。云郁术而四塞兮,雨蒙蒙而渐唐。仆夫疲而瘁兮,我马虺隤以玄黄。格莽丘而税驾兮,阴曀曀而不阳。哀衰周之多故兮,眺濒隈而增感。忿子带之淫逆兮,唁襄王于坛坎。悲宠嬖之为梗兮,心恻怆而怀惨。……玄云黯以凝结兮,集零雨之溱溱。路阻败而无轨兮,涂泞溺而难遵。率陵阿以登降兮,赴偃师而释勤。壮田横之奉首兮,义二士之侠坟。佇淹留以候霁兮,感忧心之殷殷。并日夜而遥思兮,宵不寐以极晨。候风云之体势兮,天牢湍而无文。弥信宿而后阕兮,思逶迤以东运。见阳光之颢颢兮,怀少弭而有欣。

命仆夫其就驾兮,吾将往乎京邑。皇家赫而天居兮,万方徂而并集。贵宠煽以弥炽兮,佥守利而不戢。前车覆而未远兮,后乘驱而竞入。穷变巧于台榭兮,民露处而寝湿。清嘉谷于禽兽兮,下糠粃而无粒。弘宽裕于便辟兮,纠忠谏其侵急。怀伊吕而黜逐兮,道无因而获入。唐虞渺其既远兮,常俗生于积习。周道鞠为茂草兮,哀正路之日淴。观风化之得失兮,犹纷掌其多违。无亮采以匡世兮,亦何为乎此畿?甘衡门以宁神兮,咏都人而思归。爰结踪而回轨兮,复邦族以自绥。(《全汉赋》)

和《遂初赋》相比,此赋的内容更加深广,不仅写个人的遭际,而且抨击现实;不仅暴露了当权者的奢侈与跋扈,而且写出了下层百姓的苦难。在揭露现实方面,其大胆和愤激的程度都不减《刺世嫉邪赋》。另外,此赋始终围绕途中的霖雨天气,借景抒情,堪称情景交融。赋虽采用骚体,但又大量融汇《诗经》中的语言，这也是汉末诗赋的一个共同倾向。

蔡邕还有一篇《检逸赋》，是模仿张衡《定情赋》而作的。赋中云："夫何姝妖之媛女，颜炜烨而含荣。普天壤其无俪，旷千载而特生。余心悦于淑丽，爱独结而未并。情罔写而无主，意徙倚而左倾。书骋情以舒爱，夜托梦以交灵。""思在口而为簧鸣，哀声独而不敢聆。"(《全汉赋》)其情调与《定情赋》完全一致，是一篇大胆表现情思之作。蔡邕还有《青衣赋》与《协和婚赋》也是表现情爱的赋作。《青衣赋》中叹惜一青衣女子沦于卑贱地位，对她表示了深深的爱慕；后面又写雪夜幽会、仓促别离以及别后的相思。《协和婚赋》写婚礼的过程，生动再现了新婚之夜的感受。这两篇作品都不包含什么比兴寄托，也不带有以礼节情的说教，而是大胆表现生活实感。在汉代作家很少涉足的情爱领域，蔡邕不加掩饰地发露了真情。

祢衡(173—198)字正平，平原般(今山东临邑)人。少有才辩，尚气刚傲，初被孔融荐给曹操，因当众辱骂曹操，曹操耻于杀之，把他送给刘表。他又因辱慢刘表而被送给江夏太守黄祖，后又辱慢黄祖而被杀。据《后汉书》卷80下《文苑列传》下，黄祖之子黄射"大会宾客，人有献鹦鹉者，射举卮于衡曰：'愿先生赋之，以娱嘉宾。'衡揽笔而作，文无加点，辞采甚丽。"其文曰：

惟西域之灵鸟兮，挺自然之奇姿。体全精之妙质兮，合火德之明辉。性辩慧而能言兮，才聪明以识机。故其嬉游高峻，栖跱幽深。飞不妄集，翔必择林。绀趾丹嘴，绿衣翠衿。采采丽容，咬咬好音。虽同族于羽毛，固殊智而异心。配鸾皇而等美，焉比德于众禽！

于是羡芳声之远畅，伟灵表之可嘉。命虞人于陇坻，诏伯益于流沙，跨昆仑而播弋，冠云霓而张罗。虽纲维之备设，终一目之所加。且其容止闲暇，守植安停。逼之不惧，抚之不惊。宁顺从以远害，不违迕以丧身。故献全者受赏，而伤肌者被刑。尔乃归穷委命，离群丧侣。闭以雕笼，剪其翅羽。流飘万里，崎岖重阻。踰岷越障，载罹寒暑。女辞家而适人，臣出身而事主。彼贤哲之逢患，犹栖迟以羁旅。矧禽鸟之微物，能驯扰以安处。眷西路而长怀，望故乡而延伫。忖陋体之腥臊，亦何劳于鼎俎？嗟禄命之衰薄，奚遭时之险巇？岂言语以阶乱，将不密以致危？痛母子之永隔，哀伉俪之生离。匪余年之足惜，悯众雏之无知。背蛮夷之下国，侍君子之光仪。惧名实之不副，耻才能之无奇。羡西都之沃壤，识苦乐之异宜。怀代越之悠思，故每言而称斯。

若乃少昊司辰，蓐收整辔。严霜初降，凉风萧瑟。长吟远慕，哀鸣感类。音声凄以激扬，容貌惨以憔悴。闻之者悲伤，见之者陨泪。放臣为之屡叹，弃妻为之歔欷。感平身之游处，若埙篪之相须。何今日之两绝，若胡越之异区。顺笼槛以俯仰，窥户牖以踟蹰。想昆仑之高岳，思邓林之扶疏。顾六翮之残毁，虽奋迅其焉如？心怀归而弗果，徒怨毒于一隅。苟竭心于所事，敢背惠而忘初！托轻鄙之微命，委陋贱于薄躯。期守死以抱德，甘尽辞以效愚。恃隆恩于既往，庶弥久而不渝。（《全汉赋》）

赋中的鹦鹉离群丧侣，远离故乡，被囚笼中，音声凄凉，容貌憔悴。祢衡在这里借鸟自喻，抒写悲怀。此赋虽属咏物题材，但抒情性极强，赋中注入了对鸟的同情，处处渗透着人生的苍凉感受。其文辞之丽也是非常突出的。汉末作家长于以丽辞写哀情，又往往在动物题材的作品中融入浓厚的生命意识。建安时期出现了一批咏马、莺、雁等题材的赋作，而此篇当属独步者。

第六章　汉代赋体杂文

《文心雕龙》有“杂文”篇，其所论杂文包括七体、问对和连珠三种文体。七体实为散体赋的一种，故本书归入体物赋一章。汉代的连珠由扬雄首创，但扬雄之作已佚，现仅存数句。其他一些作者，大都模拟扬雄。《文心雕龙·杂文》说：“自连珠以下，拟者间出。杜笃、贾逵之曹，刘珍、潘勖之辈，欲穿明珠，多贯鱼目。可谓寿陵匍匐，非复邯郸之步；里丑捧心，不关西施之颦矣。”况且这些作品大都亡佚，因此，本书不论。这里所讨论的，主要是问对体文章。这些作品以抒写人生感受为主，徐师曾《文体明辨序说》云：“问对者，文人假设之词也……古者君臣朋友口相问对，其词详见于《左传》、《史》、《汉》诸书。后人仿之，乃设词以见志，于是有问对之文；而反复纵横，真可以通愤郁而抒意虑，盖文之不可阙者也。”这些作品大都沿袭了东方朔《答客难》的路子。文中采用问答方式，从两个方面表达了作者的真实思想：客的问难，实际是作者对自身处境的认识；而主人公的辩解，则反映了作者对社会现实的看法。《文心雕龙·杂文》评论这种文体说：“原夫兹文之设，乃发愤以表志。身挫凭乎道胜，时屯寄乎情泰；莫不渊岳其心，麟凤其采，此立体之大要也。”其作者都是些志向远大，自视很高的人，但他们在生活中的实际地位却与其自我期待形成极大反差，这就造成他们的不遇心态。他们从社会环境方面去总结不遇的原因，对现实有颇为清醒的认识。但其目的又在于说明己之不遇实乃客观环境使然，非人力所能改变；于是便迫使自己采取守道顺时的态度，心安理得地接受现状，这就是所谓“道胜”、“情泰”。这些作品实为抒写愤懑的说理之赋。此外，还有少量虽不抒写愤懑但也采用问对形式阐说道理的文章。

问对之外，汉代还有一些不名为赋而实为赋体的文章，文中或叙事，或描写，铺采摛文，无异于赋。本书将其作为赋体杂文列入本章叙述。

第一节　西汉问对之文

汉代的杂文是从西汉中期开始的，司马相如是首开其风的人物。他的《难蜀父老》揭开了汉代问对体文章的第一页。

相如在朝中为郎时，适逢唐蒙从蜀郡征发吏民，开通僰中，蜀民多有怨言。于是汉武帝派相如去责问唐蒙，安抚蜀地百姓。他到蜀地后，作了《谕巴蜀檄》一文，宣示朝廷的意图。回京后，唐蒙继续开通西南夷道，“发巴、蜀、广汉卒，作者数万人。治道二岁，道不成，士卒多物故，费以巨万计。蜀民及汉用事者多言其不便。”（《史记》卷一百一十七《司马相如传》）这时邛、筰等地的君长表示愿意归顺汉朝。相如建议汉武帝接受其归附，将其地置为郡县。汉武帝采纳了相如的建议，派他出使西南夷，收服邛、筰、冉、駹等地。相如完成了使命。据《史记·司马相如传》载：“相如使时，蜀长老皆言通西南夷不为用，唯大臣亦以为然。相如欲谏，业已建之，不敢，乃著书，籍以蜀父老为辞，而己诘难之，以风天子，且因宣其使指，令百姓知天子之意。”《难蜀父老》就是在这种情况下写成的，其文曰：

> 汉兴七十有八载，德茂存乎六世，威武纷纭，湛恩汪涉，群生澍濡，洋溢乎方外。于是乃命使西征，随流而攘，风之所被，罔不披靡。因朝冉从駹，定筰存邛，略斯榆，举苞满，结轶还辕，东乡将报，至于蜀都。
>
> 耆老大夫缙绅先生之徒二十有七人，俨然造焉。辞毕，因进曰：“盖闻天子之于夷狄也，其义羁縻勿绝而已。今罢三郡之士，通夜郎之涂，三年于兹，而功不竟，士卒劳倦，万民不赡；今又接以西夷，百姓力屈，恐不能卒业，此亦使者之累也，窃为左右患之。且夫邛、筰、西僰之与中国并也，历年兹多，不可记已。仁者不以德来，强者不以力并，意者其殆不可乎！今割齐民以附夷狄，弊所恃以事无用，鄙人固

陋，不识所谓。”

文章开头先交代背景，然后让蜀地父老出来对汉朝使者发牢骚，表达对开发西南夷的不满。于是使者对他们予以反驳：

使者曰：“乌谓此邪？必若所云，则是蜀不变服而巴不化俗也。余尚恶闻若说。然斯事体大，固非观者之所覯也。余之行急，其详不可得闻已，请为大夫粗陈其略：

盖世必有非常之人，然后有非常之事；有非常之事，然后有非常之功。非常者，固常人之所异也。故曰非常之原，黎民惧焉；及臻厥成，天下晏如也。

昔者，洪水浡出，泛滥衍溢，民人登降移徙，崎岖而不安。夏后氏戚之，乃堙洪水，决江疏河，洒沉赡灾，东归之于海，而天下永宁。当斯之勤，岂唯民哉。心烦于虑而身亲其劳，躬胝无胈，肤不生毛。故休烈显乎无穷，声称浃乎于兹。

且夫贤君之践位也，岂特委琐握龊，拘文牵俗，循诵习传，当世取说云尔哉！必将崇论闳议，创业垂统，为万世规。故驰骛乎兼容并包，而勤思乎参天贰地。且《诗》不云乎：‘普天之下，莫非王土；率土之滨，莫非王臣。’是以六合之内，八方之外，浸浔衍溢，怀生之物有不浸润于泽者，贤君耻之。今封疆之内，冠带之伦，咸获嘉祉，靡有阙遗矣。而夷狄殊俗之国，辽绝异党之地，舟车不通，人迹罕至，政教未加，流风犹微。内之则犯义侵礼于边境，外之则邪行横作，放弑其上。君臣易位，尊卑失序，父兄不辜，幼孤为奴，系累号泣，内乡而怨曰：‘盖闻中国有至仁焉，德洋而恩普，物靡不得其所，今独曷为遗己？’举踵思慕，若枯旱之望雨。盭夫为之垂涕，况乎上圣，又恶能已？故北出师以讨强胡，南驰使以诮劲越。四面风德，二方之君鳞集仰流，愿得受号者以亿计。故乃关沬、若，徼牂柯，镂零山，梁孙原，创道德之涂，垂仁义之统。将博恩广施，远抚长驾，使疏逖不闭，阻深暗昧得耀乎光明，以偃甲兵于此，而息诛伐于彼。遐迩一体，中外提福，不亦康乎？夫拯民于沉溺，奉至尊之休德，反衰世之陵迟，继周氏之绝业，斯乃天子之急务也。百姓虽劳，又恶可以已哉？

且夫王事固未有不始于忧勤，而终于佚乐者也。然则受命之符，合在于此矣。方将增泰山之封，加梁父之事，鸣和鸾，扬乐颂，上咸五，下登三。观者未睹指，听者未闻音，犹鷦明已翔乎寥廓，而罗者犹视乎薮泽。悲夫！”

于是诸大夫芒然丧其所怀来而失厥所以进，喟然并称曰：“允哉汉德，此鄙人之所愿闻也。百姓虽怠，请以身先之。”敞罔靡徙，因迁延而辞避。（《史记》卷一百一十七《司马相如传》）

本文通过设为问答，从两个方面来表达观点。前面蜀父老说的话是相如想让皇帝知道的情况。他对这些话颇有同感，想直谏，又不敢，只好通过蜀父老之口说出来。但他虽然认同蜀父老之言，却又让使者出来加以驳斥，这就充分体现了其良苦用心：既要让皇帝了解民情，又要站在皇帝一边替朝廷说话，以使皇帝了解自己的忠心。由此便形成了本文的委婉讽谏的特点，这种特色是和《子虚》、《上林》两赋一致的。但使者所讲的话又未必不是相如的真实思想。所谓“世必有非常之人，然后有非常之事；有非常之事，然后有非常之功”，就包含了非常深刻的历史感受。汉武帝的时代正是这样一个由非常之人建立非常之功的时代。开发西南夷从长远来说，体现了历史的要求和华夏民族的利益，是一件功在千秋的壮举；但对于蜀地百姓来说，却又形成了眼前实实在在的负担。相如对此有清醒的认识，因此，他一方面通过蜀父老之口反映蜀地百姓的痛苦，同时，又通过使者之口阐明通西南夷的意义，用以开导蜀地百姓。使者之言绝不仅仅是违心的颂扬和冠冕堂皇的空话，而是相如对历史和现实的理解。把自己的见解通过正反两个方面充分表达出来，是《难蜀父老》的一个创造。从这个角度来看，《难蜀父老》就绝不仅仅是一篇讽谏之作，而是以假设问对的形式表达见解的论说文。问难之体在先秦并不少见，但先秦的问难体文章都只是通过其中的一方来表达作者的见解，而《难蜀父老》却能借双方之口抒发己见。这是此前的问难体中所没有的。

由于相如从历史的高度来认识通西南夷的意义，文中的议论能够高屋建瓴，堂堂正正，充满感情和气势。“创业垂统，为万世规”、“驰骛乎兼容并包，而勤思乎参天贰地”、“拯民于沉溺，奉至尊之休德，反衰世之陵迟，继周氏之绝业”、“始于忧勤，而终于佚乐”，此类闳论崇议，千载之下仍能令人精神振奋。只有那个大有为的时代，才能产生相如这种雄伟壮丽之文。

与司马相如同时的东方朔，也写过一篇问对体文，是用来发牢骚的，名之曰《答客难》。据《汉书》卷六十五《东方朔传》载：“武帝既招英俊，程其器能，用之如不及。时方外事胡越，内兴制度，国家多事，自公孙弘以下致司马迁皆奉使方外，或为郡国守相致公卿，而朔尝至太中大夫，后常为郎，与枚皋、郭舍人俱在左右，诙啁而已。久之，朔上书陈农战强国之计，因自讼独不得大官，欲求试用。其言专商鞅、韩非之语也，指意放荡，颇复诙谐，辞数万言，终不见用。朔因着论，设客难己，用位卑以自慰论。”《答客难》的开头说：

客难东方朔曰：“苏秦、张仪一当万乘之主，而都卿相之位，泽及后世。今子大夫修先王之术，慕圣人之义，讽诵《诗》、《书》百家之言，不可胜数，著于竹帛，唇腐齿落，服膺而不释，好学乐道之效，明白甚矣；自以为智能海内无双，则可谓博闻辩智矣。然悉力尽忠以事圣帝，旷日持久，积数十年，官不过侍郎，位不过执戟。意者尚有遗行邪？同胞之徒无所容居，其故何也？”（《汉书》卷六十五《东方朔传》）

这段话正是东方朔要发的牢骚，他抱怨自己尽忠事君多年，却一直未受重用，把怨言借客的问难表达出来。接下来，他就为自己辩解说：

东方先生喟然长息，仰而应之曰：“是故非子之所能备也。彼一时也，此一时也，岂可同哉？夫苏秦、张仪之时，周室大坏，诸侯不朝，力政争权，相擒以兵，并为十二国，未有雌雄，得士者强，失士者亡，故谈说行焉。身处尊位，珍宝充内，外有廪仓，泽及后世，子孙长享。今则不然。圣帝德流，天下震慑，诸侯宾服，连四海之外以为带，安于覆盂，动犹运之掌，贤不肖何以异哉？遵天之道，顺地之理，物无不得其所；故绥之则安，动之则苦；尊之则为将，卑之则为虏；抗之则在青云之上，抑之则在深泉之下；用之则为虎，不用则为鼠；虽欲尽节效情，安知前后？夫天地之大，士民之众，竭精淡说，并进辐凑者不可胜数，悉力募之，困于衣食，或失门户。使苏秦、张仪与仆并生于今之世，曾不得掌故，安敢望常侍郎乎！故曰：时异事异。”（同上）

在这里，东方朔用时代不同来解释自己不遇的原因。他把汉朝和战国时代加以对比，认为战国时代诸侯并争，竞相招揽人材，故苏秦、张仪受到重用；而汉朝天下一统，用人大权掌握在朝廷手中，当政者凭自己的好恶来抑扬人材，“抗之则在青云之上，抑之则在深泉之下；用之则为虎，不用则为鼠”，即使苏秦、张仪再生，地位恐怕还不如东方朔。这段话虽是辩解之辞，但也在一定程度上讲出了事实的真相：在天下一统的局面下，诸侯用士养士之风不复存在，人材好像不那么重要了，士的地位反不如战国纷争之时。这段话其实也是充满牢骚的，它道出了汉代的士人不为朝廷所用就再也找不到出路的可悲处境。但接下来，东方朔又表示：

“虽然，安可以不务修身乎哉！《诗》云：‘鼓钟于宫，声闻于外。’‘鹤鸣于九皋，声闻于天。’苟能修身，何患不荣！太公体行仁义，七十有二乃设用于文武，得信厥说，封于齐，七百岁而不绝。此士所以日夜孳孳，敏行而不敢怠也。譬若鹡鸰，飞且鸣矣。传曰：‘天不为人之恶寒而辍其冬，地不为人之恶险而辍其广，君子不为小从之匈匈而易其行。’‘天有常度，地有常形，君子有常行；君子道其常，小人计其功。’《诗》云：‘礼义之不愆，何恤人之言？’故曰：‘水至清则无鱼，人至察则无徒，冕而前旒，所以蔽明；黈纩充耳，所以塞聪。明有所不见，聪有所不闻，举大德，赦小过，无求备于一人之义也。枉而直之，使自得之；优而柔之，使自求之；揆而度之，使自索之。’盖圣人之教化如此，欲自得之；自得之，则敏且广矣。”

东方朔表示在不遇的情况下也要坚持修身，似乎要做一个安贫乐道的君子。这样一来，就冲淡了前面的不平之气，而使思想归于纯正。这种写法相当于汉大赋的曲终奏。在文章的结尾，东方朔反守为攻，把客斥责了一番：

“今世之处士，魁然无徒，廓然独居，上观许由，下察接舆，计同范蠡，忠合子胥，天下和平，与义相扶，寡耦少徒，固其宜也，子何疑于我哉？若夫燕之用乐毅，秦之任李斯，郦食其之下齐，说行如流，曲从如环，所欲必得，功若丘山，海内定，国家安，是遇其时者也，子又何怪之邪！语曰：‘以管窥天，以蠡测海，以莛撞钟’，岂能通其条贯，考其文理，发其音声哉！繇是观之，譬犹鼱鼩之袭狗，孤豚之咋虎，至则靡耳，何功之有？今以下愚而非处士，虽欲勿困，固不得已，此适足以明其不知权变而终或于大道也。”（同上）

这样，东方朔就使自己成了一个守道不贰的处士，一个正确思想的代表。之所以这样写，不仅是为了回击客的问难，而且也是向皇帝表示忠心。这种写法很像司马相如《难蜀父老》，作者一方面曲折地表达自己的意见，一方面又站在正统的立场上来发言。文章也就写得冠冕堂皇，雄辩滔滔。但和《难蜀父老》不同的是，《难蜀父老》毕竟还替蜀地百姓说了一番话。相如对蜀父老的责难，也并非强词夺理，而是涉及到对朝廷重大举措的理解。文章立意颇高。东方朔则只是局限于个人的遇与不遇，他在文中的自我评价，也有失客观。事实上，汉武帝时期还是非常重视人材的，文章之士如严助、司马相如、朱买臣等人，都曾委以重任；公孙弘、主父偃等通经之士，更是由布衣提升到高位。东方朔之未受重用，可能还是他自身的原因。此君素喜诙谐嘲戏，即便给皇帝上疏，也是“其言专韩非、商鞅之语也。指意放荡，颇复诙谐”。这样的思想行为，在战国时期，可能如鱼得水；在武帝改制更化，外事胡越，国家多事之际，是派不上多少用场的。这就难怪东方朔慨叹“此一时也，彼一时也”了。

刘勰认为,《答客难》这种问对之体源于宋玉的《对楚王问》。《文心雕龙·杂文》说:“自对问以后,东方朔效而广之,名为客难,托古慰志,疏而有辨。”《答客难》以牢骚开始,然后归于雅正,以消解内心的不平,这就是“托古慰志”。正因为它是“托古慰志”之作,也就不是简单模仿宋玉《对楚王问》了。在《对楚王问》中,宋玉对楚王的问话是持否定态度的,只有宋玉的辩解之词才是他真实的观点。《答客难》中的客人之言虽然遭到东方朔的反驳,但又未尝不是他想发的牢骚,而后面的答语,既然是“托古慰志”,也就很难不带一点儿言不由衷的成分。牢骚不平才是实实在在发自内心的。这种写法,也应该说是东方朔的一个创造。

东方朔还作有《非有先生论》,也是一篇假设问对之文。其文曰:

> 非有先生仕于吴,进不能称往古以厉主意,退不能扬君美以显其功,默然无言者三年矣。吴王怪而问之,曰:“寡人获先人之功,寄于众贤之上,夙兴夜寐,未尝敢怠也。今先生率然高举,远集吴地,将以辅治寡人,诚窃嘉之,体不安席,食不甘味,目不视靡曼之色,耳不听钟鼓之音,虚心定志欲闻流议者三年于兹矣。今先生进无以辅治,退不扬主誉,窃不为先生取也。盖怀能而不见,是不忠也;见而不行,主不明也。意者寡人殆不明乎?”非有先生伏而唯唯。吴王曰:“可以谈矣,寡人将竦意而览焉。”先生曰:“于戏!可乎哉?可乎哉?谈何容易!夫谈者有悖于目拂于耳谬于心而便于身者,或有说于目顺于耳快于心而毁于行者,非有明王圣主,孰能听之?”吴王曰:“何为其然也?‘中人以上可以语上也。’先生试言,寡人将听焉。”
>
> 先生对曰:“昔关龙逢深谏于桀,而王子比干直言于纣,此二臣者,皆极虑尽忠,闵主泽不下流,而万民骚动,故直言其失,切谏其邪者,将以为君之荣,除主之祸也。今则不然,反以为诽谤君之行,无人臣之礼,果纷然伤于身,蒙不辜之名,戮及先人,为天下笑,故曰谈何容易!是以辅弼之臣瓦解,而邪谄之人并进。遂及蜚廉、恶来革等。二人皆诈伪,巧言利口以进其身,阴奉雕琢刻镂之好以纳其心。务快耳目之欲,以苟容为度。遂往不戒,身没被戮,宗庙崩弛,国家为虚,

放戮圣贤，亲近谗夫。《诗》不云乎？‘谗人罔极，交乱四国’，此之谓也。故卑身贱体，说色微辞，愉愉呴呴，终无益于主上之治，则志士仁人不忍为也。将俨然作矜严之色，深言直谏，上以拂人主之邪，下以损百姓之害，则忤于邪主之心，历于衰世之法。故养寿命之士莫肯进也，遂居深山之间，积土为室，编蓬为户，弹琴其中，以咏先王之风，亦可以乐而忘死矣。是以伯夷叔齐避周，饿于首阳之下，后世称其仁。如是，邪主之行固足畏也。故曰：谈何容易！”

于是吴王惧然易容，捐荐去几，危坐而听。先生曰：“接舆避世，箕子被发阳狂，此二人者，皆避浊世以全其身者也。使遇明王圣主，得清燕之间，宽和之色，发愤毕诚，图画安危，揆度得失，上以安主体，下以便万民，则五帝三王之道可几而见也。故伊尹蒙耻辱负鼎俎和五味以干汤，太公钓于渭之阳以见文王。心合意同，谋无不成，计无不从，诚得其君也。深念远虑，引义以正其身，推恩以广其下，本仁祖谊，褒有德，禄贤能，诛恶乱，总远方，一统类，美风俗，此帝王所由昌也。上不变天性，下不夺人伦，则天地和洽，远方怀之，故号圣王。臣子之职即加矣，于是裂地定封，爵为公侯，传国子孙，名显后世，民到于今称之，以遇汤与文王也。太公、伊尹以如此，龙逢、比干独如彼，岂不哀哉！故曰谈何容易！”

于是吴王穆然，俛而深惟，仰而泣下交颐，曰：“嗟乎！余国之不亡也，绵绵连连，殆哉，世之不绝也！”于是正明堂之朝，齐君臣之位。举贤材，布德惠，施仁义，赏有功，躬亲节俭，减后宫之费，损车马之用；放郑声，远佞人，省庖厨，去侈靡；卑宫馆，坏苑囿，填池堑，以予贫民无产业者；开内藏，振贫穷，存耆老，恤孤独；薄赋敛，省刑辟。行此三年，海内晏然，天下大洽，阴阳和调，万物咸得其宜；国无灾害之变，民无饥寒之色，家给人足，畜积有余，囹圄空虚；凤皇来集，麒麟在郊，甘露既降，朱草萌牙；远方异俗之人乡风慕义，各奉其职而来朝贺。故治乱之道，存亡之端，若此易见，而君人者莫肯为也。臣愚窃以为过。故诗曰：“王国克生，惟周之桢，济济多士，文王以宁。”此之谓也。（同上）

文中围绕“谈何容易”立论，从正反两方面列举史实，说明不同的谈说效果：不遇明主而谈，则“伤于身，蒙不辜之名，戮及先人，为天下笑”；遇明主而谈，则“上以安主体，下以便万民，则五帝三王之道，可几而见也”。通过两种不同的谈说效果，勉励当政者虚心纳谏。文章结尾所说的“正明堂之朝，齐君臣之位，举贤才，布德施”等政治措施，和司马相如《上林赋》中的描写极为相似，这是东方朔对皇帝的希望，也是当时汉武帝在《策问》中所追求的局面。东方朔在文章的结尾提出这种理想，彰显出明确的讽谏意图。这种讽谏方式也和《上林赋》一类辞赋极为相似。《非有先生论》是以假设问对来发表见解的赋体论说文。

本文带有战国策士游说活动的鲜明特征。文中的谈说对象是吴王这样的诸侯王，主人公非有先生显然是个游士。文章极力渲染他在吴王面前三年默然无语，吴王向他问话，他却伏而唯唯，吴王请他讲话，他又表示“于戏！可乎哉？可乎哉？谈何容易！夫谈者有悖于目拂于耳谬于心而便于身者，或有说于目顺于耳快于心而毁于行者，非有明王圣主，孰能听之？”直到吴王再次请他发言，他才讲出了自己的见解。而吴王方面，先是“怪而问之”，继而两次请非有先生讲话，表示“先生试言，寡人将听之”，非有先生开讲后，他“惧然易容，捐荐去几，危坐而听”；听到后来，“于是吴王穆然，俛而深惟，仰而泣下交颐，曰……”。这种游说情景的渲染，和《战国策》极为相似。例如《战国策·秦策三》记范雎说秦王，秦王屏去左右，“跪而请曰”，范雎却只是唯唯，若是者三；秦王跽曰：“先生不幸教寡人乎？”范雎才表示事关重大，不敢贸然发言，直到秦王说“事无大小，上及太后，下至大臣，愿先生悉以教寡人，无疑寡人也”，范雎才说出自己的见解。又如《楚策一》庄辛劝谏楚襄王，襄王不听，反而发怒。及至郢都被破，才请回庄辛，向他讨教，庄辛说到最后，襄王竟然“颜色变作，身体战栗”。不难看出，东方朔对谈说情景和谈说效果的描写是学习了《战国策》的。《非有先生论》酷似一篇战国游士的说辞。

东方朔之后，问对体文章又有新发展。宣帝之时，王褒作《四子讲德论》，用假设问对的形式宣示汉德，使之成为一种歌颂之文。据《汉书·王褒传》载："益州刺史王襄，欲宣风化于众庶，闻王褒有俊才，使褒作《中和》《乐职》、《宣布》诗，选好事者令依《鹿鸣》之声，习而歌之……褒既为刺史作颂，又作其传。"这里所说的颂，就是《中和》、《乐职》、《宣布》之诗，它们用于颂美汉德，故称作颂。汉代儒家认为，《诗经》中的《颂》是用来"美盛德之形容"的。《四子讲德论》是为了阐发其旨而作的，故称作传。汉代的传是一种解释经典的文体。由此见，《四子讲德论》颂美汉德的目的十分明确。文中微斯文学、虚仪夫子、浮游先生和陈丘子四人问答，在这四人中，浮游先生是作者的化身，其他三人都是衬托。文中写微斯文学和虚仪夫子"相与结侣，携手俱游，求贤索友，历于西州"，在那里听到浮游先生和陈丘子在歌唱《中和》、《乐职》、《宣布》之诗，于是互相问答，微斯文学提到"忠贤之臣，导主志，承君惠，摅盛德而化洪，天下安澜，比屋可封，何必歌咏诗赋，可以扬君哉？"于是浮游先生加以驳斥，讲了一番大道理：

> 浮游先生色勃眥溢，曰："是何言与？昔周公咏文王之德，而作《清庙》，建为《颂》首，吉甫叹宣王，穆如清风，列于《大雅》。夫世衰道微，伪臣虚称者，殆也。世平道明，臣子不宣者，鄙也。鄙殆之累，伤乎王道。故自刺史之来也，宣布诏书，劳来不怠，令百姓遍晓圣德，莫不沾濡。厖眉耆耇之老，咸爱惜朝夕，愿济须臾，且观大化之淳流。于是皇泽丰沛，主恩满溢，百姓欢欣，中和感发，是以作歌而咏之也。传曰："诗人感而后思，思而后积，积而后满，满而后作。言之不足，故嗟叹之，嗟叹之不足，故咏歌之；咏歌之不厌，不知手之舞之足之蹈之也。"此臣子于君父之常义，古今一也。今子执分寸而罔亿度，处把握而却寥廓，乃欲图大人之枢机，道方伯之失得，不亦远乎？"(《文选》卷五十一)

像这样由一方提出问难，再由代表正确意见的作者的化身加以反驳的写法，显然是从《难蜀父老》和《答客难》演变而来的。值得注意的是，浮游先生在这里大力提倡诗的颂美作用，他指出："昔周公咏文王之德，而作《清庙》，建为《颂》首，吉甫叹宣王，穆如清风，列于《大雅》。夫世衰道微，伪臣虚称者，殆也。世平道明，臣子不宣者，鄙也。鄙殆之累，伤乎王道。”这样的话和班固在《两都赋序》中所说的，何其相似！但这种见解出现在西汉，就显得非常新鲜了。西汉经学论《诗经》，侧重其讽谏意义。《史记》卷十四《十二诸侯年表序》说：“周道缺，诗人本之衽席，《关雎》作。仁义陵迟，《鹿鸣》刺焉。”这段话代表了西汉经学的主流观点。正因为这样，汉代一些经学家甚至以《诗经》为谏书，引《诗经》对现实加以批评讽谏。在这种思想支配下，赋家的写作也大都带着讽谏目的，当有人发觉赋无法发挥讽谏作用时，就辍笔不为。几乎所有的西汉论者都是以讽谏为标准来评价汉赋的。而浮游先生的观点与西汉的主流思想大相径庭。可以说，这是汉代最早提倡文学的颂美作用的言论。

站在颂美的立场上，浮游先生又讲了一番君贤臣明的道理，赞扬汉朝“崇简易，尚宽柔，进淳仁，举贤才，上下无怨，民用和睦”；然后讲到汉朝的“天符”和“人瑞”。关于“人瑞”，他讲的是匈奴归德，四夷宾服的盛况：

> 夫匈奴者，百蛮之最强者也。天性忮寒，习俗杰暴，贱老贵壮，气力相高。业在攻伐，事在猎射，儿能骑羊，走箭飞镞，逐水随畜，都无常处。鸟集兽散，往来驰骛。周流旷野，以济嗜欲。其耒耜则弓矢鞍马，播种则扞弦掌拊。收秋则奔狐驰兔，获刈则颠倒殪仆，追之则奔遁，释之则为寇。是以三王不能怀，五伯不能绥，惊边扤士，屡犯刍荛，诗人所歌，自古患之。今圣德隆盛，威灵外覆，日逐举国而归德，单于称臣而朝贺。乾坤之所开，阴阳之所接，编结沮颜，燋齿枭瞷，翦发黥首，文身裸袒之国，靡不奔走贡献，欢忻来附，婆娑呕吟，鼓掖而笑。夫鸿均之世，何物不乐？飞鸟翕翼，泉鱼奋跃。是以刺史感懑，舒音而咏至德。鄙人黯浅，不能究识。敬遵所闻，未克殚焉。（《文选》卷五十一）

匈奴几百年以来一直是华夏民族的巨大威胁，汉朝一举解除了这一威胁，确实值得称颂。可是在汉武帝时期，一直有人对伐匈奴口出微辞，汉宣帝时，以文学、贤良为代表的儒生在盐铁会议上也曾对此大放厥词。而王褒在文中大力赞扬汉朝在这方面的功绩，是符合事实的公允之论。由此看来，讽谏和颂德之优劣高低，确实不可一概而论，关键要看是否符合事实、出以公心。当然，王褒对汉朝一味颂扬，也难免言过其实。汉宣帝时期，政治弊端日益显露，在盐铁会议上贤良和文学就提出不少问题。王褒对此视而不见，文中所言也就难避褒美失实了。

《四子讲德论》在体式上虽然学习前人的问对体，但文中已不再带有讽谏，而是用来颂美，这是对问对体功能的一个拓展。文中问对的双方也由两人增至四人，问对的过程带有较为曲折的故事情节，从而增添了趣味性。这也是王褒对前人的超越。另外，比起此前的同类作品，文中铺陈更甚，辞藻更加富丽，作者喜欢用一连串的比喻来说明同样的问题，例如：

> 非有圣智之君，恶有甘棠之臣？故虎啸而风寥戾，龙起而致云气，蟋蟀俟秋吟，蜉蝣出以阴。《易》曰：飞龙在天，利见大人。鸣声相应，仇偶相从。人由意合，物以类同。是以圣主不遍窥望，而视以明，不殚倾耳，而听以聪。何则？淑人君子，人就者众也。故千金之裘，非一狐之腋；大厦之材，非一丘之木；太平之功，非一人之略也。（同上）

精彩的譬喻层见迭出，可谓累累如贯珠。这样的段落，已经很像连珠这种文体了。

西汉后期，扬雄作《解嘲》，在艺术构思方面有意学习东方朔的《答客难》，但又有所发展。据《汉书》卷八十七下《扬雄传》下载："哀帝时，丁、傅、董贤用事，诸附离之者或起家至二千石。时，雄方草《太玄》，有以自守，泊如也。或嘲雄以玄尚白，而雄解之，号曰《解嘲》。"文中说：

> 客嘲扬子曰："吾闻上世之士，人纲人纪，不生则已，生则上尊人君，下荣父母，析人之圭，儋人之爵，怀人之符，分人之禄，纡青拖紫，朱丹其毂。今子幸得遭明盛之世，处不讳之朝，与群贤同行，历金门上玉堂有日矣，曾不能画一奇，出一策，上说人主，下谈公卿。目如耀星，舌如电光，壹从壹衡，论者莫当，顾而作《太玄》五千文，支叶扶疏，

独说十余万言，深者入黄泉，高者出苍天，大者含元气，纤者入无伦，然而位不过侍郎，擢才给事黄门。意者玄得毋尚白乎？何为官之拓落也？”

扬子笑而应之曰：“客徒欲朱丹吾毂，不知一跌将赤吾之族也！往者周罔解结，群鹿争逸，离为十二，合为六七，四分五剖，并为战国。士无常君，国亡定臣，得士者富，失士者贫，矫翼厉翮，恣意所存，故士或自盛以橐，或凿坏以遁。是故邹衍以颉亢而取世资，孟轲虽连蹇，犹为万乘师。

“今大汉左东海，右渠搜，前番禺，后陶涂。东南一尉，西北一候。徽以纠墨，制以质铁，散以礼乐，风以《诗》、《书》，旷以岁月，结以倚庐。天下之士，雷动云合，鱼鳞杂袭，咸营于八区，家家自以为稷契，人人自以为咎繇，戴縰垂缨而谈者皆拟于阿衡，五尺童子羞比晏婴与夷吾；当涂者入青云，失路者委沟渠，旦握权则为卿相，夕失势则为匹夫；譬若江湖之雀，勃解之鸟，乘雁集不为之多，双凫飞不为之少。昔三仁去而殷虚，二老归而周炽，子胥死而吴亡，种、蠡存而粤伯，五羖入而秦喜，乐毅出而燕惧，范睢以折摺而危穰侯，蔡泽虽噤吟而笑唐举。故当其有事也，非萧、曹、子房、平、勃、樊、霍则不能安；当其亡事也，章句之徒相与坐而守之，亦亡所患。故世乱，则圣哲驰骛而不足；世治，则庸夫高枕而有余。

“夫上世之士，或解缚而相，或释褐而傅；或倚夷门而笑，或横江潭而渔；或七十说而不遇，或立谈间而封侯；或枉千乘于陋巷，或拥帚彗而先驱。是以士颇得信其舌而奋其笔，窒隙蹈瑕而无所诎也。当今县令不请士，郡守不迎师，群卿不揖客，将相不俯眉；言奇者见疑，行殊者得辟，是以欲谈者宛舌而固声，欲行者拟足而投迹。乡使上世之士处乎今，策非甲科，行非孝廉，举非方正，独可抗疏，时道是非，高得待诏，下触闻罢，又安得青紫？

“且吾闻之，炎炎者灭，隆隆者绝；观雷观火，为盈为实，天收其声，地藏其热。高明之家，鬼瞰其室。攫挐者亡，默默者存；位极者宗危，自守者身全。是故知玄知默，守道之极；爰清爰静，游神之廷；惟寂惟莫，守德之宅。世异事变，人道不殊，彼我易时，未知何如。今子乃以鸱枭而笑凤皇，执蝘蜓而嘲龟龙，不亦病乎！子徒笑我玄之尚白，吾亦笑子之病甚，不遭臾跗、扁鹊，悲夫！”（《汉书》卷八十七下《扬雄传》下）

扬雄也像东方朔一样，用时代的变化来解释自己为官落拓的原因。但扬雄对汉代现实的认识与东方朔有了明显不同，在他的笔下，汉代的大一统之世不仅造成“当涂者入青云，失路者委沟渠，旦握权则为卿相，夕失势则为匹夫”，而且使得“言奇者见疑，行殊者得辟”，在这样的世道，瑰伟磊落，不合于流俗之人不仅难以找到出路，而且随时会遭遇灾祸，因此，他对客说：“客徒欲朱丹吾毂，不知一跌将赤吾族。”扬雄对现实的批判显然比东方朔更有力度，这是由于，他所处的时代不仅不同于战国，而且也非汉武帝之时。对这样的时代，扬雄看得很清楚。同时，他对事物发展的规律，也有清醒的认识：“炎炎者灭，隆隆者绝……高明之家，鬼瞰其室”，“位极者宗危，自守者身全”。在这种情况下，他只能采取明哲保身的态度了。出自上述认识，扬雄对客的反击也更为激烈。在他看来，客的行为就像病入膏肓而不自知，可悲之极。字里行间，流露出众人皆醉我独醒的心态。

总之，《解嘲》和《答客难》虽然都是表达不遇之情的作品，但二者所反映的时代特征和人生取向却有了盛世和衰世的不同。生于盛世，尚存进取之心的东方朔采取了儒家的态度，以修身俟时自勉；生于衰世，对现实完全失望的扬雄只好采取道家的态度，以全身远害作为归宿。由于这些区别，《解嘲》中也就充满了愤世嫉俗之情，辞锋锐利，更富于气势和文采。

扬雄还作有《解难》，起因是有人嘲讽他的《太玄》深奥难懂，他加以辩解。其文云：

客难扬子曰：“凡著书者，为众人之所好也，美味期乎合口，工声调于比耳。今吾子乃抗辞幽说，闳意眇指，独驰骋于有亡之际，而陶冶大炉，旁薄群生，历览者兹年矣，而殊不寤。亶费精神于此，而烦学者于彼，譬画者画于无形，弦者放于无声，殆不可乎？”

扬子曰：“俞。若夫闳言崇议，幽微之涂，盖难与览者同也。昔人有观象于天，视度于地，察法于人者，天丽且弥，地普而深，昔人之辞，乃玉乃金。彼岂好为艰难哉？势不得已也。独不见夫翠虬绛螭之将登乎天，必耸身于仓梧之渊；不阶浮云，翼疾风，虚举而上升，则不能撠胶葛，腾九闳。日月之经不千里，则不能烛六合，耀八纮；泰山之高不嶕峣，则不能浡滃云而散歊烝。是以宓牺氏之作《易》也，绵络天地，经以八卦，文王附六爻，孔子错其象而彖其辞，然后发天地之臧，定万物之基。《典》、《谟》之篇，《雅》、《颂》之声，不温纯深润，则不足以扬鸿烈而章缉熙。盖胥靡为宰，寂寞为尸；大味必淡，大音必希；大语叫叫，大道低回。是以声之眇者不可同于众人之耳，形之美者不可棍于世俗之目，辞之衍者不可齐于庸人之听。今夫弦者，高张急徽，追趋逐耆，则坐者不期而附矣；试为之施《咸池》，揄《六茎》，发《箫韶》，咏《九成》，则莫有和也。是故钟期死，伯牙绝弦破琴而不肯与众鼓；獿人亡，则匠石辍斤而不敢妄斫。师旷之调钟，俟知音者之在后也；孔子作《春秋》，几君子之前睹也。老聃有遗言，贵知我者希，此非其操与！”（同上）

扬雄认为，有价值的东西往往是深奥的，因此也是众人难以理解的：“声之眇者不可同于众人之耳，形之美者不可棍于世俗之目，辞之衍者不可齐于庸人之听。”这些看法，与其说是评论文章，不如说是扬雄的人生追求。他宁肯曲高和寡，知音者稀，也不愿媚俗取荣。《汉书·扬雄传》说：扬雄曾与王莽、董贤同官，“当成、哀、平间，莽、贤皆为三公，权倾人主，所荐莫不拔擢，而雄三世不徙官。及莽篡位，谈说之士用符命称功德获封爵者甚众，雄复不侯，以耆老久次转为大夫，恬于势力乃如是。实好古而乐道，其意欲求文章成名于后世。”又说，扬雄作《太玄》，“刘歆亦尝观之，谓雄曰：‘空自苦！今学者有禄利，然尚不能明《易》，又如《玄》何？吾恐后人用覆酱瓿也。’雄笑而不答。”可见扬雄是把《太玄》看作传名后世之作，而不期求当世的回报。《解难》一文，虽没有正面涉及遇与不遇等人生问题，但它也和《解嘲》一样，是作者在遭逢困境时的人生态度的表述，我们依然可以从中看到扬雄特立独行的人格特征。

第二节 东汉问对之文

东汉时期，问对之文仍然受到文人的喜爱。几乎所有知名的作者都作过这种文章，以表达人生志趣。由于时代不同，作者的人生追求也有所不同，从而形成了作品内容的各异风貌。大致来说，东汉前期，作者对现实基本持认同态度，人生追求则倾向于儒家，表现在文中，往往就是专心学术、安贫乐道的情怀。中期以后，作者渐渐对现实不满，文中的牢骚和愤懑开始增多，道家的人生取向也就占据了主导地位。

东汉前期的作者有班固、崔骃等人。

据《汉书》卷一百《叙传》载：班固"永平中为郎，典校秘书，专笃志于博学，以著述为业。或讥以无功，又感东方朔、扬雄自谕以不遭苏、张、范、蔡之时，曾不折之以正道，明君子之所守，故聊复应焉。"《答宾戏》就作于这个背景之下。这篇文章在形式上是学习《答客难》和《解嘲》的，但班固却不赞同东方朔和扬雄的见解，认为他们"曾不折之以正道，明君子之所守"，而《答宾戏》就以"折之以正道，明君子之所守"为写作目的。文中假设宾戏主人，嘲笑他不能像前人那样"运朝夕之策，定合会之计，使存有显号，亡有美谥"而"徒乐枕经籍书，纡体衡门，上无所蒂，下无所根。独摅意乎宇宙之外，锐思于豪芒之内，潜神默记，恒以年岁。然而器不贾于当己，用不效于一世，虽驰辩如涛波，摛藻如春华，犹无益于殿最。"面对这种嘲戏，主人不是为自己辩解，而是直接对他加以批评："若宾之言，斯所谓见势利之华，暗道德之实，守突奥之荧烛，未仰天庭而睹白日也"。他又回顾战国之时，天下大乱：

> 及至从人合之，衡人散之，亡命漂说，羁旅骋辞，商鞅挟三术以钻孝公，李斯奋时务而要始皇，彼皆蹑风云之会，履颠沛之势，据徼乘邪以求一日之富贵，朝为荣华，夕而焦瘁，福不盈眦，祸溢于世，凶人且以自悔，况吉士而是赖乎！且功不可以虚成，名不可以伪立，韩设辩以徼君，吕行诈以贾国。《说难》既酋，其身乃囚；秦货既贵，厥宗亦

隧。(《汉书》卷100上《叙传》上)

在东方朔和扬雄的笔下,战国时代是一个士的黄金时代,而汉代的大一统,却是他们不遇的原因。因此,他们的不满都集中在汉代的现实上面,对于战国之士,他们是心怀羡慕的。而班固在这里却无情地批判了战国商鞅、李斯、韩非、吕不韦等人,认为他们背离道德,躁进钻营,自取其咎。然后他又赞美汉代,批评宾"处皇世而论战国,耀所闻而疑所觌"。当宾问主人哪些上古之士可谓"处身行道,辅世成名,可述于后者",主人列举了很多前代的有道之人,其中特别提到一些汉代的作者:"近者陆子优由,《新语》以兴;董生下帷,发藻儒林;刘向怀籍,辩章旧闻;扬雄覃思,《法言》、《大玄》:皆及时君之门闱,究先圣之壶奥,婆娑乎术艺之场,休息乎篇籍之囿,以全其质而发其文,用纳乎圣所,列炳于后人。"最后,他表示要厕身于上述诸人之列,"密尔自娱于斯文"。显而易见,《答宾戏》已经完全改变了西汉问对体文章借主客问答而发牢骚的模式,文中充满了对汉代现实的颂扬,更表达了一种守道不贰,献身学术的决心。

崔骃的《答旨》也表达了和《答宾戏》同样的思想倾向。据《后汉书》卷52《崔骃列传》载:崔骃"年十三能通《诗》、《易》、《春秋》,博学有伟才,尽通古今训诂百家之言,善属文。少游太学,与班固、傅毅同时齐名。常以典籍为业,未遑仕进之事。时人或讥其太玄静,将以后名失实。骃拟扬雄《解嘲》,作《达旨》以答焉"。在《达旨》中,崔骃回答别人对他"嘿嘿而久沈滞"的讥讽说:"子苟欲勉我以世路,不知一跌将失吾之度也。"所谓"吾之度"又是什么呢?文中说:

夫君子非不欲仕也,耻夸毗以求举;非不欲室也,恶登墙而搂处。叫呼衒鬻,县旌自表,非随和之宝也。暴智耀世,因以干禄,非仲尼之道也。游不伦党,苟以徇己,汗血竞时,利合而友。子笑我之沈滞,吾亦病子屑屑而不已也。先人有则而我弗亏,行有枉径而我弗随。臧否在予,唯世所议。固将因天质之自然,诵上哲之高训;咏太平之清风,行天下之至顺。惧吾躬之秽德,勤百亩之不耘。絷余马以安行,俟性命之所存。昔孔子起威于夹谷，晏婴发勇于崔杼；曹刿举节于柯盟，卞严克捷于强御；范蠡错执于会稽，伍员树功于柏举；鲁连辩言以退燕，包胥单辞而存楚；唐且华颠以悟秦，甘罗童牙而报赵；原衰见廉于壶飧，宣孟收德于束脯；吴札结信于丘木，展季效贞于门女；颜回明仁于度毂，程婴显义于赵武。仆诚不能编德于数者，窃慕古人之所序。(《后汉书》卷五十二《崔骃列传》)

这就是崔骃所说的度。他要以古人为榜样，守道不贰，立身不苟。这种思想旨趣是和《答宾戏》相一致的。

班、崔两人的文章都没有了牢骚不满而呈现出平和的心态。文中都有对东汉现实的大段的颂扬。《达旨》中说：

今圣上之育斯人也，朴以皇质，雕以唐文。六合怡怡，比屋为仁。壹天下之众异，齐品类之万殊。参差同量，坏冶一陶。群生得理，庶绩其凝。家家有以乐和，人人有以自优。威械臧而俎豆布，六典陈而九刑厝。济兹兆庶，出于平易之路，虽有力牧之略，尚父之厉，伊、皋不论，奚事范、蔡？夫广厦成而茂木畅，远求存而良马絷，阴事终而水宿臧，场功毕而大火入。方斯之际，处士山积，学者川流，衣裳被宇，冠盖云浮。譬犹衡阳之林，岱阴之麓，伐寻抱不为之稀，艺拱把不为之数。悠悠罔极，亦各有得。彼采其华，我收其实。舍之则臧，己所学也。故进动以道，则不辞执珪而秉柱国；复静以理，则甘糟糠而安藜藿。(同上)

这种内容是问对体文章的新特点。平心而论，东汉前期在历史上确实是非常难得的时代。这一时期，政治较为稳定，国家统一强盛，社会风气良好，朝廷大力加强文治，很多文人进入东观、兰台等机构参与文化建设。在这样一个时代，文人对东汉政权是衷心拥护的，他们以儒家的道德自励，自觉地献身于学术事业。这是当时文人的共同追求。班、崔两人的文章正是这种时代精神的体现。

到了顺帝之世，张衡作《应间》，其中的思想就发生了变化。《后汉书》卷五十九《张衡列传》说："衡不慕当世，所居之官，辄积年不徙。自去史职，五载复还，乃设客问，作《应间》以见其志。"在《应间》中，张衡回答别人的质疑说："君子不患位之不尊，而患德之不崇；不耻禄之不多，而耻智之不博。是故蓺可学，而行可力也。天爵高悬，得之在命，或不速而自怀，或羡旃而不臻，求之无益，故智者面而不思。阽身以徼幸，固贪夫之所为，未得而豫丧也。"张衡用时有遇否，性命难求来解释自己久仕不迁的原因，表示"天命高悬，得之在命"。文中已没有对汉代现实的赞美，而只剩下安命顺时的慨叹。原因非常简单，这时，朝政已经败坏，张衡正因得罪宦官而担心遇害，哪里还有心情去谋求升迁。此后不久，他就辞官归田，与官场告别了。

再到东汉后期，作者的心态就更加不同。崔寔的《答讥》、蔡邕的《释诲》，都表现出一种衰世心态。崔寔在《答讥》中先借客之口描述自己"游精太清，潜思九玄，厉节缥霄，抗志浮云"的生活追求，然后回答别人的讥讽说：

> 子徒休彼绣衣，不知嘉遁之独肥也。且麟隐于遐荒，不纡机穽之路；凤凰翔于寥廓，故节高而可慕。李斯奋激，果失其度。胥、种遂功，身乃无处。观夫人之进趋也，不揣己而干禄，不揆时而要会。或遭否而不遇，或智小而谋大。纤芒毫末，祸亟无外。荣速激电，辱必弥世。故曰：爱饵衔钩，悔在鸾刀。被文食豢，乃启其毛。若夫守恬履静，澹尔无求，沈湣濬壑，栖息高丘，虽无炎炎之乐，亦无灼灼之忧。余窃嘉兹，庶遵厥猷。（《全汉赋》）

在崔寔的回答中，已看不到他的祖父崔骃在《达旨》中所说的秉持道德、献身学术；而只有隐遁避世，全身远害的想法。时代的不同使得他们的人生态度发生了巨大的变化。这种变化在蔡邕的《释诲》中也非常明显。《释诲》假托务世公子教训华颠胡老，胡老于是回答说："若公子，所谓睹暧昧之利，而忘昭晰之害；专必成之功，而忽蹉跌之败者已。"又说：

且用之则行，圣训也；舍之则藏，至顺也。夫九河盈溢，非一凷所防；带甲百万，非一勇所抗。今子责匹夫以清宇宙，庸可以水旱而累尧、汤乎？惧烟炎之毁熸，何光芒之敢扬哉！且夫地将震而枢星直，井无景则日阴食，元首宽则望舒朓，侯王肃则月侧匿。是以君子推微达著，寻端见绪，履霜知冰，践露知暑。时行则行，时止则止，消息盈冲，取诸天纪。利用遭泰，可与处否，乐天知命，持神任己。群车方奔乎险路，安能与之齐轨？思危难而自豫，故在贱而不耻。（《后汉书》卷六十下《蔡邕列传》下）

这些看法，固然包含着由历史和自然的规律，但更反映了蔡邕对现实的清醒认识，文中又说：

夫世臣、门子，暬御之族，天隆其祜，主丰其禄，抱膺从容，爵位自从，摄须理髯，余官委贵。其取进也，顺倾转圆，不足以喻其便；逡巡放屣，不足以况其易。夫夫有逸群之才，人人有优赡之智。童子不问疑于老成，瞳蒙不稽谋于先生。心恬澹于守高，意无为于持盈。粲乎煌煌，莫非华荣。明哲泊焉，不失所宁。狂淫振荡，乃乱其情。贪夫殉财，夸者死权。瞻仰此事，体躁心烦。闇谦盈之效，迷损益之数。骋驽骀于修路，慕骐骥而增驱，卑俯乎外戚之门，乞助乎近贵之誉。荣显未副，从而颠踣。下获熏胥之辜，高受灭家之诛。前车已覆，袭轨而骛，曾不鉴祸，以知畏惧。予惟悼焉，害其若是。（同上）

文中写出了钻营利禄之徒趋附于外戚宦官，求其荐引称誉的丑态，揭示了他们为名利而陨身的可悲下场。此赋作于梁冀已诛，宦官“五侯”专权之时，此前，蔡邕曾被宦官徐璜等强征赴京，他“不得已，行到偃师，称疾而归。闲居玩古，不交当世”。文中所云，包含了蔡邕深切的现实感受。了解了作者对现实的这种认识，读者会感到，他们在生活中放弃进取，取谦退保身的态度，实在是出于不得已，在其恬淡而达观的外表后面，隐藏着深剧的哀痛。

《释诲》的结尾写务世公子被华颠胡老“乐天知命,持神任己”的态度所折服,“仰首降级,忸怩而退”,胡老则援琴而歌曰:

> 练余心兮浸太清,涤浊秽兮存正灵。和液畅兮神气宁,情志泊兮心亭亭,嗜欲息兮无由生,踔宇宙而遗俗兮,眇翩翩而独征。(同上)

用胡老的歌声来表达作者的人生追求,这样的结尾显然比此前的问对之文更为新颖。歌的内容比正文更富于老庄色彩,彰显出遗世脱俗的精神特征。这种精神特征已颇近于魏晋了。

第三节　其他赋体杂文

问对之外，汉代还有一些赋体杂文，在散文史上有一定影响。

王褒的《僮约》

僮约是一篇奇文，它的起因是王褒因事到寡妇杨惠家，杨惠让奴仆去沽酒，奴仆不肯，说是当初杨惠的丈夫买他时只说守墓，没说让他为客人沽酒。王褒于是让杨惠把这个奴仆卖给他，当场立下卖券，详细写明日后应作哪些工作。文中写道：

蜀郡王子渊，以事到湔，止寡妇杨惠舍。惠有夫时奴，名便了，子渊倩奴行酤酒。便了拽大杖上夫冢岭曰："大夫买便了时，但要守冢，不要为他家男子酤酒。"子渊大怒曰："奴宁欲卖耶？"惠曰："奴大忤人，人无欲者。"子即决卖券云。奴复曰："欲使皆上券。不上券，便了不能为也。"子渊曰："诺。"券文曰：

神爵三年正月十五日，资中男子王子渊，从成都安志里女子杨惠买夫时户下髯奴便了，决价万五千。奴当从百役使，不得有二言。晨起早扫，食了洗涤。居当穿臼缚帚，裁竿凿井，浚渠缚落，锄园斫陌，杜埤地，刻大枷，屈竹作杷，削治鹿卢。出入不得骑马载车，踑坐大呶。下床振头，垂钩刈刍，结苇躐纑，汲水络，佐酝醵。织履作麤，黏雀张乌；结网捕鱼，缴雁弹凫。登山射鹿，入水捕龟。后园纵养雁鹜百余，驱逐鸱鸟，持梢牧猪，种姜养芋，长育豚驹。粪除堂庑，喂食马牛；鼓四起坐，夜半益刍。

二月春分，被堤杜疆；落桑皮棕，种瓜作瓠，别茄披葱，焚槎发芋，垄集破封，日中早熭，鸡鸣起舂，调治马驴，兼落三重。舍中有客，提壶行酤，汲水作铺，涤杯整案。园中拔蒜，断苏切脯，筑肉臛芋，脍鱼炰鳖。烹荼尽具，已而盖藏，关门塞窦，餧猪纵犬。勿与邻里争斗。奴当饭豆饮水，不得嗜酒；欲饮美酒，唯得染唇渍口，不得倾盂覆斗。

不得辰出夜入，交关侔偶。

舍后有树，当裁作船，上至江州，下到湔主。为府掾求用钱，推访垩贩棱索，绵亭买席，往来都洛，当为妇女求脂泽，贩于小市。归都担枲，转出旁蹉，牵犬贩鹅。武阳买荼，杨氏担荷，往来市聚，慎护奸偷。入市不得夷蹲旁卧，恶言丑骂。多作刀弓，持入益州，货易羊牛。奴自教精慧，不得痴愚。

持斧入山，断椠裁辕，若有余残，当作俎机木屐及犬彘盘。焚薪作炭，垒石薄岸，治舍盖屋，削书代牍。日暮欲归，当送干柴两三束。四月当披，九月当获，十月收豆。檎麦窖芋，南安拾栗采桔，持车载辏，多取蒲苎，益作绳索。雨堕无所为，当编蒋织簿。植种桃李，梨柿柘桑，三丈一树，八尺为行，果类相从，纵横相当。果熟收敛，不得吮尝。

犬吠当起，惊告邻里。枨门柱户，上楼击鼓；荷盾曳矛，还落三周。勤心疾作，不得遨游。奴老力索，种莞织席，事讫休息，当舂一石。夜半无事，浣衣当白。若有私敛，主给宾客。奴不得有奸私，事当关白。奴不听教，当笞一百。

读券文适讫，词穷咋索，仡仡叩头，两手自搏，目泪下落，鼻涕长一尺：审如王大夫言，不如早归黄土陌，蚯蚓钻额。早知当尔，为王大夫酤酒，真不敢作恶。（《全汉文》卷四十二）

王褒用立券约的方式教训了那个刁蛮的奴仆，这件事可能有一定真实性。但本文的描写却带有游戏的性质，并非实录。卖券上所写的要便了做的工作，显然不是一个人做的事情，但却是当时农村生活的真实再现，从中我们可以看到农民一年四季的劳动情景。在《诗经》的《豳风·七月》中有关于劳动情景和农村生活的描写，但本文的描写显然比《豳风·七月》更加细致。从体式上说，这是一篇赋体文章，但以住的赋体文主要用于描写和抒情，也有一些不名为赋的问对之文用赋体发表议论，但用赋来叙事，却是不多见的。本文不仅叙事，而且极为细致，事无巨细，全都一一道来，各式各样的劳动和生活情景，历历在目。从这个角度来说，本文堪称一幅汉代农村的风俗画。

王褒又有《责须髯奴辞》，描写一个奴仆的胡须浓密而蓬乱，实为游戏之文。

崔瑗《草书势》和蔡邕《篆势》

崔瑗(77—142)字子玉，崔骃之中子。其《草书势》云：

书契之兴，始自颉皇；写彼鸟迹，以定文章。爰暨末叶、典籍弥繁；时之多僻，政之多权。官事荒芜，剿其墨翰；惟多佐隶，旧字是删。草书之法，盖先简略；应时谕旨，用于卒迫。兼功并用，爱日省力；纯俭之变，岂必古式。观其法象，俯仰有仪；方不中矩，圆不副规。抑左扬右，望之若敧。竦企鸟跱，志在飞移；狡兽暴骇，将奔未驰。或黜点染，状似连珠，绝而不离。畜怒怫郁，放逸生奇。或凌遽而惴栗，若据高而临危，旁点邪附，似螳螂而抱枝。绝笔收势，馀綖纠结；若山蜂施毒，看隙缘巇；腾蛇赴穴，头没尾垂。是故远而望之，漼焉若注岸奔涯；就而察之，即一画不可移。纤微要妙，临事从宜。略举大较，仿佛若斯。(《全后汉文》卷四十五)

崔瑗之后，蔡邕作有《篆势》，其文云：

字画之始，因于鸟迹。苍颉循圣，作则制文。体有六篆，要妙入神。或象龟文，或比龙鳞。纡体放尾，长翅短身。颓若黍稷之垂颖，蕴若虫蛇之棼缊。扬波振激，鹰跱鸟震。延颈协翼，势似凌云。或轻举内投，微本浓末，若绝若连；似露缘丝，凝垂下端；从者如悬，衡者如编；杳杪邪趣，不方不圆；若行若飞，蚑蚑翾翾。远而望之，若鸿鹄群游，络绎迁延；迫而视之，湍漈不可得见，指㧑不可胜原。研桑不能数其诘屈，离娄不能睹其隙间，般、倕揖让而辞巧，籀、诵拱手而韬翰。处篇籍之首目，粲粲彬彬其可观。摛华艳于纨素，为学艺之范闲，嘉文德之弘蕴，懿作者之莫刊。思字体之俯仰，举大略而论旃。(《全后

汉文》卷八十）

这两篇作品分别描写草书和篆书的艺术特征，文中运用大量比喻，生动表现了这两种书法形式的笔势变化。文章虽无赋名，却实为赋体，其铺陈描写的手法与赋无异，酷似两篇咏物赋。东汉后期，散文中抒情咏物的作品多了起来，文中也不再追求比兴寄托和讽谏，而是以追求审美效果为主，这两篇文章即是这种倾向的代表。

第七章　汉代礼制之文

本章所论的礼制之文，包括颂、铭、箴、诔、碑五种文体。之所以称为礼制之文，是这些文体的起源都与礼制有关。颂源于《诗经》，最初用于祭告祖先、神祇、天地、山川的仪式。汉代的颂文已与这些仪式脱离，只保留了述颂功德的功能。铭最初是刻铸于钟鼎的文字，又用于刻石，其功用也是纪功颂德。发展到汉代，出现了器物之铭与碑铭两类铭文，碑铭仍用以纪功述德，器物之铭兼寓规诫。箴起源于古代的箴诫制度，汉代的箴仍以规诫为主。诔起源于古代的定谥仪式，汉代的诔文渐渐脱离了定谥仪式，但仍保留了述哀和颂德的功能。碑是古代帝王刻石纪功之文，汉代的碑文在此种功能之外，又盛行为人物立碑，但人物碑文仍与颂德和丧葬礼俗有关。

上述各种文体在体式方面有其相似性，都是整齐的韵语，一般以四言为主。除了箴以外，文前都有散体之序，形成了前序后颂（铭、诔）的固定程式。这几种文体往往互相包容、渗透乃至同实异名。《文心雕龙・诔碑》论及这几种文体时说："观夫诔之为制，盖选言录行，传体而颂文，荣始而哀终。"又说："属碑之体，资乎史才，其序则传，其文则铭……夫碑实铭器，铭实碑文，因器立名，事先于诔。是以勒石赞勋者，入铭之域；树碑述亡者，同诔之区焉。"可见颂、铭、诔、碑几种文体不仅有其相似性，而且有时就是同实而异名的。

西汉前期和中期，文人的精力主要用于奏议和辞赋，因此礼文不兴。直到西汉后期，经学大盛，复古之风兴起，扬雄才有了颂、诔、箴等文体的创作。东汉重视礼乐教化，提倡礼文写作，上述文体，至此而大兴。东汉后期，几乎所有的重要文人都有上述文体的创作。曹丕《典论·论文》论及文体，有奏议、书论、诔铭、诗赋四类，诔铭居其一。陆机《文赋》提到的文体，有诗、赋、碑、诔、铭、箴、颂、论、奏、说十二类，本章所论五类，全在其中。此类文体，一方面熔裁经典，一方面又学习诗赋，虽有固定体式，但又富于文采。汉代以后，遂发展为古代散文中的重要门类。东汉之文渐尚骈偶的趋向在此类文体中表现更甚。在骈文形成的过程中，此类文体起了很大作用。

第一节　汉代颂文

作为一种用于颂美的文体，颂起源于《诗经》。挚虞《文章流别论》说："颂，诗之美者也。古者圣帝明王，功成治定而颂声兴。于是史录其篇，工歌其章，以奏于宗庙，告于鬼神。故颂之所美者，圣王之德也。"吴讷《文章辨体序说》云："故颂之名，实出于《诗》。若商之《那》，周之《清庙》诸什，皆以告神为颂体之正。至如《鲁颂》之《駉》、《駜》皆当时用以祝颂僖公，为颂之变。"颂之义为"容"，即舞容，它采用乐舞的形式祭告祖先及天地神灵。汉代的颂则与乐舞和祭告仪式完全脱离，成为一种有韵之文。

汉代最早的颂文是王褒的《圣主得贤臣颂》。① 据《汉书》卷六十四下《严朱吾丘主父徐严终王贾传》下载："褒既为刺史作颂，又作其传，益州刺史因奏褒有轶材。上乃征褒。既至，诏褒为圣主得贤臣颂其意。"王褒于是作了《圣主得贤臣颂》。但此文名为颂，实为论。文中论及圣主和贤臣的关系，讲道：

> 贤人君子，亦圣王之所以易海内也。是以呕喻受之，开宽裕之路，以延天下英俊也。夫竭知附贤者，必建仁策；索人求士者，必树伯迹。昔周公躬吐捉之劳，故有圉空之隆；齐桓设庭燎之礼，故有匡合

① 汉代有一些赋也称作颂，例如司马相如的《大人赋》又称《大人颂》，王褒的《洞箫赋》又称《洞箫颂》。这些作品虽具颂名，实为赋体，故不在本章讨论之列。

之功。由此观之,君人者勤于求贤而逸于得人。

人臣亦然……故世必有圣知之君,而后有贤明之臣。故虎啸而风冽,龙兴而致云,蟋蟀俟秋吟,蜉蝣出以阴。《易》曰:“飞龙在天,利见大人。”《诗》曰:“思皇多士,生此王国。”故世平主圣,俊艾将自至,若尧、舜、禹、汤、文、武之君,获稷、契、皋陶、伊尹、吕望,明明在朝,穆穆列布,聚精会神,相得益章。虽伯牙操递钟,逢门子弯乌号,犹未足以喻其意也。

故圣主必待贤臣而弘功业,俊士亦俟明主以显其德。上下俱欲,驩然交欣,千载壹合,论说无疑,翼乎如鸿毛过顺风,沛乎如巨鱼纵大壑。其得意若此,则胡禁不止,曷令不行?化溢四表,横被无穷,遐夷贡献,万祥毕溱。是以圣王不遍窥望而视已明,不单顷耳而听已聪;恩从祥风翱,德与和气游,太平之责塞,优游之望得;遵游自然之势,恬淡无为之场,休征自至,寿考无疆,雍容垂拱,永永万年,何必偃卬诎信若彭祖,呴嘘呼吸如侨、松,眇然绝俗离世哉!《诗》云“济济多士,文王以宁”,盖信乎其以宁也!(《汉书》卷六十四下《严朱吾丘主父徐严终王贾传》下)

王褒在文中论述了圣主和贤臣互相依赖的关系,他希望皇帝能够信用贤臣,认为如果这样,就能寿考无疆,不必求仙学道以追求长生。《汉书》说:“以是时,上颇好神仙,故褒对及之。”如此看来,这篇文章又是有一定讽谏意义的。

但从文体上看,《圣主得贤臣颂》就是一篇论说文,它和当时流行的论辩之文在和风格上没有什么区别。如果一定要找出它和颂文的联系,那也只有内容方面的颂扬特征了。

西汉真正的颂体之文是扬雄的《赵充国颂》。赵充国在当时平羌有功。《汉书》卷六十九《赵充国辛庆忌传》说:

初,充国以功德与霍光等列,画未央宫。成帝时,西羌尝有警,上思将帅之臣,追美充国,乃诏黄门郎扬雄即充国图画而颂之,曰:

明灵惟宣，戎有先零。先零昌狂，侵汉西疆。汉命虎臣，惟后将军，整我六师，是讨是震。既临其域，谕以威德，有守矜功，谓之弗克。请奋其旅，于罕之羌，天子命我，从之鲜阳。营平守节，娄奏封章，料敌制胜，威谋靡亢。遂克西戎，还师于京，鬼方宾服，罔有不庭。昔周之宣，有方有虎，诗人歌功，乃列于《雅》。在汉中兴，充国作武，赳赳桓桓，亦绍厥后。”

这篇颂文采用四言韵语的形式，文中先叙述赵充国的平羌之功，然后又颂扬他的功德堪比西周的方叔和邵虎。这种语言形式，很像《诗经》。《诗经》的《商颂》和《周颂》主要用来祭告祖先和天地，而《鲁颂》则用来颂美在世的统治者，《大雅》中的部分篇章用以颂扬当世的大臣，例如《嵩高》和《烝民》分别赞颂申伯和仲山甫。从《赵充国颂》的功用和体式来看，它更接近于《大雅》。因此，挚虞《文章流别论》说“扬雄《赵充国颂》，颂而似雅。”扬雄在文中称颂方叔和邵虎被诗人歌颂，“乃列于《雅》”，说明他作此颂是非常明确地学习《大雅》的。《赵充国颂》是汉代颂文的开山之作，此后，汉代的颂文基本上都是沿用它的体式。另外，本文是为人物的画像作颂，这在西汉尚不多见。东汉以后，这种因图作颂的文章日渐增多。汉代以后，为人物图像所作的四言颂文改称为赞。从这里也能看出颂与赞这两种文体的联系。

到了东汉，随着礼乐建设的展开，颂文也开始兴盛起来。凡国家的祀典、祥瑞、巡狩、征伐等大事，均有文人为之作颂。明帝永平三年，明帝西巡河东，崔骃作《西巡颂》，他在《西巡颂·序》中写道：“惟永平三年八月己丑，行幸河东。志曰：君举必书。是故工歌其诗，史立春秋。若夫声管不发，雅颂罔记……”可见当时的颂有史家记事的性质，视同于国家典章。《后汉书》卷三十六《郑范陈贾张列传》又载：永平中，“有神雀集宫殿官府，冠羽有五采色，帝异之，以问临邑侯刘复，复不能对，荐逵博物多识，帝乃召见逵，问之。对曰：“昔武王终父之业，鸑鷟在岐，宣帝威怀戎狄，神雀仍集，此胡降之征也。”帝敕兰台给笔札，使为《神雀颂》，拜为郎，与班固并校秘书，应对左右。”《论衡·佚文》也曾记载此事：“永平中，神雀群集，孝明诏上雀颂，百官颂上，文皆比瓦石。惟班固、贾逵、傅毅、杨终、侯讽五颂金石，孝明览焉。”可见当时在皇帝的指令下百官作颂的盛况。又据《后汉书》卷四十二《光武十王列传》载，东平王刘苍因帮助朝廷议定礼乐深受明帝喜爱，永平十五年春，“行幸东平，赐苍钱千五百万，布四万匹。帝以所作《光武本纪》示苍，苍因上《光武受命中兴颂》。帝甚善之，以其文典雅，特令校书郎贾逵为之训诂。”这些颂文和朝廷的礼乐具有同等重要的地位，因而受到皇帝喜爱。章帝之时，崔骃又以作颂文而受皇帝重视。《后汉书》卷五十二《崔骃列传》载：“元和中，肃宗始修古礼，巡狩方岳。骃上《四巡颂》以称汉德，辞甚典美……帝雅好文章，自见骃颂后，常嗟叹之”。崔骃又为窦宪作《大将军西征赋》，其《序》云“愚闻昔在上世，义兵所克，工歌其诗，具陈其颂。书之庸器，刻在明堂，所以显武功也。”明堂是重要的礼乐场所，故赋颂之文收录镌刻于此。可见当时颂文与礼乐制作之关系。章帝大力提倡礼制之文，据《后汉书·班彪传》载，“及肃宗雅好文章，(班)固愈得幸，数入读书禁中，或连日继夜。每行巡狩。辄献上赋颂，朝廷有大议，使难问公卿，辩论于前，赏赐恩宠甚渥。”其《东巡颂·序》写道：“窃见巡狩岱宗，柴望山虞，宗祀明堂，上稽帝尧，中述世宗，遵奉世祖，礼仪备具，动自圣心，是以明神屡应，休征仍降，事大瑞盛，非一小臣所任述颂，不胜狂简之情，谨上《岱宗颂》一篇。”(《全后汉文》卷二十六)与班固同时而擅长赋颂的傅毅也大受褒宠。《后汉书》卷八十上《文苑列传》上载：“建初中，肃宗博召文学之士，以毅为兰台令史，拜郎中，与班固、贾逵共典校书。毅追美孝明皇帝功德最盛，而庙颂未立，乃依《清庙》作《显宗颂》十篇奏之，由是文雅显于朝廷。”和帝时，颂文的写作仍保持了这种势头。例如班固的《窦将军北征颂》、崔骃的《北征颂》都是为窦宪北征匈奴而作，史岑的《出师颂》为大将军邓骘出征而作，黄香《天子冠颂》为和帝加冠礼而作，马融《东巡颂》为和帝巡狩而作。由于颂文被视为国家礼乐盛典的组成部分，因而享有重要的地位。王充《论衡·须颂》中说：“夫颂言，非徒画文也。如千世之后，读经书不见汉美，后世怪之。故夫古之通经之臣，纪主功令，记于竹帛；颂上令德，刻于鼎铭。文人涉世，以此自勉。”在这种情况下，文人具有强烈的作颂垂名的意识，把作颂当作崇高的事业。

东汉前期的颂文在写法上均以经典为范式。挚虞《文章流别论》说："昔班固为《安丰戴侯颂》、史岑为《出师颂》、《和熹邓后颂》，与《鲁颂》体意相类，而文辞之异，古今之变也。"(《艺文类聚》五十六)刘勰《文心雕龙·颂赞》也说："若夫子云之表充国，孟坚之序戴侯，武仲之美显宗，史岑之述熹后；或拟《清庙》，或范《駉》、《那》，虽浅深不同，详略各异，其褒德显容，典章一也。"这几篇作品大部分都已散佚，但从上述评论可以看出，它们都效法《诗经》的不同篇章，以褒德显容，使之成为国家之典章。据《后汉书》，傅毅的《显宗颂》是依《清庙》而作，可知刘勰所谓"或拟《清庙》"即是"武仲之美显宗"。而《安丰戴侯颂》、《出师颂》和《和熹邓后颂》则都是效仿《鲁颂》的。这些作品的体式学习《诗经》，其语言也多融裁《诗经》。在表现手法上，颂重纪事，与国家大典有关，故处处征实。在一般的颂文前面，往往有一段序文，交代作颂的缘由，其中都要具体记载所颂何事以及事件发生的时间地点等，有的序文较长，详细地进行叙事描写。久之，便形成了前序后颂的固定程序，序用散文叙事，颂用四言韵语褒扬。

东汉前期的颂文散佚严重，从下列几位代表作家现存的的作品，可见当时颂文之一斑。

班固《窦将军北征颂》

此文为赞美窦宪北征匈奴而作。文中先称颂窦宪的德行与才干；然后用大量篇幅写他率军北征，克敌制胜；只是在结尾，用"三军称曰"的口吻颂扬窦宪："亹亹将军，克广德心，光光神武，弘昭德音。超兮首天潜，眇兮与神参。"只有这几句，才更像传统的颂体，而前面的大段铺叙，倒更像这几句颂言的序。因此，刘勰认为此文"变为序引"，是"褒过而谬体"。(《文心雕龙·颂赞》)本文虽是颂扬窦宪的武功，却处处体现了班固崇尚王道和礼制的思想主张。文中写到战前准备，说："民仪响慕，群英影附，羌戎相率，东胡争骛，不朝而集，未令而谕。"写到战争过程，说："上将崇至仁，行凯易，弘浓恩，降温泽，同庖厨之珍馔，分裂室之纤帛，劳不御舆，寒不施襗，行无偏勤，止无兼役。"写到战争结果，则说："粮不赋而师赡，役不重而备军，行戎丑以礼教，炘鸿校而昭仁，文武炳其并隆，威德兼而两信，清乾钧之攸冒，拓畿略之所顺，櫜弓箙而戢戈，回双麾以东运。”(《全后汉文》卷二十六)这就完全是儒家行仁爱，重礼教，以德服人，禁兵止暴的思想。这些话与其说是对窦宪的褒美，不如说是班固政治理想的寄托。本文也体现了颂文重视叙事的特征。文中用很多篇幅进行铺叙，对战争过程作了非常具体的描写，从而使这篇作品很像一篇散体赋。

傅毅《窦将军北征颂》

傅毅曾作《显宗颂》，今已不存。本文是他和班固一起随窦宪出击匈奴而作。文中写道：

> 逮汉祖之龙兴，荷天符而用师，曜神武于幽、冀，遇白登之重围。何獯鬻之桀虐，自弛放而不羁。哀昏佚之习性，阻广汉之荒垂。命窦侯之征讨，蹑卫、霍之遗风，奉圣皇之明策，奋无前之严锋。采伊吾之城壁，蹈天山而遥降。曝名烈于禹迹，奉旗鼓而来旋。圣上嘉而褒宠，典禁旅之戎兵。内雍容以询谟，外折冲于无形。惟倜傥以弘远，委精虑于朝廷。(《全后汉文》卷四十三)

这几句显系残篇，难以窥见文章的全貌。仅从这段话来看，是用骚体铺叙窦宪北征的过程。至于前面是否有序，后面是否还有四言的颂语，均不得而知。傅毅是著名赋家，擅长铺陈描写。这一段文字也很有赋的特点。东汉前期的颂文往往如此。

史岑《出师颂》

此颂为史岑歌颂大将军邓骘之作。其文曰：

> 茫茫上天，降祚有汉，兆基开业，人神攸赞。五曜霄映，素灵夜叹，皇运来授，万宝增焕。历纪十二，天命中易。西零不顺，东夷遘逆。乃命上将，授以雄戟。桓桓上将，实天所启，允文允武，明诗悦礼，宪章百揆，为世作楷。昔在孟津，惟师尚父，素旄一麾，浑一区宇。

> 苍生更始，朔风变楚。薄伐猃狁，至于太原，诗人歌之，犹叹其艰。况我将军，穷城极边，鼓无停响，旗不蹔褰，泽霑遐荒，功铭鼎铉。我出我师，于彼西疆，天子饯我，路车乘黄，言念伯舅，恩深渭阳。介珪既削，裂壤酬勋。今我将军，启土上郡，传子传孙，显显令闻。(《全后汉文》卷四十九)

文中先讲汉高祖受天之佑，创立汉朝基业；然后过渡到邓骘受命出师征伐；接下来就用大量篇幅从不同角度颂美邓骘的品德与功劳：先把他比作辅佐周武王克商的姜太公，又把他比作远征猃狁，辅佐周宣王中兴的尹吉甫；最后又写他深受天子宠信，裂土受勋，传子传孙。文中不仅处处充满了赞美之言，而且大量引用经典之语，特别是"天子饯我，路车乘黄，言念伯舅，恩深渭阳"几句，巧妙地化用《诗经·秦风》的诗句，既赞颂邓骘为国出征，荣耀无比，又暗寓天子孝敬太后，对邓骘恩泽有加，以见其重要地位。文章写得堂皇典雅，雍容揄扬，充分体现了颂这种文体褒德显容的特点。这种写法可以说是和《诗经·鲁颂》一脉相承的。

黄香《天子冠颂》

此文是为汉和帝行冠礼而作的。文中写道：

> 惟永元之盛代，圣皇德之茂纯，躬烝烝之至孝，崇敬顺以奉天，以三载之孟春，建寅月之上旬，皇帝将加玄冕，简甲子之元辰。厥日王于太皞，厥时叶于百神。皇舆幸夫金根，六玄虬之连蜷，建螭龙以为旗，鸣节路之和銮。既臻庙以成礼，乃回轸而反宫，正朝服以享燕，撞大蔟之庭钟。祚蕃屏而鼎辅，暨夷蛮之君王。咸进酌于金罍，献万寿之玉觞。(《全后汉文》卷四十二)

文中记载了和帝举行加冠礼的盛况。先具体交代加冠礼的年月日时，又详细记载加冠礼的过程。虽用六言加以铺写，形式上似赋，又有"玄虬螭龙"等句似楚辞，但事件的过程句句写实，并无任何想象与虚构。由此不难看出，颂的作者是以史家记事的原则来进行创作的，他们不仅要颂德，还要纪功述史。王延寿《鲁灵光殿赋序》说："诗人之兴，感物而作。故奚斯颂僖，歌其路寝，而功绩存乎辞，德音昭乎声。物以赋显，事以颂宣，匪赋匪颂，将何求焉。"(《全后汉文》卷五十八)在他看来，赋与颂的根本区别就在于体物和叙事。这种区别是由两种文体的起源和性质决定的。赋起源于俳优的隐语，后来虽进入朝堂，期以润色鸿业，但终不能摆脱其虞悦耳目之特点，故以描摩状物为能事。颂本来就是庙堂之音，在颂王德的同时必然要纪功陈事，因此，往往有史家记载之性质。

马融《广成颂》

本文名为颂，实为赋。据《后汉书》卷六十上《马融列传》上载："是时邓太后临朝，骘兄弟辅政。而俗儒世士，以为文德可兴，武功宜废，遂寝蒐狩之礼，息战阵之法，故猾贼纵横，乘此无备。融乃感激，以为文武之道，圣贤不坠，五才之用，无或可废。元初二年，上《广成颂》以讽谏。"颂前有序，曰：

> 臣闻孔子曰："奢则不逊，俭则固。"奢俭之中，以礼为界。是以《蟋蟀》、《山枢》之人，并刺国君，讽以太康驰驱之节。夫乐而不荒，忧而不困，先王所以平和府藏，颐养精神，致之无疆。故戛击鸣球，载于《虞谟》；吉日车攻，序于《周诗》。圣主贤君，以增盛美，岂徒为奢淫而已哉！伏见元年已来，遭值厄运，陛下戒惧灾异，躬自菲薄，荒弃禁苑，废弛乐悬，勤忧潜思，十有余年，以过礼数。重以皇太后体唐尧亲九族笃睦之德，陛下履有虞烝烝之孝，外舍诸家，每有忧疾，圣恩普劳，遣使交错，稀有旷绝。时时宁息，又无以自娱乐，殆非所以逢迎太和，裨助万福也。臣愚以为虽尚颇有蝗虫，今年五月以来，雨露时澍，祥应将至。方涉冬节，农事间隙，宜幸广成，览原隰，观宿麦，劝收藏，因讲武校猎，使寮庶百姓，复睹羽旄之美，闻钟鼓之音，欢嬉喜乐，鼓舞疆畔，以迎和气，招致休庆。小臣蝼蚁，不胜区区。职在书籍，谨依旧文，重述蒐狩之义，作颂一篇，并封上。浅陋鄙薄，不足观省。

可见这篇颂有着明确的讽谏目的，这是和此前颂文用以褒德显容大不相同的。颂前有一大段议论，说明作颂原因，并引孔子“奢则不逊，俭则固”的话来说明“俭奢之中，以礼为界”的道理，要求皇帝幸广成讲武校猎，行蒐狩之礼。这段话实为向皇帝上《广成颂》的奏疏。颂的正文，又以议论开头，引出关于天子狩猎场面的大段描写，而在结尾又回到对天子“忽搜狩之礼，阙盘虞之佃”的批评：

> 方今大汉收功于道德之林，致获于仁义之渊，忽蒐狩之礼，阙槃虞之佃。闇昧不睹日月之光，聋昏不闻雷霆之震，于今十二年，为日久矣。亦方将刊禁台之秘藏，发天府之官常，由质要之故业，率典刑之旧章。采清原，嘉岐阳，登俊桀，命贤良，举淹滞，拔幽荒。察淫侈之华誉，顾介特之实功，聘畎亩之群雅，宗重渊之潜龙。乃储精山薮，历思河泽，目矚鼎俎，耳听康衢，营傅说于胥靡，求伊尹于庖厨，索胶鬲于鱼盐，听宁戚于大车。俾之昌言而宏议，轶越三家，驰骋五帝，悉览休祥，总括群瑞。遂栖凤皇于高梧，宿麒麟于西园，纳僬侥之珍羽，受王母之白环。永逍摇乎宇内，与二仪乎无疆，贰造化于后土，参神施于昊乾，超特达而无俦，焕巍巍而无原。丰千亿之子孙，历万载而永延。礼乐既阕，北辕反旆，至自新城，背伊阙，反洛京。（《后汉书》卷六十上《马融列传》上）

《广成颂》的开头结尾都像是议论文，中间铺张扬厉的描写则很像散体大赋，只是没有散体赋的主客问答形式。这种描写实为给当今天子树立一个榜样，以便和文中批评的现象形成对照；同时，对于追求俭朴而“忽蒐狩之礼”的当今天子来说，也无疑会产生巨大的吸引力。但颂文奏上之后，并未收到预期的效果，反而因此触怒了当权的邓氏，致使马融沉滞于东观，十年不得调。挚虞曾批评此文“纯为今赋之体，而谓之颂，失之远矣”。究其原因，即在于马融以汉代经学对辞赋的期待来发挥颂文的职能，因而使传统的颂扬之文变为讽谏之体。

东汉中期以后，颂文更加兴盛，但逐渐由廊庙走向民间，所颂扬的对象，由帝王勋戚和国家礼仪，扩大到一般官吏和平民、乃至于山川、神祇、先贤、隐士。此时社会上盛行为死者和生人立碑之风。一些颂文即是这样一些刻石颂德之作，例如郭正《法真颂》、仇靖《析里桥甫邑阁颂》、无名氏《汉成阳令唐扶颂》、《汉故穀城长荡阴令张君表颂》等，都有"刊石颂之"、"勒石示后，乃作颂曰"等语。另外，为人物画像作颂的风气也盛行一时。颂文的流行使这些作品脱离了国家的礼制，同时也背离了东汉前期颂文的精神，造成滥作文颂，以作颂取官的现象。灵帝时阳球上疏奏罢鸿都门学，其中就说：

> 伏承有诏敕中尚方为鸿都文学乐松、江览等三十二人图象立赞以劝学者。臣闻传曰"君举必书"，书而不法，后嗣何观。案松、览等皆出于微蔑，斗筲小人，依凭世戚，附托权豪，俛眉承睫，徼进明时。或献赋一篇，或为鸟篆盈简，而位升郎中，形图丹青。亦有笔不点牍，辞不辩心，假手请字，妖伪百品。莫不被蒙殊恩，蝉蜕滓浊。是以有识掩口，天下嗟叹。臣闻图象之设，以昭劝戒，欲令人君动见得失。未闻竖子小人诈作文颂而可妄窃天官，垂象图素者也。今太学东观足以宣明圣化，愿罢鸿都之选，以消天下之谤。(《全后汉文》卷六十八)

此种颂文早已失去其宣明圣化的神圣性而成为窃取名位的工具，因而受到正统文人的排斥。

东汉后期，随着为人物树碑作颂的风气盛行，碑成为颂文的载体，颂与碑铭的界限也就越来越不清晰了。在当时为人物树碑立铭的文字中，后面的韵文或称铭，或称颂，或兼而称之。例如蔡邕《陈留东昏库上里社铭》：有"乃与树碑为颂，以示后昆"、《文烈侯杨公碑》有"乃申颂曰"、《太尉乔公碑》有"遂作颂曰"等语；无名氏《三公山碑》称："立铭勒石，乃作颂曰"(《全后汉文》卷一百零三)，《无极山碑》称："立碑铭德，颂山川之神焉"(同上卷一百零四)。颂与碑在文体上的合流，说明这两种文体的功用趋于一致，都是为人物纪功颂德之作。

这一时期，颂文的前序后颂的体式逐渐固定下来。这种固定程序几乎被所有的颂文所采用。前面的散体序文篇幅较长，用来记载人物的事迹，后面有韵语用以颂扬。这样一来，序文和颂文的关系，也就如同人物的传记和赞语的关系了。

东汉后期著名的颂文作者有崔瑗和蔡邕。

崔瑗作有《南阳文学颂》。文中所颂扬的对象既非帝王，也非勋戚，而是朝廷的礼乐教化。通过颂扬礼乐教化之美，寄托作者的政治理想。为了表达这种理想，颂文前面的序先发表议论：

> 昔圣人制礼作乐也，将以统天理物，经国序民，立均出度，因其利而利之，俾不失其性也。故观礼则体敬，听乐则心和，然后知反其性而正其身焉。取律于天以和声，采言于圣以成谋，以和邦国，以谐万民，以序宾旅，以悦远人。其观威仪，省祸福也，出言视听，于是乎取之。（《全后汉文》卷四十五）

在讲了这样一大篇礼乐教化的道理之后，才在颂的正文中说，“民生如何，导以礼乐”，对教化风俗之美加以赞颂。由于本文所颂的对象并非人物，故其序文一反传统的写作模式，变叙事为议论，成为一段关于礼乐教化的论说文。《文心雕龙·颂赞》说此文和蔡邕的《京兆樊惠渠颂》“并致美于序，而简约乎篇”。这一特点是由本文所颂的对象决定的。

蔡邕颂文的名篇是《京兆樊惠渠颂》。此文的特点更为突出，它的序文接近颂文的四倍长。序中先发表议论以说明兴修水利的重要性，然后叙述京兆尹樊陵在任上开挖水渠，使卤田变为甘壤，受到百姓歌颂。其结尾写道：

> 清流浸润，泥潦浮游，曩之卤田，化为甘壤，粳黍稼穑之所入，不可胜算。农民熙怡，悦豫且康，相与讴歌疆畔，斐然成章，谓之樊惠渠云尔。其歌曰：

我有长流，莫或遏之；我有沟浍，莫或达之。田畴斥卤，莫修莫治；饥馑困瘁，莫恤莫思。乃有樊君，作人父母。□□□□，立我畎亩。黄潦膏凝，多稼茂止。惠乃无疆，如何勿喜。我壤既营，我疆斯成。泯泯我人，既富且盈。为酒为酿，烝畀祖灵。贻福惠君，寿考且宁。（《全后汉文》卷七十四）

这样的文章其实很像一篇记叙文，后面用百姓之歌作为颂文，既新颖又自然，它如同文末的一个总结，与前面的叙事浑然一体。这种写法，和传统的颂文有了很大的区别。蔡邕又有《颍川太守王立义葬流民颂》，虽系残篇，但也能看出是以叙事为主、歌颂地方官政绩的文章。

歌颂地方官政绩的颂文在汉末还有很多，这些文章也都是以叙事为主，刊于石碑。例如边韶（桓帝时人，生卒年不详）《河激颂》颂河堤谒者王诲筑堤治河之功绩，文中说："昔禹修九道，书录其功，后稷躬稼，《诗》列于《雅》。夫不惮劳谦之勤，夙兴厥职，充国惠民，安得淹没而不彰焉。故遂刊石记功，垂示于后。"（《全后汉文》卷六十二）另外无名氏《西狭颂》颂武都太守李翕修路惠民之事，无名氏《司隶校尉杨孟文石门颂》颂司隶校尉杨孟文开凿石门，修通栈道的事迹，无名氏《汉成阳令唐扶颂》和《稾长蔡湛颂》分别歌颂唐扶和蔡湛两位地方官的政绩。特别是后两篇颂文，详细地记载主人公的姓氏、家世和生平，全面地颂扬其品德。这样的文章，就很像人物传记了。如果把这些文章和东汉前期歌颂朝廷大事的颂文相比较，其特色就十分清楚。东汉前期的颂文歌颂典礼、巡狩、出征等大事，虽然也在序文中叙写事件的过程，但往往用铺陈夸饰的手法，如同辞赋。后期的这些颂文记人物事迹，如同史家记事。这样的文章和当时流行的为死者所作的碑文，形式上并没有区别。它们也和当时的碑文一样，可以称之为"其序则传，其文则铭"。（《文心雕龙·诔碑》）

在碑颂大量出现的时候，也有不少为人物画像所作的颂。如蔡邕曾经应诏为前朝大臣的画像作颂，据《后汉书》载："熹平六年，灵帝思感旧德，乃图画广及太尉黄琼于省内，诏议蔡邕为其颂云。"蔡邕的《胡广黄琼颂》就是为胡广黄琼的画像所作的。这篇颂只有四言的颂文，没有序。颂文写道：

> 岩岩山岳，配天作辅。降神有周，生申及甫。允兹汉室，诞育二后。曰胡曰黄，方轨齐武。惟道之渊，惟德之薮。股肱元首，代作心膂。天之烝人，有则有类。我胡我黄，钟厥纯懿……超哉邈猗，莫与其二。（同上）

这些颂文纯为赞颂之语，其文则取于《大雅》，与扬雄的《赵充国颂》并无二致。由于没有了序，文中也就没有对人物事迹的记叙，而堪称一篇画赞了。

第二节 汉代铭文

铭是刻在器物上的文字，其功能或为纪颂功德，或为寄寓警戒。纪功述德之铭，多刻于钟鼎碑石。蔡邕《铭论》说：“钟鼎，礼乐之器，昭德纪功，以示子孙。物不朽者，莫不朽于金石，故碑在宗庙两阶之间。近世以来，咸铭之于碑。”（《全后汉文》卷七十四）寄寓警戒之铭，多刻于日用器物，例如《礼记·大学》所载商汤之《盘铭》和《大戴礼记·武王践阼》所载武王铭十七章。东汉时期，作为礼文的一种，铭文的创作日渐兴盛。除了传统的钟鼎及日用器物之外，碑石成为铭文的重要载体，特别是随着为死者立碑成为风气，墓铭开始大量出现。铭文的上述功用非常接近颂、诔和箴，这种文体的基本特征是熔裁于经典、文约事丰、温润典正。

铭的起源虽然很早，但西汉却未见传世之作。相传王莽作有《鼎铭》，但已亡佚。两汉之际，冯衍作有《刀阴》、《刀阳》、《杖》、《车》等铭文多篇，但文字平平，无可称道。东汉时期，铭文渐多。班固的《封燕然山铭》是一篇较早的名作。此文作于和帝永元元年(89)，班固随大将军窦宪出击匈奴，大败北匈奴于稽落山（今蒙古额布根山），前后俘获招抚匈奴部众二十万人，追击北匈奴单于至燕然山，勒石纪功而还。文中写道：

> 惟永元元年秋七月，有汉元舅曰车骑将军窦宪，寅亮圣皇，登翼王室，纳于大麓，维清缉熙。乃与执金吾耿秉，述职巡御。治兵于朔方。鹰扬之校，螭虎之士，爰该六师，暨南单于、东胡乌桓、西戎氐羌，侯王君长之群，骁骑三万。元戎轻武，长毂四分，雷辎蔽路，万有三千余乘。勒以八阵，莅以威神，玄甲耀目，朱旗绛天。遂陵高阙，下鸡鹿，经碛卤，绝大漠，斩温禺以衅鼓，血尸逐以染锷。然后四校横徂，星流彗扫，萧条万里，野无遗寇。于是域灭区殚，反旆而旋，考传验图，穷览其山川。遂逾涿邪，跨安侯，乘燕然，蹑冒顿之区落，焚老上之龙庭。上以摅高、文之宿愤，光祖宗之玄灵；下以安固后嗣，恢拓境宇，振大汉之天声。兹所谓一劳而久逸，暂费而永宁者也，乃遂封山

刊石，昭铭盛德。其辞曰：

铄王师兮征荒裔，剿凶虐兮截海外。夐其邈兮亘地界，封神丘兮建隆嵑，熙帝载兮振万世！（《全后汉文》卷二十六）

文中叙述了战争过程，歌颂窦宪远出塞外，长途奔袭北匈奴，破军斩将的赫赫战绩。文章不长，但极具气势。所叙虽为史实，但又有夸张渲染，写出了汉朝军队的虎虎声威。班固是个赋家，本文对战争场面的铺叙描写颇有赋的特点。文中高度评价了此次战争的历史意义："上以摅高、文之宿愤，光祖宗之玄灵；下以安固后嗣，恢拓境宇，振大汉之天声。兹所谓一劳而久逸，暂费而永宁者也。"真可谓字字千钧，掷地有声。这样的评价符合事实，非常精辟，体现了班固作为一个历史学家的卓越见识。由于是刻在碑石上的文字，此文篇幅不长，但读起来酣畅淋漓，振奋人心，堪称千古雄文，流传百代而不朽。

本文采取前序后铭的形式，序长铭短，序也就成了文章的主体。铭文采用骚体，很有特色。东汉前期辞赋盛行，一些礼制之文往往变四言为骚体，这种特点实为辞赋的影响。

另外，班固还有《高祖泗水亭碑铭》、《十八侯铭》等铭文。

和班固同时的崔骃和傅毅，也各自作有一些铭文。这一时期，朝廷大力提倡经学，进行礼乐建设，社会上崇尚文治。影响到铭文的创作，首先就是在传统的纪功德和垂戒鉴之外，大力宣扬文治教化之美，赞颂理想化的政治局面。另外，此期的铭文作者都有很高的文学素养，他们在文中注重描写刻画，甚至采用一些拟人、兴喻等艺术手段，使之更富于趣味性、启发性。

崔骃作有《樽铭》，文中写道：

惟岁之元，朝贺奉樽。金罍牺象，嘉礼具存。献酬交错，万国咸欢。（《全后汉文》卷四十四）

樽只是一件普通的礼器，但作者却把它放到正月朝贺的盛典中，赞美他心目中雍熙和洽、协和万邦的理想政治。

崔骃又有《扇铭》,其文曰:

翾翾此扇,辅相君子。屈伸施张,时至时否。动摇清风,以御炎暑。(同上)

在制冷技术不发达的古代,扇子是人们必不可少的生活用具,和人的关系密切。本文歌颂扇子给人带来清凉,用拟人手法,赞美它"辅相君子",又称它"屈伸施张,时至时否",如同君子的用舍行藏,用意非常巧妙。崔骃还有《车左》、《车右》、《车后》、《仲山甫鼎》、《冬至袜》、《刀剑》、《刻漏》、《缝》等铭,也都像上述作品一样,在文中先铺陈器物的特征,然后再下赞语。因此《文心雕龙·铭箴》说:"崔骃品物,赞多戒少。"

傅毅也有一篇《扇铭》,其文曰:

翩翩素圆,清风载扬。君子玉体,赖以宁康。冬则龙潜,夏则凤举。知能进退,随时出处。(《全后汉文》卷四十三)

此文也是用拟人手法,称赞扇子能够"知能进退,随时出处",此前,团扇常用来比拟女子的被丈夫所弃,此文可谓另出新意。

和帝时的李尤(约44—126)是一个高产的铭文作家。他传世的铭文有八十余篇,题材涉及河流、关隘、建筑、器具、兵器、舟车、文具等很多方面。在当时崇尚文治和礼乐的背景下,他有不少铭文与此有关。他的《明堂铭》、《太学铭》、《辟雍铭》、《东观铭》、《德阳殿铭》、《平乐馆铭》,都是通过写建筑来表现东汉的礼制之美。例如《明堂铭》:

布政之室,上圆下方,体则天地,在国正阳。窗闼四设,流水洋洋。顺节行化,各居其房。春恤幼孤,夏进贤良。秋厉威武,冬谨关梁。(《全后汉文》卷五十)

又如《太学铭》：

汉遵礼典，崇兴六艺。修周之礼，扫秦之弊。褎建儒宫，广置异记。开延学者，劝以爵位。（《全后汉文》卷五十）

《东观铭》：

周氏旧区，皇汉实循。房闼内布，疏绮外陈。升降三除，贯启七门。是谓东观，书籍林渊。列侯弘雅，治掌艺文。（同上）

上述建筑都是进行礼乐教化之所，李尤通过描写这些建筑，赞美汉朝"恤幼孤、进贤良"、"遵礼典，兴六艺"、"列侯弘雅，执掌艺文"。从这些文字我们可以看到当时礼乐教化之盛。李尤铭文中有少量作品带有规诫意义，例如《漏刻铭》：

昔在先圣，配天垂则。仰厘七曜，俯顺坤德。乃建日官，俾立漏刻。昏明既序，景曜不忒。唐命羲和，敬授人时。悬象著明，帝以崇熙。季末不虔，德衰于兹。挈壶失节，刺流在《诗》。圣哲稽古，帝则是钦。尺璧非宝，重此寸阴。昧旦丕显，敬听漏音。思我王度，如玉如金。（同上）

文中告诉人们珍惜寸阴，有一定劝诫意义。总起来看，李尤的铭文数量虽多，佳篇却少。绝大多数作品都是平铺直叙，对所铭之物的特点略加描述，便凑成一篇，立意既不新颖，语言也欠精彩。《文心雕龙·铭箴》说："李尤积篇，义俭辞碎"，这一批评是很中肯的。

相比之下，崔瑗铭文的规诫意义就更明显了。他的《杖铭》写道：

乘危履险，非杖不行。年老力竟，非杖不强。诸蔗虽美，殆不可杖。佞人悦己，亦不可相。（《全后汉文》卷四十五）

文中由“诸庶虽美，殆不可杖”，说到“佞人悦己，亦不可相”，以物及人，连类譬喻，发人深省。

崔瑗又有《座右铭》，规诫意义更加明确，文中写道：

> 无道人之短，无说己之长。施人慎勿念，受施慎勿忘。世誉不足慕，唯仁为纪纲。隐身而后动，谤议庸何伤。无使名过实，守愚圣所臧。柔弱生之徒，老氏诫刚强。在涅贵不缁，暧暧内含光。硁硁鄙夫介，悠悠故难量。慎言节饮食，知足胜不祥。行之苟有恒，久久自芬芳。（同上）

东汉中期，政衰时暗，老庄的思想开始流行，因此本文不仅以儒家的仁爱相期，而且引入老子之言，强调隐身、守愚。作者以此作为座右铭，可见当时文人心态之变化。

东汉后期，老子的思想在文人中更加深入人心。边韶《老子铭》表达了对老子的倾慕，其铭文云：

> 于惟□德，抱虚守清，乐居下位，禄势弗营。为绳能直，屈之可萦。三川之对，舒愤散逞。阴不填阳，孰能滞并。见机而作，需郊出垧。肥遁之极，辟世隐声。见迫遗言，道德之经。讥时微喻，寻显推冥。守一不失，为天下正。取厚不薄，居时舍荣。稽式为重，金玉是轻。绝嗜去欲，还归于婴。皓然历载，莫知其情。颇违法言，先民之程。要以无为，大□用成。进退无恒，错综其贞。以知为愚，冲而不盈。大人之度，非凡所订。九等之叙，何足累名。同光日月，合之□星。出入丹庐，上下黄庭。背弃流俗，舍景匿形。苞元神化，呼吸至精。世不能原，卬其永生。天人秩祭，以昭厥灵。羡彼延期，勒石是旌。（《全后汉文》卷六十二）

文中对老子的思想做了全面的概括，作者详细阐述老子的思想，显然有意以此为立身之则。那么这篇铭文就不仅有颂扬老子之意，而且也包含着规诫的成分了。边韶是文人，也是儒者，曾教授弟子百余人。作为一个儒者型的文人，他对老子思想如此感兴趣，反映了时代的风尚。

东汉后期，写作铭文最多，成就最高的作家，当属蔡邕。蔡邕之铭，虽有载体的不同，或铭于鼎，或铭于碑，或铭于其他器物，但实际上都是为人物而作。这些铭文前面都有很长的序，用于记载人物事迹，如同传记。例如他的《黄钺铭》：

> 孝桓之季年，鲜卑入塞抄，盗起匈奴左部，梁州叛羌逼迫兵诛，淫衍东夷。高句丽嗣子百固逆谋并发，三垂骚然，为国忧念。西府表桥公昔在凉州，柔远能尔，不烦军师，而车师克定；及在上谷、汉阳，连在营郡，膂力方刚，明集御众，征拜度辽将军，始受旄钺钲鼓之任，扞御三垂。公以吏士频年在外，勤于奔命，人马疲羸挠钝，请且息州营横发之役，以补困惫。朝廷许之。于是储粟丰饶，室罄不悬，人逸马同，弓劲矢利，而经用省息，官有余资，执事无放散之尤，簿书有进入之赢，治兵示威，戎士踊跃，旌旗曜日，金鼓霆奋，守有山岳之固，攻有必克之势，羌戎受首于西疆，百固冰散于东邻，鲜卑收迹，烽燧不举。视事三年，马不带鈌，弓不受驱。是用镂石，作兹钲钺军鼓，陈之东阶。以昭公文武之勋焉。铭曰：
>
> 帝命将军，执兹黄钺。威灵振耀，如火之烈。公之莅止，群狄斯柔。齐斧罔设，介士斯休。(《全后汉文》卷七十四)

本文是为司徒乔玄而作。桓帝末年，鲜卑、西羌作乱，朝廷征拜乔玄为度辽将军，平定三边。为表彰乔玄之功，朝廷为他在石上镌刻钲钺军鼓。蔡邕在序文中详细记载了乔玄之功以及制作黄钺的缘由，又在铭文中加以赞颂。序文长于叙事，如同史传。又如他的《鼎铭》，是为朱穆而作，序文中详细记载了朱穆的家世、生平以及卒世时间，然后写天子下诏痛悼。只是在结尾，才有几句话说明作鼎缘由："肆其孤用作兹宝鼎，铭载休功，俾后裔永用享祀，以知其先之德。"这几句话，取式于《尚书》，既非整齐的韵语,也没有直接赞颂,说它是铭,倒更像是全文的总结,它与前面的序文完全融为一体。这篇文章也就如同朱穆的碑记。《文心雕龙·铭箴》说:“蔡邕铭思,独冠古今;桥公之钺,吐纳典谟;朱穆之鼎,全成碑文:溺所长也。刘勰所言,即指上述特点。

蔡邕的有些铭文,写得颇带感情。例如《司徒袁公夫人马氏碑铭》,是为袁隗之妻而作。其序文叙死者生平,铭文则用以抒情:

> 於穆母氏,其德孔休。思齐先始,百行聿修。宣慈惠和,恩泽并周。义方之训,如川之流。俾我小子,蒙昧以彪。不享遐年,以永春秋。往而不返,潜沦大幽,呜呼哀哉!几筵虚设,帏帐空陈。品物犹在,不见其人。魂气飘飘,焉所安神?兄弟何依?姊妹何亲?号咷切怛,曾不我闻。于嗟上天,何辜而然?伤逝不续,近者不旋。(《全后汉文》卷七十七)

这段文字代孝子立言,抒发丧母之痛。文中通过环境描写和直抒胸臆,表达了孝子的悲伤和思念。虽是代人立言,但也很有感情。作为铭文,它既没有太多的颂赞,更无规诫,而主要是叙哀,这是和一般的铭文不同的,相反,却很像一篇诔文了。

第三节　汉代箴文

箴是和铭是同样古老的文体，它的的功用是讽刺和警戒。《文心雕龙·铭箴》说："箴者，所以攻疾防患，喻针石也。斯文之兴，盛于三代……战代以来，弃德务功，铭辞代兴，箴文委绝。"徐师曾《文体明辨》说："盖医者以箴石刺病，故有所讽刺而救其失者谓之箴，喻箴石也。古有夏、商二箴，见于《尚书大传解》及《吕氏春秋》；然余句虽存，而全文已缺。独周太史辛甲命百官箴王阙，而《虞人》一篇，备转载于《左传》，于是扬雄仿而为之。"《左传》襄公四年记载了周代的《虞箴》。西汉后期，扬雄仿照《虞箴》作《十二州箴》、《二十五官箴》，恢复了箴的写作。扬雄所作之箴，都是按照王莽新朝的行政区域及官职分别而作，每箴叙一州或一官，其中以历史上的治乱兴衰提供借鉴。例如《冀州箴》：

> 洋洋冀州，鸿原大陆。岳阳是都，岛夷被服。潺湲河流，表以碣石。三后攸降，列为侯伯。隆周之末，赵魏是宅。冀土糜沸，炫沄如汤。更盛更衰，载纵载横。陪臣擅命，天王是替。赵魏相反，秦拾其弊。北筑长城，恢夏之场。汉兴定制，改列藩王。仰览前世，厥力孔多。初安如山，后崩如崖。故治不忘乱，安不忘危。周宗自怙，云焉予𪏆。六国奋矫，果绝其维。牧臣司冀，敢告在阶。（《全汉文》卷五十四）

文中从冀州的地理和历史讲起，最后总结历史经验，告诫人们"治不忘乱，安不忘危"。其它各箴，基本都是这种写法。

时至东汉，崔骃、崔瑗、刘騊駼、胡广相继补作。据《后汉书》卷四十四《邓张徐张胡列传》载："初，杨雄依《虞箴》作《十二州二十五官箴》，其九箴亡阙，后涿郡崔骃及子瑗又临邑侯刘騊駼增补十六篇，广复继作四篇，文甚典美。乃悉撰次首目，为之解释，名曰《百官箴》，凡四十八篇。"此外，崔琦、崔寔、皇甫规、高彪等人都作有箴。在汉代经学思潮的影响下，箴的匡谏劝诫作用倍受重视。崔瑗《叙箴》说:“昔扬子云读《春秋传》虞人箴而善之,于是作为九州及二十五官箴,规匡救,言君德之所宜。斯乃体国之宗也。”(《全后汉文》卷四十四)胡广《百官箴叙》说:“箴谏之兴,所由尚矣。圣君求之于下,忠臣纳之于上,故《虞书》曰:‘予违汝弼,汝无面从,退有后言。’”这种强烈的匡谏意识之使箴被视作“体国之宗”(同上卷五十六)。东汉前期的箴,大都沿袭扬雄的写法,以某一机构、官职为对象,在颂扬其重要地位和作用的同时,表达一些劝戒之意。例如崔骃《司徒箴》:

> 天鉴在下,仁德是兴。乃立司徒,乱兹黎蒸。芒芒庶域,率土祁祁。人具尔瞻,四方是维。乾乾夕惕,靡怠靡违。恪恭尔职,以勤王机。敬敷五教,九德咸事。啬民用章,黔町是富。无曰余悖,忘于尔辅。无曰余圣,以忽执政。匪用其良,乃荒厥命。庶绩不怡,疚于尔禄。丰有折肱,而鼎覆其餗。《书》歌股肱,《诗》刺南山。尹氏不堪,国度斯僭。徒臣司众,敢告执藩。(《全后汉文》卷四十四)

文中反复强调司徒一职的重要作用,要求担任此官的人敬慎职守,其箴诫意义十分明显。本文的一个突出特点是大量使用经典中的语言和故实,这些故实和语言不仅凝结着历史的教训,而且增加了文章的典重感。

崔骃还作有《酒箴》,仅存四句:

> 丰侯沈酒,荷罂负缶。自戮于世,图形戒后。(同上)

《酒箴》和上述官箴不同,属于私箴。但其四言韵文的形式和规诫意义和官箴都是一样的。

崔骃以后,崔瑗和胡广所作官箴都是沿袭扬雄和崔骃的模式,无甚变化。

东汉中叶以后,时政日衰,箴的现实针对性也日益明显。崔琦的《外戚箴》就是针对外戚梁冀而作的。据《后汉书》卷八十上《文苑列传》上载:崔琦“少游学京师,以文章博通称。初举考廉,为郎。河南尹梁冀闻其才,请与交。冀行多不轨，琦数引古今成败以戒之，冀不能受，乃作《外戚箴》，其辞曰：

> 赫赫外戚，华宠煌煌。昔在帝舜，德隆英、皇。周兴三母，有莘崇汤。宣王晏起，姜后脱簪。齐桓好乐，卫姬不音。皆辅主以礼，扶君以仁，达才进善，以义济身。
>
> 爰暨末叶，渐已颓亏。贯鱼不叙，九御差池。晋国之难，祸起于丽。惟家之索。牝鸡之晨。专权擅爱，显己蔽人。陵长间旧，圮剥至亲。并后匹嫡，淫女毙陈。匪贤是上，番为司徒。荷爵负乘，采食名都。诗人是刺，德用不忧。暴辛惑妇，拒谏自孤。蝠蛇其心，纵毒不辜。诸父是杀，孕子是刳。天怒地忿，人谋鬼图。甲子昧爽，身首分离。初为天子，后为人螭。
>
> 非但耽色，母后尤然。不相率以礼，而竞奖以权。先笑后号，卒以辱残。家国泯绝，宗庙烧燔。末嬉丧夏，褒姒毙周，妲己亡殷，赵灵沙丘。戚姬人豕，吕宗以败。陈后作巫，卒死于外。霍欲鸩子，身乃罹废。
>
> 故曰：无谓我贵，天将尔摧；无恃常好，色有歇微；无怙常幸，爱有陵迟；无曰我能，天人尔违。患生不德，福有慎机。日不常中，月盈有亏。履道者固，杖势者危。微臣司戚，敢告在斯。（《后汉书》卷八十上《文苑列传》上）

外戚只是身份，并非官职，崔琦为之作箴，从箴的警诫对象来说，是一个创新。由于此文有明确的针对性，所以就不像以前的官箴那样只是泛泛而论，而是运用很多有关外戚的史实，从正反两个方面反复劝导规谏。其语言也很有特色，例如“皆辅主以礼，扶君以仁……”，“故曰：无谓我贵，天将尔摧”，都打破了传统箴文的四言格式，带有一种谆谆教诲的语气。

灵帝时，高彪为第五永所作的箴也很有特色。据《后汉书》卷八十下《文苑列传》下载：

> 时京兆第五永为督军御史，使督幽州，百官大会，祖饯于长乐观。

议郎蔡邕等皆赋诗，彪乃独作箴曰："文武将坠，乃俾俊臣。整我皇纲，董此不虔。古之君子，即戎忘身。明其果毅，尚其桓桓。吕尚七十，气冠三军，诗人作歌，如鹰如鹯。天有太一，五将三门；地有九变，丘陵山川；人有计策，六奇五间。总兹三事，谋则咨询。无曰己能，务在求贤，淮阴之勇，广野是尊。周公大圣，石碏纯臣，以威克爱，以义灭亲。勿谓时险，不正其身。勿谓无人，莫识己真。忘富遗贵，福禄乃存。枉道依合，复无所观。先公高节，越可永遵。佩藏斯戒，以厉终身。"

此文和《外戚箴》一样，也是谆谆告诫，反复叮咛，很像一篇谏书。蔡邕等人对其大加赞赏，认为自己无法超越。

由于箴这种文体的特有程式，它所能容纳的现实内容以及作者驰骋艺术才华的空间都很有限，因此，到了东汉末年，时政极度溷乱之时，染指其间的作者也就不多了。

第四节　汉代诔文

诔产生于古代的丧葬命谥仪式。《礼记·曾子问》云:“贱不诔贵,幼不诔长,礼也。唯天子称天以诔之。诸侯相诔,非礼也。”郑玄注云:“诔,累也,累列生时行迹,读之以作谥。”《诗经·墉风·定之方中》毛传:“丧纪能诔,可以为大夫。”孔颖达疏云:“丧纪能诔者,谓于丧纪之事,能累列其行为文章,以作谥。”可见诔和定谥有关,是根据死者生前德行而制作,用于在丧仪中诵读。在周代,诔只是用于尊对卑,长对幼,天子之诔则以天的名义而作。春秋时鲁哀公诔孔子,其辞曰:“旻天不吊,不慭遗一老,俾屏余一人以在位,茕茕余在疚!呜呼哀哉!尼父,无自律!”此辞与定谥无关,辞中也并未述及孔子行迹,只是述哀,这是诔脱离命谥而独立的开始。到了汉代,诔文进一步从丧葬命谥礼仪中独立出来,成为一种颂德和述哀相结合的文体。新莽时,王莽诏扬雄作《元后诔》,其诔文曰:

惟我有新室文母圣明皇太后,姓出黄帝,西陵昌意,实生高阳,纯德虞帝,孝闻四方。登陟帝位,禅受伊唐。爰初胙土,陈田至王。营相厥宇,渡河济旁。沙麓之灵,太阴之精。天生圣姿,豫有祥祯。作合于汉,配元生成。孝顺皇姑,圣敬齐庄。内则纯备,后烈丕光。肇初配元,天命是将。兆征显见,新都黄龙。汉成既终,后嗣匪生。哀帝承祚,惟离典经。尚是言异,大命俄颠。厥年天陨,大终不盈。文母览之,千载不倾。博选大智,新都宰衡。明圣作佐,与图国艰,以度厄运。征立中山,庶其可济。博采淑女,备其侄娣。觐礼高禖,祈庙嗣继。靡格匪天,靡动匪地。穆穆明明,昭事上帝。弘汉祖考,夙夜匪懈。兴灭继绝,博立侯王。亲睦庶族,昭穆序明。帝致支属,靡有遗荒,咸被祚庆。冀以金火,赤仍有央。勉进大圣,上下兼该。群祥众瑞,正我黄来。火德将灭,惟后于斯。天之所坏,人不敢支。哀平夭折,百姓分离。祖宗之愆,终其不全。天命有托,谪在于前。属遭不造,荣极而迁。皇天眷命,黄虞之孙。历世运移,属在圣新。代于汉刘，受祚于天。汉祖承命，赤传于黄。摄帝受禅，立为真皇。允受厥中，以安黎众。汉庙黜废，移定安公。皇皇灵祖，惟若孔臧。降兹珪璧，命服有常。为新帝母，鸿德不忘。钦德伊何，奉命是行。菲薄服食，神祇是崇。尊不虚统，惟祇惟庸。隆循人敬，先民是从。承天祇家，允恭虔恪。丰阜庶卉，旅力不射。恤民于留，不皇诡作。别计十邑，国之是度。还奉于此，以处贫薄。罢苑置县，筑里作宅。以处贫穷，哀此嫠独。起常盈仓，五十万斛。为诸生储，以劝好学。志在黎元，是劳是勤。春巡灞浐，秋臻黄山。夏抚鄠杜，冬恤泾樊。大射飨饮，飞羽之门。绥宥耆幼，不拘妇人。刑女归家，以育贞信。玄冥季冬，搜狩上兰。寅宾出日，东秩旸谷。鸣鸠拂羽，胜降桑木。蚕于茧馆，躬执筐曲，帅导群妾，咸循蚕簇。分茧理丝，女工是敕。遐迩蒙祉，中外禔福。自京逮海，靡不仰德。成类存生，秉天地经。无物不理，无人不宁。尊号父母，与新有成。世奉长寿，靡堕有倾。著德太常，注诸旒旌。呜呼哀哉，以昭鸿名。享国六十，殂落而崩。四海伤怀，擗踊拊心。若丧考妣，遏密八音。呜呼哀哉，万方不胜。德被海表，弥流魂精。去此昭昭，就彼冥冥。忽兮不见，超兮西征。既作下宫，不复故庭。爰缄伊铭，呜呼哀哉。（《全汉文》卷五十四）

此文很长，文中在颂扬元后的同时，赞美了王莽的新朝，也表达了对元后的哀思。由于诔文很长，所以对元后事迹详加罗列，包括她"罢苑置县，筑里作宅。以处贫穷，哀此嫠独。起常盈仓，五十万斛。为诸生储，以劝好学"等行为都写得非常具体。这些事迹都可以在元后的传记中找到记载，但一一写入诔文，就显得烦琐冗长。因此，《文心雕龙·诔碑》说："扬雄之诔元后，文实烦秽。"

但扬雄毕竟恢复了诔文写作的传统。同时也为汉代的诔文奠定了罗列事迹为主，述哀为辅的基本体式。扬雄之后，汉代写作诔文者，不乏其人。东汉初，将军吴汉卒，刘秀诏诸儒为之诔，杜笃因文辞出众而受赏。其诔文曰：

朝失鲠臣，国丧爪牙。天子愍悼，中宫咨嗟。四方残暴，公不征兹。征兹海内，公其攸平。泯泯群黎，赖公以宁。勋业既崇，持盈守虚。功成既退，挹而损诸。死而不朽，名勒丹书。功著金石，与日月俱。（《全后汉文》卷二十八）

文中高度颂扬吴汉的功劳和品德，典雅简洁，十分得体，因而在当时颇受称誉。

明、章二帝之后，随着礼乐建设的大规模展开，诔文的写作也兴盛起来。此期之诔文，有两个显着特点：一是注重颂扬死者的德行，在颂德的同时寄托儒家的政治和道德理想。例如傅毅《明帝诔》：

惟此永平，其德不回。恢廓鸿绩，遐方是怀。明明肃肃，四国顺威。赫赫盛汉，功德巍巍。躬履圣德，以临万国。仁风弘惠，云布雨集。武伏蚩尤，文腾孔、墨。下制九州，上系皇极。丰美中世，垂华亿载。冠尧佩舜，践履五代。三雍既洽，帝道继备。七经宣畅，孔业淑著。明德慎罚，尊上师傅。薄刑厚赏，惠慈仁恕。明并日月，无有偏照。譬如北辰，与天同曜。发号施令，万国震惧。庠序设陈，礼乐宣布。璇玑所建，靡不奄有。贡篚纳赋，如归父母。正朔永昌，冠带儋耳。四方共贯，八极同轨。（《全后汉文》卷四十三）

明帝享国 18 年，事迹不少，永平年间，堪称盛世。文中全面颂扬了明帝的功业，但重点主要集中在他仁惠爱民，尊孔崇经，明德慎罚，提倡礼乐等方面，这正是汉代经学所追求的理想政治局面。本文的赞美，和班固等人在赋中的相关描写，表现出相同的思想倾向。

二是增强了叙事性，能够抓住人物的主要特征，叙写事迹，避免泛泛而言。例如苏顺（生卒年不详）的《和帝诔》，其中赞扬和帝，不仅写他“无为而治，冠斯往代”，而且写他“衣不制新，犀玉远屏，履和而行，威棱上古”等具体生活细节。（《全后汉文》卷四十九）张衡《大司农鲍德诔》在叙事方面也很突出。崔瑗和张衡都曾为鲍德作诔，崔文仅存数句，难窥全貌。张衡的诔文写道：

昔君烈祖，平显奕世。敬叔生牙，美管交赖。至于中叶，种德以迈，种德伊何，去虚适参。建旄屯留，其茂如林。降及我君，总角有声。遗蒙万谷。宠禄斯丁。守约勤学，克劳其形。浚哲之资，日就月成。业业学徒，童蒙我求。舍厥往著，去风即雅。济济京河，实为西鲁。昔我南都，惟帝旧乡。同于郡国，殊于表章。命视如公，弁冕鸣璜。若惟允之，实耀其光。导以仁惠，教以义方，习射矍相，飨老虞庠。羌髡作虐，艰我西邻。君斯整旅，耀武月频。蠢蠢戎虏，是慑是震。知德者鲜，惟君克举。既厌帝心，将处台辅。命有不永，时不我与。天实为之，孰能其御？股肱或毁，何痛如之。国丧遗爱，如何无思。（《全后汉文》卷五十五）

文中先交代鲍德之家世，然后叙其一生行事。张衡做过鲍德的下属，对其事迹相当熟悉，故文中所写非常全面。在全面叙述生平的基础上，本文又把赞颂的重点集中在鲍昱早年"守约勤学，克劳其形。浚哲之姿，日就月成"以及任南阳太守期间教化百姓，"导以仁德，教以义方，习射矍相，飨老虞庠"。由此体现了在当时全社会崇尚经学的氛围之中，作者对文治教化的弘扬。

刘勰《文心雕龙·诔碑》说："详夫诔之为制，盖选言录行，传体而颂文，荣始而哀终。"上述作品在选言录行方面，确实体现了"传体"的特点。同时，东汉的诔文在"哀终"方面也很有特色。例如崔瑗《和帝诔》叙和帝驾崩，写道：

玄景寝曜，云物见徵。冯相考妖，遂当帝躬。三载四海，遏密八音。如丧考妣，擗踊号吟。大隧既启，乃徂玄宫。永背神器，升遐皇穹，长夜冥冥，何云其穷！（《全后汉文》卷四十五）

前面两句先写天气，透露出一种阴惨的气氛；结尾又写殡葬过程，特别是

"永背神器"四句,写死者升天而去,归入冥冥长夜,引起人们无限感伤。这段文字颇具抒情诗的意味。

到了东汉后期,诔文中述哀的成分更多,抒情性也大大增强。一些作者有意识地学习《诗经》,最典型的例子是蔡邕的《济北相崔君夫人诔》。这是为崔瑗之妻所作的诔文。文中前一部分颂扬崔夫人的妇德,其中不仅以儒家经典中关于妇德的论述为依据,而且大量化用《诗经》的句子,例如:"靡所瞻依"、"令仪令色"、"塞渊其心"、"淑慎其止"、"契阔中馈"、"思齐徽音"、""晨兴夜寐"、"终然允臧"、"同其妇子"等等。诔文的后一部分叙写哀情,在写法上更接近《诗经》。文中先写崔夫人从患病到逝世的过程以及孝子的悲哀:

> 人亦有言,仁者寿长。宜登永年,黄耇无疆。昊天不吊,降此残殃。寝疾弥留,粹爽悴伤。惨怛孝子,惴惴其惶。靡神不举,无药不将。呜呼哀哉!于是孝子长号,气绝复苏。号呼告哀,不知其辜。昊天上帝,忍吊遗孤!寻想游灵,焉识所徂。呜呼哀哉!(《全后汉文》卷七十九)

接着又写丧葬过程:

> 既殡神柩,薄言于归。冢宰丧仪,循礼无遗。切切丧主,瘠羸衰哀。情兮长慕,涕泣无晞。行旅挥涕,千里于咨。乃谋卜筮,言考其良。逝彼兆域,于时翳藏。冥冥窀穸,无时有阳。灯烛既灭,马道纳光。形影不见,定省何望?(同上)

这段文字把抒情和叙事结合起来,而不是像传统诔文那样只是用一些叙哀的套语。其中叙写崔夫人患病后百般医治,终于无效,"于是孝子长叫,气绝复苏,号呼告哀,不知其辜",乃至于"寻想游灵,焉识所徂",都非常真切具体,生动感人。其后叙丧葬过程,不仅具体描写了丧主之哀痛,而且又渲染下丧时的悲凄氛围:"冥冥窀穸,无时有阳。灯烛既灭,马道纳光。

形影不见，定省何望？”尽管文中还保留了少量来自《诗经》的习语，例如“靡神不举”、“昊天不吊”、“昊天上帝”等，但它们与全文完美地结合在一起，非常具体地表达了丧主哀痛欲绝的情景。诔文虽用作者的口吻来诉说悲情，但不少地方是站在孝子的角度，表达他在特定情景下的内心活动，实为替孝子抒情。这样，这篇诔文就从一般化的叙哀向具体化的抒情转变，它在表达方式和艺术感染力方面也就更接于《诗经》了。

第五节　汉代碑文

碑文是刻在石上的文字，其历史非常悠久。《文心雕龙·诔碑》说："碑者，埤也；上古帝王，纪号封禅，树石埤岳，故曰碑也。周穆纪迹于弇山之石，亦古碑之意也。又宗庙有碑，树之两盈，事止丽牲，未勒勋绩。而庸器渐缺，故后代用碑，以石代金，同乎不朽，自庙徂坟，犹封墓也。"刘勰把碑文的历史追溯到上代帝王的封禅记刻石，但这些刻石今已不传。又相传周穆王巡行天下，曾在弇山刻石纪载其行迹。另外，古代宗庙的两柱之间也有石碑，用以拴牲，不刻字。后来由于铭刻功德的钟鼎渐缺，人们代之以石，庙碑才用于刻字纪功。从刻石纪功的角度来说，碑与铭实为一体。秦始皇刻石纪功，既称为碑，又称为铭。班固所作《封燕然山铭》，实亦碑文。

西汉时期，没有碑文的名篇传世。到了东汉，树碑之风渐盛，碑文的创作也逐渐增多。东汉后期，社会上树碑成风，不仅为死人建造墓碑，而且也为生人立碑，述颂功德。此期碑文的体式渐趋定型，一般都是前序后铭，序用散体，以叙述事迹；铭用四言韵语，以颂德述哀。由于颂德述哀，铭有时又称作颂或诔。关于碑文的文体特征，《文心雕龙·诔碑》指出："夫属碑之体，资乎史才，其序则传，其文则铭。标序盛德，必见清风之华；昭纪鸿懿，必见峻伟之烈：此碑之制也。夫碑实铭器，铭实碑文，因器立名，事先于诔。是以勒石赞勋者，入铭之域；树碑述亡者，同诔之区焉。"

东汉中期以后，凡著名文人，一般都作过碑文。但其中亡佚者多，所存者少。今存碑文，大多作于东汉后期。中期的碑文流传至今者，有崔瑗和胡广之作。

崔瑗的《河间相张平子碑》是为张衡而作的。其文曰：

> 河间相张君，南阳西鄂人，讳衡，字平子。其先出自张老，为晋大夫，纳规赵氏，而反其侈，书传美之。君天资睿哲，敏而好学，如川之逝，不舍昼夜。是以道德漫流，文章云浮，数术穷天地，制作侔造化，

瑰辞丽说，奇技伟艺，磊落焕炳，与神合契，然而体性温良，声气芬芳。仁爱笃密，与世无伤，可谓淑人君子矣。初举孝廉，为尚书侍郎，迁太史令，实掌重黎历纪之度，亦能焞耀敦大，天明地德，光照有汉。迁公车司马令侍中，遂相河间，政以礼成，民是用思，遭命不永，闇忽迁徂，朝失良臣，民陨令君，天泯斯道，世丧斯文。凡百君子，靡不伤焉，乃铭斯表，以旌厥问。其辞曰：

于惟张君，资质懿丰，德茂才羡，高明显融，焉所不学，亦何不师，盈科而逝，成章乃达。一物不知，实以为耻。闻一善言，不胜其喜。包罗品类，禀受无形。酌焉不竭，冲而复盈。凛凛其庶，亹亹其几。膺数命世，绍圣作师，苟华必实，令德惟恭，柔嘉伊则，孝友祗容。允出在兹，惟帝念功，往才女谐，化洽民雍。愍而不吊，降此咎凶，哲人其萎，罔不时恫，纪于铭勒，永终誉兮。死而不朽，芳烈著兮。（《全后汉文》卷四十五）

文中非常准确地评价了张衡的一生，特别是对张衡聪敏好学，长于著述，精于制作的特点做了精当的叙述。文章的语言十分简练精采，特别是“道德漫流，文章云浮，数术穷天地，制作侔造化，瑰辞丽说，奇技伟艺，磊落焕炳，与神合契”几句，譬喻生动，属对工致，体现了东汉文章开始崇尚华美，讲究骈偶的特色。

胡广《征士法高卿碑》已经残缺。此文为法真而作，文中赞美法真：

言满天下，发成篇章。行充宇宙，动为仪表。四海英儒，履义君子，企望来臻者，不可胜纪也。翻然凤举，匿耀远遁。名不可得而闻，身难可得而覩，为尧舜所知，不饮洗耳之水，超越青云之上。德逾巢许之右，所谓逃名而名我随，避声而声我追者已。揆君分量，轻宠傲俗，乃百世之师也。其辞曰：邈玄德，膺懿资。弘圣典，研道机。彪童蒙，作世师。辞皇命，确不移。亚洪崖，超由夷。垂英声，扬景晖。（《全后汉文》卷五十六）

法真不受朝廷征召，荡然肆志，超世脱俗，在当时受到人们追捧。文中高度评价了法真的品行，其语言韵散相间，带有不少对偶句。文末的铭文用三字句，颇为新颖雅致。

汉末碑文数量骤然增多，作者如林①，而蔡邕成就最高。《文心雕龙·诔碑篇》说："自后汉以来，碑碣云起，才锋所断，莫高蔡邕。观杨赐之碑，骨鲠训典；陈郭二文，词无择言；周胡众碑，莫非清允。其叙事也该而要，其缀采也雅而泽；清词转而不穷，巧义出而卓立；察其为才，自然而至矣。"刘勰对蔡邕的碑文予以高度评价，这些评价并非虚誉。蔡邕的碑文在当时水平最高，远超同辈，故求作者不绝。其碑文的特点，主要体现在刘勰所说的叙事和缀采两个方面。

先说叙事。蔡邕曾在东观与卢植、韩说等撰补《后汉纪》，具有很高的史学修养，长于叙事。然碑文叙事，有其固有范式，自与史传有别。蔡邕作碑文能在其固有范式之上，吸收史传文之长。他非常注重立意谋篇，往往匠心独运。其行文能够做到简要与该备相统一，概括性叙述与具体描写结合。他特别善于精心选择和组织材料，以做到详略得体，简洁而不空洞，具体而不烦芜。例如《文烈侯杨公碑》：

> 公讳赐，字伯献。兼通五典，周览篇籍。以为《尚书》，帝王之政要，有国之大本也，是以三叶相承，研其精义，五代之微言，王政之约纲，罔不寻其端源，究其条贯，凛乎其见圣人之情旨也。盖以蹈腾余踪，思高游、夏。初潜山泽，授诲童冠，后生赖以发祛蒙蔽，文其材素者，盖不可胜数。乃由宰府，遂作帝臣。于时圣幼将入学，群公以公温故知新，德宜师保，乃以越骑校尉援侍华光之内。帝座已北面，以纳大诲。其教人善诱，则恂恂焉，罔不伸也；引情致喻，则訚訚焉罔不释也。迄用有成，缉熙光明。惟帝念功，六在九卿三事，勋假皇天，泽充区域，疆土建封，申增户邑，人臣之极位，兼而有之。然处丰益约，九命滋恭，可谓高朗令终、有始有卒者已。于是门生大将军何进等，

① 汉末碑刻传世者甚多，但有不少作品未留下作者姓名。

瞻仰洙泗公丧之礼，纠合朋徒，稽诸典则，佥以为匡弼之功，政事之实，诏策之文，则史臣志其详，若夫道术之美，授之方策，则是门人二三小子所特贯综。敢竭不才，撰录所审言于碑，乃申颂曰：

巍巍圣猷，匪师不昭。士子困蒙，匪师不教。於皇文父，邈哉伊超。如玉之固，如岳之乔。钻之斯坚，仰之弥高。示我显德，授我无隐。正席傅道，承帝之问。诲兹一人，万邦作顺。微微我徒，实赖遗训。文武作式，元勋既奋。光启爵土，垂统末胤。存荣亡哀，没而不泯。（《全后汉文》卷七十八）

蔡邕曾为杨赐作过四篇碑文，但各有特色。本篇主要写杨赐教授灵帝的事迹。文章开头，除了交代杨赐的名、字以外，不再叙述他的家世和一般生平，而是直接说他“兼通五典，周览篇籍”，尤其精于《尚书》之学；接着又写他“初潜山泽，授诲童冠”的经历。这些文字等于为写他教授皇帝作一个铺垫。后面写他教授皇帝，不仅交代了任职经过，而且有具体描写：“帝座已北面，以纳大诲”，这就突出了杨赐所受到的尊敬。然后又进一步描写杨赐“其教人善诱，则恂恂焉，罔不伸也。引情致喻，则訚訚焉，罔不释也。”这样具体的描写形容，在以往的碑文中，几乎是见不到的。蔡邕为杨赐所作的另外两篇碑文中，也都讲到杨赐这段经历，其中《司空文烈侯杨公碑》说：“群公以旧德硕儒，道通术明，宜建师保，延入华光，侍宴露寝，敷典诰之精旨，达圣王之聪睿。”《汉太尉杨公碑》说：“帝笃先业，将问故训，公以群公之举，进授《尚书》于禁中”，都不像本文有如此具体的描写。本文又写灵帝感念杨赐之功，对他备加荣宠，而他却愈发恭俭。这就为这段经历画了个圆满的句号。碑文后面的颂，也主要围绕杨赐作帝王师的经历而加以赞颂。蔡邕在文中对本文的写法有一个说明：“佥以为匡弼之功，政事之实，诏策之文，则史臣志其详，若夫道术之美，授之方策，则是门人二三小子所特贯综。敢竭不才，撰录所审，书于碑”。他认为杨赐平生的政绩和文章，会有史官详加记录，本文只是根据杨赐门人所叙之事，赞颂杨赐的“道术之美”。可见蔡邕撰此文时有明确的写作意图，并根据这种意图去取舍材料，精心结撰。

蔡邕的第一篇《陈太丘碑》[1]也是一篇很有特色的文章。文中前半部分简要交代了陈寔的生平和品德，然后就重点叙写时人对他的敬重，又写他死后公卿大臣和地方官为他定谥、作诔以及四方士人为他送葬的盛况。最后发表议论说："斯可谓存荣没哀，死而不朽者矣。"全文围绕这个角度下笔，通过他人的敬重，来衬托陈寔的高风亮节。陈寔的事迹又见《后汉书》卷六十二《荀韩钟陈列传》，其中有些记载和本文是一致的，但详略有不同。例如《陈寔传》写陈寔遭党锢之祸，未能出仕，"太尉杨赐、司徒陈耽，每拜公卿，群僚员，赐等常叹寔大位未登，愧于先之"。而《陈太丘碑》则写道："弘农杨公，东海陈公每在衮职，群寮贺之，皆举手曰：'颍川陈君，绝世超伦，大位未跻，惭于文仲窃位之负。'故时人高其德，重乎公相之位也。"两处记载，史实相同，却文笔各异。《陈太丘碑》竟然详于史传。特别是其中的"皆举手曰"，尤为生动。此种细节，对于表现"时人高其德"，是非常有力的。

再说缀采。蔡邕学问渊博，长于文辞，具有深厚的经学和文学修养。他的碑文，典正雅丽，文采斐然。具体来说，这种特点的构成因素有四个方面：

首先是取式于经典，追求雅正。《文心雕龙·时序》说："然中兴之后，群才稍改前辙，华实所附，斟酌经辞，盖历政讲聚，故渐靡儒风者也。"东汉以后，随着经学的兴盛，颂铭诔碑等文体，大都取则经典之范式，融汇经典之语言。而蔡邕在这方面又是最突出的。其碑文大量运用《尚书》和《诗经》中的表达方式，造成典正古雅的风格特征。仅以《杨赐碑》为例，文中叙杨赐的任职经历，写道：

> 帝以机密斋栗，常伯剧任，鲜克知臧，以厘其采，命公再作少府，俾率其属，以熙庶绩。天地作险，国家丕承，军门祛禁，式遏寇虐。命公再作光禄，亦总其熊罴之士，不二心之臣，保乂帝家。岩岩大理，惟制民命，命公作廷尉，惟刑之恤，旁施四方，惟明折狱。蔽罪于宪之

[1] 蔡邕共有两篇《陈太丘碑》，此为第一篇。

中。亦惟三礼六乐，国之元干，命公作太常，明德为馨，八音克谐，神人以和，永世丰年，溥天率土，而众莫外。命公作司空，公惟戢之，翊明其政，时惟休哉。惟天阴骘下民，彝伦所由顺序，命公作司徒，而敬敷五教，以亲百姓，父义母慈兄友弟恭子孝，时惟休哉。昭孝于辟雍，命公作三老，帝恭以祗敬，遵有虞于上庠。茫茫大运，垂光烈耀，命公作太尉，璇玑运周，七精循轨，时惟休哉。帝欲宣力于四方，公则翼之；辟道或回，公则弼之。虔恭夙夜，不敢荒宁，用对扬天子丕显休命。（《全后汉文》卷七十八）

这段叙述完全以《尚书》为骨干，不仅总体风格酷似《尚书》，其语言也有很多来自《尚书》和《诗经》。挚虞《文章流别论》说："蔡邕为杨公作碑，其文典正，末世之美者也。"《文心雕龙·诔碑》说："观杨赐之碑，骨鲠训典。"都是指本文的这一特点。

其次是大量运用典故。蔡邕的碑文在述及碑主的品德时，往往用历史上相似的人物和故事以作比拟，这些故实多数出自经传，为人们所熟悉，不仅增添了文采，而且容易引起联想，收到言简意丰，事半功倍之效果。例如《荆州刺史度侯碑》写度尚的品德：

君资天地之正气，含太极之纯精，明洁鲜于白圭，贞操厉乎寒松，朗鉴出于自然，英风发乎天骨。事亲以孝，则行侔于曾、闵；结交以信，则契明于黄石。温温然弘裕虚引，落落然高风起世，信荆山之良宝，灵川之明珠也。（《全后汉文》卷七十九）

在短短的一段文字中，就用了"白圭"、"寒松"、"曾、闵"、"黄石"、"荆山良宝"、"灵川明珠"等典故。东汉以后，崇尚文采，文章用典渐多，蔡邕在这方面也是非常突出的一个人。不过，以用典代替具体叙述，虽然增强了文学性，但也容易造成空洞无实或溢美虚誉。

再次是语多骈俪。东汉之文，渐尚偶对，到了汉末，这种趋向更为明显，蔡邕之文就是这种趋向的代表。从上文所引《度尚碑》，即能明显看出其骈词俪句的特征。又如《汝南周勰碑》写周勰之品德：

> 君应乾坤之淳灵，继命世之期运，玄懿清朗，贞厉精粹，体仁足以长人，嘉德足以合礼。总六经之要，括《河》、《洛》之机，援天心以立钧，赞幽明以揆时。沉静微密，沦于无内，宽裕弘博，舍乎无外，巨细洪纤，罔不总也。是以实繁于华，德盈乎誉。(《全后汉文》卷七十五)

文章句句对仗，极为工致。《文心雕龙·丽辞》说："自扬马张蔡，崇盛丽辞，如宋画吴冶，刻形镂法，丽句与深采并流，偶意与逸韵并发。"用这段话评价蔡邕的碑文，极为妥贴。魏晋以后，骈文逐渐成熟，其典型特征即是对偶和用典。蔡邕的碑文，既尚骈偶，又多用典，其中有些段落，已接近成熟的骈体文了。

最后是融入辞赋笔法。蔡邕的碑文，一方面有吐纳典谟，古奥雅正的特点；一方面又爱用比喻和排比句，极力铺陈藻饰，描写形容，有类辞赋。《郭泰碑》在这方面尤为突出，其文曰：

> 先生讳泰，字林宗，太原界休人也。其先出自有周，王季之穆，有虢叔者，实有懿德，文王咨焉。建国命氏，或谓之郭，即其后也。先生诞应天衷，聪睿明哲，孝友温恭，仁笃慈惠。夫其器量弘深，姿度广大，浩浩焉，汪汪焉，奥乎不可测已。若乃砥节厉行，直道正辞，贞固足以干事，隐括足以矫时。遂考览六经，采综图纬，周流华夏，随集帝学。收文武之将坠，拯微言之未绝。于时缨緌之徒，绅佩之士，望形表而影附，聆嘉声而响和者，犹百川之归巨海，鳞介之宗龟龙也。尔乃潜隐衡门，收朋勤诲，童蒙赖焉，用祛其蔽。州郡闻德，虚已备礼，莫之能致。群公休之，遂辟司徒掾，又举有道，皆以疾辞。将蹈鸿涯之遐迹，绍巢许之绝轨，翔区外以舒翼，超天衢以高峙。禀命不融，享年四十有二，以建宁二年正月乙亥卒。凡我四方同好之人，永怀哀悼，靡所寘念，乃相与惟先生之德，以谋不朽之事。佥以为先民既没，而德音犹存者，亦赖之于见述也，今其如何而阙斯礼？于是树碑表

墓，昭明景行，俾芳烈奋乎百世，令问显于无穷。其辞曰：

於休先生，明德通玄。纯懿淑灵，受之自天。崇壮幽浚，如山如渊。礼乐是悦，诗书是敦。匪惟摭华，乃寻厥根。宫墙重仞，允得其门。懿乎其纯，确乎其操。洋洋缙绅，言观其高。栖迟泌丘，善诱能教。赫赫三事，几行其招。委辞召贡，保此清妙。降年不永，民斯悲悼。爰勒兹铭，摛其光耀。嗟尔来世，是则是效。(《全后汉文》卷七十六)

郭泰是当时士林领袖，威望极高，蔡邕对他也是推崇备至。文中用了各种手法来赞颂郭泰的为人。称赞他“器量弘深，姿度广大”，就用“浩浩焉，汪汪焉，奥乎不可尚矣”来形容；描写士人对他的尊崇和追随，就用“犹百川之归巨海，鳞介之宗龟龙”来比喻。文中还有一些骚体句，例如：“收文武之将坠，拯微言之未绝”，“望形表而影附，聆嘉声而响和者”，“蹈鸿涯之遐迹，绍巢许之绝轨，翔区外以舒翼，超天衢以高峙”，等等。不仅如此，文中还运用了一些辞赋特有的关联词，例如“若乃”、“遂”、“于时”、“尔乃”。这些词语用在句首，把整段叙述连接起来，使之读起来更有辞赋的感觉。《郭泰碑》辞赋化的特点是很突出的，蔡邕有意用这样的手法来创造抒情效果，以表达对郭林宗的景仰之情。他曾对卢植说过：“吾为碑铭多矣，皆有惭德。唯《郭有道》无愧色耳。”(《后汉书·郭泰传》)所谓无愧色，是说碑中所颂与郭泰的为人自相符称，无虚美之辞。可见这篇文章在蔡邕心中的地位。此文不仅充满感情，而且富于文采。它的风格也不像蔡邕的其他碑文那样典奥古雅，而带有浓厚的辞赋化的特点。这一特点得益于他的辞赋创作的功力。

两汉时期，还有三篇与礼制有关的文章，是司马相如的《封禅文》、扬雄的《剧秦美新》和班固的《典引》。这三篇文章都是为了颂扬一个时代而作的，体式近于赋颂之文。这种典雅闳丽的文章在西汉、莽新和东汉都各有一篇，足以说明此类文章难以引起作者的兴趣，因此，在散文史上也就后继乏人了。

第八章　汉代书牍

本章所论书牍，主要指私人间的书信。这些文章多写个人的思想生活，最能显露真情。汉代文风的嬗变，在此类文章中表现甚为明显。至于公文中的信函，又有笺、记、移书、奏记等多种名目。汉代此类文章传世者不多，其中以刘歆《移书让太常博士》最为著名。为叙述方便，列于此章，一并论之。

第一节　西汉的书牍

书信作为一种应用文体，在先秦即已广泛使用。西汉时期，书信作为人际交往和传达信息的工具，大量存在于人们的日常生活中。但除了少量名篇被收入史传而得以保存，大部分作品都湮灭不传。现存西汉文人的书信，是从司马迁的《报任安书》开始的。此信作于征和二年(前 91)。此前，任安为北军使者护军。征和二年，江充巫蛊祸起，戾太子被诬，恐难以自明，于是发兵捕杀江充，与丞相战于长安。任安受太子节而按兵观望。太子败，任安以“持两端”被武帝下狱，他在狱中给司马迁写信求助。于是司马迁给他回信。信中先说明自己受宫刑后的处境，表示无法答应对方“推贤进士”的请求，然后就回顾自己因李陵事件受宫刑的经过：

且事本末未易明也。仆少负不羁之材，长无乡曲之誉。主上幸以先人之故，使得奉薄伎，出入周卫之中。仆以为戴盆何以望天，故绝宾客之知，忘室家之业，日夜思竭其不肖之材力，务壹心营职，以求亲媚于主上。而事乃有大谬不然者。夫仆与李陵俱居门下,素非相善也,趣舍异路,未尝衔杯酒接殷勤之欢。然仆观其为人自奇士,事亲孝,与士信,临财廉,取予义,分别有让,恭俭下人,常思奋不顾身以殉国家之急。其素所畜积也,仆以为有国士之风。夫人臣出万死不顾一生之计,赴公家之难,斯已奇矣。今举事壹不当,而全躯保妻子之臣随而媒孽其短,仆诚私心痛之。且李陵提步卒不满五千,深践戎马之地,足历王庭,垂饵虎口,横挑强胡,卬亿万之师,与单于连战十余日,所杀过当。虏救死扶伤不给,旃裘之君长咸震怖,乃悉征左右贤王,举引弓之民,一国共攻而围之。转斗千里,矢尽道穷,救兵不至,士卒死伤如积。然陵一呼劳军,士无不起,躬流涕,沫血饮泣,张空拳,冒白刃,北首争死敌。陵未没时,使有来报,汉公卿王侯皆奉觞上寿。后数日,陵败书闻,主上为之食不甘味,听朝不怡。大臣忧惧,不知所出。仆窃不自料其卑贱,见主上惨悽怛悼,诚欲效其款款之愚。以为李陵素与士大夫绝甘分少,能得人之死力,虽古名将不过也。身虽陷败,彼观其意,且欲得其当而报汉。事已无可奈何,其所摧败,功亦足以暴于天下。仆怀欲陈之,而未有路,适会召问,即以此指推言陵之功,欲以广主上之意,塞睚眦之辞。未能尽明,明主不深晓,以为仆沮贰师,而为李陵游说,遂下于理。拳拳之忠,终不能自列,因为诬上,卒从吏议。家贫,财赂不足以自赎,交游莫救,左右亲近不为壹言。身非木石,独与法吏为伍,深幽囹圄之中,谁可告诉者!此正少卿所亲见,仆行事岂不然邪?李陵既生降,隤其家声,而仆又茸以蚕室,重为天下观笑。悲夫!悲夫!(《汉书》卷六十二《司马迁传》)

司马迁当初为李陵辩解,确有欠妥之处,但因此而遭受宫刑,却又暴露了专制制度的残酷。这件事给司马迁留下了极大的精神伤痛,对此,他一直耿耿于怀,满腔悲愤。在这里,他回顾事情的经过,仍然是不服气的。因此,文中详细记载了李陵的为人和他兵败被俘的过程。在司马迁笔下,李陵深入敌境,孤军奋战,以少对多,英勇杀敌,是立有大功的;至于兵败而降，也是万不得已。他这样评价李陵，仍是为了说明自己的冤屈。接下来他就讲述自己受刑之后不能引决，反而忍辱苟活的原因：

事未易一二为俗人言也。仆之先人非有剖符丹书之功，文史星历近乎卜祝之间，固主上所戏弄，倡优畜之，流俗之所轻也。假令仆伏法受诛，若九牛亡一毛，与蝼蚁何异？而世又不与能死节者比，特以为智穷罪极，不能自免，卒就死耳。何也？素所自树立使然也。人固有一死，死有重于泰山，或轻于鸿毛，用之所趣异也。太上不辱先，其次不辱身，其次不辱理色，其次不辱辞令，其次诎体受辱，其次易服受辱，其次关木索被箠楚受辱，其次剔毛发婴金铁受辱，其次毁肌肤断支体受辱，最下腐刑，极矣。传曰刑不上大夫，此言士节不可不厉也。猛虎处深山，百兽震恐，及在穽槛之中，摇尾而求食，积威约之渐也。故士有画地为牢势不入，削木为吏议不对，定计于鲜也。今交手足，受木索，暴肌肤，受榜箠，幽于圜墙之中，当此之时，见狱吏则头枪地，视徒隶则心惕息。何者？积威约之势也。及已至此，言不辱者，所谓强颜耳，曷足贵乎！且西伯，伯也，拘牖里；李斯，相也，具五刑；淮阴，王也，受械于陈；彭越、张敖南面称孤，系狱具罪；绛侯诛诸吕，权倾五伯，囚于请室；魏其，大将也，衣赭关三木；季布为朱家钳奴；灌夫受辱居室。此人皆身至王侯将相，声闻邻国，及罪至罔加，不能引决自财。在尘埃之中，古今一体，安在其不辱也！由此言之，勇怯，势也；强弱，形也。审矣，曷足怪乎！夫人不能蚤自财绳墨之外，以稍陵迟至于鞭箠之间，乃欲引节，斯不亦远乎！古人所以重施刑于大夫者，殆为此也。夫人情莫不贪生恶死，念亲戚，顾妻子，至激于义理者不然，乃有所不得已也。今仆不幸，蚤失二亲，无兄弟之亲，独身孤立，少卿视仆于妻子何如哉？且勇者不必死节，怯夫慕义，何处不勉焉！仆虽怯耎欲苟活，亦颇识去就之分矣，何至自沉溺累绁之辱哉！且夫臧获婢妾犹能引决，况若仆之不得已乎！所以隐忍苟活，函粪土之中而不辞者，恨私心有所不尽，鄙没世而文采不表于后也。

古者富贵而名摩灭，不可胜记，唯俶傥非常之人称焉。盖文王拘而演《周易》；仲尼厄而作《春秋》；屈原放逐，乃赋《离骚》；左丘失明，厥有《国语》；孙子膑脚，《兵法》修列；不韦迁蜀，世传《吕览》；韩非囚秦，《说难》、《孤愤》；《诗》三百篇，大氐贤圣发愤之所为作也。此人皆意有所郁结，不得通其道，故述往事，思来者。及如左丘明无目，孙子断足，终不可用，退论书策以舒其愤，思垂空文以自见。仆窃不逊，近自托于无能之辞，网罗天下放失旧闻，考之行事，稽其成败与兴坏之理，凡百三十篇，亦欲以究天人之际，通古今之变，成一家之言。草创未就，适遭此祸。惜其不成，是以就极刑而无愠色。仆诚已著此书，藏之名山，传之其人通邑大都，则仆偿前辱之责，虽万被戮，岂有悔哉！然此可为智者道，难为俗人言也。

且负下未易居，下流多谤议。仆以口语遇遭此祸，重为乡党戮笑，污辱先人，亦何面目复上父母之丘墓乎？虽累百世，垢弥甚耳！是以肠一日而九回，居则忽忽若有所亡，出则不知所如往。每念斯耻，汗未尝不发背霑衣也！身直为闺阁之臣，宁得自引深藏于岩穴邪！故且从俗浮湛，与时俯仰，以通其狂惑。今少卿乃教之以推贤进士，无乃与仆之私指谬乎。今虽欲自雕琢，曼辞以自解，无益，于俗不信，只取辱耳。要之死日，然后是非乃定。书不能尽意，故略陈固陋。（《汉书》卷六十二《司马迁传》）

司马迁在信中表达了自己的人生观和创作观，讲述了自己受宫刑后痛苦的抉择以及隐忍苟活，发愤著书的决心；也介绍了《史记》的创作概况。在散文史上，这是第一篇全面介绍个人生平思想及创作情况的书信，它的篇幅之长，内容之丰富，感情之深厚以及思想价值之高，都是前所未有的。

这篇文章和《史记》一样，也是司马迁的发愤之作。司马迁由于为李陵辩解而受宫刑，在当时很少有人同情。他忍受奇耻大辱而苟活下来，更不为他人所理解。在此，他借给任安回信之机，将内心的委屈、悲愤和想法，全都倾吐出来。文章在叙事中带有很强的抒情性，时而慷慨激昂，时而长歌当哭，具有强烈的感染力。

这封书信虽是情感的自然流露，但也很讲究谋篇布局，文章结构谨严，首尾呼应，中间部分回环往复，一气呵成。文中大量运用铺陈手法，征引大量历史材料和掌故来说明自己的观点，极力发挥，唯恐倾吐不尽。文章既有奔腾豪迈的气势，也有沉郁顿挫的风格。文章的句式富于变化，多用排比句、对偶句、四字句，大量使用语气词，使文章显得跌宕恣肆，一唱三叹。清代吴楚材说："此书反复曲折，首尾相续，叙事明白，豪气逼人。其感慨啸歌，大有燕赵烈士遗风；忧愁幽思，则又与《离骚》对垒，文情至此极矣。"(《古文观止》)

和司马迁同时，有一位杨王孙(生卒年不详)，喜爱黄老之术，思想不拘正统，写过一封《报祁侯缯宅书》。

据《汉书》卷六十七《杨胡朱梅云传》载：

> 杨王孙者，孝武帝时人也。学黄老之术，家业千金，厚自奉养生，亡所不致。及病且终，先令其子，曰："吾欲裸葬，以反吾真，必亡易吾意。死则为布囊盛尸，入地七尺，既下，从足引脱其囊，以身亲土。"

本卷还收录了杨王孙的《报祁侯缯宅书》，书中说明其裸葬的动机：

> 盖闻古之圣王，缘人情不忍其亲，故为制礼，今则越之，吾是以裸葬，将以矫世也。夫厚葬诚亡益于死者，而俗人竞以相高，靡财单币，腐之地下。或乃今日入而明日发，此真与暴骸于中野何异！且夫死者，终生之化，而物之归者也。归者得至，化者得变，是物各反其真也。反真冥冥，亡形亡声，乃合道情。夫饰外以华众，厚葬以鬲真，使归者不得至，化者不得变，是使物各失其所也。且吾闻之，精神者天之有也，形骸者地之有也。精神离形，各归其真，故谓之鬼，鬼之为言归也。其尸块然独处，岂有知哉？裹以币帛，鬲以棺椁，支体络束，口含玉石，欲化不得，郁为枯腊，千载之后，棺椁朽腐，乃得归土，就其真宅。繇是言之，焉用久客！昔帝尧之葬也，窾木为椟，葛藟为缄，其穿下不乱泉，上不泄殠。故圣王生易尚，死易葬也。不加功于亡用，不

损财于亡谓。今费财厚葬，留归鬲至，死者不知，生者不得，是谓重惑。于戏！吾不为也！（同上）

从信中可以看出，杨王孙裸葬的动机有两个方面：一是出于对死亡的通达的看法和反璞归真的追求；二是出于反对厚葬之风而欲以矫世反俗。前者直接来自道家特别是庄子的思想，后者则反映了道家蔑弃世俗之礼的通脱精神。由于这样的精神内涵，其文风也极为自由活泼，毫无拘谨陈腐之气。这样的文章在西汉之时，可谓孤鸿逸响。

汉宣帝时，杨恽的《报孙会宗书》也是一篇不拘一格的奇文。杨恽(？—前56)字子幼，华阴(今属陕西省)人，司马迁的外孙，官至中郎将，封平通侯。他好交结英俊名儒，颇有才名，因卷入官场斗争，被免为庶人。回乡后大置产业，广交宾客。朋友孙会宗写信劝他：大臣废退后应闭门戒惧，“不当治产业，通宾客，有称誉”。于是杨恽作《报孙会宗书》回答他。书中说：

恽材朽行秽，文质无所底，幸赖先人余业得备宿卫，遭遇时变以获爵位，终非其任，卒与祸会。足下哀其愚，蒙赐书，教督以所不及，殷勤甚厚。然窃恨足下不深惟其终始，而猥随俗之毁誉也。言鄙陋之愚心，若逆指而文过，默而息乎，恐违孔氏“各言尔志”之义。故敢略陈其愚，唯君子察焉！

恽家方隆盛时，乘朱轮者十人，位在列卿，爵为通侯，总领从官，与闻政事，曾不能以此时有所建明，以宣德化，又不能与群僚同心并力，陪辅朝庭之遗忘，已负窃位素餐之责久矣。怀禄贪势，不能自退，遭遇变故，横被口语，身幽北阙，妻子满狱。当此之时，自以夷灭不足以塞责，岂意得全首领，复奉先人之丘墓乎？伏惟圣主之恩，不可胜量。君子游道，乐以忘忧；小人全躯，说以忘罪。窃自思念，过已大矣，行已亏矣，长为农夫以没世矣。是故身率妻子，戮力耕桑，灌园治产，以给公上，不意当复用此为讥议也。

夫人情所不能止者，圣人弗禁。故君父至尊亲，送其终也，有时而既。臣之得罪，已三年矣。田家作苦，岁时伏腊，烹羊炰羔，斗酒自劳。家本秦也，能为秦声。妇赵女也，雅善鼓瑟。奴婢歌者数人，酒后耳热，仰天抚缶而呼乌乌。其诗曰："田彼南山，芜秽不治。种一顷豆，落而为萁。人生行乐耳，须富贵何时！"是日也，拂衣而喜，奋袖低卬，顿足起舞，诚淫荒无度，不知其不可也。恽幸有余禄，方籴贱贩贵，逐什一之利，此贾竖之事，污辱之处，恽亲行之。下流之人，众毁所归，不寒而栗。虽雅知恽者，犹随风而靡，尚何称誉之有！董生不云乎？"明明求仁义，常恐不能化民者，卿大夫之意也；明明求财利，常恐困乏者，庶人之事也。"故"道不同，不相为谋"。今子尚安得以卿大夫之制而责仆哉！

夫西河魏土，文侯所兴，有段干木、田子方之遗风，漂然皆有节概，知去就之分。顷者，足下离旧土，临安定，安定山谷之间，昆戎旧壤，子弟贪鄙，岂习俗之移人哉？于今乃睹子之志矣。方当盛汉之隆，愿勉旃，毋多谈。（《汉书》卷六十六《公孙刘田王杨蔡陈郑传》）

文章自始至终充满了怨忿之气。杨恽一直对免官不满，一遇机会，便无所顾忌地发泄出来。后来此信被汉宣帝看到，杨恽因此而被腰斩。文章的跌宕不平之气确实很像司马迁的《报任安书》，但比《报任安书》缺少了人生的志向和豪情，而多了些玩世与急刻。这样的文章在西汉中期尚属绝响，魏晋之后，则屡见不鲜了。

司马迁、杨王孙和杨恽都是特立独行之人，他们的思想和行为不合于流俗，发而为文，也有自己的个性，这样的文章，在当时尚属凤毛麟角，因为新奇而且罕见，也就被史家所收录。而当时大多数书信因为平淡无奇，不受人们重视，也就没有流传了。

到了东汉后期，儒风盛行，带有经学气的雍容典正的文风占据了文坛的主流。在书牍之文中，只有刘歆的《移书让太常博士》显得与众不同。刘歆博通经典，尤好古文经学，他主张将古文经典《左传》、《毛诗》和《古文尚书》立于学官，遭到今文博士的反对，他要求与对方辩论，对方拒不理睬。为此，他作了《移书让太常博士》一文。文中回顾了汉代经学发展的历史，讲述了古文经书发现的过程，然后猛烈抨击今文博士对古文经学的排斥：

往者缀学之士不思废绝之阙，苟因陋就寡，分文析字，烦言碎辞，学者罢老且不能究其一艺，信口说而背传记，是末师而非往古。至于国家将有大事，若立辟雍、封禅、巡狩之仪，则幽冥而莫知其原。犹欲保残守缺，挟恐见破之私意，而无从善服义之公心，或怀妒嫉，不考情实，雷同相从，随声是非，抑此三学，以《尚书》为备，谓《左氏》不传《春秋》，岂不哀哉！今圣上德通神明，继统扬业，亦闵文学错乱，学士若兹，虽昭其情，犹依违谦让，乐与士君子同之，故下明诏，试《左氏》可立不，遣近臣奉指衔命，将以辅弱扶微，与二三君子比意同力，冀得废遗。今则不然，深闭固距而不肯试，猥以不诵绝之。欲以杜塞余道，绝灭微学，夫可与乐成，难与虑始。此乃众庶之所为耳，非所望士君子也。且此数家之事，皆先帝所亲论，今上所考视，其古文旧书，皆有征验，内外相应，岂苟而已哉？夫礼失求之于野，古文不犹愈于野乎？

往者博士，《书》有欧阳，《春秋》公羊，《易》则施、孟。然孝宣皇帝犹复广立谷梁《春秋》、梁丘《易》、大小夏侯《尚书》，义虽相反，犹并置之。何则？与其过而废之也，宁过而立之。《传》曰："文武之道，未坠于地，在人，贤者志其大者，不贤者志其小者。"今此数家之言，所以兼包大小之义，岂可偏绝哉？若必专己守残，党同门，妒道真，违明诏，失圣意，以陷于文吏之议，其为二三君子不取也。(《全汉文》卷四十)

本文是汉代学术史上的一篇重要文献。它让我们看到了汉代今古文经学之间的激烈斗争。这种斗争既有学术观点的争论，也有利益之争的成分。《汉书》卷八十八《儒林传》说："自武帝立五经博士，开弟子员，设科射策，劝以官禄，讫于元始，百有余年，传业者浸盛，支叶蕃滋，一经说至百余万言，大师众至千余人，盖禄利之路然也。"刘歆为古文经学争立博士，无论从学术方面还是从利益方面都对今文经学构成挑战。已被立为学官的今文博士，出于坚持学术观点和维护既得利益的双重目的，必然会不遗余力地排斥古文经学。刘歆在文中以大量事实论证古文《尚书》等三部典籍的价值，指出今文经学家迷信师说，“抱残守缺”的弊病，揭露他们为学派私利而排斥异己，拒绝真理的本质。文章具有重要的史料价值，更有可贵的思想价值，它暴露了由于独尊儒术而引起的僵化迷信和士风堕落，包含着一种历史的要求，即恢复先秦儒家守道正身，独立思考，追求真理的传统。由于作者带着强烈的愤慨而作，文章也就写得酣畅而犀利，《文心雕龙·移檄》称其“辞刚而义辩”。这种特点是和醇厚温雅的经学文风明显不同的。

第二节　东汉前期的书牍

东汉前期，书牍文的数量多了起来，出现了一些传世的名篇。

朱浮(？—约66)，东汉沛国萧人(今萧县)，字叔元。初从刘秀为大司马主簿，改任偏将军，从定河北。后拜大将军领幽州牧。建武二年(26)渔阳太守彭宠举兵反叛，攻朱浮甚急。于是朱浮写信责问他。信中说：

盖闻知者顺时而谋，愚者逆理而动，常窃悲京城太叔以不知足而无贤辅，卒自弃于郑也。

伯通(彭宠字)以名字典郡，有佐命之功，临人亲职，爱惜仓库，而浮秉征伐之任，欲权时救急，二者皆为国耳。即疑浮相谮，何不诣阙自陈，而为族灭之计乎？朝廷之于伯通，恩亦厚矣，委以大郡，任以威武，事有柱石之寄，情同子孙之亲。匹夫媵母尚能致命一餐，岂有身带三绶，职典大邦，而不顾恩义，生心外畔者乎！伯通与吏人语，何以为颜？行步拜起，何以为容？坐卧念之，何以为心？引镜窥影，何以施眉目？举措建功，何以为人？惜乎弃休令之嘉名，造鸱枭之逆谋，捐传世之庆祚，招破败之重灾，高论尧舜之道，不忍桀纣之性，生为世笑，死为愚鬼，不亦哀乎！

伯通与耿侠游俱起佐命，同被国恩。侠游谦让，屡有降挹之言；而伯通自伐，以为功高天下。往时辽东有豕，生子白头，异而献之，行至河东，见群豕皆白，怀惭而还。若以子之功论于朝廷，则为辽东豕也。今乃愚妄，自比六国。六国之时，其势各盛，廓土数千里，胜兵将百万，故能据国相持，多历年世。今天下几里，列郡几城，奈何以区区渔阳而结怨天子？此犹河滨之人捧土以塞孟津，多见其不知量也！

方今天下适定，海内愿安，士无贤不肖，皆乐立名于世。而伯通独中风狂走，自捐盛时，内听骄妇之失计，外信谗邪之谀言，长为群后恶法，永为功臣鉴戒，岂不误哉！定海内者无私雠，勿以前事自误，愿留意顾老母幼弟。凡举事无为亲厚者所痛，而为见仇者所快。(《全

后汉文》卷二十一)

信的核心内容是告诫彭宠勿反。朱浮与彭宠本有怨隙,曾向刘秀密告彭宠有不轨之心,彭宠举兵反叛,即与此有关。因此,朱浮信中也毫不客气,口气相当强硬,但尽管如此,信中还是能够申明利害,晓以大义,说话句句在理。例如质问彭宠:"即疑浮相谮,何不诣阙自陈,而为族灭之计乎?""匹夫媵母尚能致命一餐,岂有身带三绶,职典大邦,而不顾恩义,生心外畔者乎!"又嘲笑彭宠"今乃愚妄,自比六国。六国之时,其势各盛,廓土数千里,胜兵将百万,故能据国相持,多历年世。今天下几里,列郡几城,奈何以区区渔阳而结怨天子?此犹河滨之人捧土以塞孟津,多见其不知量也!"这些话虽然指责多于规劝,但均能切中要害,符合事理,特别是结尾所说"凡举事无为亲厚者所痛,而为见仇者所快",成为至理名言。可惜彭宠不听,遂至败亡。由于指责多于规劝,文中用了很多排比和反问句,造成咄咄逼人的气势。

此信还有一个突出特点,就是其语言的骈偶化。文中不仅多对仗之句,而且对仗之句多为四言和六言,这些特征已经显露出汉代散文向骈文发展的趋势。

两汉之际,老庄思想开始在文人中流行。班固的伯父班嗣(生卒年不详)是一个老庄的信奉者。桓谭也喜爱老庄,曾向班嗣借《庄子》之书,但班嗣不借,给他回信说:

> 若夫严子者,绝圣弃智,修生保真,清虚澹泊,归之自然,独师友造化,而不为世俗所役者也。渔钓于一壑,则万物不奸其志;栖迟于一丘,则天下不易其乐。不絓圣人之罔,不齅骄君之饵,荡然肆志,谈者不得而名焉,故可贵也。今吾子已贯仁谊之羁绊,系名声之缰锁,伏周、孔之轨躅,驰颜、闵之极挚,既系挛于世教矣,何用大道为自眩曜?昔有学步于邯郸者,曾未得其髣髴,又复失其故步,遂匍匐而归耳!恐似此类,故不进。(《汉书》卷一百上《叙传》上)

班嗣在信中非常准确地概括了庄子思想的特点，他最推崇的，是庄子“不为世俗所役”、“荡然肆志”的一面。他认为，这些思想主张是和儒家的“世教”格格不入的，桓谭既已被“世教”所束缚，就无法真正接受庄子之说。他用《庄子》书中的邯郸学步来讽刺那些既信奉儒家思想，又想点缀以老庄的人，表现了他对庄子思想的真诚服膺，由此也能看出他荡然肆志，特立独行的人格特征。因此，班固在《汉书·叙传》中大为感慨地说：“嗣之行已持论如此。”(同上)

两汉之际的冯衍也是一个傲岸不羁的人，但他命乖运蹇，不仅官场失意，家庭生活也很不幸。据《后汉书》载：“衍娶北地任氏女为妻，悍忌，不得畜媵妾，儿女常自操井臼，老竟逐之，遂埳壈于时。”冯衍忍无可忍，老年休妻，他的《与妇弟任武达书》向妻弟诉说休妻的原因：

> 天地之性，人有喜怒，夫妇之道，义有离合。先圣之礼，士有妻妾，虽宗之眇微，尚欲逾制。年衰岁暮，恨入黄泉，遭遇嫉妒，家道崩坏，五子之母，足尚在门。五年已来，日甚岁剧，以白为黑，以非为是，造作端末，妄生首尾，无罪无辜，谗口嗷嗷。乱匪降天，生自妇人。
>
> 青蝇之心，不重破国，妒嫉之情，不惮丧身。牝鸡之晨，维家之索，古之大患，今始于衍。醉饱过差，辄为桀、纣，房中调戏，布散海外，张目抵掌，以有为无。痛彻苍天，毒流五脏，愁令人不赖生，忿令人不顾祸。入门着床，继嗣不育；纺绩织纴，了无女工；家贫无僮，贱为匹夫；故旧见之，莫不凄怆。曾无悯惜之恩，唯一婢，武达所见，头无钗泽，面无脂粉，形骸不蔽，手足抱土。不原其穷，不揆其情，跳梁大叫，呼若入冥，贩糖之妾，不忍其态。计妇当去久矣，念儿曹小，家无它使，哀怜姜、豹，常为奴婢。恻恻焦心，事事腐肠，汹汹籍籍，不可听闻。暴虐此婢，不死如发，半年之间，脓血横流。婢病之后，姜竟舂炊，豹又触冒泥涂，心为怆然。缣縠放散，冬衣不补，端坐化乱，一缕不贯。
>
> 既无妇道，又无母仪，忿见侵犯，恨见狼藉，依倚郑令，如居天上。持质相劫，词语百车，剑戟在门，何暇有让？百弩环舍，何可强复？举

宗达人解说，词如循环，口如布谷，县幡竟天，击鼓动地，心不为恶，身不为摇。宜详居错，且自为计，无以上书告诉相恐。狗吠不惊，自信其情。不去此妇，则家不宁；不去此妇，则家不清；不去此妇，则福不生；不去此妇，则事不成。自恨以华盛时不早自定，至于垂白家贫身贱之日，养痛长疽，自生祸殃。衍以室家纷然之故，捐弃衣冠，侧身山野，绝交游之路，杜仕宦之门，阖门不出，心专耕耘，以求衣食，何敢有功名之路哉！（《全后汉文》卷二十）

从信中所述来看，任氏确实是个悍妇，她对婢女和儿女的虐待，令人发指。冯衍不到忍无可忍，也不至下此决心。他在信中把多年的积忿一起发泄出来，这背后也包含着人生的种种委屈和悲愤。这种感情在信中像火山爆发一样强烈。例如“不去此妇，则家不宁；不去此妇，则家不清；不去此妇，则福不生；不去此妇，则事不成”，此种语言，简直如同檄文。可以想见，冯衍在写信时是何种精神状态。此信表面上只是讲家庭问题，实际上反映了当时坎壈之士的生活与心态。

但东汉前期，并非所有作者都像班嗣和冯衍那样豪纵不羁。这一时期士风谨固，谨固士风之下，就产生了《马援诫兄子严敦书》这样的文章。据《后汉书》卷二十四《马援列传》载，马援之侄马严和马敦，喜欢讥议人物，交结游侠，马援在信中对他们加以告诫：

吾欲汝曹闻人过失，如闻父母之名，耳可得闻，口不可得言也。好议论人长短，妄是非正法，此吾所大恶也，宁死不愿闻子孙有此行也。汝曹知吾恶之甚矣，所以复言者，施衿结缡，申父母之戒，欲使汝曹不忘之耳。龙伯高敦厚周慎，口无择言，谦约节俭，廉公有威，吾爱之重之，愿汝曹效之。杜季良豪侠好义，忧人之忧，乐人之乐，清浊无所失。父丧致客，数郡毕至，吾爱之重之，不愿汝曹效也。效伯高不得，犹为谨敕之士，所谓刻鹄不成尚类鹜者也。效季良不得，陷为天下轻薄子，所谓画虎不成反类狗者也。讫今季良尚未可知，郡将下车辄切齿，州郡以为言，吾常为寒心，是以不愿子孙效也。

这是写给晚辈的家书，其性质有如后代的家训。由于是家书，所以就容易吐露真情；由于是写给晚辈，所以就语重心长，殷切之至。信中希望两个侄子谨慎做人，不要议论人之长短。这样的见解，看似平常，其实包含了深刻的人生经验，不是对自己的亲属，是不轻易讲的。信中举两个时人为例，马援对他们都是爱之重之，却愿侄子学习敦厚周慎的龙伯高，不愿他们效仿豪侠好义的杜季良。豪侠好义本是人们称道的品质，马援却不愿子孙效仿，这是有深刻的社会原因的。当时的豪侠之人，往往在社会上广交宾客，呼朋唤类，造成极大影响。为了行侠仗义，他们有时无视官府，触犯法禁，常为当权者切齿。因此，豪侠好义是比好讥议他人更容易致祸的行为。出于对后辈的爱护，马援希望他们不要学杜季良。自己爱之重之的人物却不愿子孙去学，这是一种很值得重视的现象。人们往往希望别人仗义行侠，希望自己和亲属远离祸端，也只有在亲属面前，才能敞开心扉。这种现象，正是一个不健全的社会的可悲之处。

西汉后期和东汉前期，正是经学文风盛行之时，文章风格雍容舒缓，文中动辄引经据典，大讲阴阳灾异。这种文风在当时的奏议中表现尤甚。但我们看到，在上述书信中却几乎见不到这种文风的影子。尽管作者思想性格不同，所论内容也不同，但都能在信中直陈己见，直抒胸臆，而从不征引《诗》、《书》，依经而论。这是一个很值得重视的现象。以前人们论及文风，只是笼统地讲其时代特色，实际上，同在一个时代，不同的文体却有不同的文风。诸如奏议之类的公文和颂铭诔碑一类礼文，与经学关系密切；而像书信一类日常交际之文，就不必处处斟酌经辞。这种文章虽受时代影响，但又有自身的特点和发展规律，是不能和其他文体完全一概而论的。

第三节　东汉后期的书牍

东汉后期，书信之文不仅数量大增，而且出现了三个明显特点：

首先是书信的内容更为丰富，除了讲述政治、学术以及个人生活的重要事件，还涉及人生志趣、家庭生活、戏谑玩笑、诫子、遗命等多种内容。

其次是书信的篇幅更为短小，像《报任安书》那样的长篇大论不见了；取而代之的是一些短篇之作，有的甚至只有寥寥数行，便斐然成章，酷似魏晋时期的短帖。

另外是受此期的社会风气影响，一些作者愤世嫉俗，矫激求名，表现在书信中，就出现了一些任才使气甚至意气用事的作品。有的作品已经开魏晋书信之风气。

东汉中期以后，一些士人感于朝政日昏，无意于仕进。但也有人高自标榜，屡征不仕，以显名当世。李固《遗黄琼书》就是针对此种风气的劝人出仕之作。黄琼(86－164)字世英，著名文人黄香之子。年轻时即有声名，多次拒绝官府征召。汉顺帝永建二年(127)，在多位公卿推荐之下，朝廷再次征黄琼做官，派专车接他进京。黄琼不得已而行，走到洛阳以东的万岁亭，又称疾不前。于是李固写信劝导他说：

> 闻已渡伊洛，近在万岁亭，岂即事有渐，将顺王命乎？盖君子谓："伯夷隘，柳下惠不恭"，故传曰："不夷不惠，可否之间。"盖圣贤居身之所珍也。诚遂欲枕山栖谷，拟迹巢、由，斯则可矣。若当辅政济民，今其时也。自生民以来，善政少而乱俗多，必待尧舜之君，此为志士，终无时矣。
>
> 常闻语曰："峣峣者易折，皦皦者易污。"阳春之曲，和者必寡；盛名之下，其实难副。近鲁阳樊君，被征初至，朝廷设坛席，犹待神明。虽无大异，而言行所守，亦无所缺，而毁谤布流，应时折减者，岂非观听望深，声名太盛乎？自顷征聘之士，胡元安、薛孟尝、朱仲昭、顾季鸿等，其功业皆无所采。是故俗论皆言处士纯盗虚声。愿先生弘此

远谟，令众人叹服，一雪此言耳。（《全后汉文》卷四十八）

信中从两个方面劝说黄琼出仕。首先，李固指出，一个有济世之心的人不能过于清高，“自生民以来，善政少而乱俗多”，不一定要等到尧舜之世再出来做事。其次，李固批评当时一些人高自标榜，邀名求誉而名实不副，希望黄琼引以为戒。这两个方面都表现了李固赤诚的济世之心。李固深知，“自生民以来，善政少而乱俗多”，但他仍要挽狂澜于既倒，他立身乱朝，成为对抗邪恶势力的中流砥柱。他告诫黄琼“若当辅政济民，今其时也”，并非认为当时的政治局面有多么好，相反，正是由于时局昏乱，才需要志士仁人挺身而出。也正是出于对国家前途的关切，李固批评当时的处士“纯盗虚声”。东汉以来，提倡名节，当时的荐举制度也非常重视士人的名誉。在求名动机的驱使下，有人便不择手段地沽名钓誉，致使虚伪做作之风盛行。李固批判这种腐败士风，是希望黄琼不求虚名，能为国家做些实事。在他的劝说下，黄琼果然进京任职，最终不负众望。

此信篇幅简短，言语精粹，文中多含哲理，发人深思。此种风格，颇近于魏晋以后的简帖小品。

和李固的态度不同，延笃的《与李文德书》则表明自己愿逍遥于官场之外的人生追求。延笃（？—167）字叔坚，南阳犨人。桓帝时以博士征，拜议郎，与朱穆、边韶共著作东观，徙京兆尹，因忤梁冀，以病免归，家居教授。前越嶲太守李文德与延笃是故交，想推荐他出仕。延笃听说后，写信谢绝李文德说：

夫道之将废，所谓命也。流闻乃欲相为求还东观，来命虽笃，所未敢当。吾尝昧爽栉梳，坐于客堂。朝则诵羲、文之《易》，虞、夏之《书》，历公旦之典礼，览仲尼之《春秋》。夕则消摇内阶，咏《诗》南轩。百家众氏，投闲而作。洋洋乎其盈耳也，涣烂兮其溢目也，纷纷欣欣兮其独乐也。当此之时，不知天之为盖，地之为舆；不知世之有人，己之有躯也。虽渐离击筑，傍若无人，高凤读书，不知暴雨，方之于吾，未足况也。且吾自束修已来，为人臣不陷于不忠，为人子不陷于不孝，上交不谄，下交不黩，从此而殁，下见先君远祖，可不惭赧。如此而不以善止者，恐如教羿射者也。慎勿迷其本，弃其生也。（《后汉书》卷六十四《吴延史卢赵列传》）

延笃是个正直的儒生，曾因得罪外戚而免官。他在这里表示对时局完全失望，因而不愿重新出仕。信中描写了他离官后的闲居生活。在这种生活中，他完全沉浸于读书咏诗的乐趣，忘记了自身的存在。尽管所读之书大部分是儒家经典，但所求却只在自娱，这种悠然自得而物我两忘的境界，和老庄极为相近。从这里我们可以看出，当时的士人济世之心渐泯，而全生远害、任性逍遥之情渐笃。描写这种人生情趣的书信，也是此前所少见的。

此后，荀爽(130—192)的《遗李膺书》则直接劝他保全性命于乱世。李膺在桓帝时和太尉陈蕃同为士林领袖，后陈蕃免职，朝野皆属意于李膺。荀爽担心他名高致祸，想让他屈节以全乱世，写信劝他说：

久废过庭，不闻善诱，陟岵瞻望，惟日为岁。知以直道不容于时，悦山乐水，家于阳城。道近路夷，当即聘问，无状婴疾，阙于所仰。顷闻上帝震怒，贬黜鼎臣，人鬼同谋，以为天子当贞观二五，利见大人，不谓夷之初旦，明而未融，虹蜺扬辉，弃和取同。方今天地气闭，大人休否，智者见险，投以远害。虽匮人望，内合私愿。想甚欣然，不为恨也。愿怡神无事，偃息衡门，任其飞沉，与时抑扬。（《后汉书》卷六十七《党锢列传》）

荀爽是荀卿的后代，是个有名的儒者，他却劝李膺放弃入仕之心，保身为上。由此可以看出当时士人人生追求的变化。此信非常简短，信中多用四字句，简洁省净，是典型的汉末文章风格。

东汉后期，还保留下来几篇夫妻间的书信。桓帝时，陇西(今属甘肃)人秦嘉(生卒年不详)为郡吏，岁终将赴洛阳上任。其妻徐淑(生卒年不详)因病还父母家，秦嘉给她写信，想当面告别。信中说：

不能养志，当给郡使，随俗顺时，僶俛当去。知所苦故尔，未有瘳损，相念悒悒，劳心无已。当涉远路，趋走风尘，非志所慕，惨惨少乐。又计往还，将弥时节。念发同怨，意有迟迟，欲暂相见，有所属托。今遣车往，想必自力。（《全后汉文》卷六十六）

秦嘉即将远行，欲与妻子相见。信中直陈胸臆，虽毫无渲染，但思念与忧思溢于言表。徐淑正在娘家养病，无法返回，于是回信说：

知屈珪璋，应奉藏使，策名王府，观国之光。虽失高素皓然之业，亦是仲尼执鞭之操也。自初承问，心愿东还，迫疾惟宜，抱叹而已。日月已尽，行有伴例。想严庄已办，发迈在近，谁谓宋远，企予望之，室迩人遐，我劳如何。深谷逶迤，而君是涉；高山岩岩，而君是越，斯亦难矣！长路悠悠，而君是践；冰霜惨烈，而君是履。身非形影，何得动而辄俱？体非比目，何得同而不离？于是咏萱草之喻，以消两家之思；割今者之恨，以待将来之欢。今适乐士，优游京邑，观王都之壮丽，察天下之珍妙，得无目玩意移，往而不能出耶？（《全后汉文》卷九十六）

徐淑所表达的感情比秦嘉更为复杂。其中有因不能回家而对丈夫的愧疚，更有对丈夫的关心思念，还有玩笑之语。秦嘉见信后，送去礼物，并回信说：

车还空反，甚失所望，兼叙远别。恨恨之情，顾有怅然。间得此镜，既明且好，形观文彩，世所希有。意甚爱之，故以相与。并致宝钗一双，价值千金，龙虎组履一緉，好香四种各一斤，素琴一张，常所自弹也。明镜可以镜形，宝钗可以耀首，芳香可以馥身去秽，麝香可以辟恶气，素琴可以娱耳。（《全后汉文》卷六十六）

徐淑收到来信，回信表示感谢，并回赠礼物。信中说：

既惠音令，兼赐诸物，厚顾殷勤，出于非望。镜有文彩之丽，钗有殊异之观，芳香既珍，素琴益好。惠异物于鄙陋，割所珍以相赐，非丰恩之厚，孰肯若斯。览镜执钗，情想仿佛，操琴咏诗，思心成结。敕以芳香馥身，喻以明镜鉴形，此言过矣，未获我心也。昔诗人有飞蓬之感，班婕妤有谁荣之叹，素琴之作，当须君归；明镜之鉴，当待君还；未奉光仪，则宝钗不设也；未侍帷帐，则芳香不发也。今奉旄牛尾拂一枚，可以拂尘垢；越布手巾二枚，严器中物几具，金错盌一枚，可以盛书水；琉璃盌一枚，可以服药酒。（《全后汉文》卷九十六）

这是汉代仅存的几封夫妻间的书信。秦嘉夫妇不仅感情深厚，而且具有很高的文学素养，发而为文，就能文采斐然，深挚感人。汉代自独尊儒术之后，文化迅速普及，以至妇人婢女中也出现了饱读诗书之人①。徐淑并非出身高门望族，其夫秦嘉也不过是普通郡吏，但她却有如此之高的文学修养，能在信中熟练地运用《诗经》来表达感情，从中可以看到当时整个社会的文化水平与文学好尚。另外，这几封书信都长于抒情，尤其是抒发普通人的日常生活情感，这一特点也是汉末文学才开始出现的。

东汉后期，留下书信较多的作者还有张奂。他的几封书信，涉及不同的生活内容，但都能发自内心，吐露真情。张奂（104—181）字然明，敦煌酒泉（今甘肃酒泉）人。桓帝时举贤良方正，对策第一，拜议郎。永寿（155—157）初迁安定属国都尉，进使匈奴中郎将。后为武威太守，迁度辽将军，征拜大司农。鲜卑入塞，出为护匈奴中郎将。张奂任度辽将军时，为进击羌人曾与段颎相争，后段颎任司隶校尉，欲加害张奂。张奂忧惧，乃致书段颎曰：

小人不明，得过州将，千里委命，以情相归。足下仁笃，照其辛苦，使人未反，复获邮书。恩诏分明，前以写白，而州期切促，郡县惶惧，屏营延企，侧待归命。父母朽骨，孤魂相托，若蒙矜怜，壹惠咳唾，

① 例如西汉刘歆喜《左传》，其家中婢女亦能诵读。东汉郑玄喜《诗经》，其家婢女亦能背诵。

则泽流黄泉，施及冥寞，非奂生死所能报塞。夫无毛发之劳，而欲求人丘山之用，此淳于髡所以拍髀仰天而笑者也。诚知言必见讥，然犹未能无望。何者？朽骨无益于人，而文王葬之；死马无所复用，而燕昭宝之。党同文、昭之德，岂不大哉！凡人之情，冤则呼天，穷则叩心。今呼天不闻，叩心无益，诚自伤痛。俱生圣世，独为匪人。孤微之人，无所告诉。如不哀怜，便为鱼肉。企心东望，无所复言。（《全后汉文》卷六十四）

张奂写信之时，处于任人摆布的境地，有性命之虞，信中之语都是发自肺腑，极为哀苦。段颎见信后，也为之感动，遂不忍加害。

张奂又有《与延笃书》，描写在北方边塞的生活：

唯别三年，无一日之忘。京师禁急，不敢相闻，岂不怀归，畏此简书。年老气衰，智尽谋索，每有所处，违宜失便。北为儿车所讎，中为马循所困，真欲入三泉之下，复镇之以大石，厄乎此时也。且太阴之地，冰厚三尺，木皮五寸，风寒惨冽，剥脱伤骨。但此自非老惫者所堪。而复加之以师旅，因之以饥馑，众艰罄集，不可一二而言也。聋盲日甚，气力寖衰，神邪当复相见者，从此辞矣。（同上）

此信把北方的军旅生活和个人境遇写得极为真切，尤其是“太阴之地，冰厚三尺，木皮五寸，风寒惨冽，剥脱伤骨”数句，写塞外严冬景色，笔笔如画。信中颇多危苦之词，特别是结尾写自己年老体衰，与对方作别，很动感情。这种文章，也是到了汉末才多起来的。

张奂还有一篇《与崔子贞书》（崔寔字子贞）信中述及军旅生活说：“仆以元年到任，有见兵二百，马如羖羊，矛如铺铁，盾如榆叶。”所写景色阔大苍凉，颇具画意。他又有《诫兄子书》，其中写道：

汝曹薄佑，早失贤父，财单艺尽，今适喘息。闻仲祉轻傲耆老，侮狎同年，极口恣意，当崇长幼，以礼自持。闻敦煌有人来，同声相道，皆称叔时宽仁，闻之喜而且悲。喜叔时得美称，悲汝得恶论。经言孔子乡党，恂恂如也。恂恂者，恭谦之貌也。经难知，且自以汝资父为师，汝父宁轻乡里邪？年少多失，改之为贵。蘧伯玉年五十，见四十九年非。但能改之，不可不思吾言，不自克责，反云张甲谤我，李乙怨我，我无是过，尔亦已矣。（同上）

这封家书也和马援诫侄一样，告诫后辈谨慎做人，文中循循诱导，讲得语重心长。张奂又有一篇《遗命诸子》，向诸子交代后事，其中说：

吾前后仕进，十要银艾，不能和光同尘，为谗邪所忌。通塞，命也，始终，常也。但地底冥冥，长无晓期，而复缠以纩绵，牢以钉密，为不喜耳。幸有前窀，朝殒夕下，措尸灵床，幅巾而已。奢非晋文，俭非王孙，推情从意，庶无咎吝。（同上）

这封遗命的内容是要求薄葬，但文中讲到“为谗邪所忌”，又带有一种悲愤之气。东汉末年，不少作者遗命薄葬，都是由于愤世嫉俗，张奂只是其中之一。

张奂上述几封书信，内容不同，但都能够敞开心扉，富有感情。这是汉末文章的普遍特征。不过虽然很带感情，但又写得自然真挚，无夸饰，不做作。这又是和当时某些任才使气，慷慨激昂的文章不同的。

东汉末年，遗书要求薄葬的还有一位赵咨。赵咨（生卒年不详）桓帝时为博士，灵帝时任敦煌太守、议郎、东海相等职。他临终遗书敕子说：

夫含气之伦，有生必终，盖天地之常期，自然之至数。是以通人达士，鉴兹性命，以存亡为晦明，死生为朝夕，故其生也不为娱，亡也不知戚。夫亡者，元气去体，贞魂游散，反素复始，归于无端。既已消仆，还合粪土。土为弃物，岂有性情，而欲制其厚薄，调其燥湿邪？但以生者之情，不忍见形之毁，乃有掩骼埋窆之制。《易》曰：“古之葬者，衣以薪，藏之中野，后世圣人易之以棺椁。”棺椁之造，自黄帝始。

爰自陶唐，逮于虞、夏，犹尚简朴，或瓦或木，及至殷人而有加焉。周室因之，制兼二代。复重以墙翣之饰，表以旌铭之仪，招复含敛之礼，殡葬宅兆之期，棺椁周重之制，衣衾称袭之数，其事烦而害实，品物碎而难备。然而秩爵异级，贵贱殊等，自成、康以下，其典稍乖。至于战国，渐至颓陵，法度衰毁，上下僭杂。终使晋侯请隧，秦伯殉葬，陈大夫设参门之木，宋司马造石椁之奢。爰暨暴秦，违道废德，灭三代之制，兴淫邪之法，国赀糜于三泉，人力单于郦墓，玩好穷于粪土，伎巧费于窀穸。自生民以来，厚终之敝，未有若此者。虽有仲尼重明周礼，墨子勉以古道，犹不能御也。是以华夏之士，争相陵尚，违礼之本，事礼之末，务礼之华，弃礼之实，单家竭财，以相营赴。废事生而营终亡，替所养而为厚葬，岂云圣人制礼之意乎？记曰："丧虽有礼，哀为主矣。"又曰："丧与其易也宁戚。"今则不然，并棺合椁，以为孝恺，丰赀重襚，以昭恻隐，吾所不取也。昔舜葬苍梧，二妃不从。岂有匹配之会，守常之所乎？圣主明王，其犹若斯，况于品庶，礼所不及。古人时同即会，时乖则别，动静应礼，临事合宜。王孙裸葬，墨夷露骸，皆达于性理，贵于速变。梁伯鸾父没，卷席而葬，身亡不反其尸。彼数子岂薄至亲之恩，亡忠孝之道邪？况我鄙暗，不德不敏，薄意内昭，志有所慕，上同古人，下不为咎。果必行之，勿生疑异。恐尔等目厌所见，耳讳所议，必欲改殡，以乖吾志，故远采古圣，近揆行事，以悟尔心。但欲制坎，令容棺椁，棺归即葬，平地无坟。勿卜时日，葬无设奠，勿留墓侧，无起封树。于戏小子，其勉之哉，吾蔑复有言矣！（《后汉书》卷三十九《刘赵淳于江刘周赵列传》）

赵咨以道家的自然观来看待个体生命，他认为死亡是"元气去体，贞魂游散，反素复始，归于无端"，并且推崇那些"以存亡为晦明，死生为朝夕"的通人达士。这些思想显然来自庄子。他主张薄葬的理由也和杨王孙比较接近。在此基础上，他回顾历史，批判厚葬之风，特别指出："华夏之士，争相陵尚，违礼之本，事礼之末，务礼之华，弃礼之实，单家竭财，以相营赴。废事生而营终亡，替所养而为厚葬，岂云圣人制礼之意乎？"赵咨在这里提出了一个非常重要的问题,即什么是礼的"本"与"实"。作为一个儒者,赵咨自然是维护礼的,但他认为更重要的是应当把握"圣人制礼之意",也就是礼的实质。这种看法在当时有一定代表性。东汉后期,随着思想的开放,一些士人开始重新思索礼的意义、礼的合理性以及礼与情的关系等深层次的问题,例如戴良,据《后汉书》卷八十三《逸民列传》载:

> 良少诞节,母喜驴鸣,良常学之以娱乐焉。及母卒,兄伯鸾居庐啜粥,非礼不行,良独食肉饮酒,哀至乃哭,而二人俱有毁容。或问良曰:"子之居丧,礼乎?"良曰:"然。礼所以制情佚也,情苟不佚,何礼之论!夫食旨不甘,故致毁容之实。若味不存口,食之可也。"论者不能夺之。

儒家最重丧礼,并将其看作维护血缘人伦的重要行为规范。戴良偏偏在这个带根本性的重大问题上突破了礼的限制。在他看来,礼作为约束行为的外在规范,其作用是防止情欲荡佚。假如情欲并未荡佚,礼便失去了存在价值;服丧期间如果心存悲哀,虽有美味却无心享用,那么,饮酒食肉也无妨碍。戴良对礼的本质加以探讨,认为只要把握了礼的根本精神,就不必拘守其外在形式。赵咨在这一点上和戴良的看法相似,他引《礼记》"丧虽有礼,哀为主矣"的说法,强调不必拘泥于礼的形式而追求实际效果。他是一个注重真情而不受外在规范束缚的人。从他的遗命中,我们看到了汉末自然通脱,不拘于俗的士风。

在汉末的遗书中,愤世嫉俗的倾向也非常明显。儒者赵岐(?—201)一生坎坷,三十余岁时,患重病,即写下遗书:"大丈夫生世,遁无箕山之操,仕无伊、吕之勋,天不我与,复何言哉!可立一员石于吾墓前,刻之曰:'汉有逸人,姓赵名嘉,有志无时,命也奈何。'"(《后汉书》卷六十四《吴延史卢赵列传》)在悲歌慷慨式的自述中,人们能深深感受到作者卓落傲岸、愤世嫉俗的人格。

灵帝时又有范冉(112—175)临终时遗令敕子说:

> 吾生于昏暗之世,值乎淫侈之俗,生不得匡世济时,死何忍自同

于世！气绝便敛，敛以时服，衣足蔽形，棺足周身，敛毕便穿，穿毕便埋。其明堂之奠，干饭寒水，饮食之物，勿有所下。坟封高下，令足自隐。知我心者，李子坚、王子炳也。今皆不在，制之在尔，勿令乡人宗亲有所加也。(《后汉书》卷八十一《独行列传》)

范冉性格狷急，“好违时绝俗，为激诡之行”，在党锢之祸中，他曾遭禁锢，携妻子四处流离，备尝艰辛困顿。遗命所嘱，正体现了他特立独行，违时绝俗的人生追求。

汉末士人愤世嫉俗的特征也体现在人际交往的书信中。朱穆(100—163)早年与刘伯宗为友，后来刘伯宗作官后不念旧情，在朱穆面前摆官架子，他便与之绝交。其《与刘伯宗绝交书》云：

昔我为丰令，足下不遭母忧乎？亲解缞绖，来入丰寺；及我为侍书御史，足下亲来入台。足下今为二千石，我下为郎，乃反因计吏以谒相与，足下岂丞尉之徒，我岂足下部民，欲以此谒为荣宠乎？咄！刘伯宗，于仁义道何其薄矣！(《全后汉文》卷二十八)

与人不和，即用绝交书的形式断交，足见作者性格之刚烈，也可见汉末士风之一斑。

在汉末清议和品评人物的背景之下，人们往往故意显示奇节异行，有人傲岸狂放，任情不羁，甚至故意向权威挑战，以获取名誉。赵壹曾求谒弘农太守皇甫规，门者未及时通报，赵便径去不还，皇甫规闻讯，急命人致书谢罪说：

蹉跌不面，企德怀风，虚心委质，为日久矣。侧闻仁者愍其区区，冀承清诲，以释遥悚。今旦外白有一尉两计吏，不道屈尊门下，更启乃知已去。如印绶可投，夜岂待旦。惟君明睿，平其夙心。宁当慢傲，加于所天。事在悖惑，不足具责。傥可原察，追修前好，则何福如之！谨遣主簿奉书。下笔气结，汗流竟趾。(《后汉书》卷八十下《文苑

列传》下）

赵壹却不肯返回，并回信说：

君学成师范，缙绅归慕，仰高希骥，历年滋多。旋辕兼道，渴于言侍，沐浴晨兴，昧旦守门，实望仁兄，昭其悬迟。以贵下贱，握发垂接，高可敷玩坟典，起发圣意，下则抗论当世，消弭时灾。岂悟君子，自生怠倦，失恂恂善诱之德，同亡国骄惰之志！盖见机而作，不俟终日，是以夙退自引，畏使君劳。昔人或历说而不遇，或思士而无从，皆归之于天，不尤于物。今壹自谴而已，岂敢有猜！仁君忽一匹夫，于德何损？而远辱手笔，追路相寻，诚足愧也。壹之区区，曷云量己，其嗟可去，谢也可食，诚则顽薄，实识其趣。但关节疢动，膝炙坏溃，请俟他日，乃奉其情。辄诵来贶，永以自慰。（同上）

赵壹是个孤高傲世之人，信中对当世名人冷嘲热讽，是其桀傲人格的体现，同时也是士人交游议论风气的产物。当时舆论的力量对当权者形成强大的压力，“傲士”即可使之声名狼籍。范滂迁光禄勋主事，以公礼去见上司陈藩，陈藩未予制止，范滂恼恨之下竟然投版弃官而去，郭太因而批评陈藩：“若范孟博者，岂宜以公礼格之？今成其去就之名，得无自取不优之议也？”（《后汉书》卷六十七《党锢列传》）于是陈藩乃向范滂道歉。范滂的行为恰恰为他博得美名，而陈藩却有可能招致不优之议，可见当时清议的压力之大。在这种情况下，士人写文章高自标榜而故意触犯权势人物，就是非常自然的了。

汉末以名士自居而敢于冒犯权贵的人物，孔融是个突出代表。孔融幼年，正值“党人”清议的高潮。他十岁时，曾登门造访名重一时的李膺，颇受器重。十六岁时，因藏匿被追捕的“党人”张俭而入狱，与母亲和兄长一起争死，由此出名。成年之后，家中常宾客盈门，自称“坐上客恒满，尊中酒不空，吾无忧矣”。时值曹操挟天子以令诸侯，孔融极为不满，常对曹操加以讽刺。据《后汉书》卷七十《郑孔荀列传》载：

初，曹操攻屠邺城，袁氏妇子多见侵略，而操子丕私纳袁熙妻甄氏。融乃与操书，称"武王伐纣，以妲己赐周公"。操不悟，后问出何经典。对曰："以今度之，想当然耳。"后操讨乌桓，又嘲之曰："大将军远征，萧条海外，昔肃慎不贡楛矢，丁零盗苏武牛羊，可并案也。"

时年饥兵兴，操表制酒禁，融频书争之，多侮慢之辞。既见操雄诈渐著，数不能堪，故发辞偏宕，多致乖忤。

孔融《难曹操表制酒禁书》云：

酒之为德久矣。古先哲王，类帝禋宗，和神定人，以济万国，非酒莫以也。故天垂酒星之耀，地列酒泉之郡，人著旨酒之德。尧不千钟，无以建太平。孔非百觚，无以堪上圣。樊哙解厄鸿门，非豕肩钟酒，无以奋其怒。赵之厮养，东迎其王，非引卮酒，无以激其气。高祖非醉斩白蛇，无以畅其灵。景帝非醉幸唐姬，无以开中兴。袁盎非醇醪之力，无以脱其命。定国非酣饮一斛，无以决其法。故郦生以高阳酒徒，著功于汉；屈原不餔糟歠醨，取困于楚。由是观之，酒何负于政哉？（《后汉书》卷七十《郑孔荀列传·注》）

曹操见书之后，写了答书，以历史的教训来说明禁酒的必要性，而孔融又作书加以批驳，书云：

昨承训答，陈二代之祸，及众人之败，以酒亡者，实如来诲。虽然，徐偃王行仁义而亡，今令不绝仁义；燕哙以让失社稷，今令不禁谦退；鲁因儒而损，今令不弃文学；夏、商亦以妇人失天下，今令不断婚姻。而将酒独急者，疑但惜谷耳，非以亡王为戒也。（同上）

这里所争论的，并不是政治上的大是大非，而孔融却偏偏在这些地方故意"撩虺蛇之头，践虎狼之尾"，文中冷嘲热讽，只图一时痛快，而不计后果。这种行为,完全是清议之士以声名自高,目空一切而意气用事的作风。

孔融又有《论盛孝章书》,是请求曹操解救被孙权囚禁的盛孝章。信中说:

> 岁月不居,时节如流。五十之年,忽焉已至。公为始满,融又过二。海内知识,零落殆尽,惟会稽盛孝章尚存。其人困于孙氏,妻孥湮没,单孑独立,孤危愁苦。若使忧能伤人,此子不得永年矣!
>
> 《春秋传》曰:"诸侯有相灭亡者,桓公不能救,则桓公耻之。"今孝章实大夫之雄也,天下谈士,依以扬声,而身不免于幽絷,命不期于旦夕,是吾祖不当复论损益之友,而朱穆所以绝交也。公诚能驰一介之使,加咫尺之书,则孝章可致,友道可矣。
>
> 今之少年,喜谤前辈,或能讥评孝章;孝章要为有天下大名,九牧之民,所共称叹。燕君市骏马之骨,非欲以骋道里,乃当以招绝足也。惟公匡复汉室,宗社将绝,又能正之,正之之术,实须得贤。珠玉无胫而自至者,以人好之也。况贤者之有足乎!昭王筑台以尊郭隗,隗虽小才,而逢大遇,竟能发明主之至心,故乐毅自魏往,剧辛自赵往,邹衍自齐往。向使郭隗倒悬而王不解,临溺而王不拯,则士亦将高翔远引,莫有北首燕路者矣。凡所称引,自公所知,而复有云者,欲公崇笃斯义也。因表不悉。(《全后汉文》卷八十三)

由于有求于曹操,故信中一反常态,不再冷嘲热讽。从写作的角度来看,这封信言辞恳切,长于说理,很能打动人。但写得最好的地方,还是它的开头。孔融和曹操之间,本来很难找到共同语言,于是孔融先从人生短暂说起,谈到两个人的年龄,然后巧妙地把话题转到盛孝章身上。在当时的文学作品中,我们经常看到关于人生短促、年命不永的感叹,这是最令当时的文人感伤,最能打动他们的话题。孔融这样写,可谓以情动人。在书信中感慨人生,以情动人,这也是汉末的时代特征。

从西汉到汉末,书信之文发生了巨大的变化。这种变化正是当时士风和文风嬗变的一个缩影。

第九章　汉代序文

序产生于古代的经典阐释。陈懋仁《文章缘起注》说:"序者,所以序作者之意,谓其言次第有序,故曰'序'也。"最早的序可追溯到《易》之《序卦》。孔颖达《周易正义》说:"《序卦》者,文王既繇六十四卦,分为上下二篇。其先后之次,其理不见,故孔子就上下二《经》,各序其相次之义,故谓之《序卦》焉。"《易经》之外,《尚书》、《诗经》均有序。尽管人们对这两种序的作者和产生时代存在很大分歧,但它们是按篇章次第来解释经典,以序其作者之意却是客观的事实。汉代的序文就是在上述解经文体的基础上发展起来的。它由为一部学术著作作序,发展到为单篇的文学作品作序;由叙述作品的篇章次第之意,到比较自由地叙事、抒情和说理,从而表达作者自己的人生感受和独立见解。但总的来看,汉代的序文仍未能完全脱离为之作序的作品而独立存在,其范围仍限于各种著述和文章之序,序体文中的重要品类宴集序和赠序都尚未产生。因此,曹丕、陆机乃至刘勰论及文体,都未讲到序。可以说,汉代只是序体文的初起阶段。除了序文,汉代还有称为书录和题辞的文章,也属于序体,故在本章一起讨论。

第一节　西汉序文

汉代的序体文是从脱离解经而为一部著述作序开始的。《淮南子·要略》是汉代第一部解经之外的序体文。

《要略》是全书第二十一篇。置于全书末尾。值得注意的是,作者心目中的《淮南子》全书,只是从《原道》到《泰族》共二十篇。这一点《要略》

中讲得很清楚:"故著书二十篇,有《原道》……有《泰族》也。"可见《要略》是不包括在全书二十篇正文之中的。它是在二十篇之外,对全书加以总结说明的一篇文字,因此,它虽不称为序,却是一部真正的序。

《要略》首先讲述全书的概貌及写作主旨:

> 夫作为书论者,所以纪纲道德,经纬人事,上考之天,下揆之地,中通诸理。虽未能抽引玄妙之中才,繁然足以观终始矣。总要举凡,而语不剖判纯朴,靡散大宗,惧为人之惽惽然弗能知也;故多为之辞,博为之说,又恐人之离本就末也。故言道而不言事,则无以与世浮沉;言事而不言道,则无以与化游息。故著二十篇,有《原道》、有《俶真》……有《修务》、有《泰族》也。

作者指出,《淮南子》是一部"纪纲道德,经纬人事"之书,为此,其立言要做到考之天地,通于事理。作者专门说明了其写作方法的用意:如果只是总要举凡,过于概括,则担心读者不能充分理解;如果过于繁复,又担心读者只关心细节而忽略其主旨。因此,全书既探讨形而上的道,又讲述具体的事;既能与世沉浮,不脱离社会现实,又能高屋建瓴,把握宇宙的法则。在此基础上,他又一一阐述了各篇的主旨,例如:

> 《原道》者,卢牟六合,混沌万物,象太一之容,测窈冥之深,以翔虚无之轸,托小以苞大,守约以治广,使人知先后之祸福,动静之利害。诚通其志,浩然可以大观矣。欲一言而寤,则尊天而保真;欲再言而通,则贱物而贵身;欲参言而究,则外物而反情。执其大指,以内治五藏,瀸濇肌肤,被服法则,而与之终身,所以应待万方,览耦百变也,若转丸掌中,足以自乐也。

作者认为,道是宇宙的法则、万物的的统帅,能够"使人知先后之祸福,动静之利害"。懂得了道的真谛,就要做到尊天而保真、贱物而贵身、外物而抒情。把握了道的真谛,终身奉行,就能够应待万方,览耦百变。

作者所阐发的这些关于道的理论，正是《原道》篇的主旨。

在一一阐明各篇的主旨之后，作者又进一步交代全书各篇的关系：

凡属书者，所以窥道开塞，庶后世使知举错取舍之宜适，外与物接而不眩，内有以处神养气，宴炀至和，而已自乐所受乎天地者也。故言道而不明终始，则不知所仿依；言终始而不明天地四时，则不知所避讳；言天地四时而不引譬援类，则不知精微；言至精而不原人之神气，则不知养生之机；原人情而不言大圣之德，则不知五行之差；言帝道而不言君事，则不知小大之衰；言君事而不为称喻，则不知动静之宜；言称喻而不言俗变，则不知合同大指；已言俗变而不言往事，则不知道德之应；知道德而不知世曲，则无以耦万方；知泛论而不知诠言，则无以从容；通书文而不知兵指，则无以应卒；已知大略而不知譬喻，则无以推明事；知公道而不知人间，则无以应祸福；知人间而不知修务，则无以使学者劝力。欲强省其辞，览总其要，弗曲行区入，则不足以穷道德之意。故著书二十篇，则天地之理究矣，人间之事接矣，帝王之道备矣！

也就是说，全书二十篇，是一个互相关联的整体，缺一不可。它们构成一个完整的体系，涵盖了天道人事。讲完全书的体系，作者又进一步论述此书的写作特点，特别是强调了此书繁复宏大的特色：

其言有小有巨，有微有粗，指奏卷异，各有为语。今专言道，则无不在焉，然而能得本知末者，其唯圣人也。今学者无圣人之才，而不为详说，则终身颠顿乎混溟之中，而不知觉寤乎昭明之术矣……今谓之道则多，谓之物则少，谓之术则博，谓之事则浅，推之以论，则无可言者，所以为学者，固欲致之不言而已也。夫道论至深，故多为之辞以抒其情；万物至众，故博为之说以通其意。辞虽坛卷连漫，绞纷远缓，所以洮汰涤荡至意，使之无凝竭底滞，卷握而不散也。夫江河之腐胔，不可胜数，然祭者汲焉，大也。一杯酒白，蝇渍其中，匹夫弗尝者，小也。诚通乎二十篇之论，睹凡得要，以通九野，径十门，外天地，捭山川，其于逍遥一世之间，宰匠万物之形，亦优游矣。若然者，挟日月而不姚，润万物而不秏。曼兮洮兮，足以览矣，藐兮浩兮，旷旷兮，可以游矣。

作者指出，《淮南子》一书在写作方面，有意多为之辞，博为之说，之所以如此，是由于道论至深、万物至众，同时也是由于当时学者无圣人之才，不为详说，他们便终身暗昧不通。在这里，《要略》不仅概括了全书在写作方面的特点，而且进一步从论述对象和读者两方面揭示了形成这种特点的原因。

接下去，《要略》回顾了从商周之际开始的百家学说的产生过程，分别论述了各家学说的特色及产生背景，最后讲到了《淮南子》一书：

若刘氏之书，观天地之象，通古今之事，权事而立制，度形而施宜，原道之心，合三王之风，以储与扈冶。玄眇之中，精摇靡览，弃其畛挈，斟其淑静，以统天下，理万物，应变化，通殊类，非循一迹之路，守一隅之指，拘系牵连之物，而不与世推移也。故置之寻常而不塞，布之天下而不窕。

在作者看来，百家之说都有其特定的产生背景，也是为应对特定的问题而出现的，因此，它们也各有其局限性。只有《淮南子》一书产生于百家学说之后，能够融各家学说之长，顺应万物之变，不拘守一隅之指，因此能“置之寻常而不塞，布之天下而不窕”。这是作者对自己著作的高度评价，也符合黄老道家学说合儒墨，兼名法，与时推移，应物变化的特点。

《要略》虽不名为序，但已具备了序的基本特征。文中全面阐述了《淮南子》一书的主旨和创作特点，也分别交代了每一篇的基本内容，说明了全书的基本架构以及各篇之间的联系。其总论部分，相当于解经的大序，其分论各篇之旨的部分，则相当于解经的小序。不过，《要略》不是为解经而作，而是作者为自己的一部学术著作而作，它全面介绍了作者的创作意图和全书的概况，为我们了解《淮南子》一书提供了宝贵的第一手资料，这是解经之作所不能比的。《要略》是第一部为专著所作的自序。在《要略》之前，比较接近自序性质的文章有《庄子》的《天下》篇。和《要略》一样，《天下》篇也是出现在全书的末尾，带有总结的性质。但《天下》篇只是从学术史的角度总结了百家学说的发展及各家学说的特点，只是把庄子作为百家中的一家来评介其思想及表达方式的特点。《天下》篇的作者不是庄子本人。《天下》篇也没有对《庄子》一书的编纂情况以及各篇的主旨加以说明。总之，它的评论对象是庄子的学说而不是《庄子》一书，充其量它也只是接近于《要略》的最后一段。因此，《天下》篇还不是一篇真正的序文，更不是作者的自序。而《要略》才真正使序文脱离了解经，并且开创了作者的自序。

《要略》之后，司马迁为《史记》作的《太史公自序》，又把序体文向前推进了一步。和《要略》一样，《太史公自序》也是置于全书的末尾，带有总括全书的性质。但它明确地称为《自序》，这是和《要略》有所不同的。更为不同的是，《太史公自序》虽置于全书末尾，却又包含在全书一百三十篇之中，而不像《要略》那样是全书二十篇之外的独立的序文。既然在一百三十篇之内，《太史公自序》就不仅仅是一篇序文，而是作为全书人物传记中的一篇而带有自传的性质，后来，班固作《汉书》时就是把《太史公自序》的大部分内容直接移入了《司马迁传》。自序与自传的结合是《太史公自序》的一个显著特点。在自传的部分，司马迁介绍了自己的家世和生平，重点交代了写《史记》的动机和创作过程。其中写到父亲临终前对他的嘱托：

是岁天子始建汉家之封，而太史公留滞周南，不得与从事，故发愤且卒。而子迁适使反，见父于河洛之间。太史公执迁手而泣曰：“余先周室之太史也。自上世尝显功名于虞夏，典天官事。后世中衰，绝于予乎？汝复为太史，则续吾祖矣。今天子接千岁之统，封泰山，而余不得从行，是命也夫，命也夫！余死，汝必为太史；为太史，无忘吾所欲论著矣。且夫孝始于事亲，中于事君，终于立身。扬名于后世，以显父母，此孝之大者。夫天下称诵周公，言其能论歌文武之德，宣周、邵之风，达太王、王季之思虑，爰及公刘，以尊后稷也。幽厉之后，王道缺，礼乐衰，孔子修旧起废，论《诗》、《书》，作《春秋》，则学者至今则之。自获麟以来四百有余岁，而诸侯相兼，史记放绝。今汉兴，海内一统，明主贤君忠臣死义之士，余为太史而弗论载，废天下之史文，余甚惧焉，汝其念哉！"迁俯首流涕曰："小子不敏，请悉论先人所次旧闻，弗敢阙。"（《史记》卷一百三十《太史公自序》）

这段记载对我们了解司马迁的生平和他作《史记》的原因，是非常重要的。司马迁作《史记》有效法孔子作《春秋》之意，但这种创作动机的产生，最初还是从司马谈开始的。司马迁在父亲的激励下决心继承孔子的事业，写成一部《春秋》式的伟大著作。他在自序中讲到了自己的决心：

太史公曰："先人有言：'自周公卒五百岁而有孔子，孔子卒后至于今五百岁，有能绍明世，正《易传》，继《春秋》，本《诗》、《书》、《礼》、《乐》之际？'意在斯乎！意在斯乎！小子何敢让焉！"（同上）

然后他又讲到对《春秋》的看法：

余闻董生曰："周道衰废，孔子为鲁司寇，诸侯害之，大夫壅之。孔子知言之不用，道之不行也，是非二百四十二年之中，以为天下仪表，贬天子，退诸侯，讨大夫，以达王事而已矣。"子曰："我欲载之空言，不如见之于行事之深切著明也。"夫《春秋》，上明三王之道，下辨人事之纪，别嫌疑，明是非，定犹豫，善善恶恶，贤贤贱不肖，存亡国，继绝世，补敝起废，王道之大者也……余闻之先人曰："伏羲至纯厚，作《易》、《八卦》；尧舜之盛，《尚书》载之，礼乐作焉。汤武之隆，诗人歌之。《春秋》采善贬恶，推三代之德，褒周室，非独刺讥而已也。"汉兴以来，至明天子，获符瑞，封禅，改正朔，易服色，受命于穆清，泽流罔极，海外殊俗，重译款塞，请来献见者，不可胜道。臣下百官力诵圣德，犹不能宣尽其意。且士贤能而不用，有国者之耻；主上明圣而德

不布闻，有司之过也。且余尝掌其官，废明圣盛德不载，灭功臣、世家、贤大夫之业不述，堕先人所言，罪莫大焉！（同上）

从这些论述我们可以看到，司马迁怀着强烈的历史责任感，自觉地继承汉代儒家所阐扬的孔子作《春秋》的精神，他一方面以《史记》来贬恶扬善，弘扬王道理想；一方面也要记载汉朝的历史功绩。这些思想都与司马谈的教导有关。司马谈对司马迁作《史记》有着极为重要的影响。

《自序》中记载的另一件大事是司马迁因李陵之祸而受刑。

于是论次其文。七年而太史公遭李陵之祸，幽于缧绁。乃喟然而叹曰："是余之罪也夫！是余之罪也夫！身毁不用矣。"退而深惟曰："夫《诗》、《书》隐约者，欲遂其志之思也。昔西伯拘羑里，演《周易》；孔子厄陈、蔡，作《春秋》；屈原放逐，著《离骚》；左丘失明，厥有《国语》；孙子膑脚，而论兵法；不韦迁蜀，世传《吕览》；韩非囚秦，《说难》、《孤愤》；《诗》三百篇，大抵贤圣发愤之所为作也。此人皆意有所郁结，不得通其道也，故述往事，思来者。"于是卒述陶唐以来，至于麟止，自黄帝始。（同上）

司马迁因受宫刑而发愤著书，他在《报任安书》中已有详细阐述，这里又再次提起，可见这件事在《史记》创作过程中的重要性。司马迁在此告诉读者，《史记》是一部学习古代圣贤的发愤之作。在此基础上，司马迁逐一介绍了《史记》各篇作品的写作缘由及主旨。这篇文章称作自序，主要也是由于逐篇序作者之意的这一部分。

总之，《太史公自序》最大的特色是序与传的结合。由于《史记》是一部个人的著述，而不像《淮南子》那样是集体编写的成果，所以司马迁能在自序中详细地交代自己的生平及创作过程，表述个人的独立见解。这些内容对人们知人论世，深刻把握《史记》创作意图和主旨，是非常有用的。由于是自序，更由于司马迁的特殊遭遇，不仅表达了个人的见解，更凝聚着作者的全部生命和血泪，文中有些地方写得很动感情，读起来是非常感人。

西汉时期，还有一类接近于序文的作品，就是刘向校书时所写的书录。

刘向在汉成帝时受命校理图书，每校一书，就为之撰写书录。这些书录不仅介绍该书的整理编定情况，而且对其加以评论，其中不乏精辟之见，文章也写得平易畅达。例如《战国策书录》，文中先介绍了该书的校雠和编定情况，然后便以“叙曰”的形式加以评论。其中先回顾历史，从西周的太平盛世讲起：

> 周室自文、武始兴，崇道德，隆礼义，设辟雍、泮宫、庠序之教，陈礼乐弦歌移风之化，叙人伦，正夫妇，天下莫不晓然，论孝悌之义，惇笃之行，故仁义之道满乎天下，卒致之刑错四十余年。远方慕义，莫不宾服，雅颂歌咏思德其上。及康、昭之后，虽有衰德，其纲纪尚明。及春秋时，已四五百载矣，然其余业遗烈，流而未灭。五伯之起，尊事周室。五伯之后，时君虽无德，人臣辅其君者，若郑之子产、晋之叔向、齐之晏婴，挟君辅政，以并立于中国，犹以义相支持，歌说以相感，聘觐以相交，期会以相一，盟誓以相救。天子之命，犹有所行；会享之国，犹有所耻。小国得有所依，百姓得有所息。故孔子曰：“能以礼让为国乎？何有！”周之流化，岂不大哉！

刘向以向往的口吻赞美了西周的礼义教化，然后便由春秋时期讲到战国：

> 及春秋之后，众贤辅国者既没，而礼义衰矣。孔子虽论《诗》、《书》，定礼乐，王道粲然分明，以匹夫无势，化之者七十二人而已，皆天下之俊也。时君莫尚之，是以王道遂用不兴。故曰：“非威不立，非势不行。”仲尼既没之后，田氏取齐，六卿分晋，道德大废，上下失序。至秦孝公，捐礼义而贵战争，弃仁义而用诈谲，苟以强而已矣。夫篡盗之人，列为侯王，诈谲之国，兴立为强。是以传相放效，后生师之，

遂相吞灭，并大兼小，暴师经岁，流血满野；父子不相亲，兄弟不相安，夫妇离散，莫保其命，湣然道德绝矣。晚世益甚，万乘之国七，千乘之国五，敌侔争权，尽为战国。贪饕无耻，竞进无厌，国异政教，各自制断，上无天子，下无方伯，力政争强，胜者为右，兵革不休，诈伪并起。当此之时，虽有道德，不得施设。有谋之强，负阻而恃固，连与交质，重约结誓以守其国。故孟子、孙卿儒术之士弃捐于世，而游说权谋之徒见贵于俗。是以苏秦、张仪、公孙衍、陈轸、代、厉之属，生纵横长短之说，左右倾侧。苏秦为纵，张仪为横。横则秦帝，纵则楚王。所在国重，所去国轻……是故秦始皇因四塞之固，据崤函之阻，跨陇蜀之饶，听众人之策，乘六世之烈，以蚕食六国，兼并诸侯，并有天下。杖于诈谋之弊，终于信笃之诚，无道德之教，仁义之化，以缀天下之心；任刑罚以为治，信小术以为道；遂燔烧《诗》、《书》，坑杀儒士；上小尧舜，下邈三王。二世愈甚，惠不下施，情不上达；君臣相疑，骨肉相疏；化道浅薄，纲纪败坏；民不见义，而悬于不宁。抚天下十四岁，天下大溃，诈伪之弊也。其比王德，岂不远哉！孔子曰“道之以政，齐之以刑，民免而无耻；道之以德，齐之以礼，有耻且格。”夫使天下有所耻，故化可致也。苟以诈伪偷活取容，自上为之，何以率下？秦之败也，不亦宜乎？

文中对战国时期的礼义废弛、道德沦丧痛心疾首，接着就讲到秦国废弃道德仁义而“任刑罚以为治，信小术以为道”，终于导致二世而亡。这段文字从历史的角度分析了《战国策》产生的背景，同时又对西周以来的历史兴衰予以总结。其中特别强调礼义教化的重要作用，表现了儒家一贯的政治理想。经过这样的分析，也就使人看到《战国策》背礼义而任诈谲的实质和危害。但在结尾，刘向也肯定了《战国策》一书的价值：

战国之时，君德浅薄，为之谋策者，不得不因势而为资，据时而为口，故其谋扶急持倾，为一切之权，虽不可以临国教，化兵革，亦救急之势也。皆高才秀士，度时君之所能行，出奇策异智，转危为安，运亡

为存，亦可喜，皆可观。（《全汉文》卷三十七）

这样，全文就对《战国策》作了一个全面的分析评价。文章以历史为据，以儒家的政治理念为标准，层层深入地展开论述。它虽不名为序，但实质上相当于一篇序文。其中不仅有书评，也有历史评论，表达了作者的历史观。文章虽属于学术论文，但议论宏阔，颇具气势，也有一些铺陈排比，有些地方很像贾谊的《过秦论》。

第二节 东汉序文

东汉时期,序体文继续发展,出现了为个人的单篇作品所作的序。早期的代表作品有冯衍的《显志赋序》。据《后汉书》卷二十八下《冯衍传》下载:"衍不得志,退而作赋,又自论曰:

冯子以为夫人之德,不碌碌如玉,落落如石。风兴云蒸,一龙一蛇,与道翱翔,与时变化,夫岂守一节哉?用之则行,舍之则臧,进退无主,屈申无常。故曰:"有法无法,因时为业,有度无度,与物趣舍。"常务道德之实,而不求当世之名,阔略杪小之礼,荡佚人间之事。正身直行,恬然肆志。顾尝好俶傥之策,时莫能听用其谋,喟然长叹,自伤不遭。久栖迟于小官,不得舒其所怀。抑心折节,意凄情悲。夫伐冰之家,不利鸡豚之息;委积之臣,不操市井之利。况历位食禄二十余年,而财产益狭,居处益贫。惟夫君子之仕,行其道也。虑时务者不能兴其德,为身求者不能成其功。去而归家,复羁旅于州郡,身愈据职,家弥穷困,卒离饥寒之灾,有丧元子之祸。

先将军葬渭陵,哀帝之崩也,营之以为园。于是以新丰之东,鸿门之上,寿安之中,地势高敞,四通广大,南望郦山,北属泾渭,东瞰河华,龙门之阳,三晋之路,西顾酆鄗,周秦之丘,宫观之墟,通视千里,览见旧都,遂定茔焉。退而幽居。盖忠臣过故墟而歔欷,孝子入旧室而哀叹。每念祖考,着盛德于前,垂鸿烈于后,遭时之祸,坟墓芜秽,春秋蒸尝,昭穆无列。年衰岁暮,悼无成功,将西田牧肥饶之野,殖生产,修孝道,营宗庙,广祭祀。然后阖门讲习道德,观览乎孔老之论,庶几乎松、乔之福。上陇阪,陟高冈,游精宇宙,流目八纮。历观九州山川之体,追览上古得失之风,愍道陵迟,伤德分崩。夫睹其终必原其始,故存其人而咏其道。疆理九野,经营五山,眇然有思陵云之意。乃作赋自厉,命其篇曰《显志》。显志者,言光明风化之情,昭章玄妙之思也。"(《后汉书》卷二十八下《冯衍传》下)

从《后汉书》的记载来看，冯衍既作了《显志赋》，又“自论”。这段“自论”，其实就是自序。其中讲述了《显志赋》的创作缘由，交代了其篇名的含义。这是一篇为自己的单篇作品所作的序，而且所序的对象是赋这种文学作品，这就使序这种文体进一步脱离了解经而存在。由于是为自己的文学作品作序，序文本身也带有文学色彩。序中表达作者的人生志向，回首平生，感慨命途多舛；又写辞官归田的打算，表述对精神自由的追求。文中含有悲愤之情，也显示了作者伟岸倜傥的人格特征。在序文的发展史上，本文占有重要的地位，它标志着序文已成为一种自由地抒情叙事的散文文体。

冯衍之后，为单篇作品所作之序渐多。例如傅毅《北海王诔》，文前有序曰：

> 永平六年，北海静王薨。于是境内市不交易，途无征旅，农不修亩，室无女工，感相惨怛，若丧厥亲，俯哭后土，仰愬皇旻。于是群英列俊，静思勒铭，惟王勋德，是昭是明，存隆其实，光曜其声，终始之际，于斯为荣。乃作诔曰……(《全后汉文》卷四十三)

序中不仅交代了作诔的缘由，而且描写了人们哀悼北海静王的情景，序文虽然不长，但已构成叙事完整的文章，与诔文相得益彰。此类序文还有崔骃、班固等人为其各篇颂文所作之序，都通过史实的记载交代作颂的背景。而班固的《两都赋序》则以议论为主，序中阐述了作者的辞赋观，写作的缘由，这是了解东汉时期赋家创作思想的重要资料。此序前文已有论述，兹不重复。班固还作有《离骚序》和《离骚赞序》。其《离骚序》说：

> 昔在孝武，博览古文，淮南王安《叙离骚传》，以“《国风》好色而不淫，《小雅》怨悱而不乱，若《离骚》者，可谓兼之。蝉蜕浊秽之中，浮游尘埃之外，□爵然泥而不滓，推此志，与日月争光可也”。斯论似过其真。又说五子以失家巷，谓五子胥也。及至羿、浇、少康、二姚、有娀佚女，皆各以所识，有所增损，然犹未得其正也。故博采经书传记本

文，以为之解。且君子道穷，命矣，故潜龙不见，是而无闷。《关雎》哀周道而不伤，蘧瑗持可怀之智，宁武保如愚之性，咸以全命避害，不受世患，故《大雅》曰："既明且哲，以保其身。"斯为贵矣。今若屈原，露才扬己，竞乎危国群小之间，以离谗贼。然责数怀王，怨恶椒兰，愁神苦思，非其人，忿怼不容，沈江而死，亦贬絜狂狷景行之士。多称昆仑冥婚宓妃虚无之语，皆非法度之政，经义所载。谓之兼《诗》、《风》、《雅》，而与日月争光，过矣！然其文弘博丽雅，为辞赋宗，后世莫不斟酌其英华，则象其从容。自宋玉、唐勒、景差之徒，汉兴，枚乘、司马相如、刘向、扬雄，骋极文辞，好而悲之，自谓不能及也。虽非明智之器，可谓妙才者也。(《全后汉文》卷二十五)

其《离骚赞序》说：

《离骚》者，屈原之所作也。屈原初事怀王，甚见信任。同列上官大夫妒害其宠，谗之王，王怒而疏屈原。屈原以忠信见疑，忧愁幽思而作《离骚》。离犹遭也；骚，忧也，明己遭忧作辞也。是时周室已灭，七国并争，屈原痛君不明，信用群小，国将危亡，忠诚之情，怀不能已，故作《离骚》。上陈尧、舜、禹、汤、文王之法，下言羿、浇、桀、纣之失以风。怀王终不觉寤，信反间之说，西朝于秦。秦人拘之，客死不还。至于襄王，复用谗言，逐屈原。在野又作《九章》赋以风谏，卒不见纳。不忍浊世，自投汨罗。原死之后，秦果灭楚。其辞为众贤所悼悲，故传于后。(同上)

从文章内容来看，《离骚赞序》主要介绍《离骚》的创作背景，相当于对《离骚》的解题。而《离骚序》则对《离骚》加以评论。班固表示不同意刘安对《离骚》的评价，他批评屈原露才扬己，"亦贬絜狂狷景行之士"，认为《离骚》"多称昆仑冥婚宓妃虚无之语，皆非法度之政，经义所载"。但他同时又肯定了《离骚》"为辞赋宗"的重要地位及其对后代作家的影响。针对班固的观点，王逸在《楚辞章句叙》中逐条予以批驳，他说：

且人臣之义，以忠正为高，以伏节为贤。故有危言以存国，杀身以成仁。是以伍子胥不恨于浮江，比干不悔于剖心，然后忠立而行成，荣显而名著。若夫怀道以迷国，详愚而不言，颠则不能扶，危则不能安，婉娩以顺上，逡巡以避患，难保黄耇，终寿百年，盖志士之所耻，愚夫之所贱也。今若屈原，膺忠贞之质，体清洁之性，直若砥矢，言若丹青，进不隐其谋，退不顾其命，此诚绝世之行，俊彦之英也。而班固谓之露才扬已，竞于群小之中，怨恨怀王，讥刺椒兰，苟欲求进，强非其人，不见容纳，忿恚自沈，是亏其高明，而损其清洁也。昔伯夷叔齐，让国守分，不食周粟，遂饿而死，岂可复谓有求于世而怨望哉？且诗人怨主刺上，曰“呜呼小子，未知臧否，匪面命之，言提其耳。”风谏之语，于斯为切。然仲尼论之，以为大雅。引此比彼，屈原之词，优游婉顺，宁以其君不智之故，欲提携其耳乎？而论者以为露才扬已，怨刺其上，强非其人，殆失厥中矣。夫《离骚》之文，依托五经以立义焉：“帝高阳之苗裔”，则“厥初生民，时惟姜嫄”也……屈原之词，诚博远矣。自终没以来，名儒博达之士，蓄造词赋，莫不拟则其仪表，祖式其模范，取其要妙，窃其华藻。所谓金相玉质，百世无匹，名垂罔极，永不刊灭者矣。（《全后汉文》卷五十七）

王逸认为，《离骚》处处合于经典，班固的批评有失中肯。另外他又在《离骚经序》中对《离骚》予以高度评价，他说：

屈原执履忠贞，而被谗衺，忧心烦乱，不知所愬，乃作《离骚经》。离，别也；骚，愁也；经，径也。言已放逐离别，忠心愁思，独依道径，以风谏君也。故上述唐、虞、三后之制，下序桀、纣、羿、浇之败，冀君觉悟，反于正道而还已也。……《离骚》之文，依《诗》取兴，引类譬谕，故善鸟香草，以配忠贞，恶禽臭物，以比谗佞，灵修美人，以媲于君，宓妃佚女，以譬贤臣，虬龙鸾凤，以托君子，飘风云霓，以为小人。其词温而雅，其义皎而朗，凡百君子，莫不慕其清高，嘉其文采，哀其不遇，而

愍其志焉。（同上）

这段论述不仅交代了《离骚》的创作背景和主旨，还揭示了《离骚》“依《诗》取兴，引类譬谕”的特点，当然，王逸的看法是从汉代《诗经》阐释中关于兴喻的观点引申出来的，未必符合《离骚》的实际情况，但他探讨作品艺术特色的用心则是十分清楚的。上述关于《离骚》的几篇序文，都带有文学评论的性质，而王逸对班固的批评，则又成为不同文学观点间的论争。上述序文作为论争的载体对阐发作者的理论主张发挥了很大作用。汉代以后，序文是阐发文学理论主张的一种重要形式。

东汉后期，为学术著作所作的序文还有不少，这些文章也都不同程度地表达了作者的文学观点，有的如同文学评论，例如赵岐《孟子题辞》、高诱《淮南子叙》；有的则类似文学史论，例如郑玄《诗谱序》。

东汉后期，还有一些为单篇文学作品所作的序，序中不仅交代创作背景和作品主旨，而且讲述生活趣味和生活感受，篇幅虽小，却颇具情致。例如边韶《塞赋序》：

> 予离群索居，无讲诵之事。欲学无友，欲农无耒，欲弈无局，欲博无楮。问何以代博奕者乎？曰塞其次也。试习其术，以惊睡救寐，免昼寝之讥而已。然而徐核其困通之习，乃亦精妙而足美也。故书其较略，举其指归，以明博弈无以尚焉。（《全后汉文》卷六十二）

《塞赋》本是为塞这种游戏所作的赋，这篇序文阐述作赋缘由，并没有讲什么大道理，更没有抒愤懑、寓讽谏之类的套话，只是以玩笑的方式加以说明。其中讲到“以惊睡救寐，免昼寝之讥”，显然有调笑的性质。据《后汉书》卷八十《文苑列传》载，边韶昼眠，“弟子私嘲之曰：‘边孝先，腹便便，懒读书，但欲眠。’韶潜闻之，应时对曰：‘边为姓，孝为字，腹便便，五经笥。但欲眠，思经事。寐与周公通梦，静与孔子同意。师而可嘲，出何典记？’”序文中的话，正是指这件事。孝先写入序文，不失为一种幽默。像这样的短篇序文，寥寥数语，便意趣盎然，已经颇似后世的小品散文了。

主要参考文献

十三经注疏. 阮元,校刻. 影印本. 北京:中华书局,1980.

司马迁. 史记. 北京:中华书局,1959.

司马迁. 史记会注考证附校补. 泷川资言,考证. 水泽利忠,校补. 上海:上海古籍出版社,1986.

班固. 汉书. 北京:中华书局,1962.

王先谦. 汉书补注. 北京:中华书局,1983.

范晔. 后汉书. 北京:中华书局,1965.

荀悦. 汉纪//两汉纪,北京:中华书局,2005.

袁宏. 后汉纪//两汉纪,北京:中华书局,2005.

陆贾,王符. 新语;潜夫论. 上海:上海古籍出版社,1990.

王利器. 新语校注. 北京:中华书局,1986.

贾谊. 新书//汉魏丛书. 影印本. 长春:吉林大学出版社,1992.

贾谊. 新书校注. 阎振益,钟夏,校注. 北京:中华书局,2000.

刘安. 淮南子//诸子集成. 影印本. 上海:上海书店,1986.

刘文典. 淮南鸿烈集解. 北京:中华书局,1989.

董仲舒. 春秋繁露//汉魏丛书. 影印本. 长春:吉林大学出版社,1992.

苏舆. 春秋繁露义证. 钟哲,点校. 北京:中华书局,1992.

桓宽. 盐铁论//诸子集成. 影印本. 上海:上海书店,1986.

桑弘平. 盐铁论校注. 王利器,校注. 北京:中华书局,1992.

刘向. 新序//汉魏丛书. 影印本. 长春:吉林大学出版社,1992.

刘向. 说苑//汉魏丛书. 影印本. 长春:吉林大学出版社,1992.

刘向. 说苑校证//向宗鲁,校. 北京:中华书局,1987 年.

扬雄. 法言//诸子集成. 影印本. 上海:上海书店,1986.

汪荣宝. 法言义疏. 陈仲夫,点校. 北京:中华书局,1987.

班固. 白虎通德论//汉魏丛书. 影印本. 长春:吉林大学出版社,1992.

陈立. 白虎通疏证. 吴则虞,点校. 北京:中华书局,1994.

王充. 论衡//诸子集成. 影印本. 上海:上海书店,1986.

刘盼遂. 论衡集解. 北京:中华书局,1959.

王符. 潜夫论//诸子集成. 影印本. 上海:上海书店,1986.

王符. 潜夫论笺. 汪继培,笺. 北京:中华书局,1979.

荀悦. 申鉴//诸子集成. 影印本. 上海:上海书店,1986.

葛洪. 西京杂记//汉魏丛书. 影印本. 长春:吉林大学出版社,1992.

程荣. 汉魏丛书. 长春:吉林大学出版社,1992.

欧阳询. 艺文类聚. 上海:上海古籍出版社,1965.

严可均. 全上古秦汉三国六朝文. 北京:中华书局,1958.

张溥辑. 汉魏六朝百三名家集. 影印本. 南京:凤凰出版社,2002.

萧统. 六臣注文选. 吕延济,李善,等,注. 北京:中华书局,1987.

萧统. 文选. 李善,注. 北京:中华书局,1977.

姚鼐. 古文辞类纂. 上海:上海古籍出版社,1998.

费振刚. 全汉赋. 北京:北京大学出版社,1993.

高步瀛. 两汉文举要. 北京:中华书局,1990.

贾谊集校注. 吴云、李春台,校注. 郑州:中州古籍出版社,1989.

司马相如. 司马相如集校注. 金国永,校注. 上海:上海古籍出版社,1993.

扬雄. 扬雄集校注. 张震泽,校注. 上海:上海古籍出版社,1993.

蔡邕. 蔡邕集编年校注. 邓安生,校注. 石家庄:河北教育出版社,2002.

蔡邕. 独断//汉魏丛书. 影印本. 长春:吉林大学出版社,1992.

刘勰. 文心雕龙注. 范文澜,注. 北京:人民文学出版社,1958.

穆克宏,郭丹. 魏晋南北朝文论全编. 南京:江苏教育出版社,1996.

吴讷,徐师曾. 文章辨体序说;文体明辨序说. 北京:人民文学出版社,1982.

张溥.汉魏六朝百三家集题辞注.殷孟伦,注.北京:人民文学出版社,1960.

章学诚.文史通义校注.叶瑛,校注.北京:中华书局,1985.

刘熙载.艺概.上海:上海古籍出版社,1978.

刘师培.中国中古文学史论文杂记.北京:人民文学出版社,1959.

陆侃如.中古文学系年.北京:人民文学出版社,1985.

王水照.历代文话.上海:复旦大学出版社,2007.

郭预衡.中国散文史.上海:上海古籍出版社,2000.

郭预衡.中国散文史长编.太原:山西教育出版社,2008.

郭预衡.历代散文丛谈.太原:山西人民出版社,1986.

谭家健.中国古代散文史稿.重庆:重庆出版社,2006.

漆绪邦.中国散文通史.长春:吉林教育出版社,1994.

熊礼汇.中国古代散文艺术史论.武汉:湖北人民出版社,2005.

熊礼汇.先唐散文艺术论.北京:学苑出版社,1999.

韩兆琦,吕伯涛.汉代散文史稿.太原:山西人民出版社,1986.

王琳,邢培顺.西汉文章论稿.济南:齐鲁书社,2006.

阮忠.先唐文化与散文风格的嬗变.武汉:湖北人民出版社,2009.

刘跃进.秦汉文学论丛.南京:凤凰出版社,2008.

马积高.赋史.上海:上海古籍出版社,1987.

姜书阁.汉赋通义.济南:齐鲁书社,1989.

万光治.汉赋通论.成都:巴蜀书社,1989.

简宗梧.汉赋史论.台北:东大图书公司,1993.

阮忠.汉赋艺术论.武汉:华中师范大学出版社,1993.

郭建勋.辞赋文体研究.北京:中华书局,2007.

方铭.经典与传统:先秦两汉诗赋考论.北京:人民文学出版社,2003.

许结.赋体文学的文化阐释.北京:中华书局,2005.

曹虹.中国辞赋源流综论.北京:中华书局,2005.

孙晶.汉代辞赋研究.济南:齐鲁书社,2007.

孙纪文.淮南子研究.北京:学苑出版社,2005.

李长之. 司马迁之人格与风格. 北京:生活·读书·新知三联书店,1984.

白寿彝. 史记新论. 北京:求实出版社,1981.

程金造. 史记管窥. 西安:陕西人民出版社,1985.

徐朔方. 史记论稿. 南京:江苏古籍出版社,1984.

吴汝煜. 史汉论稿. 南京:江苏教育出版社,1986.

张大可. 史记研究. 兰州:甘肃人民出版社,1985.

聂石樵. 司马迁论稿. 北京:北京师范大学出版社,1987.

韩兆琦. 史记通论. 桂林:广西师范大学出版社,1996.

陈桐生. 中国史官文化与《史记》. 汕头:汕头大学出版社,1993.

后　记

本书完成于2011年，但它的形成却经历了一个漫长的过程。1983年，我师从郭预衡先生攻读硕士学位，研究方向即为中国散文史，那时郭先生也正在撰写三卷本的《中国散文史》，是他带我走上了研究中国散文之路，他的治学方法和学术思想深深影响了我。毕业之后，我留校任教，主要从事先秦两汉魏晋南北朝文学的教学和科研，同时在职攻读这一方向的博士学位。在导师聂石樵先生精心指导下，我完成了博士论文《道家思想与汉魏文学》，我对汉代散文的一些基本看法，已在文中有所体现。可以说，这部《中国散文通史·两汉卷》，虽是我个人独立完成，但又凝结着两位恩师的心血，没有他们的教诲和提携，我不可能进入这一学术领域并取得成绩。

本书是集体项目《中国散文通史》中的一卷，但我却把它当成一部个人的专著来写，希望写出多年来研究汉代散文的心得。早在十年前，项目设立之初，我即为撰写本书开展前期研究工作，先后发表了《西汉的经学与政论》、《两汉经学思潮与赋家创作意识的变化》、《〈淮南子〉与西汉前期的文化气象》、《东汉太学生的交游议论与文风嬗变》、《经学辩论与东汉论说文的变化》、《汉代经学与文体嬗变》、《汉代经学与散体赋的政论化倾向》、《东汉颂文的时代特征》等文章，试图从新的视角，更为深入地探讨汉代散文的成就、特色及其形成原因。上述文章的主要观点，都体现在本书之中。可以看出，本书非常重视经学对散文的影响，但与其他研究者不同的一点是：我把经学分为经学的思想观点、经学取士制度、经学的授受及阐释方式等不同方面，分别探讨它们与汉代散文的文体、文风、文章内容及表达方式的内在联系。与其他研究者的另一不同点是，书中重视汉代的礼乐建设与散文发展的关系，重点论述了颂、铭、诔、碑、箴等与礼制有关的文体的发展。书中注重揭示散文发展中重要的转折点，发现各个时期对后代散文发生重要影响的新变化。例如前人均以董仲舒为汉代文风转变的代表，但书中经过考察，指出汉初陆贾和贾谊实已肇开汉代经学文风之端。又如书中注意到汉末文风呈现出激切任气和注重思辨的倾向，已初露魏晋文风之端倪，而此种文风产生于东汉经学之士的交游议政和学术论辩之中，由此而揭示了魏晋文风和汉代经学文风的联系。凡此种种，均为个人力求表达之管见。文章千古事，得失寸心知。值今日此书付梓之际，我心亦如考生交卷般忐忑。是邪？非邪？成邪？败邪？还望就正于方家。

安徽教育出版社为此书的出版贡献卓著，在此深表谢忱。尤其是责任编辑张艺文女士为之倾注心血，不惮烦劳，令人感动。我与张编辑虽未谋面，但她多次来电对拙稿提出宝贵意见，其对工作之严谨细致，为人之诚挚谦虚，给我留下了深刻印象，正是由于她的努力，使本书减少了很多瑕疵，在此谨向她表示由衷的感谢。

尚学峰

二零一二年十一月于京北龙泽